新古今和歌集

〔日〕藤原定家 等⊙编著

王向远⊙译

上海译文出版社

后鸟羽院像（传）藤原信实 画　水无濑神宫 藏

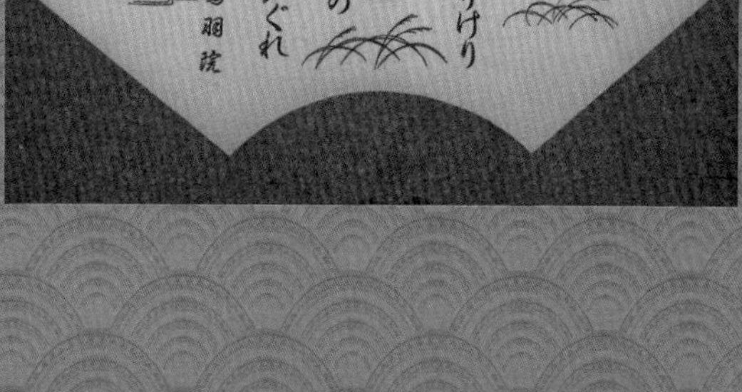

后鸟羽院歌碑

藤原定家墓（相国寺）

藤原定家京极府邸（京都市中京区）

西行法师绘卷

西行法师像　菊池容斋 作

西行法师像（MOA 美术馆藏）

西行法师像（和歌山县纪之川市）

藤原俊成像　菊池容斋 作

藤原俊成歌碑（枚方市）

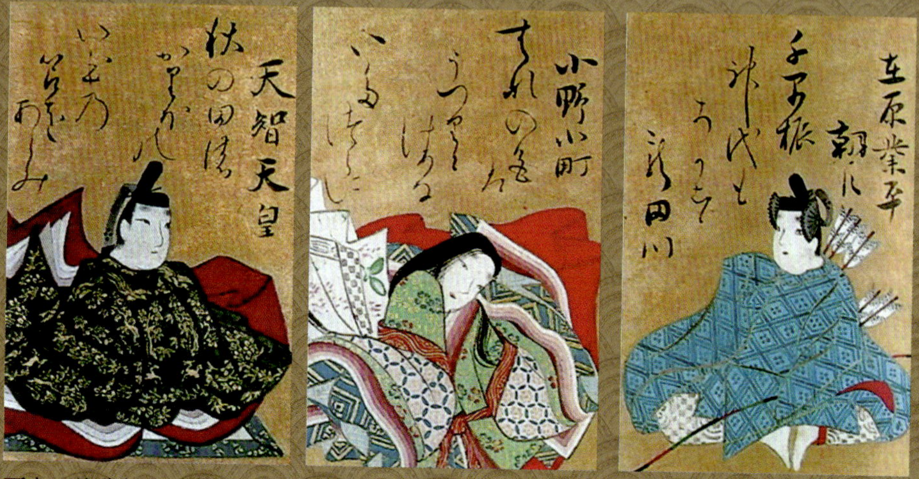

百人一首歌留多（局部） 尾形光琳 作

三十六歌仙和歌卷（局部）
研佐又兵卫 作

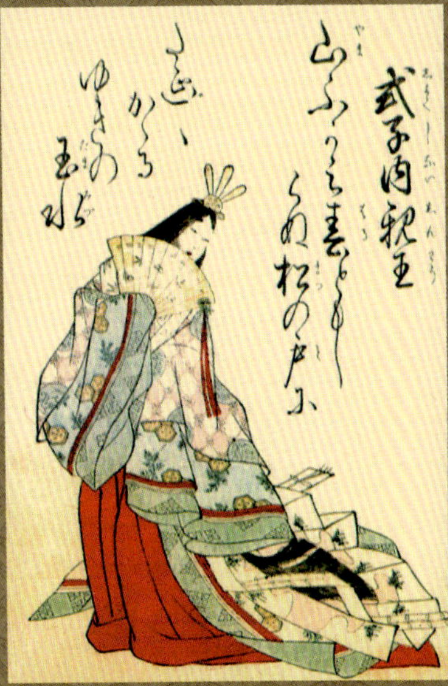

式子内亲王像

待贤门院像

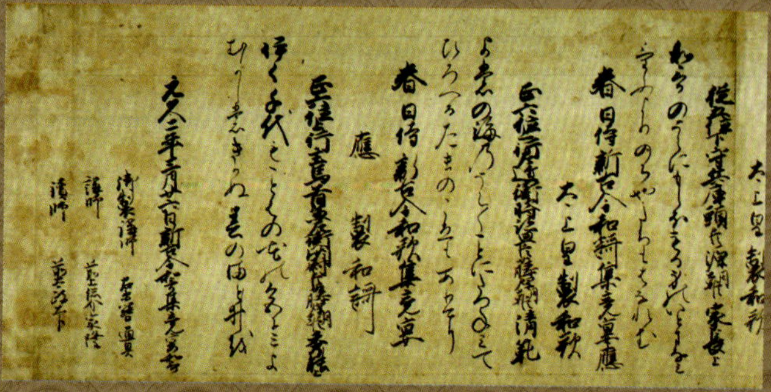

《新古今和歌集》竞宴和歌

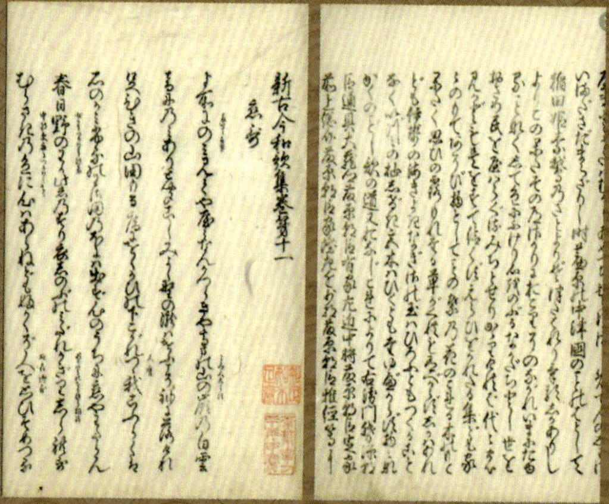

《新古今和歌集》卷十一

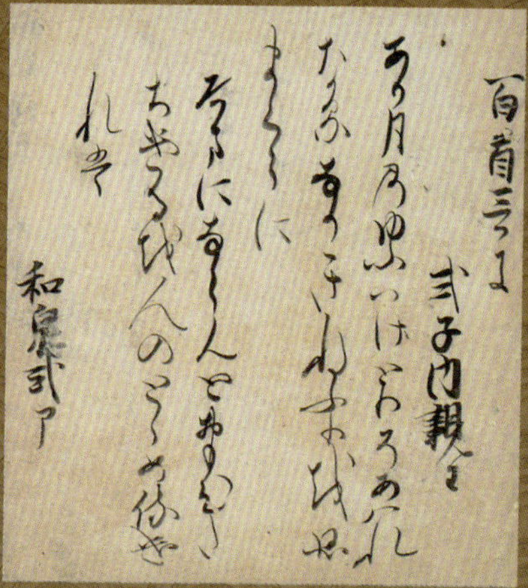

《新古今和歌集》第十八卷断简（吉田切）

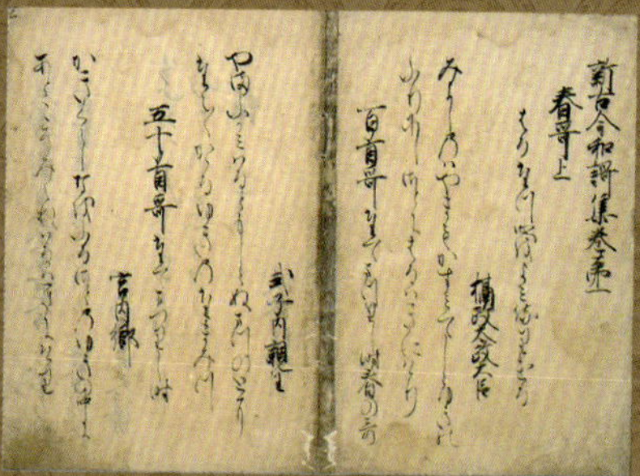

《新古今和歌集》（隐崎本）上

目录

译本序
三大和歌集歌风嬗变与《新古今和歌集》“幽玄”新风

王向远

日本文化本质上属于感性的审美文化。要了解日本人与日本文化，必先了解作为日本审美文化之载体的日本文学；要了解日本文学，必先重点了解日本民族文学的重要样式“物语”与“和歌”（包括俳句）；要了解和歌，必须首先了解日本文学史所称“三大古典和歌集”——《万叶集》《古今和歌集》和《新古今和歌集》。对我国读者而言，这就需要借助和歌的汉译。和歌汉译的宗旨与目的，就是使用恰当的译案，把和歌所承载的日本之美创造性地转换出来[①]。还要把不同时代的和歌创作的审美特质阐发出来。

在《万叶集》已经有了多种中文译本、《古今和歌集》新译本已出版发行、《新古今和歌集》成书八百多年后的第一个中文译本也即将付梓之际，有必要从“三大古典和歌集”歌风嬗变的脉络入手，见出《新古今和歌集》对《万叶集》和《古今和歌集》的继承与超越，并对我国读者较为陌生的《新古今和歌集》的“新风”之美及美学特质做出概括性阐释，聊供读者参考。

一、从《万叶集》《古今和歌集》到《新古今和歌集》

“和歌”（简称“歌”）即日本（大和）民族的诗歌，与诗（汉诗）相对而言。和歌起源于日本古代民间歌谣。那些歌谣大都保留在日本最早的历史传说集《古事记》和《日本书纪》中，故被合称为“记纪歌谣”。那时日本尚没有文字，记纪歌谣都是用汉字来标记的，格式韵律也不定型，大概是受汉诗的五七格律的影响，基本上采用五言和七言句调，为后来和歌的“五七调”奠定了基础。

由于和歌初无定型，且主要是民间歌谣，受中国文化影响的公卿贵族阶层大都瞧不起和歌，认为那只是女流之辈、乡野村夫之玩，多以吟咏汉诗、写作汉文为风雅之事。但是，随着日本民族文化的成长与自觉，特别是一批有教养的宫廷贵族女性，使用日语写出了许多细腻优美的日记散文，使日语作为书写语言趋于成熟，公卿士大夫们也刮目相看，并且也试着用日语写作了。使用日语吟咏唱和、抒情写意，获得了特有的满足与美感，于是“和歌”概念逐渐萌生。一些人创作数量多了，还模仿中国诗集编起了自己的“歌集”，如《柿本人麻吕歌集》《高桥虫麻吕歌集》等等。

公元8世纪初，即日本的奈良朝时代（710—794年），一些朝臣文人将古代歌谣与当世和歌进行收集整理，编成《万叶集》二十卷。关于“万叶”是什么意思，后世众说纷纭。有人认为“万叶”表示历史千秋万代，言其长；有的说“万叶”表示收罗作品丰富，言其多。的确，《万叶集》涉及的历史时期较长，长达四五百年；作者范围也确实很广，上至天皇公卿，下至农夫乞丐，有名无名者人数上千；收录的作品也很多，从数量最多的“短歌”，到篇幅较长的“长歌”以及各种体式的和歌，计4 500余首。《万叶集》遂成为日本文学史上第一部和歌总集，开创了一种朴素自然、刚劲粗犷的歌风，后世称为“万叶风”，流风所及，影响深远，标志着日本民族文学的初步形成。说“初步形成”，是说和歌还得借用汉字来书写，汉文化、汉文学影响的痕迹在《万叶集》中处处可见、俯拾皆是。那时日本的“假名”文字仍未创制，《万叶集》只能使用汉字来标记。这些汉字，有的只是用作符号来标记日语的发音，有的

---

① 关于和歌翻译的方法，请参见王向远《古今和歌集译本序：〈古今和歌集〉的歌体、歌意与“翻译度”》（上海译文出版社，2018年8月版），或见《〈古今和歌集〉汉译中的歌体、歌意与“翻译度”》（《日语学习与研究》2017年第6期）。

则是引进的汉语词，直接用来表意。看上去都是汉字，但中国人看不懂，后世日本人（除专家外）也大多会莫名其妙。严格地说，《万叶集》所用文字，既不是中文也不是日文，而是两者的混合体，后世学者称为“万叶假名”。直到假名文字发明使用后，学者们才不断地对《万叶集》加以训释，逐渐把那些表音的汉字替换为假名，另一些本来就是汉语词，则加以保留。这样一来，后世读者就可以看懂《万叶集》了。

《万叶集》问世后，日本文学开始了“诗”与“歌”创作两者并行的局面，汉诗与和歌功能不同、美感各异，在日本文学中相辅相成，也相互竞争。在公元 8 至 9 世纪中国文化强势影响的大背景下，至少到第二部和歌总集《古今和歌集》问世之前，在诗与歌的竞争中，“歌”还是不如“诗”受重视。日本文化独立意识较强的一些人（如菅原道真、纪贯之等）对此感到担忧和焦虑。进入平安王朝时代（794—1192 年）中期以后，日本人的文化独立意识更为自觉，而此时的中国正值唐末混乱时期，公元 894 年日本开始停派遣唐使，关起门来，对已经引进的中国文化慢慢消化。

在这种情况下，作为民族诗歌的和歌自然受到重视，表现之一就是一些公卿贵族陆续出了私人和歌集，其中有菅原道真的《新撰万叶集》（893 年）、大江千里的《句题和歌》（894 年）等。同时，名为“歌合”（うたあわせ）的和歌比赛活动也在宫廷贵族之间流行起来。“歌合”既是一较高低、品评优劣的和歌艺术竞技方式，也是人际交流的平台，成为宫廷贵族的一种高雅的艺术活动。一些人靠咏歌出了名，成为“歌人”，正如许多诗人靠吟诗而为人敬重一样。“歌人”多了，作品多了，佳作也就多起来；佳作多了，就需要去粗取精加以编选，于是醍醐天皇下达敕令，命纪贯之、纪友则、凡河内躬恒、壬生忠岑等精于和歌的朝臣编一部和歌集，公元 905 年该和歌集编成，名曰《古今和歌集》，又简称《古今集》。

《古今和歌集》题名中所谓“古今”者，并非指时间上跨越古今，实际上所收和歌的创作时间，从公元9世纪初到当下，只有一百来年，只因为纪贯之在为该书所撰写的《假名序》结尾处有“思古抚今，不亦乐乎”之句，而取“古今”二字命名，自然也含有“歌道长久”之意。《古今和歌集》使用古典日语来书写，标志着此时的日语已经成熟，和歌成为真正意义上的“和”歌（日本之歌）。大凡不太成熟的语言可以传情达意，主要具有实用价值；而成熟的语言可以成为语言艺术，具有审美的价值。对语言的玩味、驱使，可以成为一种审美的活动。而语言要美，首先要有审美之“心”，要有所谓“歌心”，然后还要懂得如何用“词”，即修辞技巧。于是，纪贯之在《假名序》中就提出了“心”与“词”这对概念，提倡两者相得益彰、和谐统一。实际上，在“词”方面，《古今和歌集》的歌人们较多使用“序词”（置于首句用以引出下文的修辞性语句）、“挂词”（双关语）等修辞技巧。这些技巧作为和歌特有的艺术与技术，为后人所继承。

相比《万叶集》，《古今和歌集》在编纂方法与策略上有明显的不同。《万叶集》有“全民之歌”的性质，给人的感觉是不论优劣，见歌即收。而入选《古今集》的署名歌人只有127人，精选和歌1 100多首。从作者的身份属性上看，大都具有“贵族之歌”的属性。风格由质朴粗犷转为精雕细刻、华丽优美。在编纂原则与方法上，《万叶集》分为二十卷，似乎主要是为了装订成册的方便，但是没有卷名，题材分类意识比较薄弱，内容显得芜杂。《古今和歌集》也分为二十卷，却按四季流转、男女之恋、哀乐之情、羁旅观物等分类命名，不好归类的就列为“杂歌”。重点还是以四季推移为线索的“恋歌”，其他的“离别歌”“哀伤歌”“羁旅歌”实际上也多写男女之恋。这样一来，和歌的题材实际上就集中在“天之四季、人之恋爱”上，表现的是“自然爱”与“男女之爱”的主题。在和歌的体式上，《古今和歌集》也做了凝练与精简，淘汰了《万叶集》中除长歌之外的其他体式，只收录了极个别的长歌，确立了“短歌”（“五七五七七”五句三十一音）为和歌的典型样式。就主题与题材的丰富性而言，《古今和歌集》显然不及《万叶集》，但恰恰如此，才在主题、题材上确立了“歌道”之“道”与“歌心”之“心”。也就是说，和歌所要吟咏、所能吟咏的主要内容由此得以确定。其他诸如载道言志、治国安邦、修身齐家、忧国忧民、夫妇人伦、风俗教化、功名利禄之类，汉诗是可以写的，但和歌不写；如果写了，就有损和歌之美，以致看上去不像和歌。依靠题材上这种彻底的单纯性，和歌具备了唯美的性格。

《古今和歌集》作为第一部“敕撰和歌集”，影响巨大而深远，此后历代天皇大都敕令编纂和歌集。紧接着《古今和歌集》的第二部敕撰和歌集，是村上天皇敕命清原元辅等人编纂的《后撰和歌集》（951 年），第三部是花山天皇敕命藤原公任编纂的《拾遗和歌集》（1005—1007 年），都继承了《古今和歌集》的编纂方法与传统，是《古今集》的补充与扩展，因而与《古今和歌集》并称“三代集”，作为平安王朝和歌的精华与最宝贵的遗产，被后世视为和歌及和歌集的典范。

《古今和歌集》等“三代集”是平安王朝歌舞升平的产物。接下来，时代变了。经历了武士暴动、王朝政治体制崩溃之后，时代进入了公元 12 世纪末。1192 年，日本武士集团首领源赖朝在镰仓建立了幕府政权，天皇朝廷的“权威”与武士幕府的“权力”达成了妥协与平衡，日本历史由王朝贵族时代转入镰仓幕府时代。乱世中，和歌的发展不但未被打断，反而呈现出“歌道隆盛”之气象。《古今和歌集》奠定的对时代社会与政治的超越姿态，反倒确保了“歌道不绝”，使和歌在乱世、末世得以发展与繁荣。其实越是乱世，越需要歌舞升平，越需要心理慰藉，也就越需要和歌，和歌也就更超越、更唯美；另一方面，皇室在政治方面失去的权力，也要以精神文化、审美文化上的复权作为补偿。通过对和歌的创作、遴选、评判，宫廷贵族及歌人们成为日本民族审美风尚的引领者。所以“三代集”之后，敕撰和歌集络绎不绝，又陆续出了《后拾遗和歌集》《金叶和歌集》《词花和歌集》《千载和歌集》和《新古今和歌集》这五个集子，与上述的“三代集”合称“八代集”。

“八代集”的最后一部《新古今和歌集》（简称《新古今集》），是后鸟羽天皇敕命源通具、藤原有家、藤原定家、藤原家隆、藤原雅经等人编辑的，然后亲自审定、作序，于元久二年（1205年）成书推出，具有集其大成、继往开来的意味。此时，距离公元905年成书的《古今和歌集》，已整整过去了三百年。

从文学史的角度看，上述“三大古典歌集”是三个不同历史时代的产物。《万叶集》是奈良时代日本民族诗歌的结晶，《古今和歌集》是平安王朝时代贵族和歌的荟萃，《新古今和歌集》则是镰仓幕府时代王朝贵族的精神宝塔与审美王国。三大和歌集分别形成了所谓三种不同风格，文学史家分别称为“万叶风”（或“万叶调”）、“古今风”（或“古今调”）和“新古今风”（或“新古今调”）。日本和歌的发展嬗变过程同中国诗歌一样，也是“江山代有才人出，各领风骚数百年”。三种“风”（调）代表了各自时代的审美风尚。

二、《万叶集》之“诚”与《古今和歌集》之“物哀”

《新古今和歌集》，从其题目上就可以看出来，是对《古今和歌集》的继承，但又标榜“新”，表明它要有所超越。那么，它从《古今和歌集》中继承了什么，又创新了什么呢？

从和歌分类方法上看，《新古今和歌集》基本继承了《古今和歌集》，但《新古今和歌集》把《古今和歌集》中的“物名歌”一卷取消了，“杂歌”卷中也没有了“俳谐歌”这一小类，表明《新古今和歌集》摒弃了具有文字游戏色彩的作品；《古今和歌集》最后两卷是“杂体歌”和“大歌所歌·神游歌·东歌”，《新古今和歌集》则更换为以神道为题材的“神祇歌”和以佛教为题材的“释教歌”，表明了对佛道题材的重视。从收录范围来看，两者既然都称名“古今”，从古到今的作品都有选录，但选收的重点却都是晚近、当世歌人的作品。为了继承《古今和歌集》古今集萃之特点，《新古今和歌集》从《万叶集》中精选了少量作品，计 18 位歌人的短歌 56 首；从《万叶集》之后平安王朝时代精选 299 位歌人的 1 078 首作品，但后鸟羽天皇又在《假名序》中明确表示“《古今和歌集》以降七代敕选和歌集所载，未选”，而是从已去世歌人的作品集、私家作品集里面撷取。这样做，既是为了不与那些既有的敕撰和歌集相重复，更是表明《新古今和歌集》有着自己不同于《古今和歌集》的选材标准。

诚然，作为由天皇敕命，由“公家”编选的和歌集，《新古今和歌集》毕竟要照顾新旧各派。但它显然并不是权力、政治及人际关系的产物，而是新的审美标准的产物，显示了对新人、新风的推崇。这一点在《新古今和歌集》所编选的当世 78 位歌人的 736 首作品中，就突出表现出来。虽然，与王朝时代入选的歌人及作品相比，当世歌人入选的人数不是最多，作品总数也不是最多，但是个人的入选的作品数量却是最多的。入选作品数量居于前十位的都是主张“新风”的新派歌人。其中，西行法师入选 94 首，居第一；慈圆入选 91 首，居第二；藤原良经入选 79 首，居第三；藤原俊成入选 72 首，居第四；式子内亲王入选 49 首，居第五；藤原定家入选 46 首，居第六；藤原家隆入选 43 首，居第七；寂莲入选 35 首，居第八；后鸟羽院入选 33 首，居第九；藤原俊成之女入选 29 首，居第十。而以藤原季经为代表的泥古保守派作品，入选者只有寥寥二三首而已，反差特别鲜明。实际上，《新古今和歌集》的新风，主要是由这十几位当世歌人的作品体现出来的。他们每个人固然各有特色，但也确实都流贯着一股“新风”。

“新风”究竟“新”在何处呢？要回答这个问题，就需要对总体的审美倾向加以分析概括。既要有动态的历史梳理，又要有静态的横向比较。作为今天的中国人，我们所能做的，就是站在日本之外，站在历史的“尽头”，站在比较文学与世界文学的立场上，把日本三大古典和歌集作为一个流动的整体，用美学的眼光加以回顾和观照。如此，我们就可以发现，三大和歌集各有自己的美学，各自代表着所属时代的美学。借用“位相”这个佛学概念，可以说三者各有反映自己所处时代与境界的美的“位相”——《万叶集》的审美位相是“诚”，《古今和歌集》的审美位相是“物哀”，《新古今和歌集》的审美位相是“幽玄”。

“诚”（日语假名作「まこと」），原意是“真事”，用在客观事物上，就是真实，用在主观上，就是“真诚”“真心”。“诚”是日本传统文论与美学的重要概念。[①]《万叶集》4 500 余首歌，可以一言以蔽之曰：“诚”。“诚”是一种赤子之心。古风时代的万叶歌人，咏歌只为表现真情实感，不雕琢，不做作，不拘形式，用当时的日常口语，直抒胸臆，是对于外在事物的真实反映、对内在感性的率真表达。学者们曾用许多词来概括“万叶风”，用“素朴”“雄浑”“真率”“自然”等，似乎都不如用一个“诚”字来得精当。“诚”既是写实的“诚之物”，也是抒发真情的“诚之心”，是主观与客观的和谐，人与自然的无间，形式与内容的统一，语言与感情、抒情与状物的融合。“诚”也是审美价值与非审美价值的不加区分，既包含着艺术与美的价值，也包含着伦理的价值。而这一切，都是与那个时代歌者的群体人格相适应的。因为那时的人们刚刚走出蒙昧状态，还没有后来的那种“文明化”，表现在和歌上，艺术技法还比较稚拙青涩，还带有较浓的民歌风、民谣味，只是率直地表达自己所见所闻、喜怒哀乐；对后代读者来说，却也形成了不可重复、难以复制和模仿的特殊美感体验，形成了为后人所称道

① 参见王向远《修辞立“诚”——日本古代文论“诚”范畴及与中国之“诚”关联考论》（《山东社会科学》2016 年第 4 期）。

的“万叶风”。

二百年后，《古今和歌集》问世了。《古今和歌集》时代的日本歌人仿佛从童年、少年，走向了青年。青年人更多情善感，更细腻敏锐，更爱美，也更爱修饰，有时不免刻意雕琢，这就形成了《古今和歌集》的风格基调。虽然，《万叶集》的“诚”之心并没有被抛弃，但《古今集》的“诚”更带有主观性，与其说是追求写实的“诚之物”，不如说更追求抒情的“诚之心”。《古今和歌集》的歌人大都是上层贵族社会的男女，他们衣食无忧、养尊处优，有着旺盛丰沛的情感世界，但是相对缺乏知性思维与哲学头脑，与此相应，他们营造了独特的和歌世界。和歌的世界不涉及社会政治，不宣传自己的思想主张，不抒发人生抱负与豪情壮志。倘若有人有这样的需要，他们可以写汉诗，因为汉诗最适合用来载道言志、忧国忧民。他们所感兴趣的，就是歌咏“自然之爱”与“人之爱”。而自然之爱往往也包含着人之爱。这里有爱的欢欣快乐，但更多的是爱而不可得的躁动、爱而不可待的焦虑、爱而不可求的哀怨、爱而不得满足的悲伤。无论喜怒哀乐，都是平安时代王朝贵族个人精神心理世界的最真实的反映，也使得和歌擅长于缠绵抒情、浅吟低唱、荡气回肠，弥漫着一种泛女性化的色调。对于和歌中的此种美学倾向，18 世纪日本国学家本居宣长在研究和歌的专著《石上私淑言》中，最早用“物哀”这个词加以概括，可谓慧眼卓识。本居宣长认为，“物哀”是唯情唯美的，主要特征就是脱政治、超道德、不说理[1]。他反复强调：“和歌只以‘物哀’为宗。”“和歌的根本只是吟咏‘物哀’，此外别无他用。”[2]认为表现“物哀”的目的，

---

① 关于“物哀”的论述，可进一步参见拙译《日本物哀》（吉林出版集团，2010 年）以及拙文《日本的“哀 · 物哀 · 知物哀”——审美概念的形成流变及语义分析》（《江淮论坛》2012 年第 5 期）等。

② 本居宣长《石上私淑言》，王向远译《日本物哀》（吉林出版集团，2010 年），第 230、238 页。

只是为了让人“知物哀”而已。现在看来，这是一种典型的感伤主义和唯美主义。“物哀”并不适用于概括所有时代的和歌美学，它最适合用以描述产生于平安王朝时代的《古今和歌集》。换言之，“物哀”是属于《古今和歌集》的审美位相。

上述《万叶集》的“诚”、《古今集》的“物哀”，在《新古今和歌集》中都继承下来了。这不仅仅是因为《新古今和歌集》也选收了《万叶集》的歌及《古今和歌集》时代的歌，而是说，即便在《新古今和歌集》所收当世歌人的作品中，也仍然保留着“诚”，也依然延续着“物哀”的传统。但是，《新古今和歌集》毕竟距《万叶集》已有五百年，距《古今和歌集》已有三百年。岁月流转，时事推移，日本历史文化由古风时代走向了平安王朝的古典时代，至《新古今和歌集》又迎来了以武家政治为中心的时代，即历史学家所谓的“中世”时代。在这个新的时代里，王朝政治体制基本崩溃，武士强人集团凭借强力架空了天皇宫廷，建立了幕府作为最高统治机构，形成了以幕府大将军来封土封臣的日本独特的封建制度，这个过程充满了血与火。在文化上，武士文化与贵族文化、刀剑文化与唯美文化、“和魂”与“荒魂”之间，相互冲突而又彼此交融。从东亚区域与外部影响来看，如果说《古今和歌集》时代影响日本文化的是气韵生动、恢弘壮丽的中国唐朝文化，那么《新古今和歌集》时代影响日本文化的，则是情理相融、深沉持重的宋代文化；如果说《古今和歌集》时代影响日本的是汉传佛教各宗派，那么到了《新古今和歌集》时代，则开始转向禅宗，包括天台宗、临济宗、曹洞宗在内的唐宋禅宗各派。

在这样一个虽非全新、也算崭新的时代，前代的审美风尚自然也会受到质疑。例如新的审美思潮的引领者，也是《新古今和歌集》的主要编纂者藤原定家，就对以纪贯之和歌风格为代表的《古今和歌集》时代的歌风提出批评。在《近代秀歌》中，他指出《古今和歌集》的歌风已经陈旧了：“从前，纪贯之所推崇的和歌，就是‘歌心’要巧妙，声调要紧凑，用词表现力要强，歌姿要优美有趣，然而，余情妖艳却被弃之不顾了。”[①]他提出要建立“新的歌风”，为此主张新时代的和歌应该“‘词’学古人，‘心’须求新，‘姿’求高远”；在《每月抄》中，藤原定家又从“歌体”“歌姿”的角度，提出“和歌十体”，并把所谓“幽玄体”列为第一。他认为“幽玄”一定要“有心”，而不能“无心”。[②]值得注意的是，在这里藤原定家提出了“余情妖艳”“姿求高远”和“幽玄”这三个概念。从日本美学史、范畴史的角度看，“余情妖艳”“姿求高远”只是表示“幽玄”之特征的次级概念而已，核心概念则是“幽玄”。实际上，如要找出一个最能概括这个时代审美风尚的词，特别是概括这个时代的代表作《新古今和歌集》审美特征的词，那就是“幽玄”；换言之，“幽玄”是属于《新古今和歌集》的审美位相，也是和歌达到烂熟状态的标志。

三、“幽玄”与《新古今和歌集》之“新”

之所以把“幽玄”作为核心概念，是因为在藤原定家之前及之后，这个概念有一个长期的产生、使用、定着并且最终概念化的过程。关于这个问题，读者可以参阅日本学者的相关著述与笔者此前的著述[③]，此处不赘，需要补充强调是“幽玄”的美学观念与佛学的世界观之间的关系。

“幽玄”首先是一种“世界观”，亦即人们对世界的看法。由于“幽玄”本来是一个佛教词，是汉译佛经对印度梵语的一种释

① 藤原定家《近代秀歌》，王向远译《日本古代诗学汇译》上卷，昆仑出版社，2014年版，第172页。版本下同。

② 藤原定家《每月抄》，同上书，第176页。

③ 参见王向远译《日本幽玄》（吉林出版集团，2011年）、拙文《释“幽玄”——对日本古典文艺美学中的一个关键概念的解析》（《广东社会科学》2011年第6期）。

译，带有一个“玄”字，就有了老庄哲学的味道，事实上老庄哲学偶尔也使用这个词，可以说，“幽玄”是佛老哲学的一种世界观。当时的日本人把汉语中的这个生僻词接过来，作为一个概念反复使用，这是中国文化、印度及东方佛教文化影响日本的又一种表现。在东方佛道文化中，“幽玄”实际上是梵学中的“幻”（摩耶）、佛学中的“色”“相”的一个次生概念，所表达的是“幻”“色”“相”的一个基本特点，就是宇宙本体——或曰神、或曰梵、或曰佛、或曰道——的渺不可见、妙不可言、只能付诸“观想”（静思默想的观照）的那种“幽”与“玄”。宇宙的真实本体固然渺不可见，即所谓“道不可见，见而非也”，但是同时却又变幻出一个五彩斑斓、可见可触的大千世界，以便让人们“观”或“观照”。而观照的目的，是使人觉悟，使人获得般若智慧，让人意识到这个世界的本质属性是“幻”、是最高本体的“泡影”或“影像”；意识到生死相通、三界相联，万物都没有自性，皆由因缘和合而成，聚散有缘，诸事无常，天地山川日月，作为幻影也终将被除遣或被收回，而归于幻灭。如此，人们便能摆脱对现实世界的执着心，能够以超功利、无欲求的姿态来观照宇宙万物、天地自然的“幽玄”特性，从而获得精神世界的绝对自由，进入“得天地之大美”的审美境界。在这个意义上说，佛学与美学是相通的，“幽玄”的世界观就是“幽玄”的美学观，因而佛学通于“歌学”。《新古今和歌集》和歌“新风”的奠基者藤原俊成曾强调指出：“佛法为金口玉言，博大精深，而和歌看似浮言绮语的游戏之作，但实际上亦可表达深意，并能解除烦恼，助人开悟，在这一点上和歌与佛道相通。”①

在此可以看出，佛教世界观对《新古今和歌集》的影响较之《古今和歌集》要深刻得多。这不仅表现为《新古今和歌集》把“释教歌”单列一卷，不仅表现为入选作品数量第一和第二的两个

---

① 藤原俊成《古来风体抄》（参见王向远译《日本古代诗学汇译》上卷，第144页）。

人——西行和慈圆——都是出家僧人，而且整部《新古今和歌集》“幽玄”歌风的底蕴就是佛教。比较而言，《古今和歌集》中的佛教影响还主要体现在四苦八苦、人生无常、出家避世、欣求净土等较浅的层面，而到了《新古今和歌集》则成为一种观照世界的方式方法，并以“幽玄”一词，使其上升到了美学层面。许多歌人意识到，当和歌具备了“幽玄”世界的某些要素或特征的时候，才是“幽玄”的，才是美的。换句话说，大千世界的本质是“幽玄”，是供人们观照与咏叹的对象，而体现这种观照、表达这种咏叹的和歌，也必须是“幽玄”的。具体而言，“幽玄”的和歌需要具有的特征是：超现实、幻、寂静、悠久、悠长、玄妙、幽暗、幽深、幽雅、玄幻、虚无、空灵、缥缈、朦胧、含蕴、妖娆、华美、绮丽，以及非直接性、间接性、复杂性、含蓄性、委婉性、余情余韵、难以言传等等。也正是在“幽玄”的这种种方面，《新古今和歌集》新派歌人的歌风与《万叶集》《古今和歌集》的歌风形成了明显的区分。比较地看，《万叶集》咏之以“诚”，其“词”与“心”、内容与形式都是本色质朴、少有修饰的；《古今和歌集》以“物哀”为主导的歌风，是以“感物”或“物感”为特点，情感表达不像《万叶集》那么直截了当，而以委曲婉转、缠绵细腻为美，但是相对于《新古今和歌集》的“幽玄”新风而言，《古今和歌集》的意象并不那么复杂，意蕴也并不那么丰富，色调也并不那么繁复，是较为明快、明朗、单纯的。

总体上，《新古今和歌集》时代的新风歌人们，无论在理论与实践上都试图建立一种新的、以“幽玄”为理想的美学。当时的歌坛领袖藤原俊成，在许多重要的歌合比赛中担任评判人（“判者”），在给出的评语（“判词”）里，每每使用“幽玄”“幽玄之体”“入幽玄之境”等用语，对当时著名的歌人西行、慈镇、寂莲、实定等人的作品加以高度评价，主张和歌的“心”“词”“姿”“体”都要“幽玄”。“幽玄”在歌中的主要体现就是“心深”。《古今和歌集》强调“心”与“词”相宜，而《新古今和歌集》的歌学则普遍强调“心深”。藤原俊成在《古来风体抄》中推崇源通俊的一句话：“辞藻要像刺绣一样华美，歌心要比大海还深。”[①]藤原俊成的“幽玄”论直接影响了他的儿子藤原定家。藤原定家在《近代秀歌》《每月抄》及多次的歌合判词中，都把“幽玄”作为和歌的最高审美境界。由于俊成、定家父子在中世时代歌坛的广泛深远的影响，遂使“幽玄”成为《新古今和歌集》“新风”的最高标准、至高理想，在此基础上还形成了“余情”“余情妖艳”“长高”“有心”等一系列次级概念。

关于“幽玄”，《新古今和歌集》中的重要歌人、歌学理论家鸭长明在《无名抄》中，用一段话在审美层面上做了生动的说明：

> 进入境界者所谓的“趣”，归根到底就是言词之外的“余情”、不显现于外的气象。假如“心”与“词”都极“艳”，“幽玄”自然具备。例如，秋季傍晚的天空景色，无声无息，不知何故你若有所思，不由潸然泪下。此乃不由自主的感伤，是面对秋花、红叶而产生的一种自然感情。再如，一个优雅的女子心存怨怼，而又深藏胸中，强忍不语，看上去神情恍惚，与其看见她心中怨恨，泪湿衣袖，不如说更感受到她的可怜可悲；一个幼童，即便他不能用言语具体表达，但大人可以通过外在的观察了解他的所欲所想。以上两个譬喻，对于不懂风情、思虑浅薄的人而言，恐怕很难理解。幼童的咿呀学语即便一句也没听清，却愈加觉其可爱，闻之仿佛领会其意，此等事情说起来很简单，但只可意会，难以言传。又，在浓雾中眺望秋山，看上去若隐若现，却更令人浮想联翩，可以想象满山红叶、层林尽染的优美景观。心志全在词中，如把月亮形容为

① 藤原俊成《古来风体抄》，王向远译《日本古代诗学汇译》上卷，第 144 页。

"皎洁"、把花赞美为"美丽"，何难之有？所谓和歌，就是要在用词上胜过寻常词语。一词多义，抒发难以言状的情怀，状写未曾目睹的世事，藉卑微衬托优雅，探究幽微神妙之理，方可在"心"不及、"词"不足时抒情达意，在区区三十一字中，感天地泣鬼神，此乃和歌之术。①

这是一个歌人、歌学理论家对"幽玄"意蕴的体验性表达。

我们接过鸭长明的话题，继续从艺术层面上看，《新古今和歌集》的"幽玄"新风和歌深受佛学的影响，是有种种表现的。首先，"幽玄"的和歌少了些激情，多了些静观，直接写实的作品少了，更加注重个人的独特观察、体验与表达；直抒胸臆、明快鲜烈的少了，更讲究委曲婉转、迂回曲折、意象繁复。因而晚近一些研究者和评论家，例如日本学者冈崎义惠使用"象征"乃至"象征主义"、石田吉贞使用"超现实主义"这样的西式概念，来概括这些作品的特点，②其实远不如用"幽玄"这一概念来得更地道更准确。一些"新风"歌人为了追求语言表达的多义性、反复性，还特别喜欢使用「掛詞」(かけことば)即双关语，追求一语双关，乃至一语三关的效果，需要读者听者玩味再三。

"幽玄"美学还特别注重时间上的悠久感、悠长感，以此来增加历史的厚重度，因而需要更多地学习古人古歌，承接传统。为此，藤原定家还主张"词学古人，心须求新"，提倡"本歌取"的创作方法。"新风"歌人热衷于老词新用、旧词翻新，即所谓"本歌取"，亦即"取自本歌"的意思，就是将古代和歌（"本歌"）的词语、立意、意境及其他要素加以借用和改造，从而以陈出新，化旧为新，以收新旧相成、古今相通之效，形成一种特殊的审美张

① 鸭长明《无名抄》，王向远译《日本古代诗学汇译》上卷，第167—168页。

② 日本文学研究资料刊行会《日本文学研究资料丛书·新古今和歌集》（有精堂，1980年版，第234—273页）。

力，别有一番美感。其实这种古词新用的方法，在中国古诗词创作中也屡见不鲜，而《新古今和歌集》的“新风”和歌则把它作为主要的创作方法，如藤原定家入选《新古今和歌集》的46首歌，几乎全都是用“本歌取”的方法写出来的。在《新古今和歌集》的当世歌人的作品中，使用“本歌取”方法的极为普遍，作品在半数以上。如果说《万叶集》时代的和歌是野外写生，《古今和歌集》的和歌是面对自然、师法自然、独抒性灵，那么《新古今和歌集》使用“本歌取”的歌人，则不需身临其境，只要面壁翻书，即可创作。这样一来，和歌创作便与佛教的闭门修行、唱经念佛，在形式内容上都很相似了。

另一方面，由于强调“本歌取”，和歌所吟咏的名胜地及地方风物，即所谓“歌枕”也越来越固定化了，春夏秋冬四季的流转以及相应的山川、动物、植物、花卉等，也越来越定型化，如春花、夏雨、秋露、冬雪之类，松、樱、梅、杉之类，杜鹃、黄莺、大雁、鹌鹑之类，白浪、云烟、野沼之类，衣襟、泪袖、露珠之类，和歌用语越来越集中。单从语言艺术的角度看，似乎过于常套化，有时难免陈词滥调，但也有一种特殊的“定型性”之美及风格化的韵味。而且，不能忘记的是，和歌作为“歌”，不同于“写”出来的诗，它本来就是有“调”（しらべ）的，是可以付诸吟唱的，因此从音乐的角度来看，一些旋律、调子、用词，往往是人们所熟悉的，所以才感觉更美。《新古今和歌集》“幽玄”歌风的这些特点，正符合音乐所具有的注重传承、复沓、反复、风格化的特点。

总之，“本歌取”的方法是《新古今和歌集》“新风”的重要形成因素，其作品少了些自然鲜活与真情实感，多了些知识与知性。人们欣赏《新古今和歌集》的“新风”之作时，必须非常熟悉古代歌人及其和歌，必须能够看出“本歌”是什么，从中“取”了些什么，从而获得一种发现与会意的快感。对于“本歌取”的和歌，一般缺乏知识储备的读者是不容易看出来的，这就从阅读阻隔的角度显示了一种“幽玄”。“幽玄”的歌，其意蕴有了历史感，有了纵深性，具有了不少古典情趣，但也因此变得不是那么好懂了，而难懂，却正是“幽玄”的一个特征。藤原定家的一些作品就被旧派讥之为“达磨歌”，意即如禅宗问答令人莫名其妙。确实，欣赏“幽玄”的和歌往往不能只靠直觉感受，还需要更多的知识与知性。

比较三大和歌集，知性的作品在《新古今和歌集》中确实多了起来。所谓知性，就是含有理性思考在内，就是讲道理。这本来是和歌所不擅长的，因为它的篇幅太短小，也不符合日本人思维感性化的传统与特点。但《新古今和歌集》时代，日本接受的主要是中国宋代文化的影响，而宋代正是中国知性文化达到成熟的时期，那时产生了体系化、哲学化的宋代理学，表现在宋人的诗歌创作中，就是“以议论为诗”“以理为诗”的倾向空前鲜明。日本和歌历来拙于议论与说理，而“幽玄”的理论主张的宗旨之一，是要追求“心深”，即要增加和歌的深度，于是“幽玄”非但不排斥说理，反而正合其意。因此，我们看到，就连写景的和歌也有了知性的色彩，如“武藏原野无边陲/不知风动欲何为/又往何处吹”（第378首）；吟咏时令的歌也有了理性的追问：“一年长一岁/明知华年不可追/因何年年盼岁尾？”（第692首）。“恋歌”历来是最感性化的，但也有了知性含在其中：“天要下雨随天气/人若相爱由自己/不必着痕迹”（第1039首），表达的是一种恋爱观；“情思总不断/白浪阵阵扑海岸/涌来涌去皆徒然”（第1066首），表达的是对人的感情的冷静谛观；“暗恋不欲生/莫如舍命去相逢/何惧留浮名”（第1144首），这也不是一般的恋歌，而是一种理性意志的表达；“相思变相恨/发愿从此不动心/却是无意待黄昏”（第1302首），是将恋歌的感情表达转换为一种内省与自我凝视。连“羁旅歌”也有充满悟性的作品：“又是近黄昏/何处投宿看缘分/夜夜新识店主人”（第963首）。出家人的作品就更不用说，如西行法师的“备柴过冬天/人生如柴只待燃/一年更不如一年”（第697首）、慈圆法师的“昨日活人今死灵/闻之心一惊/人生即是长夜梦”（第833首），都是在言说佛理。《新古今和歌集》的“幽玄”新风，由此可见一斑。

对于《新古今和歌集》的“幽玄”歌风，日本文学评论史、日本歌学史历来褒贬不一，大都是由评论者的鉴赏趣味与审美价值观所决定的，也取决于对“幽玄”之美的理解与接受的程度。历来，有复古主义倾向者往往推崇“万叶风”，有古典主义倾向者常常赞美“古今风”，而有唯美主义倾向者则推赏“新古今风”。但无论如何，褒贬之间，人们都是将三大古典和歌集及其不同的歌风加以比较的，谁都不能无视“新古今风”的存在，谁都承认《新古今和歌集》划出了一个时代。而且更有不少人认为《新古今集》是和歌史上的最高峰，例如江户时代日本国学家荷田在满就在《国歌八论》中说过：“关于《新古今和歌集》，学者多认为它‘花’多而‘实’少，而不予重视。然而，文学本来就是华辞美藻，因一个作品的艺术表现太美了就嫌弃它，这是不懂文学的表现。我认为，在和歌史上，鼎盛时代是以《新古今集》为标志的。”①现在看来，这是很中肯的见解。

从文学史上看，《新古今和歌集》所奠定的“幽玄”新风，深刻地影响了从13世纪到17世纪，即从镰仓幕府时代到室町幕府时代整个中世时代五百年间的日本文学。此后和歌创作相对走入下坡路，但继之而起的“连歌”却自觉地继承了“幽玄”的传统，连歌理论家与指导者二条良基都明确要求，连歌创作“首先要立意于‘幽玄’”②，特别是以世阿弥为代表的剧作家，在中世文学的代表样式“能乐”中，更是自觉地把和歌之美，把《新古今和歌集》的“幽玄”理想移植过来。世阿弥在《花传书》等一系列能乐理论著作中，反复强调能乐的各个环节包括剧本唱词、形态表演、音乐

---

① 荷田在满《国歌八论》（参见王向远译《日本古代诗学汇译》下卷，第780页）。
② 二条良基《十文最秘抄》（参见王向远译《日本古代诗学汇译》上卷，第257页）。

舞蹈，都要以“幽玄”之“花风”为至高理想，提出“最理想的境界是‘幽玄’为本风”[①]，强调“在诸种艺道中，都以‘幽玄’为最高境界，在能乐中，‘幽玄’的风体也是第一追求”。[②]至此，“幽玄”不仅仅是宫廷贵族的美学趣味与风雅所寄，而且也通过逐渐感化成为当时统治者的武家阶层，成为镰仓、室町时代五百年间日本美学的核心。《新古今和歌集》及“新古今风”流风所及，赫然可观。

① 世阿弥《能作书》（参见王向远译《日本古代诗学汇译》下卷，第 330—331 页）。
② 世阿弥《花镜》（参见同上书，第 344—345 页）。

真名序[1]

夫和歌者，群德之祖，百福之宗也。玄象天成，五际六情之义未著；素鹅地静，三十一字之咏甫兴。尔来源流实繁，长短虽异，或抒下情而达闻，或宣上德而致化，或属游宴而书怀，或采艳色而寄言，诚是理世抚民之鸿徽，赏心乐事之龟鉴也。是以圣代明诗，集而录之，各穷精微，何以漏脱。然犹昆岭之玉，采之有余，邓林之材，伐之无尽。物既如此，歌亦宜然。

仍诏参议右卫门督源朝臣通具，大藏卿藤原朝臣有家、左近卫权中将藤原朝臣定家、前上总介藤原朝臣家隆、左近卫权少将藤原朝臣雅经等，不择贵贱高下，令摭摄锦句玉章，神明之词，佛陀之作，为表希夷，杂而同隶。始于曩昔，迄于当时，彼此总编，各俾呈进。每至玄圃花芳之朝、琐砌风凉之夕，斟难波津[2]之遗流，寻浅香山[3]之芳躅。或令或咏，拔犀象之牙角，无党无偏，采翡翠之羽毛。裁成而得二千首，类聚而为二十卷，名曰《新古今和歌集》矣。时令节物之篇，属四序而星罗，众作杂咏之什，并群品而云布。综缉之致，盖云备矣。

伏惟，来自代邸而践天予之位，谢于汉宫而追汾阳之踪。今上陛下之严亲也，虽无隙帝道之咨询，日域朝廷之本主也，争不赏我国之习俗。方今荃宰合体，华夷咏仁，风化之乐万春。春日野之草悉靡，月宴之契千秋；秋津洲之尘惟静，诚膺无为有截之时，可颐染毫采笺之志。故撰斯一集，永欲传百王。

彼上古之《万叶集》者，盖是和歌之源也。编次之起，因准之仪，星序惟邈，烟郁难披。延喜有《古今集》，四人含纶命而成之。天历有《后撰集》，五人奉系言而成之。其后有《拾遗》《后拾遗》《金叶》《词花》《千载》等集，虽出于圣王数代之敕，殊恨为撰者一身之聚。因兹访延喜、天历二朝之遗美，定法河、步虚五辈之英豪，排神仙之居，展刊修之席而已。

斯集之为体也，先抽《万叶》之中，更拾“七代集”之外，深索而微长无遗，广求而片善必举。但虽张网于山野，微禽自逃；虽连筌于江湖，小鲜偷漏，诚当视听之不达，定有篇章之犹遗。今只随采得，且所勒终也。

抑于《古今》者，不载当代之御制，自《后撰》而初加其时之天章，各考一部，不满十篇，而今所入之自咏，已余三十首。六义若相兼，一两虽可足，依无风骨之绝妙，还有露词之多加。偏以耽道之思，不顾多情之眼。

凡厥取舍者，嘉尚之余，特运冲襟。伏羲基皇德而四十万年，异域自虽观圣造之书史焉，神武开帝功而八十二代，当朝犹未听睿策之撰集矣。定知天下之都人士女，讴歌斯道之遇逢矣。不独记仙洞无何之乡，有嘲风弄月之兴，亦欲呈皇家元久之岁，有温故知新之心。修撰之趣，不在兹乎？

圣历乙丑王春三月云尔

---

① 《新古今和歌集》仿《古今和歌集》体例，有“真名序”（汉文序）和“假名序”（日文序）两种序言，其内容基本相同。此篇“真名序”由藤原良经执笔，行文带有“和习”（日本式汉语）的痕迹，不免生硬拗口。在此照录，转为简体汉字，并加新式标点符号。

② 难波津：地名，难波江港口，濑户内海航线的起点。古代和歌对此早有吟咏，因而也用来代指和歌；和歌之道，也称为“难波津之道”。

③ 浅香山：又作“安积山”，位于今福岛县郡山市。和歌中常有吟咏。

假名序[1]

夫和歌者，乃天地开辟、人事未定之时，以苇原中国[2]之言语所咏，由稻田姬[3]所居素鹅[4]之地而外传也。自此，和歌之道渐盛，源流相贯，至今不绝。和歌可诉爱恋之情，可治天下而安民心，故历代天皇不舍，敕命编选歌集，供家家收藏披览。由是，辞藻华美之歌难以遗漏，思情饱满之歌得以收罗。然伊势海滩珍贝难以尽拾，山中栋梁之材难尽伐也，物且如此，况和歌乎！

有鉴于此，朕仍诏命右卫门督源朝臣通具、大藏卿藤原朝臣有家、左近中将藤原朝臣定家、前上总介藤原朝臣家隆、左近少将藤原朝臣雅经等担当编者，不分古今，不论神佛之言，不择贵贱高下，凡人不厌倦、有所吟传者，皆广为搜罗。然编者各自所选之歌，取舍标准不一，风格有异。有玄圃花芳之朝、玉阶檐下之夜，皆汲难波津之遗流，寻浅香山之芳香者，皆予甄别裁判。《万叶集》所载之歌亦有撷取者，《古今集》以降七代敕选和歌集[5]所载，则未选也。虽博采众籍，然空中飞鸟难以网罗，水中游鱼不可尽钓，遗珠之憾，古自古未免。所集之歌凡二千首，编为二十卷，名曰《新古今和歌集》。

自立田山春霞升起，观赏初花始，夏有神南备山上思恋伴侣之杜鹃，秋有葛城红叶，冬有富士山顶白雪，皆能应四季变迁而吟咏之。不唯此也，高楼远眺，得见民生安乐，观草木霜露，知人世无常；路旁依依道别，旅途漫漫而思故乡，看高间山之云朵而怀远人，见风吹浪打之长柄桥，思古来“长柄”之名，兴人生短促之叹。如此之类，皆是情动于衷而形于言。而住吉神[6]之颂歌、传教大师[7]所遗“育林山”之吟，均能传古人之心，呈今人未见之境，此乃和歌之道也！

朕尝闻从前天子有五度禅让[8]之举。今新帝[9]即位，天下太平，朕如今隐居仙洞，新帝固守先王之道，不忘朝臣辅佐之情，朝廷政务忙而有序，天下万民从之，列岛四海安定祥和。逢此盛景，朕等披览典籍，检点古今和歌，续继和歌之道，特编选此和歌集，欲传之后世也。

《万叶集》乃和歌之源，然时世推移，事物变迁，今人所知者少矣。延喜年间，四位先辈奉敕命编选《古今和歌集》；天历年间，五人奉敕命编选《后撰集》。而后又有《拾遗集》《后拾遗集》《金叶集》《词花集》《千载集》等，但编者均为一人，恐难免孤陋寡闻、挂一漏万也。朕不改《古今集》《拾遗集》之先例，而定编者为五人。

朕不敏，遴选篇什，切磋琢磨，欲以唐土[10]选文为鉴，盖自我国有歌以来，先例无多也。历代敕撰和歌集，编选天皇作品者，已成旧例，然皆不过十首而已，而今选入朕之歌者，凡三十首，此非人所耳熟能详者，亦非心深词美者，然优劣又当别论，日积月累之作，不忍舍弃耳。后世钻研和歌者，弃之可矣，恶评亦可矣。

时值元久二年[11]三月二十六日，本书编定。

今人皆轻目前之所见，重昔日之耳闻，然今人若不及古人，应

---

① “假名序”即日文序，由藤原良经执笔，使用后鸟羽天皇的口吻，表达的也是后鸟羽天皇的意旨。在此仿用古汉语句式译出。

② 苇原中国：《古事记》所用日本国土的古称。

③ 稻田姬：《古事记》《日本书纪》所载神话传说中，须佐之男命之妃。

④ 素鹅：古地名，在出云（今岛根县）。

⑤ 《古今集》以降七代敕选和歌集：指《古今集》《后撰集》《拾遗集》《后拾遗集》《金叶集》《词花集》《千载集》。

⑥ 住吉神：住吉明神，今大阪市住吉区住吉神社供奉之神。

⑦ 传教大师：僧人最澄的谥号。

⑧ 五度禅让：盖指中国古代的汉文帝、日本古代的继体天皇，皆曾五次辞让不就。

⑨ 新帝：指后鸟羽天皇的皇太子，土御门天皇。

⑩ 唐土：指中国。

⑪ 元久二年：相当于1205年。元久，土御门天皇的年号。

以为耻也！惟愿此歌集能探源析流，振兴和歌之道，虽时光流逝，岁月推移，而使经久不湮，代代相传。此书编就，适逢盛世，学歌道者，岂非翘首以盼乎哉！

第一卷　春歌・上[1]

〔1〕

立春有感

摄政太政大臣[2]

家乡吉野[3]城
白雪皑皑山朦胧
春来却如冬

［原文］

み吉野は　山もかすみて　白雪の　ふりにし里に　春はきにけり

〔2〕

初春咏歌

太上天皇(后鸟羽院)[4]

春霭欲腾空
长空更朦胧
天香具山[5]耸雾中

［原文］

ほのぼのと　春こそ空に　来にけらし　天の香具山　霞たなびく

〔3〕

百首歌合⑥奉咏，春歌

式子内亲王⑦

山深不知春

---

① 本书仿照《古今和歌集》，将“春歌”置于第一卷。《春歌 · 上》第1至98首，皆为樱花盛开时所咏。

② 摄政太政大臣：藤原良经。卒于建永元年（1206年），享年38岁。从一位摄政太政大臣。关白兼实的次子。跟随俊成学习和歌，跟随藤原亲经学习诗文，在后鸟羽院的支持下，以御子左系的歌人为中心，树立了后鸟羽院歌坛时期的领袖地位，执笔《新古今和歌集》假名序。有家集《秋筱月清集》。本书收录其和歌79首，分别是第1、23、61、66、136、147、157、174、209、220、226、255、260、270、273、293、356—359、393—395、418、419、422、444、478、518、531、544、615、632—635、647、698、735—737、746、766、829、936、941、1028、1031、1073、1077、1083、1087、1101、1108、1119、1126、1141、1186、1198、1272、1273、1278、1282、1293、1304、1310、1519、1547、1601、1654、1667、1681、1704、1765—1767、1871、1935首。

③ 吉野：假名“よしの”，今奈良县吉野郡吉野町。

④ 太上天皇（后鸟羽院）：第82代天皇。延应元年（1239年）驾崩，享年60岁。高仓天皇的第四皇子，母亲是七条院。建久九年（1198年）19岁时让位，以后实行院政。酷爱并擅长和歌，推动和歌振兴，敕命编纂《新古今和歌集》。承久三年（1221年）试图推翻镰仓幕府，因失败而被流放到隐岐，之后死于流放地。追号显德院，后又追封后鸟羽院，也称隐岐院。有歌论《后鸟羽院御口传》，家集《后鸟羽院御集》等。本书收录其和歌32首，分别是第2、18、36、99、133、135、279、433、470、471、492、517、526、581、614、636、683、801、803、989、1029、1033、1197、1271、1313、1323、1635、1875、1876、1907、1908、1911首。

⑤ 天香具山：假名“あまのかぐやま”，又作“香具山”，位于近奈良县橿原市。

⑥ 百首歌合：正治二年（公元1200年），后鸟羽院（后鸟羽天皇）主持的歌合。“歌合”（假名“うたあわせ”），可译为“歌会”，是宫廷贵族中流行的和歌竞咏活动，歌人分左与右两方，各按规定的歌题吟咏，由“判者”（裁判，由著名歌人担当）当场宣读“判词”，评判胜负优劣，其判词作为“歌学”或“歌论”的珍贵资料而被记载和流传。平安王朝以后，歌合一直在宫廷贵族之间流行。

⑦ 式子内亲王：正治三年（1201年）殁。后白河上皇的第三皇女，母亲是三位藤原成子。与守觉法亲王、以仁王、殷富门院等人是同母姐妹。有家集《式子内亲王集》。本书收录其和歌49首，分别是第3、52、83、101、137、149、182、215、240、256、268、277、308、321、349、368、380、416、417、432、474、484、485、534、605、638、662、690、734、947、948、1034—1036、1074、1124、1153、1204、1309、1328、1329、1392、1486、1546、1665、1672、1810、1847、1969首。

草庵融雪挂柴门
滴答水淋淋

[原文]

山ふかみ　春ともしらぬ　松の户に　たえだえかかる　雪の玉水

〔4〕

五十首歌合[①]奉咏

宫内卿[②]

古镇天昏昏
落雪纷纷埋脚印
雪也难挡春

[原文]

かきくらし　なをほふるさとの　雪のうちに　跡こそ見えね　春は来にけり

〔5〕

入道前关白太政大臣[③]任右大臣时，
主持百首歌合，奉咏春歌

皇太后宫大夫俊成[④]

今日春来临

---

① 五十首歌合：指建仁元年（1201 年）后鸟羽院（后鸟羽天皇）主持的歌合。

② 宫内卿：生卒年不详，大约于元久元年到元久二年（1205 年）前后去世，享年不满 20 岁。曾任后鸟羽院女官。是右京权大夫师光之女，母亲为后白河院的女官安艺。本书收录其和歌 15 首，分别是第 4、76、128、129、173、281、365、399、423、479、507、530、566、1199、1805 首。

③ 入道前关白太政大臣：藤原兼实。详见第 231 首注释。

④ 皇太后宫大夫俊成：藤原俊成。元久元年（1204 年）卒，享年 91 岁。初始名（转下页）

其时唐土也逢春
春光独好是日本

［原文］

今日といへば　もろこしまでも　ゆく春を　都にのみと　思ひけるかな

〔6〕

无题

俊惠法师①

昨日是冬天
波浪翻卷忽变脸
淡路岛山②春色现

［原文］

春といへば　かすみにけりな　昨日まで　波間に見えし　淡路岛山

（接上页）为显广，后改名俊成。于安元二年（1176 年）出家，法名释阿。也称五条三位、三位入道。曾任非参议正三位皇太后宫大夫。是权中纳言俊忠之子。师从基俊学习和歌，并成为俊赖的私淑弟子，与六条家学相对，创立了“御子左家”歌学。俊成是《千载集》的撰者、“六百番歌合”的裁判，著有《古来风体抄》等歌论，有家集《长秋咏藻》。本书收录其和歌 72 首，分别为第 5、15、16、59、100、114、159、201、202、210、221、238、253、291、301、305、320、341、527、551、631、640、664、677、706、719、738、753、795、796、828、889、932、933、973、976、1078、1107、1110、1111、1143、1232、1389、1394、1436、1466、1467、1468、1492、1509、1510、1531、1560、1561、1582、1586、1612、1637、1673、1793、1803、1809、1815、1822、1845、1846、1882、1889、1898、1966、1967、1968 首。

① 俊惠法师：俗姓源。生卒年不详，《千载集》时代之人。东大寺僧人，源俊赖之子。他继承父祖的歌风，将位于白川的自宅称为歌林苑，不分贵贱僧俗均邀请，形成了独自的歌坛。著有《歌苑抄》，有家集《林叶和歌集》。本书收录其和歌 12 首，分别是第 6、142、274、440、451、588、695、881、884、1308、1555、1883 首。

② 淡路岛山：假名“あわじしまやま”，位于今兵库县淡路岛上的山。

〔7〕

西行法师[1]

岩间冰溶变水珠
簇拥苔逢处
急急寻出路

［原文］

岩間とぢし　氷も今朝は　解け初めて　苔のしたみず　道もとむらむ

〔8〕

佚名

风吹雪花卷
春霞迷蒙忽转暖
春日到人间

［原文］

風まぜに　雪はふりつつ　しかすがに　霞たなびき　春は来にけり

---

① 西行法师：俗姓佐藤，俗名义清（也称宪清、则清、范清）。文治六年（1190 年）圆寂，享年 73 岁。是德大寺家的随从，鸟羽上皇北面的武士。左兵卫尉左卫门尉康清之子，母亲是监物源清经之女。23 岁出家，法名元位、西行、大宝房。著有《山家集》《西行法师家集》《闻书集》《闻书残集》《御裳濯川歌合》《宫合歌合》等，是本书收录和歌最多的歌人，共达 94 首，分别是第 7、27、51、79、86、126、217、218、262、263、299、300、362、367、448、472、501、502、538、570、585、603、625、627、691、697、793、831、837、838、885—887、937、938、978、987、988、1099、1100、1147、1148、1155、1185、1193、1200、1205、1230、1231、1267—1269、1297、1298、1307、1471、1532—1536、1562、1613、1615、1619、1632、1633、1642、1643、1659、1660、1676—1679、1682、1748—1751、1780、1781、1808、1828—1831、1842、1844、1877—1879、1976、1978 首。

〔9〕

春天已到来
远山落雪白皑皑
霞起云天外

［原文］

時は今は　春になりぬと　み雪降る　遠き山べに　霞たなびく

〔10〕

堀河院御时百首歌合[①]奉咏，以“残雪”为题

权中纳言国信[②]

春日野[③]上草青青
草间淡雪稀零零
倏忽无踪影

［原文］

春日野の　下萌えわたる　草の上に　つれなく見ゆる　春の淡雪

---

① 堀河院御时百首歌合：堀河天皇在位时，于康和年间（1099—1104年）举办的“堀河百首”歌合。

② 权中纳言国信：源国信。卒于天永二年（1111年），享年43岁。正二位权中纳言。六条右大臣显房第三子。著有《源中纳言怀旧百首》。本书收录其和歌5首，分别是第10、160、248、847、924首。

③ 春日野：假名“かすがの”，地名，今奈良市奈良公园的一部分。

〔11〕

无题

山部赤人①

昨日选地块
今日依然雪皑皑
嫩菜摘不来

［原文］

明日からは　若菜摘まむと　しめしの野に　昨日も今日も雪はふりつつ

〔12〕

天历②御时，屏风歌③

壬生忠见④

春日野上生绿草
不知何人插草标
采菜先预告

［原文］

春日野の　草は绿に　なりにけり　若菜摘まむと　たれかしめけむ

---

① 山部赤人：生平及卒年不详，大约是生活于奈良时代中期，与圣武天皇同时代。是“三十六歌仙”之一。著有家集《山部赤人集》。本书收录其和歌 7 首，分别是第 11、29、104、110、314、641、675 首。

② 天历：村上天皇时代的年号，天历年间相当于 947—957 年。

③ 屏风歌：书于屏风上，与屏风上的图画相配。

④ 壬生忠见：生卒年不详，大约生活在村上天皇时代。天德二年（958 年）任六位摄津权大目。忠岑之子。据传在天德四年的“内里歌合”中因自己的和歌负于兼盛，郁郁寡欢而死。是“三十六歌仙”之一。有家集《忠见集》。本书收录其和歌 5 首，为第 12、78、272、1599、1729 首。

〔13〕

向崇德院①献上百首歌时，所咏春歌

前参议教长②

摘菜少女衣婆娑
春日野上点烽火③
斑斑溶残雪

［原文］

若菜摘む　袖とぞ見ゆる　春日野の　飛火の野べの　雪のむら消え

〔14〕

书于延喜④御时屏风

纪贯之⑤

竹篮盛嫩菜
赏心悦目春意来
不必去采摘

---

① 崇德院：崇德天皇，日本第75代天皇。详见第71首注释。

② 前参议教长：藤原教长。生卒年不详。保元之乱后出家，法名观莲、贫道。曾任正三位左京大夫。是大纳言忠教的次子。著有《拾遗古今》（难词花集）、《古今和歌集注》，有家集《贫道集》。本书收录其和歌1首。

③ 烽火：原文“飛火”，假名“とぶひ”，有事时，在野外点火生烟，以告知远方人。

④ 延喜：醍醐天皇时代的年号，延喜年间相当于901—923年。

⑤ 纪贯之：天庆八年(945年)卒，一说天庆九年卒。曾任从五位上木工权头，是望行之子。虽官位不高，但曾侍奉醍醐、朱雀天皇。作为宫廷诗人而活跃，是“三十六歌仙”之一，主持编纂《古今集》并撰写“假名序”，影响深远。另有《新撰和歌集》《土佐日记》、家集《贯之集》等。本书收录其和歌32首，分别为第14、81、108、111、165、166、284、313、327、344、460、482、676、710、711、712、715、718、857、861、905、906、1008、1040、1067、1068、1219、1593、1683、1869、1870、1915首。

［原文］

ゆきて見ぬ　人もしのべと　春の野の　かたみに摘める　若菜なりけり

〔15〕

述怀百首歌，嫩菜

皇太后宫大夫俊成

湿地绿油油
未摘嫩菜袖湿透
只缘日日双泪流

［原文］

沢に生ふる　若菜ならねど　いたづらに　年を積むにも　袖は濡れけり

〔16〕

于日吉社所咏子日[①]之歌

志贺[②]古松柏
往昔子日谁人栽
代代永不衰

［原文］

さざなみや　志賀の浜松　古りにけり　たが世にひける　子の日なるらむ

---

① 子日：正月初子日。
② 志贺：假名“しが”，地名，今滋贺县大津市。

〔17〕

奉咏歌百首之一

藤原家隆[1]朝臣

冰川涌溪水
叮咚诱春来
黄莺出巢梅花开

［原文］

谷河の　うち出づる波も　声たてつ　鶯さそへ　春の山風

〔18〕

于和歌所，以“关山”与“莺”为题

太上天皇（后鸟羽院）

春来黄莺啭
遥看远方逢坂山[2]
杉树戴雪白一片

［原文］

うぐひすの　鳴けどもいまだ　降る雪に　杉の葉白き　逢坂の山

---

① 藤原家隆：本名雅隆，法名佛性，也称壬生二位。卒于嘉祯三年（1237年），享年80岁。非参议从二位。权中纳言光隆次子。是《新古今集》的编者之一。有家集《壬二集》（玉吟集）。本书收录其和歌43首，分别是第17、37、45、82、113、139、158、214、246、289、292、376、389、392、403、437、473、506、537、595、639、935、939、954、969、970、981、1132、1279、1292、1294、1316、1325、1337、1387、1579、1611、1624、1664、1760—1762、1794首。

② 逢坂山：假名“あふさかのやま”，又称逢坂关，山名，位于今滋贺县大津市西部。

〔19〕

堀河院百首歌奉咏，以“残雪”为题

藤原仲实[①]朝臣

春天已到来
山坡[②]松叶淡雪白
看似春花开

[原文]

春来ては　花とも見よと　片岡の　松の上葉に　淡雪ぞ降る

〔20〕

无题

中纳言家持[③]

晴空卷向山[④]
远处桧林日光灿
雪落小松原[⑤]

[原文]

まきもくの　檜原のいまだ　曇らねば　小松が原に　淡雪ぞ降る

---

① 藤原仲实：永久六年(1118年)卒，享年62岁。曾任正四位下中宫亮。是越前守能成之子。编著《绮语抄》《古今和歌集目录》等。本书收其和歌1首。

② 山坡：原文“片岡”，假名“かたおか”一说为奈良县一地名。

③ 中纳言家持：大伴家持。延历四年(785年)卒，享年68岁，一说70岁。曾任从三位中纳言，持节征东将军。是大纳言旅人之子。家持是《万叶集》时代末期的代表歌人，“三十六歌仙”之一，也是《万叶集》最后的整理编纂者，著有家集《家持集》。本书收录其和歌11首，为第20、85、151、195、285、334、457、462、620、1025、1213首。

④ 卷向山：卷向，假名“まきもく”，山名，在奈良县樱井市。

⑤ 小松原：小松林。

〔21〕

佚名

今日阴间晴
春季天气多不定
晴空雪飘零

［原文］

今さらに　雪降らめやも　かげろふの　燃ゆる春日と　なりにしものを

〔22〕

凡河内躬恒[①]

故都春日野
春来白梅撒白雪
梅雪难分别

［原文］

いづれをか　花とは分かむ　故郷の　春日の原に　まだ消えぬ雪

---

① 凡河内躬恒：生卒年不详，醍醐天皇时期人。任从五位下淡路权掾。与纪贯之并称为《古今集》时代的代表歌人，是《古今和歌集》的编者之一、“三十六歌仙”之一。有家集《躬恒集》。本书收录其和歌10首，为第22、68、106、335、499、716、1018、1259、1415、1515首。

〔23〕

自家百首歌合[①]，以“余寒”为题

摄政太政大臣（藤原良经）

长空月儿明
欲雪未雪还是晴
春寒风更清

［原文］

空はなを　かすみもやらず　風さえて　雪げにくもる　春のよの月

〔24〕

于和歌所[②]，以“春山月”为题咏歌

越前[③]

春月出深山
雪隙云间时隐现
清光带微寒

［原文］

山深み　なほ影寒むし　春の月　空かき曇り　雪は降りつつ

---

① 自家百首歌合：建久四年（1193 年）作者家中举办的歌合。

② 和歌所：皇宫中掌管和歌教授、和歌集编纂事务的非常设机构，最初由村上天皇于 951 年在梨壶设立，明治时代恢复为“御歌所”。

③ 越前：生卒年不详。中大臣公亲之女，也是伊势氏人之女。起初侍奉后鸟羽院的生母七条院藤原殖子，后侍奉后鸟羽院的皇女嘉阳门院，被称为嘉阳门院越前。自加入“正治二年院第二次百首”歌人之后，活跃于当时歌坛。本书收录其和歌 7 首，分别是第 24、127、297、943、1140、1610、1884 首。

〔25〕

诗歌合[①]奉咏，以“水乡春望”为题

左卫门督通光[②]

三岛江[③]上芦苇荡
春风欲催芦花放
霜落泛白光

［原文］

三島江や　霜もまだ干ぬ　蘆の葉に　つのぐむほどの　春風ぞ吹く

〔26〕

藤原秀能[④]

空中悬残月
难波江上潮起落
芦荡漾白波

［原文］

夕月夜　潮満ち来らし　難波江の　蘆の若葉を　越ゆる白波

---

① 诗歌合：宫廷贵族的风雅活动之一，将汉诗与和歌轮番吟咏、比赛，评判其优劣，形式与歌合略同。

② 通光：源通光。宝治二年（1248 年）卒，享年 62 岁。曾任从一位太政大臣。是土御门内大臣通亲之子，其母是刑部卿范兼之女。是《新古今集》编纂者之一源通具之弟，之后也被称为“久我太政大臣”。本书收录其和歌 14 首，为第 25、259、351、378、412、434、493、513、650、1095、1106、1275、1288、1564 首。

③ 三岛江：假名“みしまえ”，地名，位于今大阪府高槻市淀川沿岸，以芦苇荡知名。

④ 藤原秀能：仁治元年（1240 年）卒，享年 57 岁。曾任正五位上出羽守。是河内守秀宗的次子。初为土御门通亲的家司，16 岁时成为后鸟羽院北面的武士，之后其和歌才能被承认并得到宠幸，成为和歌所寄人之一。在承久之乱中失败而出家，法名如愿。有家集《如愿法师集》。本书收录其和歌 17 首，为第 26、290、398、564、649、789、960、967、1116、1139、1203、1281、1317、1524、1525、1558、1605 首。

〔27〕

春歌

西行法师

春融高山雪
雪水涌动清泷河
汩汩荡白波

[原文]

降り積みし　高嶺のみ雪　解けにけり　清滝川の　水の白波

〔28〕

源重之[1]

雪花任飘洒
落在梅枝亦非花
难挡春意发

[原文]

梅が枝に　ものうきほどに　散る雪を　花ともいはじ　春の名立てに

〔29〕

山部赤人

春来山中行

① 源重之：生卒年不详，长保年间（一说长保二年，即1000年）去世。从五位下相模守。是散位兼信之子，清和天皇曾孙。“三十六歌仙”之一。有家集《重之集》。本书收录其和歌11首，分别是第28、119、120、553、612、644、865、1013、1216、1218、1351首。

依山搭起一草厅
朝夕听黄莺

[原文]

あづさゆみ　春山近く　家居して　たえず聞きつる　鶯の声

〔30〕

佚名

淡雪飘飘时
黄莺鸣啭展白翅
莺雪落梅枝

[原文]

梅が枝に　鳴きてうつろふ　鶯の　羽根しろたへに　淡雪ぞ降る

〔31〕

百首歌合奉咏

惟明亲王[①]

严冬栖古巢
黄莺冰泪已溶消
春来可知否

[原文]

うぐひすの　なみだのつらら　うち解けて　古巣ながらや春を知るらむ

---

① 惟明亲王：承久三年(1221年)殁，享年43岁。三品。高仓天皇的第三皇子。是《正治初度百首》《一千五百番歌合》等作品的作者之一。本书收录其和歌6首，分别是第31、138、442、892、1134、1545首。

〔32〕

无题

志贵皇子[①]

瀑布挂山岬
水边蕨菜正萌芽
春来万物发

［原文］

岩そそく　垂水の上の　さわらびの　萌え出づる春に　なりにけるかな

〔33〕

百首歌合奉咏

前大僧正慈圆[②]

拂晓富士山
喷烟袅袅飘天边
共春霞一片

---

① 志贵皇子：灵龟二年(716年)殁。是天智天皇的皇子，光仁天皇之父。本书收录其和歌1首。

② 前大僧正慈圆：俗姓藤原。嘉禄元年(1225年)圆寂，享年71岁。大僧正。法性寺关白忠通的第六子，关白兼实、松殿摄政基房之弟，良经的叔父。法名初为道快，后改为慈圆，死后谥号慈镇，也称吉水大僧正(和尚)。作为九条家的一员，曾参与政治，政变后辞去天台座主。是《新古今集》时代歌坛领袖之一，著有历史书《愚管抄》，家集《拾玉集》《无名和歌集》等。本书所收其和歌数量仅次于西行，计91首，分别是第33、95、177、242、251、258、278、282、352、360、379、390、404、427、445、453、476、503、512、520、521、559、580、602、618、637、679、680、699、794、802、832—835、841、942、984、985、1030、1223、1311、1322、1327、1330、1338、1469、1470、1482、1520、1521、1539、1556、1600、1614、1618、1658、1661、1671、1675、1740、1741、1747、1754—1757、1782—1784、1823—1827、1880、1891、1900—1905、1931—1933、1941—1944、1950首。

［原文］

天の原　富士の煙の　春の色の　霞になびく　あけぼのの空

〔34〕

崇德院百首歌合奉咏

藤原清辅[①]朝臣

朝霞深且浓
室八岛[②]上水汽重
蒙蒙蔽长空

［原文］

朝霞　深かく見ゆるや　煙立たつ　室の八島の　わたりなるらむ

〔35〕

晚霞

后德大寺左大臣[③]藤原实定

名户[④]海岸放眼望

---

① 藤原清辅：卒于承治元年（1177年），享年74岁。正四位下太皇太后宫大进。左京大夫显辅之子。从父亲显辅学习六条家歌学，与“御子左家”的藤原俊成针锋相对。曾奉二条院之命编纂《续词花集》，有歌学著作《袋草子》《奥仪抄》《和歌初学抄》等，还有家集《清辅朝臣集》。本书收录其和歌12首，分别是第34、264、340、558、572、607、616、743、744、830、1093、1843首。

② 室八岛：假名“むらのやしま”，位于枥木县枥木市内的沼泽，因水汽朦胧如烟雾，和歌常吟咏之。

③ 后德大寺左大臣：本名藤原实定。卒于建久二年（1191年），享年53岁。正二位左大臣。大炊御门右大臣公能之子。有家集《林下集》。本书收录其和歌16首，分别是第35、141、219、288、304、645、665、703、745、765、786、1088、1125、1266、1573、1596首。

④ 名户：假名“なご”，地名，今大阪市住吉区海岸。

海雾沐日光
白浪荡夕阳

［原文］

なごの海の　霞の間より　ながむれば　入る日をあらふ　沖つしらなみ

〔36〕

命众臣赋汉诗时，以“水乡春望”为题咏歌

太上天皇（后鸟羽院）

远望山下雾茫茫
水无濑川[①]长流淌
秋思何绵长[②]

［原文］

見わたせば　山もとかすむ　水無瀬川　ゆふべは秋と　なに思ひけむ

〔37〕

摄政太政大臣家百首歌合，以“春曙”为题

藤原家隆朝臣

春霞蒙蒙间
旭日将现末松山[③]

---

① 水无濑川：假名“みなせがわ”，河流名，流经大阪府三岛郡。此处有作者（后鸟羽院）的离宫。

② 原本是咏春之歌，似有“在春而思秋”之意。

③ 末松山：假名“すえのまつやま”，山名，位于宫城县多贺城市。因有“末”字，和歌中常与“老”的意象相联。

横云飘翩翩

［原文］

霞立つ　末の松山　ほのぼのと　波にはなるる　横雲の空

〔38〕

奉守觉法亲王[①]之命，五十首歌合奉咏

藤原定家[②]朝臣

一枕黄粱度春眠

醒来举目看

山头横云正飘散

［原文］

春の夜の　夢の浮橋　とだえして　峰に別かるる　横雲の空

---

① 守觉法亲王：后白河天皇第二皇子。详见第 549 首注释。

② 藤原定家：本名光季，后称季光，再后来改为定家。卒于仁治二年（1241 年），享年 80 岁。正二位权中纳言。皇太后宫大夫俊成之子，隆信是他的异父兄长，俊成女是他的侄女。天福元年（1233 年）出家，法名明静。定家是著名学者、歌人、和歌理论家、歌坛领袖，《新古今和歌集》的主要编者。他继承其父俊成之衣钵，完成“御子左家”歌学。晚年致力于古典的书写与校勘，为后世留下了许多考证本。著有《明月记》《近代秀歌》《歌咏大概》《每月抄》等，有家集《拾遗愚草》，还有不少托名定家的大量著作，可见影响之大。本书收录其和歌 46 首，分别是第 38、40、44、63、91、134、232、235、247、254、363、420、480、487、532、671、672、739、788、891、934、952、953、968、980、982、1082、1117、1137、1142、1196、1206、1284、1291、1320、1324、1332、1336、1390、1455、1557、1646、1686、1725、1759、1872 首。

〔39〕

二月底不见梅花开，特咏此歌

中务①

仰面看春潮

梅花不开心头焦

此情梅树可知晓?

［原文］

知るらめや　霞の空を　ながめつつ　花もにほはぬ　春をなげくと

〔40〕

守觉法亲王家五十首歌合奉咏

藤原定家朝臣

梅香飘长空

天阴欲晴雾蒙蒙

明月挂苍穹

［原文］

大空は　梅のにほひに　かすみつつ　曇りもはてぬ　春の夜の月

---

① 中务：生卒年不详，天元二年(979年)之前健在。是宇多天皇的皇子中务卿敦庆亲王之女，其母是伊势。是天历、天德时期女性歌人的代表，“三十六歌仙”之一。有家集《中务集》。本书收录其和歌4首，分别为第39、1258、1497、1657首。

〔41〕

无题

宇治前关白太政大臣[①]

晨起欲折梅
却见枝头白绒绒
雪中一点红

［原文］

折られけり　紅にほふ　梅の花　今朝白妙に　雪は降れれど

〔42〕

咏梅花之篱

藤原敦家朝臣[②]

梅花满篱笆
漫步街巷只赏花
不问是谁家

［原文］

あるじをば　たれとも分かず　春はただ　垣根の梅を　尋ねてぞ見る

---

① 宇治前关白太政大臣：藤原赖通。卒于延久元年（1069 年），享年 83 岁。曾任从一位摄政关白太政大臣。御堂关白道长的长子，一条院中宫彰子之兄。曾在宇治营造平等、宇治殿。本书收录其和歌 1 首。

② 藤原敦家：卒于宽治四年（1090 年），享年 58 岁。曾任正四位上伊予守。是参议兼经次子，显纲之兄，俊成的外祖父。也是音乐史上的管弦名家。本书收录其和歌 1 首。

〔43〕

以“梅花飘香”为题咏歌

源俊赖朝臣[1]

远处梅花开
馨香萦绕满心怀
香自何处来

［原文］

心あらば　と問はましものを　梅が香に　たが里よりか　にほひ来つらむ

〔44〕

百首歌合奉咏

藤原定家朝臣

檐下冷月光
梅花依旧香
怀人不觉泪沾裳

［原文］

梅の花　にほひをうつす　袖の上に　軒漏る月の　影ぞあらそふ

① 源俊赖：大治四年（1129年）卒，享年75岁左右。曾任从四位上木工权头。是大纳言经信之子，俊惠、待贤门院新少将之父。曾受白河院之命编纂《金叶集》，有歌论《俊赖脑髓》，家集《散木奇歌集》。本书收录其和歌11首，为第43、266、533、557、1085、1164、1473、1602、1792、1816、1836首。

〔45〕

藤原家隆朝臣

对梅忆旧事
梅也不回音
唯有月光照泪襟

［原文］

梅が香に　昔を問へば　春の月　答へぬ影ぞ　袖にうつれる

〔46〕

一千五百番歌合①奉咏

右卫门督通具②

欲问夕时月
是否梅花吐芬芳
触袖即沾香

［原文］

梅の花　たが袖ふれし　にほひぞと　春や昔の　月に問はばや

---

① 一千五百番歌合：建仁元年（1201年）后鸟羽院主持的歌合，也是日本和歌史上规模最大的一次歌合，聚集了当时许多一流的歌人，显示了新的歌风。

② 右卫门督通具：源通具。嘉禄三年（1227年）卒，享年57岁。曾任正二位大纳言，是土御门内大臣通亲的次子，通光之兄，其母是平通盛之女。是《新古今和歌集》的编者之一。本书收录其和歌17首，为第46、96、239、294、374、424、560、594、609、684、1135、1276、1301、1319、1340、1621、1758首。

〔47〕

皇太后宫大夫俊成女①

梅花正香馨
睹花忆故人
春宵望月思念深

［原文］

梅の花　あかぬ色香も　昔にて　おなじ形見の　春の夜の月

〔48〕

咏梅花歌，奉赠大贰三位②

权中纳言定赖③

想见难见君
眼见梅花如见人
无花难慰思念心

［原文］

見ぬ人に　よそへて見つる　梅の花　散りなむのちの　なぐ

---

① 皇太后宫大夫俊成女：卒于建长六年（1254年），享年大概84岁。别名下萌少将，出家后被称为嵯峨禅尼、越部禅尼，是尾张守藤原盛赖之女，是祖父俊成的养女，定家的侄女。嫁给源通具后，生子具定，后到后鸟羽院朝任职，成为当时出类拔萃的女歌人。著有《越部禅尼消息》，家集有《俊成卿女集》。本书收录其和歌29首，分别是第47、112、140、171、179、245、375、391、428、429、505、514—516、608、617、693、787、949、957、1081、1136、1285、1326、1334、1335、1391、1565、1764首。

② 大贰三位：藤原贤子。生卒年不详，平安中期人。紫式部与藤原宣孝之女，是后冷泉天皇的乳母，太宰大贰高阶成章之妻。也称越后弁、弁乳母、弁局、藤三位。有家集《大贰三位集》（藤三位集）。本书收录其和歌6首，分别为第49、310、727、780、1446、1608首。

③ 权中纳言定赖：藤原定赖。卒于宽德二年（1045年），享年51岁。正二位权中纳言，兵部卿。大纳言公任之子，也称四条中纳言。是“三十六歌仙”之一。有家集《权中纳言定赖卿集》。本书收录其和歌4首，分别是第48、509、946、1597首。

さめぞなき

〔49〕

答歌

大贰三位

梅花正惹人
春来最牵心
不知花香熏何人

［原文］

春ごとに　心をしむる　花の枝に　たがなをざりの　袖かふれつる

〔50〕

以“二月雪落衣”为题咏之

康资王母①

风吹梅花送芬芳
雪片沁花香
纷纷落衣裳

［原文］

梅散らす　風も越えてや　吹きつらむ　かほれる雪の　袖に乱るる

---

① 康资王母：生卒年不详，后冷泉、白河、堀河天皇时期人。是筑前守高阶成顺之女，其母是伊势大辅。因侍奉过后冷泉天皇的皇后四条宫宽子，所以也被称为四条宫筑前，之后成为了神祇伯延信王之妻，生下了神祇伯康资王，故也被称为伯母。有家集《康资王母集》（伯母集）。本书收录其和歌4首，为第50、118、628、726首。

〔51〕

无题

西行法师

人疏远时花也衰
此时梅花正盛开
殷殷待客来

［原文］

とめ来かし　梅盛りなる　わが宿を　うときも人は　折りにこそよれ

〔52〕

百首歌合奉咏，春歌

式子内亲王

檐下观梅遣惆怅
唯愿我身作古时
梅花勿相忘

［原文］

ながめつる　今日は昔に　なりぬとも　軒端の梅は　われを忘るな

〔53〕

于土御门内大臣家，以“梅香留袖”为题咏之

藤原有家[①]朝臣

梅花已凋衰
衣袖梅香在
春风习习拂袖来

［原文］

散りぬれば　にほひばかりを　梅の花　ありとや袖に　春風の吹く

〔54〕

无题

八条院高仓[②]

唯君能识芳
梅花绽放我独赏
可惜不见君来访

［原文］

ひとりのみ　ながめて散りぬ　梅の花　知るばかりなる　人は訪ひ来で

---

① 藤原有家：本名仲家。卒于建保四年（1216 年），享年 62 岁。曾任非参议从三位大藏卿。太宰大二重家第三子，是经家、显家之兄。《新古今和歌集》的编者之一。本书收录其和歌 19 首，分别是第 53、75、98、261、377、673、704、961、962、1138、1277、1283、1305、1314、1437、1478、1622、1638、1653 首。

② 八条院高仓：生卒年不详，嘉祯三年（1237 年）仍健在，时年 60 岁。是侍奉鸟羽天皇的皇女八条院暲子的侍女，是安居院法印澄宪之女。本书收录其和歌 7 首，为第 54、208、525、1146、1201、1270、1841 首。

〔55〕

《白氏文集·嘉陵春夜诗》有“不明不暗胧胧月”，以此为题咏歌

大江千里[①]

不明又不暗
春月朦胧挂云端
美妙不可言

[原文]

照りもせず　曇りもはてぬ　春の夜の　朧月夜に　しく物ぞなき

〔56〕

祐子内亲王居住藤壶时，女房及殿上人就“春与秋何者最有情趣”，众说纷纭，而以倾心秋者为多

菅原孝标女[②]

春夜抹天蓝
繁花朦胧月色暗
最美在春天

[原文]

あさみどり　花もひとつに　かすみつつ　おぼろに見ゆる　春の夜の月

---

① 大江千里：生卒年不详，约为宇多、醍醐天皇时期人。曾任六位兵部大丞，是博学的儒者、“三十六歌仙”之一。编著有《弘帝范》《群书要览》《贞观格式》，有家集《大江千里集》（句题和歌）。本书收录其和歌3首，为第55、405、870首。

② 菅原孝标女：生卒年不详，康平二年（1059年）左右还在世。是曾经侍奉祐子内亲王的女官。父亲孝标是道真的五世孙，是著名日记文学《更级日记》的作者。本书收录其和歌1首。

〔57〕

百首歌合奉咏

源具亲[①]

难波[②]云雾中
不朦胧时也朦胧
望月亦惺忪

［原文］

難波潟　かすまぬ波も　かすみけり　うつるも曇る　朧月夜に

〔58〕

摄政太政大臣家百首歌合奉咏

寂莲法师[③]

破晓月朦胧
水田上空雁北行
哀鸣一声声

［原文］

今はとて　たのむの雁も　うちわびぬ　朧月夜の　あけぼの

① 源具亲：生卒年不详，后鸟羽天皇时期人。曾任从四位下左近少将。是右京权大夫师光的次子，泰光之弟，宫内卿之兄，和歌所寄人之一。本书收录其和歌 7 首，为第 57、121、295、587、597、598、1559 首。

② 难波：原文“難波潟”，假名“なにはがた”，今大阪一带海边。

③ 寂莲法师：俗姓藤原，本名定长。建仁二年（1202 年）圆寂，享年 60 多岁。从五位下中务少辅，左中弁。阿阇梨俊海（俊成之弟）之子，伯父俊成的养子。定家出生后出家，名为寂莲。作为御子左家的著名歌人，活跃于新古今歌坛，是《新古今和歌集》的编撰者之一，但《新古今集》未编完便去世。有家集《寂莲法师集》。本书收录其和歌 35 首，分别是第 58、87、154、155、169、252、361、396、439、469、488、491、522、599、663、705、740、836、1032、1118、1287、1302、1312、1321、1386、1603、1634、1752、1753、1838、1937—1940、1949 首。

の空

〔59〕

刑部卿赖辅[①]歌会时奉咏

皇太后宫大夫俊成

大雁正北归

破晓哀鸣最伤悲

听之欲落泪

[原文]

聞く人ぞ　涙は落つる　帰る雁　鳴きてゆくなる　あけぼのの空

〔60〕

无题

佚名

夜深云遮路

北飞大雁似迷途

哀鸣声不住

[原文]

故郷に　帰るかへるかりがね　さ夜更けて　雲路にまよふ声き聞ゆなり

---

① 刑部卿赖辅：藤原赖辅。

〔61〕

归雁

摄政太政大臣(藤原良经)

寄语北归雁
莫忘风吹稻叶卷
来年再复还

[原文]

忘るなよ　たのむの沢を　たつ雁も　いな葉の風の　秋の夕暮

〔62〕

百首歌会奉咏

藤原定家朝臣

如今雁北归
抛舍花月头不回
花月徒伤悲

[原文]

帰る雁　今はの心　ありあけに　月と花との　名こそ惜しけれ

〔63〕

守觉法亲王五十首歌合奉咏

藤原定家朝臣

霜天奋飞多劳顿
恰逢春来雨纷纷

为雁洗风尘

[原文]

霜まよふ　空にしほれし　かりがねの　帰るつばさに　春雨ぞ降る

〔64〕

闲中春雨咏

大僧正行庆①

寂寞难耐时
春雨绵绵季
屋檐忍草②雨滴滴

[原文]

つくづくと　春のながめの　寂しきは　しのぶにつたふ　軒の玉水

〔65〕

宽平③御时，咏于后宫歌会

伊势④

绿山把水染

---

① 大僧正行庆：永万元年(1165年)圆寂，享年62岁。天王寺僧官之一，第30代圆城寺(三井寺)长史。白河天皇的皇子，母亲是备中守源政长之女，一说是忠教之女。又称狛僧正、樱井僧正。本书收录其和歌1首。

② 忍草：假名“しのぶぐさ”，一名骨碎补、瓦韦、萱草，因生命力顽强而知名。

③ 宽平：宇多天皇时的年号，公元889—896年。

④ 伊势：生卒年不详，大约死于天庆(938—947年)年间。大和守藤原继荫之女，是宇多天皇的中宫七条后温子的女房，受宇多天皇的宠爱，被称为伊势之御。后被敦庆亲王所爱，生下中务。是“三十六歌仙”之一。有家集《伊势集》。本书收录其和歌15首，分别是第65、107、714、721、858、1048、1049、1064、1159、1168、1241、1257、1382、1408、1722首。

春雨如丝线
洒向池塘成锦缎

［原文］

水の面に　綾織りみだる　春雨や　山の緑を　なべて染むらん

〔66〕

百首歌合奉咏

摄政太政大臣（藤原良经）

山岩苔藓常年绿
更待染春雨
新绿添几许

［原文］

常磐なる　山の岩根に　むす苔の　染めぬ緑に　春雨ぞ降る

〔67〕

于清辅朝臣府上，以“雨中秧田”为题

胜命法师①

喜雨来春天
农夫悠悠享清闲
信凭雨水注秧田

［原文］

雨降れば　小田のますらを　いとまあれや　苗代水を　空に

---

① 胜命法师：俗姓藤原。生卒年不详，文治三年（1187 年）左右尚在世。从五位上美浓守。佐渡守藤原亲贤之子，本名初为宪亲，后为亲重。本书收录其和歌 1 首。

まかせて

〔68〕

延喜御时，屏风歌

凡河内躬恒

当春雨泠泠
青柳沐雨荡秋风
枝条如丝色更青

［原文］

春雨の　ふりそめしより　青柳の　系の绿ぞ　色まさりける

〔69〕

无题

太宰大贰高远①

又是一春天
青柳成荫街两边
柳下人安闲

［原文］

うちなびき　春は来にけり　青柳の　影ふむ道に　人のやすらふ

① 太宰大贰高远：藤原高远。长和二年(1013 年)卒，享年 65 岁。曾任非参议正三位太宰大贰。是参议齐敏之子，小野宫右大臣实资之兄，藤原佐理、公任之堂兄。是“三十六歌仙”之一，笛子名家。有家集《大贰高远集》。本书收录其和歌 3 首，分别为第 69、318、1002 首。

〔70〕

辅仁亲王[①]

吉野大河深
两岸古柳未成荫
已觉春来临

［原文］

み吉野　の大川のべの　古柳　蔭こそ見えね　春めきにけり

〔71〕

百首歌合奉咏

崇德院[②]

大风吹柳在岸堤
波波柳浪伏又起
延展如草席

［原文］

嵐ふく　岸のやなぎの　いなむしろ　織り敷く波に　まかせてぞ見る

---

① 辅仁亲王：元永二年（1119年）薨，享年47岁。三品。后三条天皇的第三皇子，花园左大臣源有仁之父。本书收录其和歌1首。

② 崇德院：第75代天皇。长宽二年（1164年）驾崩，享年46岁。鸟羽天皇的皇长子，母亲是待贤门院璋子。因保元之乱而被发配至赞岐，后死于此处。曾敕命编纂《词花集》。本书收录其和歌7首，分别是第71、131、286、685、1804、1945、1946首。

〔72〕

建仁元年三月歌会，以“霞隔远树”为题

权中纳言公经①

高濑舟②上过码头③
柳色青青一薮薮
远霞隔岸柳

［原文］

高瀬さす　六田の淀の　やなぎはら　緑も深かく　かすむ春かな

〔73〕

百首歌合奉咏，春歌一首

殷富门院大辅④

春风吹卷云雾翻
雾中青柳依稀见
枝条乱飐飐

［原文］

春風の　霞吹き解く　絶え間より　乱れてなびく　青柳の糸

---

① 权中纳言公经：藤原公经。卒于宽元二年(1244年)，享年74岁。坊城内大臣实宗次子，娶赖朝的妹夫藤原能保之女为妻。本书收录其和歌10首，分别是第72、156、216、265、323、477、543、1274、1300、1331首。

② 高濑舟：假名“たかせぶね”，一种为了通过河中浅滩而特制的浅底船。

③ 码头：原文“六田の淀”，假名“むつたのよど”，奈良县吉野郡吉野川上的一个码头。

④ 殷富门院大辅：约卒于正治二年(1200年)，享年70岁左右。后五位下藤原信成之女。曾侍奉后鸟羽院的准母(天皇的生母死后，指定其他女性成为天皇的母亲)殷富门院(后白河院的皇女，式子内亲王、守觉法亲王的姐妹)。有《殷富门院大辅集》，本书收录其和歌10首，分别是第73、143、415、606、790、1089、1145、1228、1296、1644首。

〔74〕

一千五百番歌合奉咏，春歌

藤原雅经①

远处白云翻
云隙青柳见
春风正度葛城山②

［原文］

白雲の　絶え間になびく　青柳の　葛城山に　春風ぞ吹く

〔75〕

藤原有家朝臣

露珠缀青柳
似白玉晶莹剔透
年年春春有

［原文］

青柳の　糸にたまぬく　白露の　知らず幾世の　春か経ぬらむ

〔76〕

宫内卿

野外生嫩草

---

① 藤原雅经：承久三年（1221年）卒，享年52岁。曾任从三位右兵卫督。刑部卿赖经之子。早年跟随祖父赖辅学习和歌与蹴鞠，又从俊成学习和歌，是后鸟羽院时代的代表歌人、《新古今和歌集》的编纂者之一。有家集《明日香井和歌集》。本书收录其和歌22首，为第74、93、94、145、184、298、364、436、483、561、604、610、652、940、955、958、1094、1315、1333、1456、1668、1763首。

② 葛城山：假名"かずらきやま"，位于大阪府与奈良县之间。

草稀之处雪未消
草深残雪少

［原文］

薄く濃き　野辺の緑の　若草に　跡まで見ゆる　雪のむら消え

〔77〕

无题

曾祢好忠[①]

荒地生艾蒿
去年收割留旧茬
逢春发新芽

［原文］

荒小田の　去年の古跡の　古蓬　今は春べと　ひこばへにけり

〔78〕

壬生忠见

野火烧不尽
春日野上草又生
不负"春日"名

［原文］

焼やかずとも　草はもえなむ　春日野を　ただ春の日に　ま

① 曾祢好忠：生卒年不详，平安中期圆融、花山天皇时期人。任六位丹后掾，也被称为曾丹。是"三十六歌仙"之一。著有家集《曾丹集》。本书收录其和歌16首，为第77、186、187、311、343、371、495、529、535、601、619、681、1022、1070、1071、1569首。

かせたらなむ

〔79〕

西行法师

吉野山上当春时
雪片纷纷落樱枝
今年花开迟

［原文］

吉野山　桜が枝に　雪ちりて　花迟げなる　年にもあるかな

〔80〕

白河院鸟羽天皇御时，众人以
“山家等待樱花开”为题咏歌

藤原隆时①朝臣

众人来春山
急待樱花绽开颜
不觉已数天

［原文］

桜花　咲かばまづ見むと　思ふ間に　日数経にけり　春の山里

---

① 藤原隆时：嘉承元年（1106 年）卒，一说长和二年（1013 年）卒，享年 65 岁。曾任正四位下因幡守。是左卫门佐清纲的长子，家隆的曾祖父。本书收录其和歌 1 首。

〔81〕

亭子院①歌合咏歌

纪贯之②

我心向春山
心系樱花魂梦牵
一天又一天

［原文］

わが心　春の山べに　あくがれて　ながながし日を　今日も暮しつ

〔82〕

摄政太政大臣家百首歌合，以“野游”为题

藤原家隆朝臣

春山花掩路
不知自身在何处
欲向黄莺借花屋

［原文］

思ふどち　そことも知らず　ゆき暮れぬ　花の宿かせ　野べの鶯

① 亭子院：宇多天皇的御所。详见第1019首注释。

② 一说作者为凡河内躬恒。

〔83〕

百首歌合奉咏

式子内亲王

樱花开鲜艳
天空迷蒙春雾淡
春色正弥漫

［原文］

いま桜　咲きぬと見えて　うす曇り　春にかすめる　世のけしきかな

〔84〕

无题

佚名

坐卧不安起身看
细看春雨连绵绵
轻轻撩花瓣

［原文］

臥して思ひ　起きてながむる　春雨に　花の下紐　いかに解くらむ

〔85〕

中纳言家持

来者开心颜
去者多留恋
春霞弥漫初樱绽

［原文］

ゆかむ人　来む人しのべ　はるがすみ　立田の山の　初さくらばな

〔86〕

花歌

西行法师

又上吉野山
去年路标已不见
再踏新径寻花颜

［原文］

吉野山　去年のしほりの　道かへて　まだ見ぬかたの　花を尋ねむ

〔87〕

和歌所奉咏，春歌

寂莲法师

葛城高间山[①]
樱花正烂漫
看似白云起立田[②]

［原文］

葛城や　高間の桜　咲きにけり　立田の奥に　かかる白雲

---

① 葛城高间山：葛城是位于今大阪府与奈良县之间的山脉。其中高间山是葛城山的最高峰，又称金刚山。

② 立田：立田山，位于奈良县生驹郡以西，象征西方。和歌名胜地，以红叶知名。

〔88〕

无题

佚名

古都石上[①]再游览
昔日折樱插发簪
如今花依然

［原文］

いそのかみ　古るき都を　来てみれば　昔かざしし　花咲きにけり

〔89〕

源公忠[②]朝臣

但愿春常在
眼前总有樱花开
妍妍永不衰

［原文］

春にのみ　年はあらなん　荒小田を　かへすがへすも　花を見るべく

---

① 石上：假名“いそのかみ”，地名，奈良县天理市布留一带的古称。

② 源公忠：天历二年(948年)卒，享年60岁。从四位下右大弁。大藏卿国纪之子，光孝天皇之孙，信明之父。是“三十六歌仙”之一。有家集《公忠集》。本书收录其和歌2首，分别是第89、1444首。

〔90〕

人折八重樱相赠，咏歌以答

道命法师①

立田山上八重樱
白云白花难分清
折花看分明

［原文］

白雲の　立田の山の　八重桜　いづれを花と　わきて折りけん

〔91〕

百首歌合奉咏

藤原定家朝臣

白云叠重重
立田山上春意浓
花香飘荡小仓峰②

［原文］

白雲の　春はかさねて　立田山　小倉のみねに　花にほふらし

---

① 道命法师：俗姓藤原。生卒年不详，平安中期圆融天皇时期人。阿阇梨、天王寺别当。大纳言道纲之子，摄政兼家之孙，天台座主慈惠大僧正的弟子。是“三十六歌仙”之一。有家集《道命阿阇梨集》。本书收录其和歌 4 首，为第 90、872、1639、1645 首。

② 小仓：假名“おぐら”，小仓峰，立田山的一座山峰，位于京都市右京区嵯峨。

〔92〕

无题

藤原家衡[1]朝臣

樱花飘香一缕缕
吉野古都[2]白云聚
久久不散去

［原文］

吉野山　花やさかりに　にほふらん　故郷去えぬ　峰の白雪

〔93〕

于和歌所，以"羁旅花"为题咏之

藤原雅经

翻越几重山
回头看樱花烂漫
似白云层叠翻卷

［原文］

岩根踏み　かさなる山を　分けすてて　花も幾重の　跡の白雲

〔94〕

五十首歌合奉咏

流连花枝间

---

① 藤原家衡：生卒年不详，大约是后鸟羽天皇时期人。曾任非参议正三位。正三位经家之子。本书收录其和歌 2 首，分别是第 92、1620 首。

② 吉野古都：吉野在古代的大和时代是天皇的离宫所在地。

不觉天向晚
忽见月亮挂山巅

［原文］

尋ねきて　花に暮らせる　木の間より　待つとしもなき　山の端の月

〔95〕

以“故乡花”为题咏之

前大僧正慈圆

故乡冷清清
花开自凋零
唯有含露任春风

［原文］

散り散らず　人も尋ねぬ　故郷の　露けき花に　春風ぞ吹く

〔96〕

一千五百番歌合奉咏

右卫门督通具

石上布留樱
年年花开盛
不忘昔人栽培情

［原文］

いそのかみ　布留野の桜　たれ植へて　春は忘れぬ　形見なるらむ

〔97〕

正三位季能[①]

踏草寻花行
再来吉野城
春日旧宫又黎明

［原文］

花ぞ見る　道の芝草　踏みわけて　吉野の宮の　春のあけぼの

〔98〕

藤原有家朝臣

山樱正烂漫
不与朝阳争光艳
看似白雪团

［原文］

朝日影　にほへる山の　桜ばな　つれなく消えぬ　雪かとぞ見る

① 正三位季能：藤原季能。卒于建历元年（1211 年），享年 59 岁。非参议正三位兵部卿，太皇太后宫权大夫俊盛之子。本书收录其和歌 3 首，分别是第 97、648、1604 首。

第二卷　春歌・下[1]

〔99〕

释阿于和歌所祝九十诞辰时，为屏风图题咏山樱

太上天皇（后鸟羽院）

樱花开远山
春意绵长意境远
久看总不厌

［原文］

桜さ咲く　とほ山鳥の　しだり尾の　ながながし日も　あかぬ色かな

〔100〕

一千五百番歌合奉咏，春歌

皇太后宫大夫俊成

吉野山上樱
年年春来花开盛
总是牵我情

［原文］

いくとせの　春に心を　つくし来ぬ　あはれと思へ　み吉野の花

〔101〕

百首歌合奉咏

式子内亲王

春来愁煞人
回首以往假又真
花季总伤春

［原文］

はかなくて　過ぎにしかたを　かぞふれば　花にもの思ふ　春ぞ経にける

〔102〕

侍奉内大臣时，以“望山花”为题咏之

京极前关白太政大臣[2]

山樱似白云
云花难辨又难分
折花也愁人

［原文］

白雲の　たなびく山の　山桜　いづれを花と　ゆきて折らまし

---

① 本卷《春歌 · 下》所选，第 99—174 首，樱花盛开至暮春时节所咏。

② 京极前关白太政大臣：藤原师实。卒于康和三年（1101 年），享年 60 岁。从一位摄政关白太政大臣。宇治关白赖通次子。著有《京极关白记》。本书收录其和歌 1 首。

〔103〕

于祐子内亲王府上，众人咏歌

权大纳言长家[①]

山樱染蓝天
花色天色难分辨
花开天地间

［原文］

花の色に　あまぎる霞　立ちまよひ　空さへにほふ　山桜かな

〔104〕

无题

山部赤人

公卿得余暇
相约今日去赏花
折花头上插

［原文］

ももしきの　大宮人は　いとまあれや　桜かざして　今日もくらしつ

① 权大纳言长家：藤原长家。康平七年（1064年）卒，享年60岁。曾任正二位权大纳言，民部卿，中宫大夫。是法性寺入道摄政道长的第六子，俊成是其曾孙。本书收录其和歌4首，为第103、315、452、815首。

〔105〕

在原业平[1]朝臣

一时花开不见人
叹嗟连连难安心
今宵尤难忍

［原文］

花にあかぬ　嘆きはいつも　せしかども　今日の今宵に　似る時はなし

〔106〕

凡河内躬恒

春夜睡还醒
似见樱花正凋零
一梦叠一梦

［原文］

いもやすく　寝られざりけり　春の夜は　花の散るのみ　夢に見えつつ

〔107〕

伊势

敢问阳春天

① 在原业平：元庆四年（880年）卒，享年56岁。曾任从四位上左近卫权中将。是平城天皇的皇子弹正尹阿保亲王的第五子，与其兄行平一起被赐姓在原，成为臣子。生性风流倜傥，《伊势物语》中的故事多以他为主人公。是“六歌仙”和“三十六歌仙”之一。有家集《业平集》。本书收录其和歌12首，为第105、851、903、904、994、1080、1151、1409、1410、1590、1591、1616首。

树下残雪遮花瓣
花雪何分辨

［原文］

やまざくら　散りてみ雪に　まがひなば　いづれか花と　春に問はなむ

〔108〕

纪贯之

樱树虽为自家有
花开花谢任自由
谢去也难留

［原文］

わが宿の　ものなりながら　桜花　散るをばえこそ　とどめざりけれ

〔109〕

宽平年间，后宫歌会时奉咏

佚名

春霞起远山
樱花开谢未曾见
只闻莺鸣啭

［原文］

霞立つ　春の山べに　さくらばな　あかず散るとや　鶯の鳴く

〔110〕

无题

山部赤人

春雨打花切莫急
人未来时过花期
岂不太可惜

［原文］

春雨は　いたくな降りそ　さくらばな　まだ見ぬ人に　散らまくも惜し

〔111〕

纪贯之

樱花树下风送爽
衣袖经风香更香
衣花赛芬芳

［原文］

花の香に　衣は深かく　なりにけり　木の下蔭の　風のまにまに

〔112〕

一千五百番歌合奉咏

皇太后宫大夫俊成女

晨起樱花风
拂弄衣枕催人醒
花香扰春梦

［原文］

風通ふ　寝覚めの袖の　花の香に　かをる枕の　春の夜の夢

〔113〕

守觉法亲王五十首歌合奉咏

藤原家隆朝臣

路上熙攘攘
生人熟人去又往
衣袖带花香

［原文］

このほどは　知るも知らぬも　たまぼこの　ゆき交ふ袖は　花の香ぞする

〔114〕

摄政太政大臣家，每人各咏五首

皇太后宫大夫俊成

又来樱狩猎[1]
漫步在交野[2]
春晓樱花如飘雪

［原文］

またや見む　交野のみ野の　桜狩り　花の雪散る　春のあけぼの

---

① 樱狩猎：假名“さくらかり”，一边赏花一边观看猎鹰狩猎的一种游艺活动，后来也专指徒步郊游赏花。

② 交野：假名“かたの”，今大阪府牧方市禁野一带的平原，是平安时代皇室的游猎地。

〔115〕

咏花

祝部成仲[①]

春霞遮远山
花开花落不得见
唯有心相牵

［原文］

散り散らず　おぼつかなきは　春霞　たなびく山の　桜なりけり

〔116〕

山行咏

能因法师[②]

山色近黄昏
寺院晚钟发清音
樱花落纷纷

［原文］

山里の　春の夕暮　来きてみれば　いりあいの锺に　花ぞ散りける

---

① 祝部成仲：生年不详，一说建久二年（1191 年）卒，享年 93 岁。曾任正四位上日吉祢宜。成实之子，允仲（政仲）之父，成茂、后鸟羽院下野之祖父。有家集《祝部成仲集》。本书收录其和歌 5 首，为第 115、844、890、1609、1674 首。

② 能因法师：俗姓橘，名永恺。生卒年不详，一条天皇时期人。肥前守元恺之子。出家后先叫融因，后叫能因。跟随长能学习和歌，游历四方，也出入宫廷歌坛，是“三十六歌仙”之一。编著《玄玄集》《能因歌枕》，有家集《能因法师集》。本书收录其和歌 10 首，为第 116、547、548、577、643、655、799、823、1684、1710 首。

〔117〕

无题

惠庆法师[①]

匆匆来又还
樱花毅然谢春山
逃离人世间

［原文］

桜散る　春の山べは　憂かりけり　世をのがれにと　来しかひもなく

〔118〕

为赏花人劝诱而咏

康资王母

山上任风吹
棵棵樱树花纷飞
落花似雪堆

［原文］

やまざくら　花の下風　吹にけり　木のもとごとの　雪のむら消え

① 惠庆法师：生卒年不详，大概是平安中期花山天皇时代的人。曾与中大臣能宣、纪时文、平兼盛、源重之、安法法师等人有广泛交流，是“三十六歌仙”之一。有家集《惠庆法师集》。本书收录其和歌 7 首，分别是第 117、250、463、921、1595、1630、1685 首。

〔119〕

无题

源重之

春雨连绵绵
樱花带泪正飘散
我泪亦难干

［原文］

春雨の　そぼ降る空の　をやみせず　落つる涙に　花ぞ散りける

〔120〕

大雁掠山水
随风往北飞
风中樱花摇摇坠

［原文］

かりがねの　帰る羽風や　さそふらん　過ぎゆく峰の　花も残らぬ

〔121〕

百首歌合奉咏，春歌

源具亲

吉野春复回
水田大雁欲北归
樱花落纷飞

［原文］

時しもあれ　たのむの雁の　別れさへ　花散るころの　みよ

しのの里

〔122〕

以“赏山花”为题

大纳言经信①

山高林木深
杉树高耸掩樱林
花坠山风吟

［原文］

山深み　杉の群立ち　見えぬまで　尾の上の風に　花の散るかな

〔123〕

堀河院御时，奉咏百首歌之一，花歌

大纳言师赖②

樱花正凋散
层层叠叠覆地面
树下青苔看不见

［原文］

木の下の　苔の绿も　見えぬまで　八重散りしける　山桜かな

---

① 大纳言经信：源经信。承德元年(1097 年)卒，享年 82 岁。曾任正二位大纳言太宰权帅。是民部卿通方的四子。精通诗歌、管弦及各类知识技艺，博学多才与藤原公任并称“三船之才”。其清新的歌风被其子俊赖、其孙俊惠继承。著有《帅记》《大纳言经信集》。本书收录其和歌 19 首，分别为第 122、148、197、222、225、228、342、411、481、489、555、728、920、927、928、951、1463、1530、1733 首。

② 大纳言师赖：源师赖。保延五年(1139 年)卒，享年 72 岁。曾任正二位大纳言，春宫大夫。是堀河左大臣俊房的长子，师时、师俊之兄。本书收录其和歌 2 首，为第 123、925 首。

〔124〕

以花为题十首歌之一

左京大夫显辅①

高山开樱花
花落纷纷飘山下
看似起云霞

[原文]

ふもとまで　尾の上の桜　散り来ずは　たなびく雲と　見てや過ぎまし

〔125〕

以“花落客稀”为题

刑部卿范兼②

如今花落早
访客已稀少
唯余耳畔风聒噪

[原文]

花散れば　訪ふ人まれに　なりはてて　いとひし風の　音のみぞする

---

① 显辅：藤原显辅。卒于久寿二年（1155年），享年66岁。曾任非参议正三位左京大夫。藤原显季第三子，清辅、显昭之父。从父亲藤原显季学习六条家歌学，后于仁平元年（1151年）奉崇德院之命编纂《词花集》，著有家集《左京大夫显辅卿集》。本书收录其和歌6首，分别是第124、413、431、764、848、1912首。

② 刑部卿范兼：藤原范兼。长宽三年（1165年）卒，享年59岁。一说保延五年（1139年）卒，享年54岁。曾任非参议从三位刑部卿。是式部少辅能兼之子，范光之父。编著《和歌童蒙抄》《后六六撰》《五代名所》等。本书收录其和歌6首，为第125、667、732、752、1295、1504首。

〔126〕

无题

西行法师

与花相依偎
一朝花落离我去
戚戚心伤悲

［原文］

ながむとて　花にもいたく　なれぬれば　散る別れこそ　悲しかりけれ

〔127〕

越前

樱花正飘洒
但愿山居另有路
可使来客勿踏花

［原文］

山里の　庭よりほかの　道もがな　花散りぬやと　人もこそ訪へ

〔128〕

奉咏五十首歌之一，以“湖上花”为题

宫内卿

比良山[①]风吹花散

① 比良山：假名“ひらのやま”，山名，位于今滋贺县琵琶湖西岸。

湖上花瓣一片片
悠悠荡行船

［原文］

花さそふ　比良の山風　吹きにけり　漕ぎゆく舟の　跡見ゆるまで

〔129〕

以“关隘花”[①]为题

杉树一片片
樱花一团团
杉樱相映逢坂关

［原文］

逢坂や　梢のはなを　吹くからに　嵐ぞかすむ　関の杉群

〔130〕

奉咏百首歌之一，春歌

二条院赞岐[②]

樱花开高山
月儿挂山巅
花海如云遮晓天

---

① 关隘花：原文“关路花”，在关隘路上所见的花。此处的“关”，指的是逢坂关。

② 二条院赞岐：建保五年（1217 年）左右卒，享年 77 或 78 岁。是曾侍奉二条天皇的侍女，源三位赖政之女。二条院驾崩后，成为藤原重赖之妻并产下一女。建久年间（1190—1198）侍奉中宫宜秋门院，之后出家隐居。直到建历、建保时期一直活跃于歌坛，是当时女性歌人的代表。有家集《二条院赞岐集》。本书收录其和歌 16 首，分别为第 130、237、271、435、540、584、590、1084、1096、1120、1184、1286、1512、1542、1636、1965 首。

［原文］
山高み　峰の嵐に　散る花の　月にあまぎる　明け方の空

〔131〕

咏于百首歌合，春歌

崇德院

高山撒樱花
看似天女羽衣裳
轻轻抚石崖

［原文］
山高み　岩根の桜　散る時は　天の羽衣は　撫づるとぞ見る

〔132〕

春日神社歌合，人人咏歌

刑部卿赖辅①

山风正漫卷
樱花怒放吉野山
花云飘山巅

［原文］
散りまがふ　花のよそめは　吉野山　嵐にさはぐ　峰の白雲

---

① 刑部卿赖辅：藤原赖辅。本名亲忠，文治二年（1186 年）卒，享年 75 岁。曾任非参议从三位刑部卿，周防权守。是大纳言忠教之子，教长之弟。有家集《刑部卿赖辅卿集》。本书收录其和歌 3 首，为第 132、1229、1775 首。

〔133〕

题咏最胜四天王院[①]隔扇绘吉野山

太上天皇（后鸟羽院）

高高吉野山
樱花正翻卷
白花莹莹映晓天

［原文］

み吉野山の　高嶺の桜　ちりにけり　嵐も白き　春のあけぼの

〔134〕

一千五百番歌合奉咏

藤原定家朝臣

春风不来吹
访客不来无人踏
庭院落英如雪花

［原文］

桜色の　庭の春風　跡もなし　訪はばぞ人の　雪とだに見む

〔135〕

某年皇宫赏花时，见樱花飘落于砚台，
遂咏此歌赠摄政[②]

太上天皇（后鸟羽院）

庭院樱花凋

---

① 最胜四天王院：佛寺名称，后鸟羽院在京都东山的白川建造的寺院。
② 摄政：藤原良经。

落英如雪飘
赏花最是在今朝

［原文］

今日だにも　庭をさかりと　うつる花　消えずはありとも　雪かとも見よ

〔136〕

答歌

摄政太政大臣（藤原良经）

今日无人来相邀
莫非待我明日到
樱花今日凋？

［原文］

さそはれぬ　人のためとや　残りけむ　明日よりさきの　花の白雪

〔137〕

折取家植八重樱，携赠惟明亲王，并咏此歌

式子内亲王

轩端八重樱
盛期将过欲凋零
莫如折取相奉赠

［原文］

八重にほふ　軒端の桜　うつろひぬ　風よりさきに　訪ふ人もがな

〔138〕

答歌

惟明亲王

早盼八重樱
却忍目睹花凋零
岂非太无情

［原文］

つらきかな　うつろふまでに　八重桜　とへともいはで　過ぐる心は

〔139〕

五十首歌合奉咏

藤原家隆朝臣

似梦又非梦
樱花白云掠山顶
无常度春风

［原文］

さくらばな　夢かうつつか　白雲の　絶えてつねなき　峰の春風

〔140〕

无题

皇太后宫大夫俊成女

悲苦人世间
樱花何须多留恋

风来即飘散

［原文］

恨みずや　憂き世を花の　いとひつつ　さそふ風あらばと思ひけるをば

〔141〕

后德大寺左大臣（藤原实定）

花开花落一年年
来可期盼去难拦
最似人世间

［原文］

はかなさを　ほかにもいはじ　桜花　さきては散りぬ　あはれ世の中

〔142〕

于入道前关白太政大臣家，百首歌合奉咏

俊惠法师

赏花又一回
来日无多心伤悲
落花催老泪

［原文］

ながむべき　のこりの春を　かぞふれば　花とともにも　散る涙かな

〔143〕

咏花

殷富门院大辅

花落总伤心
人到暮年更不忍
来世还做怜花人

［原文］

花もまた　別れん春は　思ひいでよ　咲き散るたびの　心づくしを

〔144〕

一千五百番歌合奉咏

左近中将良平[①]

樱花已凋零
山头白云似花影
飘然荡春风

［原文］

散る花の　忘れがたみの　峰の雲　そをだに残せ　春の山風

〔145〕

咏落花

藤原雅经

山风吹花散

---

① 左近中将良平：藤原良平。延应二年（1240 年）卒，享年 57 岁。任从一位太政大臣。是九条关白兼实的四子，后京极摄政良经之弟。本书收录其和歌 2 首，为第 144、338 首。

又将白云挂山巅
云朵现花颜

[原文]

花さそふ　なごりを雲に　吹きとめて　しばしはにほへ　春の山風

〔146〕

无题

后白河院①御歌

樱花凋谢时
枝头无花心痴痴
怅然望空枝

[原文]

惜しめども　散りはてぬれば　桜花　いまは梢を　ながむばかりぞ

〔147〕

咏残春

摄政太政大臣（藤原良经）

古都寂寥日
吉野樱花凋谢时
春风吹空枝

① 后白河院：第77代天皇。建久三年（1192年）驾崩，享年66岁。鸟羽院天皇第四皇子，母亲是白河院的皇女待贤门院。崇德院的同母弟弟，式子内亲王、殷富门院、守觉法亲王等人之父。酷爱音乐舞蹈艺术，编有《梁尘秘抄》。本书收录其和歌4首，分别是第146、579、1581、1726首。

［原文］

吉野山　花のふるさと　跡絶えて　むなしきえだに　春風ぞ吹く

〔148〕

无题

大纳言经信

樱花去匆匆
故乡到处留花容
依稀浮春空

［原文］

ふるさとの　花のさかりは　過ぎぬれど　面影去らぬ　春の空かな

〔149〕

百首歌之一

式子内亲王

樱花已绝迹
四顾无处觅
唯余春雨淅沥沥

［原文］

花は散り　その色となく　ながむれば　むなしき空に　春雨ぞ降る

〔150〕

小野宫太政大臣[①]于月轮寺花赏花日，奉献此歌

清原元辅[②]

山樱明日待谁来？

不如今日最盛开

经久难忘怀

［原文］

たがたにか　明日は残こさん　山桜　こぼれてにほへ　今日の形見に

〔151〕

咏曲水宴[③]

中纳言家持

泛起唐人船[④]

头上戴花鬘

亲朋共庆曲水宴

［原文］

唐人の　船を浮かべて　遊ぶてふ　今日ぞわがせこ　花かづらせよ

---

① 小野宫太政大臣：藤原实赖。

② 清原元辅：永祚二年（990年）卒，享年83岁。曾任从五位上肥后守。是深养父之孙、清少纳言之父。作为和歌所寄人参与了《万叶集》的训点和《后撰集》的编纂，是“三十六歌仙”之一。有家集《元辅集》。本书收录其和歌6首，为第150、578、720、1016、1194、1743首。

③ 曲水宴：日本五大民俗节日之一。又叫上巳、重三。三月三日宫中设曲水宴，参会者在宫中曲折流淌的溪水列队而坐，待上游流下来的杯子漂到自己面前时，即吟咏诗歌。民间则将其作为女儿节、桃花节。

④ 唐人船：指中国式的船。

〔152〕

纪贯之举办曲水宴时，以“月落花滩暗”为题咏歌

坂上是则[1]

浅川溪流下
荡荡悠悠飘落花
远山衔月牙

［原文］

花流す　瀬をも見るべき　三日月の　われて入りぬる　山の遠方

〔153〕

云林院赏花时，花已凋落殆尽，唯余空枝

良暹法师[2]

樱花尽谢凋
我身亦衰老
明年尚能再来否

［原文］

尋ねつる　花もわが身も　おとろへて　後の春とも　えこそ契らね

---

① 坂上是则：生卒年不详，大约生活在醍醐天皇时代，可能卒于延长八年（930年）。好荫之子，望城之父。是《大井川行幸和歌》《亭子院和歌》等作品的作者，是“三十六歌仙”之一。有家集《是则集》。本书收录其和歌7首，分别是第152、345、623、997、1069、1211、1357首。

② 良暹法师：生卒年不详，后朱雀、后冷泉天皇时期人，康平年间（1058—1065）卒，享年约67—68岁。曾任叡山祇园别当，与橘俊纲交好。本书收录其和歌2首，为第153、600首。

〔154〕

一千五百番歌合奉咏

寂莲法师

飞鸟欲归巢
树枝无花空落落
黄昏倍寂寥

［原文］
思ひ立つ　鳥は古巣も　頼むらん　なれぬる花の　跡の夕暮

〔155〕

谁将樱花吹凋零
而今又来送温情
春风拂山樱

［原文］
散りにけり　あはれ恨みの　たれなれば　花の跡訪ふ　春の山風

〔156〕

权中纳言公经

春深再访入佐山[1]
只见白云挂山端
依稀樱花颜

［原文］
春深く　尋ねいるさの　山の端に　ほの見し雲の　色ぞ残れる

---

① 入佐山：假名“いるさのやま”，山名，位于今兵库县出石郡出石町。

〔157〕

百首歌合奉咏

摄政太政大臣（藤原良经）

花谢初濑山
唯有彩云飘山巅
看似樱花团

［原文］

初瀬山　うつろふ花に　春くれて　まがひし雲ぞ　峰に残れる

〔158〕

藤原家隆朝臣

吉野河水淌
山上樱花应散尽
河岸开棣棠

［原文］

吉野川　岸の山吹き　咲きにけり　峰の桜は　散りはてぬらむ

〔159〕

皇太后宫大夫俊成

井出玉川[1]勒奔马

---

① 井出玉川：假名“いでのたまがわ”，流经京都府辍喜郡井手町的一条河，岸边是棣棠花观赏的名所。

棣棠花露川上洒
饮马又赏花

［原文］
駒とめて　なを水かはむ　山吹の　花の露そふ　井出の玉川

〔160〕

堀河院御时、百首歌合奉咏

权中纳言国信

滔滔清泷川[①]
激流直下浪花翻
岸边棣棠绽

［原文］
岩根越す　清滝川の　はやければ　波折りかくる　岸の山吹

〔161〕

无题

厚见王[②]

棣棠花正浓
神南备川[③]印花影
河鹿[④]声声鸣

---

① 清泷川：假名“きょたきがわ”，流经京都市西北部的爱宕山山麓，注入大堰川。

② 厚见王：约天平胜宝时期生。据说是舍人亲王之子，《万叶集》的作者之一。本书收录其和歌1首。

③ 神南备川：假名“かんなびがわ”，神社所在之处叫做“神南备”，有神社的山叫做“神南备山”，流经山麓的川叫做“神南备川”。此歌所吟咏的神南备川，似为流经奈良县高市郡的飞鸟川，或生驹郡的龙田川。

④ 河鹿：原文“かわず”，蛙的一种，又叫溪树蛙，背部暗灰色，腹部白色，生活在水岸林中，夏季鸣叫，声音动听。

［原文］

かはづ鳴く　神南備川に　影見みえて　今か咲くらむ　山ぶきの花

〔162〕

延喜十三年[①]，亭子院歌合[②]奉咏

藤原兴风[③]

春末井出川
又是棣棠花凋零
何处听蛙鸣

［原文］

あしひきの　山吹の花　散りにけり　井出のかはづは　今や鳴くらむ

〔163〕

飞香舍[④]藤花宴[⑤]

延喜[⑥]

悦目又骋怀

---

① 延喜十三年：公元913年。

② 亭子院歌合：延喜十三年三月，上皇主持的“歌合”。

③ 藤原兴风：生卒年不详。《古今集》时代之人。正六位上治部丞，相模掾道成之子，参议滨成的曾孙。是《古今集》时代有名歌人，“三十六歌仙”之一，也是管弦名家。本书收录其和歌4首，分别是第162、717、1024、1157首。

④ 飞香舍：皇宫（内里）五舍之一，别名藤壶舍。

⑤ 藤花宴：观赏藤花的宴会。

⑥ 延喜：醍醐天皇，第60代天皇。延长八年（930年）驾崩，终年46岁。是宇多天皇（亭子院）的大皇子。敕命编纂《古今和歌集》，著有《延喜御集》。本书收录其和歌9首，分别是第163、189、621、852、995、1171、1214、1244、1416首。

唯愿紫藤花常开
万代永不衰

［原文］

かくてこそ　見まくほしけれ　よろづよを　かけてにほへる藤波の花

〔164〕

天历四年[①]三月十四日，往藤壶赏花

天历[②]

风吹藤波[③]起
众人依依惜花意
不忍起身离坐席

［原文］

まとゐして　見れどもあかぬ　藤波の　立たまく惜しき　今日にもあるかな

〔165〕

咏清慎公[④]家屏风[⑤]

纪贯之

春暮花凋零

---

① 天历四年：公元950年。

② 天历：村上天皇，第62代天皇，康保四年（967年）驾崩，享年42岁，是朱雀天皇之弟。是醍醐天皇的第十四皇子，于天历五年（951年）创设“和歌所”，敕命源顺等五人对《万叶集》进行训点并编纂《后撰集》。有《村上御集》。本书收录其和歌10首，分别为第164、465、1243、1247、1256、1411、1417、1421、1718、1800首。

③ 藤波：假名“ふじなみ”，和歌常用词，指藤花被风吹拂而形成的连绵波状。

④ 清慎公：藤原实赖的谥号。详见第782首注释。

⑤ 据《贯之集》载，此歌是天庆四年（940年）所作屏风歌二十首之一。

前往府上赏屏风
春色染紫藤

［原文］

暮ぬとは　思ふものから　藤の花　咲ける宿には　春ぞ久さしき

〔166〕

藤花攀松咏①

纪贯之

藤花攀青松
恰在春意盎然中
青枝紫花相映浓

［原文］

绿なる　松にかゝれる　藤なれど　をのがころとぞ　花はさ咲きける

〔167〕

暮春时节，歌赠实方朝臣

藤原道信②朝臣

或有樱花未凋残
一行结为伴

---

① 据《贯之集》载，此首吟咏的也是屏风。

② 藤原道信：正历五年(994 年)卒，享年 23 岁。任从四位上左近中将，美浓权守。是右大臣为光的第三子，其母是一条摄政伊尹(谦德公)之女。“三十六歌仙”之一。有家集《道信集》。本书收录其和歌 9 首，为第 167、486、613、761、808、1041、1170、1342、1798 首。

寻花入深山

［原文］

散り残る　花もやあると　うち群れて　み山がくれを　たづねてしかな

〔168〕

春暮修行咏歌

大僧正行尊①

花树结草房

春暮花谢尽荒凉

还待谁来访！

［原文］

木のもとの　すみかも今は　荒れぬべし　春しくれなば　たれか訪ひ来む

〔169〕

五十首歌合奉咏

寂莲法师

放眼宇治川②

柴舟已为云霭掩

始知春阑珊

① 大僧正行尊：俗姓源。保延元年（1135 年）圆寂，享年 81 岁。大僧正，第 26 代圆城寺长史。第 44 代天台坐主。参议基平的第三子，三条天皇的皇子敦明亲王之孙，大藏卿行宗之弟。有家集《行尊大僧正集》。本书收录其和歌 11 首，分别是第 168、879、917、1440、1662、1680、1739、1742、1813、1833、1834 首。

② 宇治川：发源于琵琶湖，流经京都府宇治市，与淀川合流。

［原文］

暮れてゆく　春のみなとは　しらねども　霞に落つる　宇治の柴舟

〔170〕

山家三月尽，咏歌

藤原伊纲[①]

山间樱花开
直到春暮花儿衰
却无访客来

［原文］

来ぬまでも　花ゆゑ人の　待たれつる　春も暮れぬる　み山辺の里

〔171〕

无题

皇太后宫大夫俊成女

石上布留[②]早稻田
年年须耕翻
翻起春暮心中怨

［原文］

いそのかみ　ふるのわさ田を　うち返し　恨みかねたる　春

① 藤原伊纲：生卒年不详，约生活于二条天皇时代。正五位下中务大辅。刑部少辅家基（素觉）之子。本书收录其和歌 1 首。

② 石上布留：假名“いそのかみふる”。“石上”是奈良县天理市布留一带的古称，后称“布留”。

の暮れかな

〔172〕

宽平御时，后宫歌合咏歌

佚名

且慢且稍等
呼唤春光莫疾行
惜春不了情

［原文］

待てといふに　とまらぬものと　しりながら　しひてぞ惜しき春の別かれは

〔173〕

山家暮春之趣

宫内卿

已然是暮春
柴户日影尽
唯见山端飘白云

［原文］

柴の户を　さすや日影の　なごりなく　春暮れかゝる　山の端の雲

〔174〕

百首歌咏时奉作

摄政太政大臣(藤原良经)

古城已暮春
志贺花园[1]樱散尽
从此无游人

[原文]

明日よりは　志贺の花園　まれにだに　たれかはとはん　春のふるさと

① 花园：樱花园。

第三卷　夏歌[①]

〔175〕

无题

持统天皇[②]

春尽来夏日
香具山上雪依稀
浑似晒白衣

［原文］

春すぎて　夏来にけらし　白妙の　衣ほすてふ　あまの香具山

〔176〕

素性法师[③]

春归令人惜
悄然无语换新季
早早穿夏衣

［原文］

惜しめども　とまらぬ春も　あるものを　いはぬにきたる夏衣かな

〔177〕

更衣歌

前大僧正慈圆

樱花已凋离
树下无阴翳
换季易如换夏衣

［原文］

散りはてて　花のかげなき　木の下に　たつことやすき　夏衣かな

〔178〕

以“送春犹如送昨日”为题咏歌

源道济④

夏衣换穿数日间
犹见树上樱花残
今日仍飘散

---

① 本卷《夏歌》所选，第175—284首，所咏皆为夏初至夏末时节，从旧历四月一日更换夏衣开始，到六月三十祓濯日结束。

② 持统天皇：第41代天皇。大宝二年(702年)驾崩，享年58岁左右。是天智天皇的第二皇女，天武天皇的皇后，天皇驾崩后即位。《万叶集》的作者之一，本书收录其和歌1首。

③ 素性法师：俗姓良岑，生卒年不详，约生活于贞观、延喜年间。左近将监，权少僧督，云林苑别当(僧官)。僧正遍昭之子。是“三十六歌仙”之一。有家集《素性集》。本书收录其和歌2首，分别是第176、1404首。

④ 源道济：宽仁三年(1019年)卒。曾任正五位下筑前守太宰少贰。是能登守方国之子，一说是有国、方圆之子，陆奥守信明之孙。“三十六歌仙”之一。有歌论《道济十体》，有家集《道济集》。本书收录其和歌5首，为第178、406、447、813、1516首。

［原文］

夏衣　着ていくかにか　なりぬらむ　のこれる花は　今日も散りつつ

〔179〕

夏初咏歌

皇太后宫大夫俊成女

时世推移间
人心也易变
如同花儿染袖衫

［原文］

折ふしも　移れば替へつ　世の中の　人の心の　花染めの袖

〔180〕

以“卯花[1]如月”为题咏歌

白河院[2]

卯花正绽放
簇簇拥篱墙
花隙云间漏月光

［原文］

卯の花の　むらむらさける　垣根をば　雲間の月の　影かと

---

① 卯花：假名“うのはな”，水晶花，溲疏花及溲疏之别名。

② 白河院：第 72 代天皇。大治四年（1129 年）驾崩，享年 77 岁。后三条天皇的皇长子，母亲是赠皇太后宫藤原茂子。在位 15 年后将皇位让于皇子堀河天皇，创始了院政，此后延续了长达 57 年的治世。他一方面尊崇佛教，一方面喜爱和歌文艺，有著作《后拾遗集》《金叶集》。本书收录其和歌 4 首，分别是第 180、198、249、1906 首。

ぞ見る

〔181〕

无题

太宰大贰重家[①]

篱笆卯花放
看似一道白波浪
簇簇涌上墙

［原文］

卯の花の　咲きぬるときは　しろたへの　波もて结へる　垣根とぞ見る

〔182〕

侍奉于斋院[②]时，吟于神馆[③]

式子内亲王

念念不可忘
头枕葵草[④]睡道旁
沾露望朝阳

［原文］

忘れめや　葵を草に　ひきむすび　仮寝の野べの　露のあけ

---

① 太宰大贰重家：藤原重家，本名光辅。卒于治承四年（1180 年），享年 53 岁。非参议从三位太宰大贰。左京大夫显辅之子，是经家、显家、有家等人之父，和清辅、显昭、季经等人是兄弟。安元二年（1176 年）出家，号太宰三位入道莲寂，有家集《重家集》。本书收录其和歌 4 首，分别是第 181、388、768、1102 首。

② 斋院：作者式子内亲王曾于平治元年（1159 年）至嘉应元年（1169 年）侍奉于斋院（斋院指当时在京都贺茂神社修身的未出嫁的皇女）。

③ 神馆：神社祭祀的前一天，为了静心洁身而暂时居住的简陋房屋。

④ 葵草：原文“葵”，假名“あふひ”，锦葵科多年生草本植物的总称。

ぼの

〔183〕

咏葵

小侍从[①]

不知何因缘
神山[②]葵草几多年
二叶[③]永不变

［原文］

いかなれば　その神山の　あふひぐさ　年はふれども　二葉なるらむ

〔184〕

吟咏最胜四天王院隔扇，浅香沼[④]画

藤原雅经朝臣

初夏草稀少
不似画中浅香沼
葱葱水草茂

［原文］

野べはいまだ　あさかの沼に　刈る草の　かつ見るままに

---

① 小侍从：生卒年不详，建久元年（1190 年）80 岁时或健在。别名待宵小侍从，也被称为太皇太后宫（大宫）小侍从。是侍奉二条院、太皇太后宫多子、高仓院的女官。石清水僧官法印光清之女。有家集《小侍从集》。本书收录其和歌 7 首，分别是第 183、678、696、1191、1227、1666、1936 首。

② 神山：此指贺茂神社后面的山。

③ 二叶：二叶葵，葵草的一种，有两片叶子，故称。

④ 浅香沼：沼泽名，位于福岛县郡山市的安积。

茂るころかな

〔185〕

崇德院百首歌合[①]时咏歌，夏歌

待贤门院安艺[②]

樱麻[③]田里杂草生

草儿莫凋零

樱去复有樱[④]

［原文］

桜麻の　をふの下草　茂れただ　あかで別かれし　花の名なれば

〔186〕

无题

曾祢好忠

庭院樱树立

花落绿叶替

浓荫蔽空月影稀

［原文］

花散りし　庭の木の葉も　茂りあひて　あまてる月の　影ぞ

---

① 崇德院百首歌合：久安六年（1150年）召开的歌合。

② 待贤门院安艺：生卒年不详，大概生活在平安末期。曾是鸟羽天皇的中宫待贤门院的女官。皇太后宫大进橘俊宗之女。一说她和郁芳门院安艺、崇德院安艺、前斋院安艺是同一个人。有家集《郁芳门院安艺集》。本书收录其和歌1首。

③ 樱麻：麻的一种，樱色的麻。

④ 因“樱麻”之名带“樱”字，歌人将樱麻下的杂草也视为“樱”，祈愿它繁茂不凋零，故曰“樱去复有樱”。

まれなる

〔187〕

昔日偶来访
如今无音信
草木深时最怀人

［原文］

かりに来と　恨みし人の　絶えにしを　草葉につけて　しのぶころかな

〔188〕

藤原元真①

夏草已繁茂
远处旅人正赶道
结草作路标

［原文］

夏草は　茂りにけりな　たまぼこの　道行き人も　结すぶばかりに

〔189〕

延喜

夏草已茂盛

① 藤原元真：生卒年不详，村上天皇时期人。任从五位上丹波介。是甲斐守清邦的第三子。在宫廷设置“和歌所”时被招来对《万叶集》进行训点并参与编纂《后撰集》。是“三十六歌仙”之一。有家集《元真集》。本书收录其和歌 8 首，为第 188、337、1059、1060、1112、1343、1420、1424 首。

居家侧耳听
缘何不闻杜鹃声?

［原文］

夏草は　茂げりにけれど　ほととぎす　などわが宿に　一声もせぬ

〔190〕

柿本人麻吕[①]

卯花初放中
杜鹃隐身在花丛
铿然一声鸣

［原文］

鳴く声を　えやは忍ばぬ　ほととぎす　初卯の花の　蔭に隠れて

〔191〕

参拜贺茂神社时，同行者言“欲听杜鹃”，
遂见神社山岗树梢上曙光初现

紫式部[②]

等候听杜鹃

---

① 柿本人麻吕：又称人麿、人丸。生卒年不详，约迁都奈良（710年）之后卒。作为舍人侍奉过草壁皇子、高市皇子等人，可能也做过地方官。是《万叶集》的主要作者，被后世敬为歌圣，“三十六歌仙”之一。有家集《柿本集》。本书收录其和歌23首，分别为第190、333、346、458、459、464、497、498、541、582、657、849、899、900、992、993、1050、1208、1374、1375、1650、1688、1707首。

② 紫式部：长和三年（1014年）左右卒。是越后守藤原为时之女，其母是摄津守为信之女。曾嫁藤原宣孝并生下了女儿大贰三位，丈夫死后侍奉于一条院中宫上东门院彰子。紫式部是《源氏物语》的作者，另有《紫式部日记》《紫式部家集》。本书收录其和歌14首，为第191、204、224、661、722、817、820、856、859、918、1262、1485、1499、1567首。

山岗树梢水珠粲
欲坠湿衣衫

［原文］

ほととぎす　声待つほどは　かたをかの　森の雫に　立ちや濡れまし

〔192〕

避居和茂神社时，拂晓听杜鹃啼鸣

弁乳母[①]

杜鹃欲出行
戛然一声是初鸣
何处有谁可同听?

［原文］

ほととぎす　み山いづなる　初声を　いづれの宿の　たれか聞くらむ

〔193〕

无题

佚名

五月卯花绽
月夜山上鸣杜鹃
百听不厌倦

① 弁乳母：本名藤原明子。生卒年不详，承保三年（1076 年）时健在，当时是 80 岁左右的高龄。从五位下。是后朱雀天皇的皇后阳明门院（三条天皇的皇女祯子内亲王）的乳母，加贺守顺时之女，参议兼经之妻，儿子显纲。本书收录其和歌 2 首，为第 192、821 首。

［原文］

五月山　卯の花月夜　ほととぎす　聞けどもあかず　また鳴かむかも

〔194〕

五月阴雨季
神南备山杜鹃啼
想必是念妻?

［原文］

おのが妻　恋ひつつ鳴くや　さつきやみ　神南備山の　山ほととぎす

〔195〕

中纳言家持

杜鹃一声了无踪
漫漫长夜人
何以安然入清梦

［原文］

ほととぎす　一声なきて　往ぬる夜は　いかでか人の　いをやすく寝る

〔196〕

大中臣能宣①朝臣

杜鹃一声鸣

---

① 大中臣能宣：正历二年（991年）卒，享年71岁。曾任正四位下，祭主，神（转下页）

飞往深山中

山上抚子①花亦红②

［原文］

ほととぎす　鳴きつついづる　あしびきの　やまとなでしこ咲きにけらしも

〔197〕

大纳言经信

杜鹃又啼鸣

若是有幸听两声

也好和衣入短梦

［原文］

ふた声と　鳴きつと聞かば　ほととぎす　衣かた敷き　うたたね寝はせむ

〔198〕

以“待客听杜鹃”为趣旨咏歌

白河院

待客久不来

（接上页）祇大副。是祭主赖基的次子，辅亲之父。因得到小野宫实赖（清慎公）的厚待，与当时的歌人代表兼盛、元辅、顺、重之等人交往，被任命为和歌所寄人。作为梨壶五人之一参与了《万叶集》的训点和《后撰集》的编撰，“三十六歌仙”之一。有家集《能宣集》。本书收录其和歌 10 首，为第 196、326、860、1014、1017、1385、1406、1629、1708、1914 首。

① 抚子：又叫“大和抚子”（やまとなでしこ），红花瞿麦，常用来比喻女性之美。

② 此歌中的杜鹃所出之“山”（やま）与“やまとなでしこ”的“やま”是双关语。杜鹃飞往山中，山上的抚子花正在盛开，两者相关联。

只闻杜鹃在天外
声声意徘徊

[原文]

ほととぎす　まだうちとけぬ　忍び音は　来ぬ人を待つ　われのみぞ聞く

〔199〕

无题

花园左大臣[①]

夜夜待杜鹃
耳畔啼鸣慰心安
却也难入眠

[原文]

聞きてしも　なほぞ寝られぬ　ほととぎす　待ちし夜ごろの心ならひに

〔200〕

于神馆[②]听杜鹃

前中纳言匡房[③]

虽非卯花篱

---

① 花园左大臣：源有仁。久安三年(1147年)卒，享年45岁。曾任从一位左大臣。是后三条天皇的皇子无品辅仁亲王的长子，元永二年(1119年)被赐姓源氏降为臣子。编著有《春玉秘抄》《园记》等。本书收录其和歌3首，为第199、1027、1091首。

② 神馆：此指贺茂神社为“葵祭”而设的神馆。

③ 前中纳言匡房：大江匡房(1041—1111)，享年71岁。曾任正二位权中纳言，大藏卿。是从四位下成衡之子，匡衡的曾孙。自幼被誉为神童，著述颇丰，作为歌人活跃在白河、堀河朝廷的宫廷歌坛。著有《江家次第》《江谈抄》《本朝神仙(转下页)

桂树丛中月光稀
也闻杜鹃啼

［原文］

卯の花の　垣根ならねど　ほととぎす　月の桂の　かげに鳴くなり

〔201〕

奉仕入道前关白、右大臣①时，百首歌合，咏杜鹃

皇太后宫大夫俊成

深夜雨凄冷
草庵含泪忆往事
杜鹃莫再添悲鸣

［原文］

昔思ふ　草の庵の　夜るの雨に　泪な添へそ　やまほととぎす

〔202〕

风来吹花橘
杜鹃啼鸣云天外
绵绵五月雨

［原文］

雨そそく　花橘に　風すぎて　やまほととぎす　雲に鳴くなり

（接上页）传》等，有家集《江帅集》。本书收录其和歌 14 首，为第 200、229、328、441、455、687、730、750、876、945、1553、1571、1656、1705 首。

① 入道前关白、右大臣：指藤原兼实。入道：指出家人；关白：日本古代宫廷官称，辅佐成人后的天皇理政者。

〔203〕

无题

相模[①]

夜半闻杜鹃
辗转反侧情难安
莫如不听好入眠

［原文］

聞かでただ　寝なましものを　ほととぎす　なかなかなりや　夜半の一声

〔204〕

紫式部

飞迹遍万户
岂唯我家不眷顾?
殷殷待杜宇

［原文］

たが里も　訪ひもや来ると　ほととぎす　心のかぎり　待ちぞわびにし

---

① 相模：本名乙侍从。生卒年不详。曾是侍奉修子内亲王的女官。大江公资之妻。曾与和泉式部、能因法师等人有和歌唱和，为“三十六歌仙”之一。有家集《相模集》。本书收录其和歌 11 首，分别是第 203、309、372、410、804、1079、1166、1353、1354、1395、1973 首。

〔205〕

宽治八年[①]，前太政大臣[②]高阳院[③]歌合，咏杜鹃

周防内侍[④]

几夜苦苦待
待兼山[⑤]上杜鹃鸟
云端一声入耳来

［原文］

夜をかさね　待ちかね山の　ほととぎす　雲居のよそに　一声ぞ聞く

〔206〕

听海边杜鹃啼鸣，咏歌

按察使公通[⑥]

听过杜鹃两声唱
始出明石港[⑦]
几夜无眠亦无妨[⑧]

---

① 宽治八年：公元 1094 年。堀河天皇时代。
② 前太政大臣：藤原师实。
③ 高阳院：藤原赖通的府邸，位于京都中御用门一带。
④ 周防内侍：平仲子。卒年不详，大约于天永三年（1112 年）左右去世。是周防守栋仲之女，作为内侍，曾侍奉后冷泉、白河、堀河三位天皇。有家集《周防内侍集》。本书收录其和歌 5 首，分别是第 205、777、1728、1746、1888 首。
⑤ 待兼山：山名，位于大阪府丰中市。“待兼山”的“待”与等待的“待”构成双关语，是此歌之特色。
⑥ 按察使公通：藤原公通。卒于承安三年（1173 年），享年 57 岁。正二位权大纳言，按察使。大宫中纳言通季的长子，内大臣实宗之父。本书收录其和歌 3 首，分别是第 206、826、1890 首。
⑦ 明石港：在兵库县明石市。
⑧ 此歌中的“明石”（あかし）与“几夜无眠”（あかし）是双关语。

［原文］

ふた声と　きかずは出でじ　ほととぎす　幾夜明かしの　とまりなりとも

〔207〕

百首歌合奉咏，夏歌

民部卿范光①

愿再听一声
老曾②夜半杜鹃鸣
思古生幽情

［原文］

ほととぎす　なを一声は　思ひ出でよ　老曾の森の　夜半の昔を

〔208〕

咏杜鹃

八条院高仓

黄昏云中隐身影
只闻一声鸣
难辨是否杜鹃声

［原文］

一声は　思ひぞあへぬ　ほととぎす　たそかれ時の　雲のま

---

① 民部卿范光：藤原范光。建历三年（1213 年）卒，享年 60 岁。曾任从二位权中纳言春宫权大夫民部卿。是刑部卿范兼之子。本书收录其和歌 2 首，为第 207、1506 首。

② 老曾：滋贺县蒲生郡安土町东老苏的奥石神社的森林。

よひに

〔209〕

一千五百番歌合奉咏

摄政太政大臣（藤原良经）

残月无心肝
任凭杜鹃声声唤
破晓始出山

［原文］

有明の　つれなく見えし　月は出でぬ　やまほととぎす　待つ夜ながらに

〔210〕

后德大寺左大臣家十首歌合咏歌

皇太后宫大夫俊成

杜鹃不解我心怀
云隙月影下
兀自声声哀

［原文］

わが心　いかにせよとて　ほととぎす　雲間の月の　影に鳴くらん

〔211〕

咏杜鹃歌

前太政大臣①

月亮隐山端
杜鹃飞鸣入佐山②
令我恨恨然

［原文］

ほととぎす　鳴きているさの　山の端は　月ゆゑよりも　恨めしきかな

〔212〕

权中纳言亲宗③

无需心期盼
残月如时见
惟恨杜鹃不出山

［原文］

ありあけの　月は待たぬに　出でぬれど　なを山深かき　ほととぎすかな

① 前太政大臣：藤原赖实。卒于嘉禄元年（1225年），享年71岁。从一位太政大臣。是大炊御门左大臣经宗之子。建保四年（1216年）出家。本书收录其和歌5首，分别是第211、276、426、550、1086首。

② 入佐山："いるさの山"的"いる"与"入る"（隐去）同音，是双关语，是该首歌修辞上的特色。

③ 权中纳言亲宗：平亲宗。正治元年（1199年）卒，享年56岁左右。曾任正二位权中纳言。父亲是赠左大臣时信。有家集《中纳言亲宗集》。本书收录其和歌1首。

〔213〕

林中杜鹃咏

藤原保季[①]朝臣

杜宇飞吟信太[②]林
树上水珠落纷纷
滴滴湿衣襟

［原文］

過ぎにけり　信太の森の　ほととぎす　絶えぬ雫を　袖に残して

〔214〕

无题

藤原家隆朝臣

夜夜空等待
今日村雨降
惟愿杜鹃飞转来

［原文］

いかにせん　来ぬ夜あまたの　ほととぎす　待じと思へば　村雨の空

---

① 藤原保季：卒年不详，后鸟羽天皇时期人。曾任非参议从三位左马权头。是太宰大贰重家之子，叔父正三位季经的养子，于承久三年（1221年）出家。本书收录其和歌3首，为第213、1289、1549首。

② 信太：假名“しのだ”，地名，位于大阪府和泉市葛叶町，有森林。

〔215〕

百首歌合奉咏

式子内亲王

入夜云天外
只闻杜鹃声声哀
泪雨空中来

［原文］

声はして　雲路にむせぶ　ほととぎす　涙やそそく　宵の村雨

〔216〕

一千五百番歌合奉咏

权中纳言公经

又是近黄昏
杜鹃飞往别处吟
我也无怨恨

［原文］

ほととぎす　なほうとまれぬ　心かな　汝が鳴く里の　よその夕暮

〔217〕

无题

西行法师

何处闻杜鹃?
无论听见听不见

定在杉林山田原①

［原文］

聞かずとも　ここをせにせむ　ほととぎす　山田の原の　杉のむらだち

〔218〕

杜鹃出深涧

一声长鸣入云端

音落近山前

［原文］

ほととぎす　深き峰より　出でにけり　外山の裾に　声の落ちくる

〔219〕

山家拂晓听杜鹃

后徳大寺左大臣（藤原实定）

竹葺小屋深山里

推开柴门见晨曦

杜鹃一声啼

［原文］

を笹ふく　しづのまろやの　かりの戸を　明けがたに鳴く　ほととぎすかな

---

① 山田原：地名，位于三重县伊势市。伊势皇宫外宫所在地。

〔220〕

各吟五首歌，咏夏

摄政太政大臣（藤原良经）

屋檐插菖蒲
雨中香气更浓郁
夕暮五月五[1]

［原文］

うちしめり　あやめぞかほる　ほととぎす　鳴くや五月の雨の夕暮

〔221〕

拟“述怀百首”，端午节吟菖蒲

皇太后宫大夫俊成

今日又逢端午临
荷包缝入菖蒲根
更催泪涔涔

［原文］

今日はまた　あやめのねさへ　かけ添へて　乱れぞまさる　袖の白玉

〔222〕

五月五日，有赠香荷包者，咏歌致谢

大纳言经信

春花散落后

① 五月初五是端午节，古俗房檐插菖蒲。

又在衣袖荷包收
馨香永驻留

［原文］

あかなくに　散りにし花の　いろいろは　残りにけりな　君がたもとに

〔223〕

五月六日，端午已过，将菖蒲根做成香荷包，
赠送邻居紫式部

上东门院少将①

世间多少怨与恨
浑似泥中香蒲根
今日诉于君

［原文］

なべて世の　うきになかるる　あやめ草　今日までかかるねはいかが見る

〔224〕

返歌

紫式部

见此香荷包
哀感不可言
香蒲根断泪襟连

---

① 上东门院少将：生卒年不详，大概卒于长和二年（1013 年）或长和三年（1014 年）。曾为侍奉上东门院彰子的女官，参议源扶义之女。与紫式部有交谊。本书收录其和歌 2 首，分别是第 223、407 首。

［原文］

なにごとと　あやめは分かで　今日もなほ　たもとにあまるねこそ絶えせね

〔225〕

咏“山畦秧苗”歌

大纳言经信

山田插秧一畦畦
引水竹管有裂隙
水漏绳[1]上滴

［原文］

早苗とる　山田のかけひ　もりにけり　引くしめなわに　露ぞこぼるる

〔226〕

九十寿诞[2]祝日，释阿于屏风绘五月雨图，咏歌和之

摄政太政大臣（藤原良经）

五月雨绵绵
山田标绳牵
绳欲朽时雨不断

［原文］

小山田に引くしめ縄のうちはへて朽ちやしぬらん五月雨のころ

---

① 绳：此指秧田上为了区分田畦而拉起的标绳。

② 九十寿诞：指后鸟羽院九十诞辰，建仁三年（1203 年）十一月举行。

〔227〕

无题

伊势大辅①

五月梅雨降

田中农夫插秧忙

泥水湿衣裳

［原文］

いかばかり　田子の裳裾も　そぼつらむ　雲間も見えぬ　ころの五月雨

〔228〕

大纳言经信

三岛江湾有真菰②

雨多水深欲倒伏

无人来刈除

［原文］

三島江の　入江えのまこも　雨ふれば　いとどしほれて　刈る人もなし

---

① 伊势大辅：生卒年不详，活跃于平安中后期冷泉天皇时代。神祇伯大中臣辅亲之女，曾侍奉上东门院彰子，后嫁于高阶成顺为妻，生下康资王母，是“梨壶五歌仙”“三十六歌仙”之一。有家集《伊势大辅集》。本书收录其和歌 7 首，分别是第 227、642、723、1502、1528、1732、1974 首。

② 真菰：植物，菰的一种。

〔229〕

前中纳言匡房

真菰收割时
淀[1]中雨水深
月光澄明水上印

［原文］

真菰刈る　淀の沢水　深けれど　底まで月の　影は澄みけり

〔230〕

以“雨中木繁”为题咏歌

藤原基俊[2]

五月柏木丛
树神守护中
梅雨浸润更葱茏

［原文］

玉柏　茂りにけりな　さみだれに　葉守の神の　しめはふるまで

---

① 淀：地名，京都市伏见区。

② 藤原基俊：康治元年（1142 年）卒，享年 83 岁。曾任从五位上左卫门佐，藤原道长之孙，其父为右大臣俊家，保延四年（1138 年）出家，法号觉舜。精于和汉之学，与俊赖一起成为院政时期歌坛指导者，编有《新撰朗咏集》，有家集《基俊集》。本书收录其和歌 7 首，为第 230、355、373、467、659、878、1388 首。

〔231〕

百首歌合奉咏

入道前关白太政大臣①

梅雨河水涨
河滩②真菰不能收
水下自腐朽

[原文]

五月雨は　おふの川原の　眞菰草　刈からでや波の　下に朽ちなん

〔232〕

五月梅雨咏

藤原定家朝臣

五月行路人
无人为我传音信
雨天阴沉沉

[原文]

たまぼこの　道ゆき人の　言伝も　絶えてほどふる　五月雨の空

---

① 入道前关白太政大臣：藤原兼实。承元元年(1207年)卒，享年59岁。曾任摄政关白太政大臣。是法性寺入道关白忠通的第三子，九条家之祖，慈圆之兄，良经之父。建仁二年(1202年)出家，法名圆证，也被称为月轮殿、后法性寺殿。跟随清辅、俊成学习和歌，是后鸟羽院歌坛形成之前歌坛的指导与守护者，著有日记作品《玉叶》。本书收录其和歌11首，为第231、280、322、674、971、1037、1222、1832、1896、1897、1947首。

② 河滩：指饫宇的河滩“おふの川原”。饫宇，地名，位于岛根县。

〔233〕

荒木田氏良[①]

五月雨连绵
碧空偶现云隙间
倚窗待月望西天

[原文]

五月雨の　雲の絶えまを　ながめつつ　窓より西に　月を待つかな

〔234〕

百首歌合奉咏

前大纳言忠良[②]

屋外开白檀[③]
树间雨珠连
一阵清风报晴天

[原文]

あふち咲く　そともの木陰　つゆ落ちて　さみだれ晴るる風渡たるなり

---

① 荒木田氏良：卒于贞应元年（1222 年），享年 70 岁。正四位上，内宫祢宜。祢宜元满之子。本书收录其和歌 1 首。

② 前大纳言忠良：藤原忠良。嘉禄元年（1225 年）卒，享年 64 岁。曾任正二位大纳言。是六条摄政基实的次子。本书收录其和歌 5 首，为第 234、241、269、1128、1477 首。

③ 白檀：即原文中的"あふち"，楝树，苦楝，是落叶乔木，春季开花，花可作中药材。

〔235〕

五十首歌合奉咏

藤原定家朝臣

阴雨五月天
月亮无情不露面
惟闻深山鸣杜鹃

［原文］

五月雨の　月はつれなき　み山より　ひとりも出づる　ほととぎすかな

〔236〕

咏歌奉纳大神宫，夏歌之一

太上天皇（后鸟羽院）

杜鹃云端鸣
五月阴雨天难晴
郁郁心难平

［原文］

ほととぎす　雲居のよそに　過ぎぬなり　晴れぬ思ひの　五月雨のころ

〔237〕

建仁元年三月歌合、雨后杜鹃咏

二条院赞岐

久久待天晴
云隙一时见月影

杜鹃一声鸣

［原文］

五月雨の　雲間の月の　はれゆくを　しばし待ちける　ほととぎすかな

〔238〕

无题

皇太后宫大夫俊成

橘子花香闻

顿生思古心

我也终将成故人

［原文］

たれかまた　はなたちばなに　思ひ出でん　われも昔の　人となりなば

〔239〕

右卫门督通具

窃问庭花与晚风

百年之后谁念我

可结相思情?

［原文］

ゆく末を　たれしのべとて　ゆふ風に　契りか置かむ　宿のたち花

〔240〕

百首歌合奉咏，夏歌

式子内亲王

往日一去不复返
橘花香飘绕枕畔
古今一梦牵

［原文］

帰り来ぬ　昔を今と　思ひ寝の　夢の枕に　にほふたちばな

〔241〕

前大纳言忠良

橘花落屋脊
檐下萱草露珠滴
不忍思往昔

［原文］

たちばなの　花散る軒の　しのぶ草　昔をかけて　露ぞこぼるる

〔242〕

五十首歌合奉咏

前大僧正慈圆

五月夜半入梦乡
橘花香气袭寝床
衣袖一丝凉

［原文］

さつきやみ　みじかき夜半の　うたたねに　はなたち花の　袖にすずしき

〔243〕

无题

庭橘又芬芳
人已去他乡
花香尤似衣袖香

［原文］

尋ぬべき　人の軒端の　ふるさとに　それかとかほる　庭のたちばな

〔244〕

杜鹃声声吟
逐花留香心殷勤
尤似恋故人

［原文］

ほととぎす　はなたちばなの　香をとめて　鳴く昔の　人や恋ひしき

〔245〕

皇太后宫大夫俊成女

橘香缭绕催人醉
尤嗅故人衣袖味
似睡又非睡

［原文］

たちばなの　にほふあたりの　うたたねは　夢も昔の　袖の香ぞする

〔246〕

藤原家隆朝臣

庭院有橘花
今年初绽放
缘何犹似旧花香

［原文］

今年より　花咲き初むる　たちばなの　いかで昔の　香ににほふらむ

〔247〕

奉守觉法亲王之命，咏于五十首歌合

藤原定家朝臣

夕暮风阵阵
何方飞来一片云
悄然思故人

［原文］

夕暮は　いづれの雲の　なごりとて　はなたち花に　風の吹くらむ

〔248〕

堀河天皇御时，于后宫，群臣以
“闰五月之杜鹃”为题咏歌

权中纳言国信

杜鹃空中鸣
犹带迟疑声
五月六月难分清

［原文］

ほととぎす　さつきみなつき　分かねて　やすらふ声ぞ　空に聞ゆる

〔249〕

无题

白河院

仲夏庭院上
树木茂密叶苍苍
不漏明月光

［原文］

庭のおもは　月漏らぬまで　なりにけり　こずゑに夏の　陰茂しげりつつ

〔250〕

惠庆法师

我家屋门外
枝叶繁茂梢树壮

夏来好乘凉

［原文］

わが宿の　外面にたてる　ならの葉の　茂みにすずむ　夏は来にけり

〔251〕

摄政太政大臣[1]家百首歌合[2]奉咏，咏“鸬鹚船”

前大僧正慈圆

暮色宇治川
川上一点灯火暗
凝望鸬鹚船[3]

［原文］

鵜飼舟　あはれとぞ見る　もののふの　八十宇治川の　夕闇の空

〔252〕

寂莲法师

一叶鸬鹚船
渔火摇曳隐又现
撑篙过浅滩？

［原文］

うかひ舟　高瀬さし越す　ほどなれや　むすぼほれゆく　かがり火の影

---

① 摄政太政大臣：藤原良经。
② 百首歌合：建久四年（1193 年）举办。
③ 鸬鹚船：原文“鵜飼舟”，假名“うかひぶね”，是用鸬鹚捕鱼的船。

〔253〕

一千五百番歌合奉咏

皇太后宫大夫俊成

夏夜鸬鹚船
大井川[1]上过浅滩
灯船照亮一片天

［原文］

大井川　かがりさしゆく　鵜飼舟　いくせに夏の　夜を明かすらむ

〔254〕

藤原定家朝臣

桂川[2]鸬鹚船
缘何不待月亮升
却在暗夜行？[3]

［原文］

ひさかたの　中なる川の　鵜飼舟　いかに契ぎりて　闇を待つらむ

---

① 大井川：流经京都市右京区嵯峨岚山脚下的一条河，又作“大堰川”。
② 桂川：河川名，意为“月亮上生长的桂树之川”。
③ 此首歌的立意是：既然“桂川”是“月桂之川”，是跟月亮相联的，但是桂川的鸬鹚船，为何不待月亮出来，却在暗夜行船呢？

〔255〕

百首歌合奉咏

摄政太政大臣（藤原良经）

远处有渔灯
犹现古歌[①]咏
茅屋飞来萤火虫

［原文］

いさり火の　昔の光　ほの見えて　蘆屋の里に　飛ぶ蛍かな

〔256〕

式子内亲王

夏夜窗外风
传来竹叶飒飒声
声声扰浅梦

［原文］

窓近かき　竹の葉すさぶ　風の音に　いとだ短き　うたたねの夢

① 此歌将古代“歌物语”《伊势物语》第87段的一首古歌作为“本歌”而吟咏。

〔257〕

于鸟羽[1]，以“竹风夜凉”为题，众人奉咏

春宫大夫公继[2]

近窗有竹丛
微风送凉已秋兴
吹醒夏夜梦

［原文］

窓近き　いささむら　竹風ふけば　秋におどろく　夏の夜の夢

〔258〕

五十首歌合奉咏

前大僧正慈圆

月映山泉好捧饮
光影迷离饮不尽
已是月西沉

［原文］

結ぶ手に　影乱れゆく　山の井の　あかでも月の　かたぶきにける

---

① 鸟羽：地名，京都市伏见区，后鸟羽院的离宫所在。

② 春宫大夫公继：藤原公继，也被称为野宫左大臣。卒于嘉禄三年（1227 年），享年 53 岁。从一位左大臣。后德大寺左大臣实定的第四子。本书收录其和歌 5 首，分别是第 257、519、536、1097、1874 首。

〔259〕

最胜四天王院拉窗，绘有清见关①图

权大纳言通光

清见潟②上待月光
久盼不出今夕亮
忽悬白波上

［原文］

清見潟　月はつれなき　天の户を　待たでもしらむ　波の上かな

〔260〕

咏于自家百首歌合③

摄政太政大臣（藤原良经）

夏衣轻且薄
多穿也觉凉
更兼衣袖洒月光

［原文］

重ねても　すずしかりけり　夏衣　うすきたもとに　やどる月影

① 清见关：平安时代关隘名称，位于今静冈县清见寺一带。
② 清见潟：假名“きょみがた”，位于骏河湾中，清水市兴津海岸，是赏月的名胜地。
③ 自家百首歌合：作者藤原良经在自家举办的“百首歌合”。

〔261〕

在摄政太政大臣家赋诗咏歌时，
以“水边秋凉”为题咏之

藤原有家朝臣

初濑布留江[1]
杉树底下风送爽
瑟瑟胜秋凉

［原文］

すずしさは　秋やかへりて　初瀬川　ふる川のへの　杉のしたかげ

〔262〕

无题

西行法师

路旁清溪柳成行
驻足欲小憩
树下好乘凉

［原文］

道のべに　清水流るる　柳かげ　しばしとてこそ　立ちとまりつれ

〔263〕

夏野草木旺
午后乌云遮太阳

① 初濑布留江：流经奈良县樱井市初濑的一条河。布留江是初濑川的支流。

阵雨送清凉

［原文］

よられつる　野もせの草の　かげろひて　すずしくくもる　夕立の空

〔264〕

崇德院百首歌合奉咏

藤原清辅朝臣

忽觉一阵凉
午后骤雨如期降
匆忙加衣裳

［原文］

おのづから　すずしくもあるか　夏衣　日もゆふぐれの　雨のなごりに

〔265〕

一千五百番歌合奉咏

权中纳言公经

午后雨一阵
竹丛摇曳水淋淋
飘走一片云

［原文］

露すがる　庭の玉笹　うちなびき　ひとむら過ぎぬ　夕立の雲

〔266〕

以“隔云远望”为题咏歌

源俊赖朝臣

十市[①]一阵雨和风
天香具山无踪影
隐在云雾中

[原文]

十市には　夕立すらし　ひさかたの　天の香具山　雲隠くれゆく

〔267〕

咏夏月

从三位赖政[②]

阵雨已消停
庭院湿湿天放晴
月亮更澄明

[原文]

庭の面は　まだかはかぬに　夕立の空さりげなく　澄める月かな

---

① 十市：假名“とおち”，地名，今奈良县橿原市十市町，耳成山以北。

② 从三位赖政：源赖政。法号赖圆、真莲，也被称为源三位、莲华寺殿。治承四年(1180年)卒，享年77岁。任非参议从三位兵库头。是兵库头仲正之子，曾兴兵讨伐平氏，失败后在宇治平等院自杀。是与实朝并称的武家歌人，受到俊惠、俊成等人的器重。有家集《从三位赖政卿集》。本书收录其和歌3首，为第267、329、387首。

〔268〕

百首歌合奉咏

式子内亲王

雨过乌云散
骄阳低倾挂山巅
吱吱听鸣蝉

［原文］

夕立の　雲もとまらぬ　夏の日の　かたぶく山に　ひぐらしの声

〔269〕

一千五百番歌合奉咏

前大纳言忠良

落日照柴门
孤寂草庵山中人
听蝉声声吟

［原文］

ゆふづく日　さすや庵の　柴の户に　さびしくもあるか　ひぐらしの声

〔270〕

百首歌合奉咏

摄政太政大臣（藤原良经）

近秋命将坠
林中鸣蝉声声悲
落叶染泪水

［原文］

秋ちかき　けしきの森に　鳴く蝉の　涙の露や　下葉染むらむ

〔271〕

二条院赞岐

黄昏凉意生
蝉噪声声带悲鸣
树下露珠凝

［原文］

鳴く蝉の　声もすずしき　夕暮に　秋をかけたる　森の下露

〔272〕

见萤火纷飞而咏歌

壬生忠见

点点萤火虫
飞来飞去何所终
归处是莽丛

［原文］

いづちとか　夜は蛍の　のぼるらむ　行く方知らぬ　草の枕に

〔273〕

五十首歌合奉咏

摄政太政大臣（藤原良经）

野沼芦苇丛

夜夜飞舞萤火虫

飒飒过秋风

[原文]

ほたるとぶ　野沢に茂る　蘆の根の　夜な夜な下に　かよふ秋風

〔274〕

咏于刑部卿赖辅歌合，纳凉咏

俊惠法师

楸木遍山阴

正当近黄昏

秋风悄悄穿树林

[原文]

ひさぎ生ふる　かた山かげに　忍のびつつ　吹きけるものを　秋の夕風

〔275〕

以“瞿麦[1]洒露珠”为题咏歌

高仓院[2]

一围柴篱笆

串串露珠阳光洒

---

① 瞿麦(とこなつ)：石竹，又称“なでしこ”(大和抚子)，花淡红色或白色，花色优雅。

② 高仓院：第80代天皇。又称建春门院。治承五年(1181年)卒，享年21岁。是后白河天皇的第六位皇子，为后鸟羽院之父。本书收录其和歌4首，分别为第275、524、668、1163首。

妆点瞿麦花

［原文］

白露の　玉もて結へる　ませのうちに　光さへ添ふ　とこ夏の花

〔276〕

夕颜[1]咏

前太政大臣（藤原赖实）

露水有情花上沾
窃窃私语情缠绵
朦胧见夕颜

［原文］

白露の　なさけをきける　ことの葉や　ほのぼの見えし　夕顔の花

〔277〕

百首歌合奉咏

式子内亲王

黄昏临轩端
风摇荻丛花缭乱
悄然秋色染

［原文］

たそがれの　軒端の荻に　ともすれば　ほに出でぬ　秋ぞ下

---

① 夕颜：假名“ゆうがほ”，花名，葫芦花、瓠子花，葫芦科蔓性一年生草本，开白花，又称月光花。

にこと問ふ

〔278〕

夏歌

前大僧正慈圆

黄昏乱云舞空中
荻花未放秋意浓
凉风掠荻丛

［原文］

雲まよふ　ゆふべに秋を　こめながら　風もほに出でぬ　荻の上かな

〔279〕

于大神宫[①]奉咏夏歌

太上天皇（后鸟羽院）

云散雨消停
山间黄昏凉意生
槙[②]下露珠凝

［原文］

山里の　峰の雨雲　と絶えして　ゆふべすずしき　眞木の下露

---

① 大神宫：指伊势神宫。
② 槙：又作“真木”，假名“まき”，高大常绿乔木，扁柏、杉木等的总称。

〔280〕

文治六年[1]，女御[2]入宫，书于屏风

入道前关白太政大臣（藤原兼实）

石泉矮竹丛
叶上水珠亮晶晶
应是秋露凝

［原文］

岩井汲む　あたりの小笹　玉越えて　かつがつ結ぶ　秋の夕露

〔281〕

一千五百番歌合奉咏

宫内卿

秋来麻生浦[3]
一株半熟是梨树
凉风正吹拂

［原文］

片枝さす　麻生の浦なし　初秋に　なりもならずも　風ぞ身にしむ

---

① 文治六年：公元1190年。

② 女御：日本古代宫廷中，天皇嫔妃位阶的一种。此处指后鸟羽天皇的皇后，藤原兼实之女。

③ 麻生浦：假名“おうのうら”，地名，确指不明。

〔282〕

百首歌奉咏

前大僧正慈圆

夜深天更黑
身着夏衣凉风吹
秋夏正交会

［原文］

夏衣　かたへすずしく　なりぬなり　夜やふけぬらん　ゆきあひの空

〔283〕

延喜御时，月次屏风[1]咏

壬生忠岑[2]

夏尽是秋天
不知先看秋露繁
抑或先收扇？

［原文］

夏はつる　扇と秋の　白露と　いづれか先づは　置かむとすらむ

---

① 月次屏风：从一月至十二月顺序摆列的屏风。

② 壬生忠岑：生卒年不详，与纪贯之同时代。曾任六位摄津大目，是泉大将定国的随身侍卫。从五位下安纲之子，忠见之父。《古今和歌集》的编撰者之一，“三十六歌仙”之一。有歌论《忠岑十体》、家集《忠岑集》。本书收录其和歌 3 首，为第 283、907、1594 首。

〔284〕

纪贯之

夕暮河中祓濯[1]毕
穿衣结扣觉凉意
河水起涟漪

［原文］

みそぎする　川の瀬見れば　からころも　日も夕暮に　波ぞ立ちける

① 祓濯：假名“みそぎ”，夏末举行的祭神仪式，在河水中洗濯净身。

第四卷　秋歌・上[①]

〔285〕

无题

中纳言家持

神统[②]三室山
山间葛蔓繁
秋风劲吹草叶翻

［原文］

神南備の　三室の山の　葛かづら　裏吹ふき返す　秋は来にけり

〔286〕

百首歌合[④]奉咏，秋歌

崇德院

忽听风呼啸
芦荻枝叶一边倒
宣告秋来到

［原文］

いつしかと　荻の葉向けの　かたよりに　そそや秋とぞ　風も聞こゆる

〔287〕

藤原季通⑤朝臣

早晨风吹寒
今日昨日季节换
一觉醒来是秋天

［原文］

この寝ぬる　夜のまに　秋は来にけらし　朝けの風の　昨日にも似ぬ

〔288〕

文治六年，书于女御入宫屏风

后德大寺左大臣（藤原实定）

山居听风吟
今日昨日不同音
秋天已来临

［原文］

いつも聞く　麓の里と　思へども　昨日に変る　山おろしの風

---

① 本卷《秋歌·上》，第285—436首，所收和歌范围从立秋到中秋。

② 神统：原文“神南備”（かんなび），神坐镇（统领）的山。

③ 三室山：假名“みむろのやま”，又作“三诸山”。

④ 百首歌合：久安六年（1150年）崇德院天皇主持的歌合。

⑤ 藤原季通：生卒年不详，保元三年（1158年）前后还在世。正四位下左少将备后守。大纳言宗通的第三子，太政大臣伊通之弟，大纳言成道之兄。管弦名家，《久安百首》的作者。本书收录其和歌1首。

〔289〕

百首歌合奉咏

藤原家隆朝臣

津国生田森[1]
昨日今日两季分
秋色染层林

［原文］

昨日だに　訪はんと思ひし　津の国の　生田の森に　秋は来にけり

〔290〕

最胜四天王院[2]隔扇之高砂[3]图，咏歌之

藤原秀能

秋风无色只任吹
高砂尾上松色翠
却是风所绘

［原文］

吹く風の　色こそ見えね　高砂の　尾上の松に　秋は来にけり

① 津国生田森：津国即摄津国，生田森即生田的森林，今兵库县神户市中央区生田町的森林。
② 最胜四天王院：寺院名称，位于京都东山区，后鸟羽院天皇时所建。
③ 高砂：假名“たかさご”，地名，位于今兵库县加古川市尾上町，以松树著称。

〔291〕

百首歌合奉咏

皇太后宫大夫俊成

站在伏见山[①]
透过松林看稻田
稻浪随风翻

［原文］

伏見山　松のかげより　見わたせば　明くる田の面に　秋風ぞ吹く

〔292〕

守觉法亲王主持五十首歌合[②]奉咏

藤原家隆朝臣

夏夜已告终
薄衫身上冷
菅原伏见[③]起秋风

［原文］

明けぬるか　衣手さむし　菅原や　伏見の里の　秋のはつかぜ

---

① 伏见山：假名“ふしみやま”，京都市伏见区的山。

② 守觉法亲王主持五十首歌合：举办于建久九年(1198年)。

③ 菅原伏见：地名，位于今奈良市菅原町西大寺一带，平安时代为荒野偏僻之地，和歌常有吟咏。

〔293〕

一千五百番歌合奉咏

摄政太政大臣（藤原良经）

深草[1]草木繁
叶儿露珠有因缘
秋来两相沾

［原文］

深草の　露のよすがを　契りにて　里をば離れず　秋は来にけり

〔294〕

右卫门督通具

又是秋风吹
原野草木结露水
更兼两袖泪

［原文］

あはれまた　いかにしのばん　袖の露　野原の風に　秋は来にけり

〔295〕

源具亲

秋来起初风
枕边寒意浓

① 深草：假名“ふかくさ”，地名，位于京都市伏见区。

露珠泪水两相融

［原文］

しきたへの　枕の上に　過ぎぬなり　露をたづぬる　秋の初風

〔296〕

显昭法师[1]

今朝起秋风

水茎冈[2]上葛叶红

哀感满胸中

［原文］

水茎の　岡の葛葉も　色づきて　今朝うらがなし　秋のはつ風

〔297〕

越前

秋夕风冽冽

泪湿衣袖心郁结

敢把泪珠洒草叶

［原文］

秋はただ　心より置く　夕露を　袖のほかとも　思ひけるかな

---

① 显昭法师：俗姓藤原，也被称为亮公、亮（佐）阿阇梨。可能卒于承元四年（1210年）之后。法桥、太秦寺的僧人。六条显辅的养子。随继兄清辅、重家等人恪守六条家歌学，与俊成针锋相对。有歌学著作《古今集序注》《袖中抄》《六百番陈状》等。本书收录其和歌 2 首，分别是第 296、331 首。

② 水茎冈：假名“みずぐきのおか”，地名，大致在滋贺、福冈两县境内，确指不明。

〔298〕

五十首歌合奉咏，秋歌

藤原雅经

今日秋来临
荻叶露珠久藏隐
秋风乍起始现身

［原文］

昨日まで　よそにしのびし　下荻の　末葉の露に　秋風ぞ吹く

〔299〕

无题

西行法师

风起是秋兴
戚戚心感铭
纵是无情也动情

［原文］

おしなべて　ものを思はぬ　人にさへ　心をつくる　秋の初風

〔300〕

宫城野原[1]秋草繁
风吹叶儿卷
可叹露珠散

① 宫城野原：宫城县仙台市宫城野一带。

［原文］

あはれいかに　草葉のつゆ　のこぼるらん　秋風たちぬ　宮城野の原

〔301〕

崇德院百首歌合奉咏

皇太后宫大夫俊成

山田插秧湿衣袖
立起假人驱鸟[1]兽
又来一年秋

［原文］

みしぶつき　植ゑし山田に　ひたはへて　又袖濡らす　秋はきにけり

〔302〕

中纳言兼任中将时，居家，以“山家早秋”为题咏歌

法性寺入道前关白太政大臣[2]

清晨起云烟
若非身在立田山
焉知是秋天[3]

---

① 驱鸟：原文“引板”（ひた），即“鸣子”（なるこ），田间驱吓鸟兽的装置。

② 法性寺入道前关白太政大臣：藤原忠通。长宽二年（1164 年）卒，享年 68 岁。曾任从一位摄政关白太政大臣。是知足院入道关白忠实的长子，松殿摄政基房、月轮关白兼实等人之父。应保二年（1162 年）在法性寺的居所出家，法名圆观，也被称作法性寺殿。除和歌外还精于书法，其书法风格被尊圆亲王继承而发展为“御家流”。有日记《法性寺关白记》，家集《田多民治集》，汉诗集《法性寺关白卿集》。本书收录其和歌 4 首，为第 302、386、656、686 首。

③ 古代日本人与中国一样，相信秋天自西方而来。立田山在西方，故先知秋天到来。

［原文］

朝霧や　立田の山の　里ならで　秋きにけりと　たれか知らまし

〔303〕

无题

中务卿具平亲王①

黄昏起秋风
风吹芦荻唰唰声
从此扰清梦

［原文］

夕暮は　荻吹く風の　音まさる　今はたいかに　寝覚めせられん

〔304〕

后德大寺左大臣（藤原实定）

夕暮起秋风
芦荻花叶随风倾
催人泪盈盈

［原文］

夕されば　おぎの葉向けを　吹く風に　ことぞともなく　涙落ちけり

---

① 中务卿具平亲王：宽弘六年（1009年）殁，享年46岁。曾任二品中务卿。村上天皇的第七皇子，母亲是中务卿代明亲王之女。擅长儒学、诗文、管弦、和歌等。本书收录其和歌8首，为第303、510、523、575、592、855、1801、1849首。

〔305〕

崇德院百首歌合奉咏

皇太后宫大夫俊成

秋风蒹葭有前缘
相约年年来相见
风花两缠绵

［原文］

おぎの葉も　契ありてや　秋風の　おとづれ初むる　つまとなりけん

〔306〕

无题

七条院权大夫①

秋天忽来临
最先听得松风吟
荻花报秋竟未闻

［原文］

秋来ぬと　松吹く風も　知らせけり　かならず荻の　上葉ならねど

① 七条院权大夫：卒年不详。曾是侍奉七条院藤原殖子（高仓院的典侍，后鸟羽院的生母）的女官。藏人左京大夫光纲之女，母亲是宫内少辅伊行之女。本书收录其和歌1首。

〔307〕

众人探题[1]，我以"信太森林荡秋风"咏之

藤原经衡[2]

和泉信太[3]掠秋风
千树万枝齐和鸣
日日更高声

［原文］

日をへつつ　音こそまされ　和泉なる　信太のもりの　千枝の秋風

〔308〕

百首歌合奉咏

式子内亲王

浅睡到天明
忽觉衣袖凉意生
扇风变秋风

［原文］

うたたねの　朝けの袖に　かはるなり　ならす扇の　秋の初風

---

① 探题：古代日本歌合时，抽题吟歌。

② 藤原经衡：延久四年(1072年)卒，享年68岁。曾任正五位下大和守。是中宫大进公业之子，家经的堂兄弟。有家集《经衡集》。本书收录其和歌2首，为第307、1264首。

③ 和泉信太：和泉国信太，古代名胜地，今大阪府和泉市葛叶町。

〔309〕

无题

相模

秋风送微寒
从此不需手摇扇
扇子何处安

［原文］

手もたゆく　ならす扇の　置きどころ　忘るばかりに　秋風ぞふく

〔310〕

大贰三位

秋来白露繁
风吹草叶翻
露珠缭乱无处沾

［原文］

秋風は　吹きむすべども　白露の　乱れて置かぬ　草の葉ぞなき

〔311〕

曾祢好忠

拂晓天欲明
眼见荻花露珠凝
肌肤感秋风

［原文］

朝ぼらけ　荻の上葉の　露見れば　やや肌さむし　秋の初風

〔312〕

小野小町[①]

又是露珠凝
衣袖依旧盈秋风
泪水却不同

［原文］

吹き結ぶ　風はむかしの　秋ながら　ありしにも似ぬ　袖の露かな

〔313〕

延喜御时，书于月次屏风

纪贯之

抬眼望夜天
牛郎织女手相牵
缘何我孤眠?

［原文］

大空を　われもながめて　ひこぼしの　妻待つ夜さへ　ひとりかも寝ん

〔314〕

无题

山部赤人

七夕雨淅沥

---

① 小野小町：生卒年不详，约生活于仁明、文德、清和天皇时代。出羽国郡司良真之女。著名歌人、美女，“六歌仙”和“三十六歌仙”之一。有家集《小町集》。本书收录其和歌 6 首，分别是第 312、336、758、850、1405、1802 首。

敢是牛郎划船时

溅起水滴滴

［原文］

このタベ　降り来る雨は　ひこぼしの　門渡る舟の　櫂の雫か

〔315〕

宇治前关白太政大臣家，咏“七夕”歌

权大纳言长家

老宅有水池

池水清清泛涟漪

年年映七夕

［原文］

年を経て　すむべき宿の　池水は　星合ひの影も　面なれやせん

〔316〕

花山院御时，咏“七夕之歌”

藤原长能①

掬水湿袖水清清

忽见银河水中映

牛郎织女星

① 藤原长能：生卒年不详，一条天皇时期人。曾任从五位上加贺守。是伊势守伦宁之子，道纲母之弟，能因法师的和歌老师。在歌学上与道济齐名，是“三十六歌仙”之一。有家集《长能集》。本书收录其和歌 4 首，为第 316、369、1345、1514 首。

［原文］

袖ひちて　わが手にむすぶ　水の面に　天つ星合の　空を見るかな

〔317〕

七月七日，咏歌祭七夕

祭主辅亲[1]

云隙看九天
牛郎织女依稀见
银河波浪翻

［原文］

雲間より　星合の空を　見わたせば　しづ心なき　天の川波

〔318〕

七夕歌

太宰大贰高远

今日又七夕
牛郎织女穿羽衣[2]
秋夜风习习

［原文］

たなばたの　天の羽衣　うち重ね　寝る夜すずしき　秋風ぞ吹く

---

① 祭主辅亲：卒于长历二年（1038 年），享年 85 岁。非参议正三位神祇大副、祭主。能宣的长子，伊势大辅之父。"三十六歌仙"之一。有家集《辅亲卿集》。本书收录其和歌 3 首，分别是第 317、748、1407 首。

② 羽衣：传说中天上的人（天人，牛郎织女）穿的轻薄清凉的衣裳。

〔319〕

小弁[1]

秋风初度衣袂连
风儿有情牵
莫教牛郎再返还

［原文］

たなばたの　衣のつまは　心して　ふきな返しそ　秋の初風

〔320〕

皇太后宫大夫俊成

七夕梶[2]桨渡银河
梶叶作笺露为墨
此情难言说

［原文］

たなばたの　門渡る舟の　梶の葉に　いく秋書きつ　露のたまづさ

〔321〕

百首歌合奉咏

式子内亲王

黄昏抬眼看

---

① 小弁：也称小宫小弁、宫之小弁。生卒年不详，平安中期之人。曾是侍奉后朱雀院第一皇女祐子内亲王的女官。越前守藤原怀尹之女。本书收录其和歌 3 首，分别是第 319、1063、1490 首。

② 梶：假名“かじ”，日语中有“船桨”与“梶树”两种含义，在此一语双关。用梶树做的船桨，与用梶树叶作信笺写信，两者构成关联。

天上银河有河滩
凉风吹衣衫

［原文］

ながむれば　衣手すずし　ひさかたの　天の川原の　秋の夕暮

〔322〕

居家吟百首歌之一

入道前关白太政大臣（藤原兼实）

河畔秋风寒
望眼欲穿情难言
七夕待夫渡河川

［原文］

いかばかり　身にしみぬらん　たなばたの　つま待つ宵の天の川風

〔323〕

七夕吟

权中纳言公经

秋夕天气凉
红叶铺桥风送爽
织女会牛郎

［原文］

星合の　夕べすずしき　天の川　紅葉の橋を　わたる秋風

〔324〕

待贤门院堀河[1]

每逢七夕渡河川
年年得相见
不知初见是何年？

［原文］

たなばたの　逢ふ瀬絶えせぬ　天の川　いかなる秋か　渡り初めけん

〔325〕

女御徽子女王[2]

一年一度鹊桥难
惟愿银河长涟涟
久将两情牵

［原文］

わくらばに　天の川波　よるながら　明くる空には　まかせずもがな

---

① 待贤门院堀河：生卒年不详，平安末期之人。曾是侍奉鸟羽天皇的中宫待贤门院的女官。神祇伯显仲之女，和上西门院兵卫是姐妹。“六歌仙”之一。有家集《待贤门院堀河集》。本书收录其和歌 2 首，分别是第 324、1975 首。

② 女御徽子女王：宽和元年（985 年）卒，享年 57 岁。是村上天皇的女御，醍醐天皇的皇子式部卿重明亲王之女。在天庆九年（946 年）之前的八年任斋宫，也被称为承香殿女御、式部卿宫女御、斋宫女御等。是“三十六歌仙”之一。本书收录其和歌 12 首，为第 325、348、778、807、908、1210、1246、1384、1412、1606、1721、1796 首。

〔326〕

大中臣能宣朝臣

七夕相见得宽慰
依依之别又洒泪
袖上白露坠

［原文］

いとどしく　思ひけぬべし　たなばたの　別かれの袖に　置ける白露

〔327〕

书于中纳言兼辅家屏风

纪贯之

千鸟齐啼鸣
七夕天河雾绕萦
依依惜别情

［原文］

たなばたは　今や別かるる　天の川　川霧たちて　千鳥鳴くなり

〔328〕

堀河院御时百首歌合奉咏，咏秋荻

前中纳言匡房

河水曲弯弯
为鹿作栅栏
荻花摇摇出水面

［原文］

川水に　鹿のしがらみ　かけてけり　浮きて流れぬ　秋萩の花

〔329〕

无题

从三位赖政

狩衣[①]野外结露珠
兼葭花色衣上驻
小心手莫拂

［原文］

狩衣　われとは摺らじ　露しげき　野原の萩の　花にまかせて

〔330〕

权僧正永缘[②]

一见荻花必欲折
哪怕露水结
草染衣[③]褪色

［原文］

秋萩を　折らでは過ぎじ　月草の　花ずり衣　露にぬるとも

① 狩衣：假名"かりごろも"，原为民间狩猎劳作时的穿着，后为贵族武士的礼服，现在仍为神官（神社的神职人员）穿用。

② 永缘：俗姓藤原。天治二年（1125年）圆寂，享年78岁。任权僧正，兴福寺别当。是大藏大辅永相之子。"堀河百首"的作者之一。本书收录其和歌3首，为第330、689、950首。

③ 草染衣：原文"月草の 花ずり衣"，即用月草（つきくさ，又称露草）加以揉搓染成的衣物，容易掉色褪色。

〔331〕

守觉法亲王五十首歌合时咏

显昭法师

荻花轻撩衫
高圆[1]山上有宫殿
殿上谁人挥披肩?

［原文］

荻が花　眞袖にかけて　高円の　尾上の宮に　ひれ振るやたれ

〔332〕

无题

祐子内亲王家纪伊[2]

真野[3]蒹葭白露沾
秋风摇荡水珠乱
仍在花上缠

［原文］

置く露も　しづ心なく　秋風に　みだれて咲ける　眞野の萩原

---

① 高圆：假名“たままど”，山名，奈良市白毫寺町以东的山的美称。

② 祐子内亲王家纪伊：生卒年不详，永久元年(1113年)左右仍健在。是平经方之女，因是纪伊守重经的妹妹，故被称为纪伊。开始是侍奉后朱雀天皇的中宫嫄子的中宫纪伊，之后又成为侍奉高仓天皇的第一皇女祐子内亲王(高仓)的一宫纪伊。有家集《一宫纪伊集》。本书收录其和歌2首，为第332、646首。

③ 真野：假名“まの”，名胜地之名称。陆前(宫城)、近江(滋贺)、摄津(大阪)各有真野，在和歌中，常常与荻花相关联。

〔333〕

柿本人麻呂

野外荻花繁
哪怕露水湿衣衫
星阑来相见

［原文］

秋荻の　咲き散る野辺の　夕露に　濡れつつ来ませ　夜はふけぬとも

〔334〕

中纳言家持

秋日一清晨
芦荻丛中鹿起身
露珠荧荧如玉璘

［原文］

さ牡鹿の　朝立つ野辺の　秋荻に　玉と見るまで　置ける白露

〔335〕

凡河内躬恒

漫步秋野上
露珠滴滴湿衣裳
衣袖沾花香

［原文］

秋の野を　分けゆく露に　うつりつつ　わが衣手は　花の香

ぞする

〔336〕

小野小町

娇艳女郎花[①]
秋日如约花盛开
待乳山[②]上待谁来

［原文］

たれをかも　待乳の山の　をみなへし　秋と契れる　人ぞあるらし

〔337〕

藤原元真

女郎花盛开
身在庭院心在外
唧唧虫鸣牵情怀

［原文］

をみなへし　野辺のふるさと　思ひ出でて　宿りし虫の　声やこひしき

---

① 女郎花：假名“おみなへし”，黄花龙芽，败酱科多年生草本植物。自生于山野，株高约一米，从夏至秋，茎顶簇生黄色小花，伞状花序。作为秋季七草之一，古代和歌中多有吟咏，因有“女郎”之名，常被加以拟人化。

② 待乳山：假名“まつちのやま”，又名真土山，位于奈良县五条市与和歌山县桥本市之间的真土岭。

〔338〕

一千五百番歌合奉咏

左近中将良平

女郎花开在秋野
露珠欲滴风猎猎
芳心也摇曳

[原文]

夕されば　玉散るのべの　をみなへし　枕さだめぬ　秋風ぞ吹く

〔339〕

兰草[①]咏

公猷法师[②]

野外兰草无主人
白露饰花更娇嗔
秋风送香馨

[原文]

ふぢばかま　主はたれとも　白露の　こぼれてにほふ　野辺の秋風

---

① 兰草：假名“ふじばかま”，汉字写作“藤袴”，原产中国，古名兰，汉名兰草，又叫华泽兰、佩兰。菊科多年生草本，生于山野、河岸，也植于庭院，高约一米，叶对生，花淡紫红色，头状花序。在日本是秋季七草之一。

② 公猷法师：俗姓藤原。生卒年不详。权律师。圆城寺（三井寺）僧人，寂莲法师之子。本书收录其和歌 1 首。

〔340〕

崇德院百首歌合奉咏

藤原清辅朝臣

清晨凝湿气
薄雾繁花绕墙篱
谁言最美在秋夕

[原文]

薄霧の　まがきの花の　朝じめり　秋は夕べと　たれかいひけん

〔341〕

入道前关白太政大臣在任右大臣时举办百首歌合，咏歌

皇太后宫大夫俊成

昔日野外秋花看
未尝如许生秋怨
泪水湿衣衫

[原文]

いとかくや　袖はしをれし　野辺に出でて　昔も秋の　花は見しかど

〔342〕

筑紫[①]秋野咏

大纳言经信

无人劝诱来筑紫

---

① 筑紫：古地名，筑前国与筑后国的总称，在今福冈县太宰府市。

野外赏花心恣肆
绵绵寄秋思

［原文］

花見にと　人やりならぬ　野べに来て　心のかぎり　つくしつるかな

〔343〕

无题

曾祢好忠

起早看朝颜
兴犹未尽花已蔫
命比朝露短

［原文］

おきて見んと　思ひしほどに　枯れにけり　露よりけなる　朝顔の花

〔344〕

纪贯之

清晨在山间
透过竹丛偷偷看
篱笆墙上开朝颜

［原文］

山がつの　垣ほに咲ける　朝顔は　しののめならで　逢ふよしもなし

〔345〕

坂上是则

叶枯花凋散
秋风掠过荒草甸
悲秋心缭乱

［原文］

うら枯るる　浅茅が原の　刈る萱の　みだれてものを　思ふころかな

〔346〕

柿本人麻吕

芒草初抽穗
入野[①]鹿儿相互追
何时与妹交臂睡

［原文］

さ牡鹿の　いる夜のすすき　初尾花　いつしか妹が　手枕にせん

〔347〕

佚名

小仓山下有野原
芒草出穗色微暗
依稀见秋晚

---

① 入野：假名“いるの”，地名，近京都市西京区大原野上羽町的入野神社一带。

［原文］

小倉山　ふもと野べの　花すすき　ほのかに見ゆる　秋の夕暮

〔348〕

女御徽子女王

惟愿轻风抚
芒穗相拥在一处
相濡以露珠

［原文］

ほのかにも　風は吹かなん　花すすき　むすぼほれつつ　露に濡るとも

〔349〕

百首歌合奉咏

式子内亲王

深秋看芒穗
芒穗摇摇含露水
难禁涌热泪

［原文］

花すすき　又露深し　ほに出でて　ながめじと思ふ　秋の盛りを

〔350〕

摄政太政大臣主持百首歌合奉咏

八条院六条[①]

野外处处荡秋风
芒穗心浮身也轻
躬身来相迎

［原文］

野辺ごとに　をとづれわたる　秋風を　あだにもなびく　花すすきかな

〔351〕

吟咏于和歌所歌合[②]，以“清晨花草”为题

左卫门督通光

黎明野鹿归山中
荻花吹风来相送
一路紧追从[③]

［原文］

明けぬとて　野べより山に　入る鹿のあと　吹き送る　萩の下風

---

① 八条院六条：生卒年不详。是侍奉鸟羽天皇的皇女八条院暲子的侍女，权中纳言师仲之女。本书收录其和歌 1 首。
② 和歌所歌合：指建久元年（1206 年）后鸟羽天皇主持的和歌。
③ 从《万叶集》时代起，日本歌人便将荻花看做是鹿的妻子，称为“花妻”。

〔352〕

无题

前大僧正慈圆

夕暮秋风吹芦荻
顶叶摇摇欲分离
此时最悲戚

[原文]

身にとまる　思ひをおぎの　上葉にて　このごろかなし　夕暮の空

〔353〕

崇德院御时，百首歌合[1]奉咏，咏萩

大藏卿行宗[2]

夕暮心凄凄
自怨命不济
过耳秋风掠芦荻

[原文]

身のほどを　思ひつゞくる　夕暮の荻の上に　風わたるなり

---

① 百首歌合：指“堀河百首”歌合。

② 大藏卿行宗：源行宗。康治二年(1143年)卒，享年80岁。曾任非参议从三位大藏卿越前权守。是参议基平之子，行尊大僧正之兄，其母是中纳言良赖之女。著有家集《大藏卿行宗卿集》。本书收录其和歌3首，为第353、894、1572首。

〔354〕

咏秋之歌

源重之女[1]

秋来总悲秋
寒露粒粒叶上留
听风愁更愁

［原文］

秋はただ　ものをこそ思へ　露かかる　荻の上吹く　風につけても

〔355〕

堀河院百首歌合时咏

藤原基俊

风吹肌肤凉
芦荻顶叶沙沙响
听之倍神伤

［原文］

秋風の　やや肌寒く　吹くなべに　荻の上葉の　音ぞかなしき

〔356〕

百首歌合奉咏

摄政太政大臣（藤原良经）

夜半听秋闹

---

① 源重之女：卒年、略传不详，平安中期人。有家集《重之女集》。本书收录其和歌1首。

风卷荻叶似咆哮
雄鹿呦呦叫

［原文］

荻の葉に　吹けば嵐の　秋なるを　待ちける夜半の　さ牡鹿の声

〔357〕

诸苦须消受
最是惆怅在深秋
向晚人更愁

［原文］

おしなべて　思ひしことの　かずかずに　なほ色まさる　秋の夕暮

〔358〕

无题

秋来暮色浓
仰望天穹更虚空
不禁泪水涌

［原文］

暮れかかる　むなしき空の　秋を見て　おぼえずたまる　袖の露かな

〔359〕

自家百首歌合，咏歌

若是人无忧

如何眼泪袖上留
凝望秋夕愁更愁

[原文]

もの思はで　かかる露やは　袖におく　ながめてけりな　秋の夕暮

〔360〕

众朝臣以“山路秋行”为题，作诗咏歌

前大僧正慈圆

夕暮深山中
何时秋色似个浓
惊看奇云挂天空

[原文]

み山路や　いつより秋の　色ならん　見ざりし雲の　夕暮のそら

〔361〕

无题

寂莲法师

寂寞无影踪
笼罩秋暮杉树丛
弥漫群山中

[原文]

さびしさは　その色としも　なかりけり　眞木立つ山の　秋の夕暮

〔362〕

西行法师

满眼秋色深
野鸭盘旋在黄昏
纵不知趣也动心

［原文］

こころなき　身にもあはれは　しられけり　しぎ立つ沢の秋の夕暮

〔363〕

应西行法师之命，咏于百首歌合[①]

藤原定家朝臣

秋夕放眼看
鲜花红叶皆不见
海边茅屋天色暗

［原文］

見わたせば　花も紅葉もなかりけり　浦のとまやの　秋のゆふぐれ

〔364〕

五十首歌合奉咏

藤原雅经

秋暮归乡来

① 百首歌合：指文治二年举办的“二见浦百首”歌合。

眼见葎草掩旧宅
奈何心绪难排解

［原文］

たへてやは　思ひありとも　いかゞせん　むぐらの宿の　秋の夕暮

〔365〕

咏秋

宫内卿

冥想莫如身亲临
面对秋夕必自问
何以愁煞人

［原文］

思ふこと　さしてそれとは　なきものを　秋の夕べを　心にぞ問ふ

〔366〕

鸭长明①

夕暮秋风拂人衣
惟我袖上露珠滴
心儿在悲泣

① 鸭长明：世间称其为南太夫、菊太夫，法名莲胤。建保四年（1216 年）卒，享年 62 岁。曾任从五位下。是贺茂社祢宜长继的次子。分别跟随俊惠和中原有安学习和歌和琵琶，因得到后鸟羽院的赏识而被任命为和歌所寄人，但因希望成为祢宜而未赴任。于元久元年（1204 年）出家，隐居于大原和日野。著有《方丈记》《无名抄》《发心集》等，有家集《鸭长明集》。本书收录其和歌 10 首，为第 366、397、401、964、983、1202、1318、1523、1778、1894 首。

［原文］

秋風の　いたりいたらぬ　袖はあらじ　ただわれからの　露の夕暮

〔367〕

西行法师

不知何缘由
秋来多忧愁
无端莫名总悲秋

［原文］

おぼつかな　秋はいかなる　ゆへのあれば　すずろにものの悲しかるらん

〔368〕

式子内亲王

秋风虽依旧
年年听风却不同
往事历历萦于胸

［原文］

それながら　昔にもあらぬ　秋風に　いとどながめを　しづのをだまき

〔369〕

无题

藤原长能

黄昏鸣秋蝉

声声似悲叹
时日无多情难断

［原文］

ひぐらしの　鳴く夕暮ぞ　憂かりける　いつも尽きせぬ　思なれども

〔370〕

和泉式部[①]

秋暮常盘山[②]
由绿转红色渐变
松风阵阵身上寒

［原文］

秋くれば　常盤の山の　松風も　うつるばかりに　身にぞしみける

〔371〕

曾祢好忠

音羽山[③]有音

① 和泉式部：生卒年不详。越前守大江雅致之女。母亲是越后守保衡之女。和泉守橘道贞之妻。曾与冷泉院第三皇子为尊亲王及其弟敦道亲王恋爱，后侍奉上东门院彰子，不久又嫁于藤原保昌，随之下到丹后。是“梨壶五歌仙”和“三十六歌仙”之一。作品有《和泉式部日记》，家集《和泉式部集》。本书收录其和歌 25 首，分别是第 370、408、583、624、702、775、783、816、1012、1023、1160、1178、1344、1402、1459、1495、1529、1640、1716、1738、1806、1807、1811、1812、1821 首。

② 常盘山：假名“ときは”，位于京都市右京区常盘谷的一座山丘。

③ 音羽山：山名，位于京都市山科区的东部与滋贺县接壤处，风景名胜，常被歌人作为“歌枕”（和歌中常被吟咏的风景名胜地）来使用。

四方秋风吟
草木如何不动心

［原文］

秋風の　四方にふき来る　音羽山　なにの草木か　のどけかるべき

〔372〕

相模

分别在清晨
朝露泪水浑难分
风声也衔恨

［原文］

暁の　露は泪も　とどまらで　恨むる風の　声ぞのこれる

〔373〕

法性寺入道前关白太政大臣家歌合奉咏，“野风”吟

藤原基俊

高圆山麓有竹林
今日狂风忽来临
风叶齐声吟

［原文］

高円の　野路の篠原　すゑさはぎ　そそやこがらし　けふ吹きぬなり

〔374〕

一千五百番歌合奉咏

右卫门督通具

深草原野秋风急
月光依旧照故里
寂寥如往昔

［原文］

深草の　里の月影　さびしさも　住み来しままの　野べの秋風

〔375〕

五十首歌合奉咏，以“林间月”为题

皇太后宫大夫俊成女

大荒木[①]林稠
月光高悬难洒漏
望月徒增愁

［原文］

大荒木の　森の木の間を　もりかねて　人だのめなる　秋の夜の月

〔376〕

守觉法亲王家五十首歌合奉咏

藤原家隆朝臣

檐廊晓月盼

---

① 大荒木：假名“おほあらき”，京都、奈良多处神社及神社周边森林的名称。

衣袖光亮乍惊现
却是一闪电

［原文］

有明の　月待つ宿の　袖の上に　人だのめなる　宵のいなづま

〔377〕

摄政太政大臣家百首歌合奉咏

藤原有家朝臣

秋风吹茅草
草叶摇摇露珠消
闪电一瞬照

［原文］

風わたる　浅茅が末の　露にだに　宿りも果てぬ　宵のいなづま

〔378〕

水无濑[1]"十首歌合"[2]奉咏

左卫门督通光

武藏原野[3]无边陲
不知风动欲何为

---

① 水无濑：假名"みなせ"，地名，位于今大阪府三郡岛本町，水无濑川畔。那里有后鸟羽天皇的离宫。
② 十首歌合：后鸟羽天皇主办的一次歌合。
③ 武藏原野：假名"むさしの"，亦即"武藏野"。以今东京都为中心，跨越埼玉、神奈川两县，曾是长满杂木林的广袤原野。

又往何处吹

［原文］

武藏野や　ゆけども秋の　はてぞなき　いかなる風か　末に吹くらん

〔379〕

百首歌合奉咏，月歌

前大僧正慈圆

岁岁怀秋到花甲
泪眼望天涯
何年赏月眼不花

［原文］

いつまでか　泪曇らで　月は見し　秋待ちえても　秋ぞ恋しき

〔380〕

式子内亲王

望月多感伤
山野无处不月光
秋怨难掩藏

［原文］

ながめわびぬ　秋よりほかの　宿もがな　野にも山にも　月やすむらん

〔381〕

无题

圆融院①

初秋风声吟
夜阑更深月西沉
心绪乱纷纷

［原文］

月影の　はつ秋風と　ふけゆけば　心づくしに　ものをこそ思へ

〔382〕

三条院②

月悬此天际
山外人家翘首望
莫非心不急?

［原文］

あしびきの　山のあなたに　住む人は　待たでや秋の　月を見るらん

---

① 圆融院：第64代天皇。正历二年(991年)驾崩，终年33岁。村上天皇第五子。著有《圆融院御集》。本书收录其和歌7首，分别是第381、1173、1439、1448、1451、1481、1649首。

② 三条院：三条天皇。第67代天皇。宽弘八年(1011年)即位，宽仁元年(1017年)驾崩，享年42岁。冷泉天皇的第二皇子，母亲是东三条入道摄政兼家之女(道长之姐妹)超子。本书收录其和歌2首，分别是第382、1500首。

〔383〕

“云间微月”咏

堀河院[①]

大和高圆山
月光闪闪在云间
弯月空中悬

［原文］

しきしまや　高円山の　雲間より　光さしそふ　ゆみはりの月

〔384〕

无题

堀河右大臣[②]

怀月全身心
月亮朗照不区分
焉知我是何许人

［原文］

人よりも　心のかぎり　ながめつる　月はたれとも　分かじものゆへ

---

① 堀河院：第73代天皇。嘉承二年（1107年）驾崩，享年29岁。是白河天皇的第二皇子。其母是京极前关白师实之女（实际是六条右大臣显房之女）中宫贤子。其命令近臣编纂的《堀河百首》对中世和歌产生了很大影响。本书收录其和歌1首。

② 堀河右大臣：藤原赖宗。康平八年（1065年）卒，享年73岁。曾任从一位右大臣。是御堂关白道长的次子，赖通之弟，上东门院彰子之兄。于康平八年出家，法名寂俊。有家集《入道右大臣集》。本书收录其和歌2首，为第384、466首。

〔385〕

橘为仲[①]朝臣

不知何缘由
信夫[②]乡间月夜秋
惟喜残月云中游

［原文］

あやなくも　曇らぬ宵を　いとふかな　信夫の里の　秋の夜の月

〔386〕

法性寺入道前关白太政大臣(藤原忠通)

风吹萩夜露
浑似散玉珠
虚空望月在旅宿

［原文］

風ふ吹けば　玉散る萩の　下露に　はかな宿る　野辺の月かな

〔387〕

从三位赖政

谁人慕秋风

① 橘为仲：应德二年(1085年)卒。曾任正四位下太皇太后宫亮。是太皇太后宫亮筑前守义通(能通)之子。有家集《橘为仲朝臣集》。本书收录其和歌2首，为第385、930首。

② 信夫：假名“しのぶ”，地名，在今福岛。

今宵风儿掠竹丛
望月吉野峰[1]

［原文］
今宵たれ　すず吹く風を　身にしめて　吉野の嶽の　月を見るらん

〔388〕

在法性寺入道前关白太政大臣家，咏月歌之一

太宰大贰重家

月光太皎洁
看似不是月
长年映照高山雪

［原文］
月見れば　思ひぞあへぬ　山高み　いづれの年の　雪にかあるらむ

〔389〕

和歌所歌合奉咏，湖边月

藤原家隆朝臣

琵琶湖[2]波光粼粼
浪花虽无季节分
也见秋色深

---

① 吉野峰：位于奈良县，吉野峰是吉野山的最高峰。
② 琵琶湖：假名“にほのうみ”，琵琶湖的古称，位于今滋贺县中部，日本最大的湖。

［原文］

にほの海や　月の光の　うつろへば　波の花にも　秋は見えけり

〔390〕

百首歌合奉咏

前大僧正慈圆

切莫招人怨
但愿盐釜[①]不起烟
夜深不遮秋月颜

［原文］

更けゆかば　煙もあらじ　塩釜の　うらみな果てそ　秋の夜の月

〔391〕

无题

皇太后宫大夫俊成女

秋怨难排遣
遥对月宫洒泪眼
月桂色亦变

［原文］

ことはりの　秋にはあへぬ　涙かな　月の桂も　変わるひかりに

---

① 盐釜：假名“しおがま”，地名，今宫城县盐釜市，因烧海水制盐而得名，是松岛湾内的风景胜地。

〔392〕

藤原家隆朝臣

秋爽明月高
天穹苍茫月宫遥
思之倍寂寥

[原文]

ながめつつ　思ふもさびし　ひさかたの　月の都の　明け方の空

〔393〕

五十首歌合奉咏，月光花草

摄政太政大臣(藤原良经)

故乡庭院上
稀疏萩花[1]正开放
夜夜沐月光

[原文]

ふるさとの　もとあらの小萩　咲きしより　夜なよな庭の月ぞうつろふ

〔394〕

建仁元年三月歌合[2]，以“山家秋月”为题

深山明月秋风啸

---

① 萩花：小萩，假名“こはぎ”，胡枝子的美称，日本的“秋季七草”之一，秋季开蝶形小花，呈穗状，色紫红或白。

② 建仁元年三月歌合：后鸟羽院主持的歌合。

故乡亲友不来扰
此时最寂寥

[原文]

時しもあれ　ふるさと人は　音もせで　深山の月に　秋風ぞ吹く

〔395〕

八月十五夜，和歌所歌合①奉咏，以“深山月”为题

近山宿草庵
一觉醒来抬眼看
月光泻露树叶间

[原文]

深からぬ　外山の庵の　寝覚めだに　さぞな木の間の　月は寂しき

〔396〕

月前松风

寂莲法师

住吉②有翠松
枝叶茂密遮月容
但听秋风颂

[原文]

月はなほ　漏らぬ木の間も　住吉の松をつくして　秋風ぞ吹く

---

① 和歌所歌合：此指建仁元年(1201年)后鸟羽天皇主持的一次歌合。
② 住吉：假名“すみよし”，地名，位于今大阪市住吉区，是“和歌名所”（和歌常常吟咏的风景名胜地）之一。

〔397〕

鸭长明

明月空中游
独自望月心中忧
松风更添愁

［原文］

ながむれば　ちぢに物思ふ　月にまた　わが身ひとつの　峰の松風

〔398〕

山月咏

藤原秀能

旅宿山间青苔上
夜半醒来时
满目明月光

［原文］

あしびきの　山路の苔の　露の上に　寝覚め夜ぶかき　月を見るかな

〔399〕

八月十五夜，和歌所歌合奉咏，以“海边秋月”为题

宫内卿

雄岛[①]渔女[②]潜海人

① 雄岛：假名“をじま”，宫城县松岛湾内的一座海岛，和歌名胜。
② 渔女：原文“海人”，假名“あま”，从事渔业的女性。

衣裳湿淋淋
月光粼粼照在身

［原文］

心ある　雄島の海人の　たもとかな　月宿れとは　濡れぬものから

〔400〕

宜秋门院丹后[①]

天下海滨皆见月
难波夜半月最明
久久难忘情

［原文］

忘れじな　難波の秋の　夜半の空　異浦に澄む　月は見るとも

〔401〕

鸭长明

月亮不惟照泪袖
松岛[②]渔女衣湿透
月光也驻留

---

① 宜秋门院丹后：生卒年不详，约生活于后鸟羽院天皇时代。藏人大夫源赖行之女。先侍奉九条兼实家，后侍奉后鸟羽院的中宫宜秋门院任子，被称为摄政家丹后、关白家丹后。本书收录其和歌 9 首，分别是第 400、593、944、959、977、1303、1507、1623、1795 首。

② 松岛：著名风景名胜地，位于宫城县松岛湾。

［原文］

松岛や　塩くむ海人の　秋の袖　月はもの思ふ　ならひのみかは

〔402〕

无题

七条院大纳言[①]

看见渔女欲发问：
因何湿淋淋
野岛[②]波月[③]集一身?

［原文］

こと問はむ　野岛が崎の　海人ごろも　波と月とに　いかがしをるる

〔403〕

和歌所歌合奉咏，海边月

藤原家隆朝臣

雄岛秋月照渔舟
拂晓出海浪上走
渔女也风流

［原文］

秋の夜の　月やをじまの　あまの原　明け方近き　沖のつり钓舟

① 七条院大纳言：生卒年不详。曾是侍奉七条院殖子的女官。中纳言实纲之女。本书收录其和歌 3 首，分别是第 402、562、1496 首。
② 野岛：指野岛崎，假名“のじまがざき”，今兵库县的淡路岛。
③ 波月：浪波、月光。

〔404〕

无题

前大僧正慈圆

命运多舛者
无颜对月光
满怀阴云秋月朗

［原文］

憂き身には　ながむるかひも　なかりけり　心に曇る　秋の夜の月

〔405〕

大江千里

月光照亮小暗山[1]
今宵暗山不再暗
山名可否变?

［原文］

いづくにか　今宵の月の　曇るべき　をぐらの山も　名をや変ふらむ

〔406〕

源道济

中秋夜深沉

---

① 小暗山：假名“をぐら”，地名，一般写作“小仓山”，位于京都市右京区嵯峨。“小仓”与“小暗”发音相同。

仰首九天独一人
明月牵心魂

［原文］

こころこそ　あくがれにけれ　秋の夜の　夜深き月を　ひとり見しより

〔407〕

上东门院少将

秋夜待明月
殷殷盼婵娟
天下人心共相牵

［原文］

変らじな　知るも知らぬも　秋の夜の　月待つほどの　心ばかりは

〔408〕

和泉式部

无人来相处
却见秋夜明月出
睡意已全无

［原文］

たのめたる　人はなけれど　秋の夜は月見て　寝べき心地こそせね

〔409〕

赏月咏歌

藤原范永[1]朝臣

泪袖欲拭干
月光更把人影添
君颜何以袖上现?

[原文]

見る人の　袖をぞしぼる　秋の夜は　月にいかなる　影か添ふらん

〔410〕

返歌[2]

相模

思恋寄秋月
身影可在袖上观
思君绵绵泪不干

[原文]

身に添へる　影とこそ見れ　秋の月　袖にうつらぬ　折りしなければ

---

① 藤原范永：生卒年不详，后冷泉天皇时期人。曾任正四位下摄津守。是尾张守仲清之子。有家集《范永朝臣集》。本书收录其和歌 3 首，为第 409、867、1162 首。

② 返歌：和歌的一种样式，应答的和歌，答歌，赠答歌。此首返歌是对上一首歌的返答。

〔411〕

永承四年[①]，内里歌合[②]奉咏

大纳言经信

夜半吹狂风
云消雾散天放晴
皎皎月儿明

[原文]

月影の　澄みわたるかな　天の原　雲吹きはらふ　夜半の嵐に

〔412〕

无题

左卫门督通光

夜半松涛声
立田山上起狂风
峰巅云淡月影清

[原文]

立田山　夜半に嵐の　松吹けば　雲にはうとき　峰の月影

〔413〕

崇德院百首歌合奉咏

左京大夫显辅

云朵荡秋风

---

① 永承四年：公元1049年。
② 内里歌合：皇宫歌合，后冷泉天皇主持的歌合。

云隙时时漏月影
风清月更明

［原文］

秋風に　たなびく雲の　絶え間より　漏れ出づる月の　影のさやけさ

〔414〕

无题

道因法师①

天际云横断
月出山间不得见
翘首望山端

［原文］

山の端に　雲の横ぎる　宵の間は　出でても月ぞ　なほ待たれける

〔415〕

殷富门院大辅

望月尚能有几回？
秋夜思之心伤悲
泪水湿衣袂

［原文］

ながめつつ　思ふに濡るる　たもとかな　いく夜かは見む

---

① 道因法师：俗名藤原敦赖。生卒年不详，寿永元年（1182 年）左右高龄逝世。曾任从五位上右马助。治部丞清孝之子，也是延历寺的僧人。被称为大法师。本书收录其和歌 4 首，为第 414、586、888、1123 首。

秋の夜の月

〔416〕

式子内亲王

夜间情思远
不见月儿不能眠
月西沉时更相念

［原文］

宵の間に　さてもね寝べき　月ならば　山の端近かき　ものは思はじ

〔417〕

月明夜深沉
浓情望月情难禁
切莫太痴心

［原文］

更くるまで　ながむればこそ　悲しけれ　思ひも入れじ　秋の夜の月

〔418〕

五十首歌合奉咏

摄政太政大臣（藤原良经）

秋风卷残云
唯余风声掠青松
望月在碧空

［原文］

雲はみな　はらひはてたる　秋風を　松にの残して　月を見るかな

〔419〕

居家吟咏五十首歌之一

秋夜已深沉
松风一阵阵
明月安能慰我心

［原文］

月だにも　なぐさめがたき　秋の夜の　心も知らぬ　松の風かな

〔420〕

藤原定家朝臣

桥神宇治姬[1]
秋夜寒风月光里
孑然卧寝席

［原文］

さむしろや　待つ夜の秋の　風ふけて　月をかたしく　宇治の橋姫

---

① 宇治姬：亦即宇治桥姬，守护宇治桥的女神。宇治桥，7 世纪时建于京都宇治川上的桥。

〔421〕

无题

右大将忠经①

秋夜待月亮
无月长夜何必长
月出天却亮

［原文］

秋の夜の　長きかひこそ　なかりけれ　待つに更けぬる　有明の月

〔422〕

五十首歌合奉咏，野径月

摄政太政大臣（藤原良经）

武藏大平原
远望尽处天地连
月影出草原

［原文］

ゆく末は　空もひとつの　武蔵野に　草の原より　出づる月影

〔423〕

雨后月

宫内卿

村雨伴行云

---

① 右大将忠经：藤原忠经，也称花山院入道。宽喜元年（1229 年）卒，享年 57 岁。曾任正二位右大臣。是左大臣兼雅的长子，母亲是平清盛之女。本书收录其和歌 3 首，为第 421、842、1548 首。

雨后待月见晴阴
普照乡里人

［原文］

月をなほ　待つらむものか　村雨の　晴れゆく雲の　末の里人

〔424〕

无题

右卫门督通具

秋月宿露水
荻叶摇荡水珠飞
打湿我衣袂

［原文］

秋の夜は　宿かる月も　露ながら　袖に吹きこす　荻のうは風

〔425〕

源家长[①]

月光洒竹丛
矮竹摇摇叶儿重
夜深露水浓

---

① 源家长：卒年不详，约卒于文历元年（1234 年）。曾任从四位上但马守。藏人大膳亮时长的长子。在担任后鸟羽院的藏人之后，成为和歌所的开阖，负责文档的收取、记录和管理等后又参与《新古今集》的编纂事务。作品有《源家长日记》。本书收录其和歌 3 首，分别是第 425、741、956 首。

［原文］

秋の月　しのに宿かる　影たけて　小笹が原に　露ふけにけり

〔426〕

元久元年[①]八月十五夜咏于和歌所，以“田家见月”为题

前太政大臣(藤原赖实)

山田草棚镶月光
稻穗起伏似波浪
穗上结冰霜

［原文］

風わたる　山田の庵を　もる月や　穂波にむすぶ　氷なるらむ

〔427〕

和歌所歌合，田家月

前大僧正慈圆

大雁嘎嘎过伏见[②]
夜半醒来不能眠
望月在草庵

［原文］

雁のくる　伏見の小田に　夢覚めて　寝ぬ夜の庵に　月を見るかな

---

① 元久元年：公元 1204 年。
② 伏见：假名“ふしみ”，地名，今京都市伏见区。

〔428〕

皇太后宫大夫俊成女

风吹稻叶响
田家窝棚草作墙
夜夜漏月光

［原文］

稲葉ふく　風にまかせて　すむ庵は　月ぞまことに　もり明しける

〔429〕

无题

望月秋夜深
彻夜难眠牵心魂
寝床忘拂尘

［原文］

あくがれて　寝ぬ夜の塵の　つもるまで　月にはらはぬ　床のさむしろ

〔430〕

大中臣定雅[①]

秋田窝棚里
稻草作寝席

① 大中臣定雅：卒于文治五年（1189 年），享年 67 岁。尾张守雅光之子。本书收录其和歌 1 首，即第 430 首。

露珠繁繁月光稀

［原文］

秋の田の　かり寝の床の　いなむしろ　月宿れとも　敷ける露かな

〔431〕

崇德院时，百首歌合奉咏

左京大夫显辅

农夫秋田搭草棚
棚顶漏月影
与月相伴到天明

［原文］

秋の田に　庵さすしづの　とまをあらみ　月とともにや　もり明すらむ

〔432〕

百首歌合奉咏，秋歌

式子内亲王

秋花虽美隔篱墙
月亮虽远照寝房
曲肱沐月光

［原文］

秋の色は　まがきにうとく　なりゆけど　手枕なるる　閨の月影

〔433〕

秋歌一首

太上天皇(后鸟羽院)

绵绵秋夜长
露水打湿我衣裳
留住明月光

[原文]

秋の露や　たもとにいたく　むすぶらむ　長き夜あかず　やどる月かな

〔434〕

一千五百番歌合奉咏

左卫门督通光

月没天已亮
秋夜无月何空旷
只待明日暮色降

[原文]

さらにまた　暮を頼のめと　明けにけり　月はつれなき　秋の夜の空

〔435〕

经房①卿家歌合奉咏，以“晓月”为题

二条院赞岐

秋夜醒来愁

① 经房：藤原经房。藤原光房之子。

若是人人泪湿袖
月光唯我袖上留?

[原文]

おほかたに　秋の寝覚の　つゆけくは　またたが袖に　有名の月

〔436〕

五十首歌合奉咏

藤原雅经

月光照衣衫
我辈身小衣又单
难拂露珠繁

[原文]

はらひかね　さこそは露の　しげからめ　宿るか月の　袖のせばきに

第五卷　秋歌・下[1]

〔437〕

众朝臣于和歌所咏歌时，奉咏“昨夜鹿鸣”

藤原家隆朝臣

晚秋阵雨中
林中红叶正飘零
孤寂听鹿鸣

［原文］

したもみぢ　かつ散る山の　夕しぐれ　濡れてやひとり　鹿の鳴くらむ

〔438〕

百首歌合奉咏

入道左大臣[2]

山风正咆哮
鹿鸣声声高
夜锁山峰月皎皎

［原文］

山おろしに　鹿の音高かく　聞こゆなり　尾上の月に　さ夜や更けぬる

〔439〕

寂莲法师

野草倒伏风阵阵
牡鹿无处可容身
山中呦呦吟

［原文］

野分きせし　小野の草ぶし　あれは果て　み山にふかき　さ牡鹿の声

〔440〕

无题

俊惠法师

原野狂风吹葛藤
传来牡鹿含恨声
哀诉妻无情?

［原文］

あらしふく　真葛が原に　鳴く鹿は　恨みてのみや　妻を恋ふらむ

---

① 本卷《秋歌·下》，第437—550首，从秋季鹿鸣开始至秋末。

② 入道左大臣：藤原实房。嘉禄元年(1225年)卒，享年79岁，一说为71岁或82岁。也被称为三条入道左大臣。曾任正二位左大臣、左大将、右大将。是内大臣公教的三子。建久七年(1196年)出家，法名静空。本书收录其和歌4首，为第438、589、701、839首。

〔441〕

前中纳言匡房

山冈来驻足
曾是雄鹿求偶处
秋风过山麓

［原文］

妻恋ふる　鹿のたちどを　たづぬれば　狭山が裾に　秋風ぞ吹く

〔442〕

百首歌合奉咏，秋歌

惟明亲王

秋天到山坳
只闻狂风掠松杪
鹿鸣声声高

［原文］

み山べの　松のこずゑを　わたるなり　嵐に宿す　さを鹿の声

〔443〕

夜间听鹿鸣

土御门内大臣①

秋暮鹿鸣呦呦来

① 土御门内大臣：源通亲。建仁二年（1202年）卒，享年54岁。曾任正二位内大臣，追赠从一位。是久我内大臣雅通之长子，雅缘之兄，通具之父。本书收录其和歌6首，为第443、791、840、1299、1578、1814首。

听之不惟我伤怀
人人知物哀

［原文］

われならぬ　人もあはれや　まさるらむ　鹿鳴く山の　秋の夕暮

〔444〕

百首歌[①]之一

摄政太政大臣（藤原良经）

侧耳声声轻
松风传来雄鹿鸣
似已归山岭

［原文］

たぐへくる　松の嵐や　たゆむらむ　尾上にかへる　さを鹿の声

〔445〕

一千五百番歌合奉咏

前大僧正慈圆

鹿鸣惊睡梦
醒来难续梦中境
秋夜最伤情

［原文］

鳴く鹿の　声に目覚めて　しのぶかな　見はてぬ夢の　秋の

---

① 百首歌：指《秋筱月清集・十题百首》之《兽部十首》之一。

思ひを

〔446〕

自家歌合，咏鹿

权中纳言俊忠①

雄鹿一夜鸣
呦呦求偶相思情
萩叶露珠凝

［原文］

夜もすがら　妻どふ鹿の　鳴くなべに　小萩が原の　露ぞこぼるる

〔447〕

无题

源道济

秋夜醒来久难眠
鹿鸣呦呦在耳畔
东方欲晓天

［原文］

寝覚めして　久しくなりぬ　秋の夜は　明けやしぬらん　鹿ぞ鳴くなる

---

① 权中纳言俊忠：藤原俊忠。保安四年（1123 年）卒，享年 53 岁。曾任从三位权中纳言太宰权帅。是大纳言忠家的次子，藤原俊成之父。活跃于堀河院歌坛。有家集《权中纳言俊忠卿集》。本书收录其和歌 4 首，为第 446、785、1133、1341 首。

〔448〕

西行法师

星夜守山住草棚
夜半鹿鸣惊睡梦
驱鹿忙摇铃

［原文］

小山田の　庵近く鳴く　鹿の音に　おどろかされて　おどろかすかな

〔449〕

白河院居鸟羽时，以“田家秋兴”为题，众人咏歌

中宫大夫师忠[①]

山田翻稻浪
沙沙扰梦乡
更有鹿鸣在耳旁

［原文］

山里の　稲葉の風に　寝覚めして　夜深かく鹿の　声を聞くかな

① 中宫大夫师忠：源师忠。永久二年(1114 年)卒，享年 61 岁。曾任正二位大纳言，中宫大夫。是土御门右大臣师房的第三子。本书收录其和歌 1 首。

〔450〕

郁芳门院[①]庭院花草赛[②]咏歌

藤原显纲[③]朝臣

雄鹿卧葛草
独寝多寂寥
晨风又把草窝撩

［原文］

ひとり寝や　いとどさびしき　さを鹿の　朝ふす小野の　葛の裏風

〔451〕

无题

俊恵法师

叶飘立田山
鹿踏落叶正回返
逍遥入深山

［原文］

立田山　梢まばらに　なるままに　深かくも鹿の　そよぐなるかな

---

① 郁芳门院：白河天皇的皇女。

② 庭院花草赛：原文“前栽合”（せんざいあわせ），当时贵族社会的一种游戏，品评各家庭院的花草优劣。

③ 藤原显纲：卒于康和五年(1103 年)，享年 75 岁。正四位下赞岐守。参议藤原兼经之子，是藤原敦家之弟，《赞岐典侍日记》作者藤原长子之父，母亲为加贺守藤原顺时之女弁乳母。有家集《赞岐入道集》。本书收录其和歌 2 首，分别是第 450、895 首。

〔452〕

祐子内亲王家歌合[①]之后，咏鹿

权大纳言长家

雄鹿别秋天
鸣声呦呦似自恋
渐去且渐远

［原文］

過ぎてゆく　秋の形見に　さ牡鹿の　おのが鳴く音も　惜しくやあらぬ

〔453〕

摄政太政大臣家百首歌合[②]奉咏

前大僧正慈圆

秋露湿稻叶
缘何衣袖水珠结
守田在深夜

［原文］

わきてなど　庵守る袖の　しほるらむ　稲葉にかぎる　秋の風かは

① 祐子内亲王家歌合：永承五年（1050 年）六月举办的歌合。
② 摄政太政大臣家百首歌合：建久四年（1193 年）于藤原良经府上举办的歌合。

〔454〕

无题

佚名

守田搭草棚
夜来棚中倍觉冷
衣袖露珠凝

[原文]

秋田守る　仮庵つくり　わがをれば　衣手寒し　露ぞ置きける

〔455〕

前中纳言匡房

拂晓吹寒风
双手倍觉冷
但闻阵阵驱鸟铃[①]

[原文]

秋来れば　朝けの風の　手を寒み　山田のひたを　まかせてぞ聞く

〔456〕

善滋为政[②]朝臣

梅雨季节插秧后

---

① 驱鸟铃：田间驱鸟使用的装置，木板上系竹管数支，从远处曳绳以鸣。

② 善滋为政：生卒年不详，约为一条、后一条天皇时期人。曾任从四位上文章博士。为政是能登守保章之子。因擅诗文，曾任小野宫实资的家司。也被称为善博士。本书收录其和歌 1 首。

如今大雁鸣寒秋
时已近秋收

［原文］

ほととぎす　鳴く五月雨に　植へし田を　かりがね寒み　秋ぞ暮れぬる

〔457〕

中纳言家持

自今秋风寒
长夜里形只影单
孤身何成眠

［原文］

いまよりは　秋風寒く　なりぬべし　いかでかひとり　長がき夜を寝む

〔458〕

柿本人麻吕

秋来雁归途
振翮送风带霜露
更兼晚秋雨

［原文］

秋されば　雁の羽風に　霜ふりて　寒きよなよな　時雨さへ降る

〔459〕

山边有早稻

收割切莫急
好让牡鹿来寻妻

［原文］

さを鹿の　妻問ふ山の　岡べなる　早稲田は刈らじ　霜は置くとも

〔460〕

纪贯之

起初湿袖插秧苗
而今山田收熟稻
绿苗无处找

［原文］

かりてほす　山田の稲は　袖ひちて　植へし早苗と　見えずもあるかな

〔461〕

菅赠太政大臣[①]

草叶白露缀
正似侘人[②]衣袖泪
玉珠是泪水

① 菅赠太政大臣：菅原道真。卒于延喜三年（903年），享年59岁。从二位右大臣，右大将，赠正一位太政大臣。因藤原时平用谋谗陷，被左迁为太宰权帅，后冤死于任职之地。菅原是当时首屈一指的汉学家，被称为菅公或菅丞相。编著有《菅家文章》《菅家后集》《新撰万叶集》《类聚国史》等。本书收录其和歌16首，分别是第461、1441、1442、1449、1690—1701首。

② 侘人：假名“わびのひと”，侘寂之人，寂寥之人。

［原文］
草葉には　玉と見えつつ　わび人の　袖の涙の　秋の白露

〔462〕

中纳言家持

我家庭院上
芒草穗尾结白霜
风吹送秋凉

［原文］
わが宿の　尾花が末に　白露の　をきし日よりぞ　秋風も吹く

〔463〕

惠庆法师

秋来荒草深
白露茅草有前因
相约在秋晨

［原文］
秋といへば　契り置きてや　結ぶらん　浅茅が原の　けさの白露

〔464〕

柿本人麻吕

我家秋来访
庭院茅草已发黄

穗末结白霜

[原文]

秋されば　置く白露に　わが宿の　浅茅が上葉　色づきにけり

〔465〕

天历

白露心多宽
满山遍野全洒遍
使人思连绵

[原文]

おぼつかな　野にも山にも　白露の　なにごとをかは　思ひ置くらむ

〔466〕

后冷泉院为皇太子时，以“寻野花”为题奉咏

堀河右大臣

繁露沾野草
草花似水滴
野外归来濡唐衣[1]

[原文]

露しげみ　野辺をわけつつ　唐衣　濡れてぞかへる　花のしづくに

① 唐衣：假名“からころも”，中国式衣裳，华丽服装，也用作“衣裳”的美称。

〔467〕

闲庭露滋

藤原基俊

闲庭无人看
艾蒿恣意长满园
枝叶露珠繁

［原文］

庭の面に　茂るよもぎに　ことよせて　心のままに　置ける露かな

〔468〕

于白河院，以“野草露繁”为题咏歌

赠左大臣长实[①]

原野草木深
繁露茂草正诱人
郊外秋花寻

［原文］

秋の野の　草葉おしなみ　置く露に　濡れてや人の　たづねゆくらむ

---

① 赠左大臣长实：藤原长实。长承二年(1133 年)卒，享年 59 岁。曾任正三位权中纳言太宰权帅，追赠左大臣。是修理大夫显季的长子，显辅之兄。本书收录其和歌 1 首。

〔469〕

百首歌合奉咏

寂莲法师

秋风吹来思忧愁
露水眼泪两相诱
漉漉湿衣袖

［原文］

物思ふ　袖より露や　ならひけむ　秋風吹けば　たへぬものとは

〔470〕

秋歌之一

太上天皇（后鸟羽院）

每逢我忧愁
露珠必来沾衣袖
秋露不惟秋天有

［原文］

露は袖に　物思ふころは　さぞなおく　かならず秋の　ならひならねど

〔471〕

原野秋风吹
露珠诱我两行泪
泪露湿衣袂

［原文］

野原より　露のゆかりを　たづねきて　わが衣手に　秋風ぞ吹く

〔472〕

无题

西行法师

清秋寒夜里
听远处鸣蛩唧唧
渐弱渐无力

［原文］

きりぎりす　夜寒に秋の　なるままに　弱るか声の　遠ざかりゆく

〔473〕

守觉法亲王五十首歌合奉咏

藤原家隆朝臣

夜长天难明
虫声唧唧叫不停
松风更添思乡情

［原文］

虫の音も　長き夜あかぬ　ふるさとに　なほ思ひ添ふ　松風ぞ吹く

〔474〕

百首歌合奉咏

式子内亲王

废园人罕至
正是露珠沾草时

听草丛松虫吱吱

[原文]

跡もなき　庭の浅茅に　むすぼほれ　露の底なる　松虫の声

〔475〕

无题

藤原辅尹朝臣①

秋风何凌厉
身上有寒意
遥想阿妹在捣衣

[原文]

秋風は　身にしむばかり　吹きにけり　今や打つらむ　妹がさごろも

〔476〕

前大僧正慈圆

菅原伏见旅宿中
夜夜听得捣衣声
咚咚搅睡梦

[原文]

衣打つ　音はまくらに　菅原や　伏見の夢を　いく夜残しつ

---

① 藤原辅尹：生卒年不详，生活在平安中期。从四位下山城守木工头。尾张守兴方之子(一说是大和守贞方之子)。以诗文闻名，与大江匡房竞逐文才。有家集《辅尹集》。本书收录其和歌3首，分别是第475、528、913首。

〔477〕

一千五百番歌合奉咏，秋歌

权中纳言公经

山庵传来捣衣声
枕梦每每被惊醒
却又续新梦

［原文］

衣打つ　み山の庵の　しばしばも　しらぬ夢路に　むすぶ手枕

〔478〕

和歌所歌合奉咏，月下捣衣

摄政太政大臣（藤原良经）

宅院已凋敝
月儿依旧人疏离
何人在捣衣

［原文］

里は荒れて　月やあらぬと　うらみても　たれ浅茅生に　衣打つらむ歌

〔479〕

宫内卿

彻夜无眠好入神
月下捣衣声阵阵
可以慰我心

［原文］

まどろまで　ながめよとての　すさびかな　麻のさ衣　月に打つ声

〔480〕

一千五百番歌合奉咏

藤原定家朝臣

月光如水流
教人忘秋愁
捣衣声声又思秋

［原文］

秋とだに　忘れんと思ふ　月影を　さもあやにくに　打つ衣かな

〔481〕

捣衣咏

大纳言经信

故乡捣衣思远人
空中飞雁鸣心音
传与我夫君

［原文］

ふるさとに　衣打つとは　ゆく雁や　旅の空にも　鳴きて告ぐらむ

〔482〕

中纳言兼辅家屏风歌

纪贯之

雁鸣寒风里
盼君归来心焦急
无夜不捣衣

［原文］

雁なきて　ふく風寒み　から衣　君待ちがてに　打たぬ夜ぞなき

〔483〕

捣衣歌

藤原雅经

吉野山上起秋风
夜深更觉冷
古城闻听捣衣声

［原文］

み吉野の　山の秋風　さ夜ふけて　ふるさと寒く　衣打つなり

〔484〕

式子内亲王

捣衣阵阵千万声
惊我无数梦
思泪滴滴湿衣领

［原文］

千たび打つ　きぬたの音に　夢さめて　物思ふ袖の　露ぞくだくる

〔485〕

百首歌合奉咏

夜已近深更
眼前山端月儿明
十市传来捣衣声

［原文］

更けにけり　山の端ちかく　月さえて　十市の里に　衣打つ声

〔486〕

九月十五夜，望明月朗照而咏歌

道信朝臣

秋末夜深沉
望月凄然黯伤神
珠泪满衣襟

［原文］

秋はつる　夜更ふけがたの　月見れば　袖ものこらず　露ぞをきける

〔487〕

百首歌合奉咏

藤原定家朝臣

山鸟有长尾
尾上覆白霜
独栖孤巢沐月光

［原文］

ひとり寝る　山鳥の尾の　しだり尾に　霜おきまよふ　とこの月影

〔488〕

摄政太政大臣拜为大将[①]时，以“月”为题之五十首歌合奉咏

寂莲法师

曾见花草旺
如今已枯荒
惟有露珠宿月亮

［原文］

人目見し　野辺のけしきは　うら枯れて　露のよすがに　宿る月かな

---

① 大将：官名，近卫府长官。

〔489〕

月歌

大纳言经信

秋凉深夜间
衣裳多穿寝席暖
不敌月光寒

[原文]

秋の夜は　衣さむしろ　重ねても　月の光に　しく物ぞなき

〔490〕

九月初一

花山院①

九月是长月②
一梦醒来夜未央
只因秋夜长

[原文]

秋の夜は　はや長月に　なりにけり　ことはりなりや　寝覚めせらるる

① 花山院：第65代天皇。宽弘五年(1008年)驾崩，享年41岁。冷泉天皇长子，后因藤原氏用略，于宽和二年(986年)退位，剃发入花山寺。本书收录其和歌7首，分别是第490、1189、1348、1445、1493、1527、1848首。

② 长月：假名“ながつき”，旧指农历九月。

〔491〕

五十首歌合奉咏

寂莲法师

村雨淅沥沥
槙叶水珠滴
黄昏秋雾又升起

［原文］

村雨の　露もまだひぬ　まきの葉に　霧たちのぼる　秋の夕ぐれ

〔492〕

秋歌

太上天皇（后鸟羽院）

深山云雾里
槙木叶上水珠滴
秋晨何其寂[1]

［原文］

寂しさは　深山の秋の　朝ぐもり　霧にしほるる　槙のした露

〔493〕

河雾歌

左卫门督通光

拂晓高濑舟

① 寂：原文“さびしさ”。“寂”（さび）是日本美学的核心概念之一。

秋雾弥漫锁河口
但见人挥袖

［原文］

あけぼのや　川瀬の波の　高瀬舟　くだすか人の　袖の秋霧

〔494〕

堀河院御时百首歌合奉咏，雾歌

权大纳言公实①

隔雾远处看
宇治川上雾弥漫
浮现朝日山②

［原文］

ふもとをば　宇治の川霧　たちこめて　雲居に見ゆる　朝日山かな

〔495〕

无题

曾祢好忠

山上眺远方
若非有雾墙
当见山下人熙攘

---

① 权大纳言公实：藤原公实。卒于嘉承二年（1107 年），享年 55 岁。正二位权大纳言，东宫大夫。赠太政大臣实季之子，母亲是从三位经平之女。《堀河百首》作者之一，有家集《公实集》。本书收录其和歌 1 首。

② 朝日山：假名“あさひやま”，山名，在宇治市。

［原文］

山里に　霧のまがきの　へだてずは　をちかた人の　袖も見てまし

〔496〕

清原深养父①

小仓山上雾气凝
多日不见天放晴
只可听雁鸣

［原文］

鳴く雁の　音をのみぞ聞く　小倉山　霧立ち晴はるる　時しなければ

〔497〕

柿本人麻吕

墙边芦荻盛
萧萧荡秋风
远方传来雁鸣声

［原文］

垣ほなる　荻の葉そよぎ　秋風の　吹くなるなべに　雁ぞ鳴くなる

① 清原深养父：生卒年不详，宇多、醍醐天皇时期人。曾任从五位下内藏大允。是丰前介房则之子，清少纳言的曾祖父(一说为祖父)。与兼辅和贯之交往密切，晚年在洛北建立补陀落寺并居于此。是“三十六歌仙”之一，有家集《深养父集》。本书收录其和歌5首，为第496、1009、1377、1403、1450首。

〔498〕

秋风传雁鸣
渐飞渐远翻山岭
云雾掩踪影

［原文］

秋風に　山とびこゆる　かりがねの　いや遠ざかり　雲がくれつつ

〔499〕

凡河内躬恒

初雁[1]来此地
振翅高飞凉风起
吹卷旅人衣

［原文］

初雁の　羽風すずしく　なるなべに　たれか旅寝の　衣かへさぬ

〔500〕

佚名

秋风吹又拂
鸿雁寄自伊人处
可叹未传书

［原文］

かりがねは　風にきほひて　過ぐれども　わが待つ人の　言

① 初雁：假名“はつかり”，最初飞来的大雁，特指晚秋的南飞雁。

つてもなし

〔501〕

西行法师

横云荡清风
飘过一山又一岭
黎明初雁声

［原文］

横雲の　風にわかるる　しののめに　山飛び越ゆる　初雁の声

〔502〕

鸿雁翅上挂白云
仿佛带来一书信
欲入我家门

［原文］

白雲を　つばさに掛けて　ゆくかりの　門田の面の　友慕ふなる

〔503〕

五十首歌合奉咏，以“月前闻雁”为题

前大僧正慈圆

大江山①上一月弯
宛如一飞雁

---

① 大江山：假名“おほえやま”，山名，位于今京都市西京区大枝。

俯身飞落鸟羽田[①]

［原文］

大江山　かたぶく月の　影冴えて　鳥羽田の面に　落つるかりがね

〔504〕

无题

朝惠法师[②]

鸣雁展翅生清风

吹去乌云无踪影

村月更澄明

［原文］

村雲や　雁の羽風に　晴れぬらん　声きく空に　澄める月影

〔505〕

皇太后宫大夫俊成女

长空初雁行

振翮搏秋风

秋风烈烈听雁鸣

［原文］

吹きまよふ　雲居をわたる　初雁の　つばさに鳴らす　よもの秋風

① 鸟羽田：假名“とばた”，和歌名所（和歌吟咏的名胜地）之一。

② 朝惠法师：卒年、略历不详，为高仓天皇时期人。是兴福寺僧人，承安元年（1171年）任兴福寺都维那，文治三年（1187年）辞任。本书收录其和歌1首。

〔506〕

“诗歌合”[①]奉咏，山路秋行

藤原家隆朝臣

秋日山路行
云风拂袖掠峰顶
声声听雁鸣

［原文］

秋風の　袖に吹きまく　峰の雲を　つばさにかけて　雁も鳴くなり

〔507〕

五十首歌合奉咏，以“菊篱月”为题

宫内卿

菊花篱笆墙
夜来花朵似披霜
原是沐月光

［原文］

霜をまつ　まがきの菊の　宵のまに　おきまよふ色は　山の端の月

① 诗歌合：此指元久二年(1205年)后鸟羽院主持的“诗歌合”。

〔508〕

鸟羽院御时，皇宫征集咏菊歌，奉咏之

花园左大臣室①

菊移高殿上
养育之地幸勿忘
原生我家篱笆旁

［原文］

ここのへに　うつろひぬとも　菊の花　もとのまがきを　思ひ忘るな

〔509〕

无题

权中纳言定赖

霜露勿太重
切切惜菊花
此花开后更无花

［原文］

今よりは　又咲く花も　なきものを　いたくな置きそ　菊の上の露

---

① 花园左大臣室：生卒年不详。源有仁之妻，大纳言公实之女，实行、实能、待贤门院等人的姐妹。本书收录其和歌 1 首。

〔510〕

枯野蟋蟀咏

中务卿具平亲王

秋风掠原野
花草皆枯黄
声声虫鸣更凄凉

［原文］

秋風に　しほるる野べの　花よりも　虫の音いたく　かれにけるかな

〔511〕

无题

大江嘉言①

秋夜醒来尤觉冷
屋外起狂风
风声又兼铃虫声

［原文］

寝覚めする　袖さへさむく　秋の夜の　あらし吹くなり　松虫の声

---

① 大江嘉言：生卒年不详，一条天皇时期人。任六位对马守。是大隅守仲宣之子。"三十六歌仙"之一，有家集《大江嘉言集》。本书收录其和歌 5 首，为第 511、763、931、1544、1787 首。

〔512〕

一千五百番歌合奉咏

前大僧正慈圆

秋深草更深

寂寥故里无来人

声声听鹌鹑[①]

［原文］

秋をへて　あはれも露も　ふかくさの　里訪ふものは　うづらなりけり

〔513〕

左卫门督通光

秋风残阳晒

山下芒穗欲倒衰

鹌鹑声声哀

［原文］

入り日さす　ふもとの尾花　うちなびき　誰が秋風に　うづら鳴くらむ

〔514〕

无题

皇太后宫大夫俊成女

露水湿草泪湿枕

① 鹌鹑：在和歌及日本传统文学中，常被作为被男人抛弃的弃妇的象征。

秋风一阵阵
送来鹌鹑声声吟

［原文］

あだに散る　露のまくらに　ふしわびて　うづら鳴くなりとこの山風

〔515〕

一千五百番歌合奉咏

孤宅秋深无人到
风吹落叶飘
掩没我家路边草

［原文］

訪ふ人も　あらしふきそふ　秋は来て　木の葉にうづむ　宿のみちしば

〔516〕

红泪湿衣袖
红叶露珠留
野外潇然变枯秋

［原文］

色変わる　露をば袖に　おきまよひ　うら枯れてゆく　野辺の秋かな

〔517〕

秋歌

太上天皇（后鸟羽院）

寒月洒庭草

已是秋深时
霜降之夜鸣促织

［原文］

秋更けぬ　鳴けや霜夜の　きりぎりす　やや影寒し　よもぎふの月

〔518〕

百首歌合奉咏

摄政太政大臣（藤原良经）

促织声唧唧
漫漫霜夜覆单衣
独自卧寝席

［原文］

きりぎりす　鳴くや霜夜の　さむしろに　衣かたしき　ひとりかも寝む

〔519〕

一千五百番歌合奉咏

春宫大夫公继

九月夜漫长
一觉醒来寝床凉
敢是晨风送寒霜

［原文］

寝覚する　長月の夜の　床寒み　けさ吹く風に　霜やおくらむ

〔520〕

于和歌所咏六首歌之一，秋歌

前大僧正慈圆

秋深又黎明
淡路岛上起海风
风吹月西倾

［原文］

秋深き　淡路の島の　有明に　かたぶく月を　くくる浦風

〔521〕

暮秋咏

九月拂晓月光稀
几夜洒照茅草地
愈见其清寂

［原文］

なが月も　いく有明に　なりぬらむ　浅茅の月の　いとどさびゆく

〔522〕

摄政太政大臣任大将时，百首歌合奉咏

寂莲法师

深秋夜清凉
喜鹊搭桥银河上
桥上覆白霜

[原文]

かささぎの　雲のかけはし　秋くれて　夜半には霜や　さえわたるらむ

〔523〕

初见樱红叶

中务卿具平亲王

昨日叹惜山樱凋
转眼秋已到
今日又见红叶飘

[原文]

いつの間に　もみぢしぬらむ　山桜　きのふか花の　散るを惜しみし

〔524〕

红叶透雾

高仓院

抬眼望山腰
依稀见得雾缭绕
红叶正飘摇

[原文]

うすぎりの　立ち舞ふ山の　もみぢ葉は　さやかならねど　それと見えけり

〔525〕

秋歌

八条院高仓

秋雨连绵绵
洒遍万座山
三室山上红叶展

［原文］

神南備の　三室のこずゑ　いかならむ　なべての山も　時雨するころ

〔526〕

咏最胜四天王院拉门所绘铃鹿川①

太上天皇（后鸟羽院）

数日雨势汹
铃鹿川上飘叶红
犹闻上游急雨声

［原文］

鈴鹿川　ふかき木の葉に　日かずへて　山田の原の　時雨をぞ聞く

〔527〕

入道前关白太政大臣家百首歌合奉咏，红叶歌

皇太后宫大夫俊成

深秋沐雨中

① 铃鹿川：假名“すずかがわ”，发源于三重县铃鹿山脉，流经铃鹿市北部。

龙田山[①]上红叶浓
翠绿是青松

［原文］

心とや　もみぢはすらむ　龍田山　松はしぐれに　濡れぬものかは

〔528〕

大堰川[②]赏红叶

藤原辅尹朝臣

此处曰岚山[③]
山上随时风雨电
赏红叶时心难安

［原文］

思ふこと　なくてぞ見まし　もみぢ葉を　嵐の山の　ふもとならずは

〔529〕

无题

曾祢好忠

夕照佐保山[④]
柞树落叶一片片

---

① 龙田山：假名“たつたやま”，山名，位于今奈良县生驹郡。

② 大堰川：假名“おほがは”，河川名，位于今京都市右京区嵯峨岚山下。

③ 岚山：京都郊外的山名。日语的“嵐”（あらし）与汉语的“岚”（山林雾气）含义不同，指山上的狂风骤雨。

④ 佐保山：假名“さほのやま”，山名，位于今奈良县佐保町。

飘飘似云翻

［原文］

入り日さす　佐保の山べの　柞原　くもらぬ雨と　この葉降りつつ

〔530〕

百首歌合奉咏

官内卿

龙田山上风势减
川上红叶不成片
零散似锦断

［原文］

龍田山　あらしや峰に　弱るらむ　わたらぬ水も　にしき絶えけり

〔531〕

任左大将时，家中举办百首歌合，奉咏柞树

摄政太政大臣（藤原良经）

柞树红彤彤
叶上水滴红
树下野草秋意浓

［原文］

柞原は　しづくも色や　変るらむ　もりの下草　秋ふけにけり

〔532〕

藤原定家朝臣

秋色泉川[1]水涛涛
河岸柞树叶飘飘
浑似起风暴

［原文］

時わかぬ　波さへ色に　いづみ川　柞の森に　嵐吹くらし

〔533〕

拉门上绘有故园红叶图，咏之

源俊頼朝臣

故园秋意浓
屋舍掩没红叶中
檐下萱草摇秋风

［原文］

ふるさとは　散るもみぢ葉に　埋もれて　軒のしのぶに　秋風ぞ吹く

〔534〕

百首歌合奉咏，秋歌

式子内親王

若有客来行
桐叶散落一重重

---

① 泉川：假名“いずみがわ”，京都木津川的古名，和歌名胜。

如何辨路径

［原文］

桐の葉も　踏み分けがたく　なりにけり　かならず人を　待つとなけれど

〔535〕

无题

曾祢好忠

风吹树叶满庭阶
夜夜秋虫声声衰
盼人人不来

［原文］

人は来ず　風に木の葉は　散りはてて　よなよな虫は　声弱るなり

〔536〕

守觉法亲王五十首歌合奉咏

春宫大夫公继

放眼望秋山
枫叶红灿灿
秋风也把绿松染

［原文］

もみぢ葉の　色にまかせて　ときは木も　風にうつろふ　秋の山かな

〔537〕

一千五百番歌合奉咏

藤原家隆朝臣

露珠雨珠洒守山[①]
撷取红叶作秋恋
何惧湿衣衫

［原文］

つゆ時雨　もる山かげの　下もみぢ　濡るとも折らむ　秋の形見に

〔538〕

无题

西行法师

攀缘在青松
枝黄叶落扶芳藤[②]
近山起秋风

［原文］

松にはふ　まさの葉かづら　散りにけり　外山の秋は　風すさぶらむ

① 守山：假名“もるやま”，山名，位于滋贺县守山市。
② 扶芳藤：假名“まさのはかずら”，一种藤蔓类植物。

〔539〕

法性寺入道前关白太政大臣家歌合[①]奉咏

前参议亲隆[②]

鹌鹑在鸣飞
交野栌树红叶坠
瑟瑟秋风吹

［原文］

うづら鳴く　交野に立てる　はじもみぢ　散りぬばかりに　秋風ぞ吹く

〔540〕

百首歌合奉咏

二条院赞岐

飘飘落叶红色深
小河水浅可渡人
人过河水浑

［原文］

散りかかる　もみぢの色は　ふかけれど　渡ればにごる　山川の水

---

① 法性寺入道前关白太政大臣家歌合：藤原忠通家于保安二年（公元 1121 年）举办的歌合。

② 前参议亲隆：藤原亲隆。永万元年（1165 年）卒，享年 67 岁。曾任参议正三位近江权守。是大藏卿为房之子，因任关白忠通家的家司，故也被称为四条宰相。有家集《亲隆集》。本书收录其和歌 1 首。

〔541〕

无题

柿本人麻吕

红叶漂荡飞鸟川①
寒风呼啸葛城山
秋去是冬天

［原文］

飛鳥川　もみぢ葉流る　葛城の　山の秋風　吹きぞしくらし

〔542〕

权中纳言长方②

葛城山至飞鸟川
川流滚滚红叶翻
风把山水连

［原文］

飛鳥川　せぜに波寄る　くれなゐや　葛城山の　こがらしの風

---

① 飞鸟川：假名“あすかがは”，河川名，流经今奈良县高市郡橿原市。

② 权中纳言长方：藤原长方。建久二年(1191 年)卒，享年 53 岁。曾任从二位权中纳言。是权中纳言显长的长子，定家的从弟，母亲是中纳言俊忠之女(俊成之妹)。长方于文治元年(1185 年)出家，号中印。有家集《按纳言集》。本书收录其和歌 4 首，为第 542、660、1075、1144 首。

〔543〕

九月，于水无濑小度几日，友人来信言
泪洒岚山红叶，咏歌返答

权中纳言公经

岚山风吹红叶翻
此处山下亦同然
叶落泪涟涟

［原文］

もみぢ葉を　さこそあらしの　はらふらめ　この山もとも雨とふるなり

〔544〕

咏于自家百首歌合

摄政太政大臣（藤原良经）

今日风凄凄
晚秋阵雨急
挥袖将别立田姬[1]

［原文］

立田姫　今はのころの　秋風に　時雨をいそぐ　人の袖かな

---

① 立田姬：假名“たつたひめ”，亦作“龙田姬”，日本民间传说中掌管秋天的女神，秋神。

〔545〕

一千五百番歌合奉咏

权中纳言兼宗[1]

红叶伴秋季
明日冬至阵雨急
落地化作泥

[原文]

ゆく秋の　形見なるべき　もみぢ葉も　明日はしぐれと　降りやまがはん

〔546〕

赏红叶，咏歌

前大纳言公任[2]

红叶落纷飞
路尽送秋归
落红吹散寻芳人

[原文]

うちむれて　散るもみぢ葉を　たづ尋ぬれば　山路よりこそ　秋はゆきけれ

---

① 权中纳言兼宗：藤原兼宗。卒于仁治三年（1242 年），享年 80 岁。正二位大纳言。是中山内大臣忠亲之子，忠定之父。著有《六百番歌合》《一千五百番歌合》等。本书收录其和歌 2 首，分别是第 545、1769 首。

② 前大纳言公任：藤原公任。卒于长久二年（1041 年），享年 76 岁。正二位权大纳言，按察使。关白赖忠（廉义公）之子。擅长诗歌、管弦等多种艺术，是著名歌人、和歌理论家，“三十六歌仙”之一。著有《和汉朗咏集》《金玉集》《如意宝集》《深窗秘抄》《三十人撰》《三十六人撰》《新撰髓脑》《和歌九品》等。有家集《前大纳言公任卿集》。本书收录其和歌 6 首，分别是第 546、666、800、1004、1043、1584 首。

〔547〕

在摄津[①]时，咏歌以赠道济[②]

能因法师

来访难波浦[③]
夏草盛时拟暂住
不觉近秋暮

[原文]

夏草の　かりそめにとて　来し宿も　難波の浦に　秋ぞ暮れぬる

〔548〕

暮秋所思

年年好个秋
秋去秋来人老朽
余年仍多愁

[原文]

かくしつつ　暮れぬる秋と　老いぬれど　しかすがになを物ぞ悲しき

〔549〕

五十首歌合奉咏

守觉法亲王[④]

秋去不可留

---

① 摄津：古地名，今大阪。
② 道济：源道济。
③ 难波浦：假名“なにはのうら”，难波海边。难波，今大阪。
④ 守觉法亲王：建仁二年(1202年)殁，享年53岁。二品，仁和寺寺务，总(转下页)

何惧命如露
以命相抵也惜秋

[原文]

身にかへて　いざさは秋　惜おしみみむ　さらでももろき露の命を

〔550〕

闰九月咏歌

前太政大臣(藤原赖实)

今秋不同往年秋
闰月令人更惜秋
秋后还是秋

[原文]

なべて世の　惜しさにそへて　惜しむかな　秋よりのちの秋のかぎりを

(接上页)法务。后白河天皇的第二皇子，母亲是从三位藤原成子，二条天皇之弟，高仓天皇之兄，殷富门院、式子内亲王的同母弟。初名守性，或名北院御室。是《新古今集》歌坛强有力的庇护者，主持了"守觉法亲王家五十首"，命显昭献上《古今集注》，命俊成献上《长秋咏藻》。有家集《北院御室御集》《守觉法亲王百首》。本书收录其和歌5首，分别是第549、629、630、1536、1768首。

第六卷　冬歌[①]

〔551〕

一千五百番歌合奉咏，初冬之歌

皇太后宫大夫俊成

通宵未眠秋夜尽
霜泪交融湿衣襟
秋去冬来临

［原文］

おき明す　秋の別れの　袖のつゆ　霜こそむすべ　冬や来ぬらむ

〔552〕

天历年间，以“神无月”[②]作初句，奉咏

藤原高光[③]

十月冷风吹
红叶凋零乱纷飞
睹物心伤悲

［原文］

神無月　風にもみぢの　散る時は　そこはかとなく　物ぞ悲しき

〔553〕

无题

源重之

鱼梁④波浪拍
敢是红叶聚过来
名取川⑤上河水塞

［原文］

名取川　やなせの浪ぞ　さはぐなる　もみぢやいとど　寄りて堰くらむ

〔554〕

冷泉院御时，公卿大臣前往大堰川，以“红叶浮水”为题咏歌

藤原资宗⑥朝臣

请问撑筏人：
山风如何吼
水上红叶如此厚？

---

① 本卷《冬歌》，第551—706首，从立冬写到除夕日。

② 神无月：假名“かなみずき”，阴历十月的异称。传说次月诸神皆汇集出云大社，而不在各地神社，故名。

③ 藤原高光：正历五年（994年）卒，享年55岁左右。曾任从五位上右近少将备后介。是九条右大臣师辅的第八子，一条摄政伊尹之弟。应和元年（961年）出家，与增贺上人一起在多武峰结庵。是“三十六歌仙”之一，有作品《高光日记》（多武峰少将物语），家集《高光集》。本书收录其和歌6首，为第552、998、1026、1460、1627、1719首。

④ 鱼梁：假名“やなせ”，以木竹编成栅栏，用以捕鱼的装置。

⑤ 名取川：假名“などりがわ”，河川名，位于今宫城县南部，和歌名胜。

⑥ 藤原资宗：生卒年不详，大约生活在后冷泉天皇时代。正四位下少将右马守。参议资房之子。本书收录其和歌1首。

［原文］

いかだしよ　まて言問はむ　水上は　いかばかり吹く　山のあらしぞ

〔555〕

大纳言经信

红叶洒(缀)满大堰川
不见水流转
焉知河堰在哪边

［原文］

散りかかる　もみぢ流れぬ　大堰川　いづれ井堰きの　水のしがらみ

〔556〕

往大堰川，以“落叶满水”为题咏歌

藤原家经[①]朝臣

红叶全铺满
川流不畅大堰川
难行平底船

［原文］

高瀬舟　しぶくばかりに　もみぢ葉の　流れてくだる　大堰川かな

---

① 藤原家经：卒于天喜六年(1058 年)，享年 58 岁。曾任正四位下式部权大辅，文章博士。参议广业之子。有家集《藤原家经朝臣集》。本书收录其和歌 2 首，分别是第 556、669 首。

〔557〕

深山落叶咏

源俊赖朝臣

日暮无人天气冷
叶落纷飞扶芳藤
只闻山风声

[原文]

日暮るれば　あふ人もなし　正木散る　峰のあらしの　音ばかりして

〔558〕

无题

藤原清辅朝臣

山家多寂静
黄昏送山风
但闻庭除落叶声

[原文]

おのづから　音する物は　庭のおもに　木の葉ふきまく　谷の夕風

〔559〕

春日神社歌合[1]奉咏，落叶

前大僧正慈圆

落叶孤宅逢冬秋
曲肱而眠听风骤
不觉泪湿袖

［原文］

木の葉散る　宿にかたしく　袖の色を　ありとも知らで　ゆく嵐かな

〔560〕

右卫门督通具

冬雨零零落叶飞
衣袖满是水
难辨雨和泪

［原文］

木の葉散る　しぐれやまがふ　わが袖に　もろき涙の　色と見るまで

〔561〕

藤原雅经

葛城山上云气蒸

① 春日神社歌合：元久元年（1204年）十一月，由后鸟羽院主持，在奈良的春日神社举办的歌合。

看云犹闻风雨声
尤念扶芳藤

［原文］

移りゆく　雲に嵐の　声すなり　散る正木の　葛城の山

〔562〕

七条院大纳言

悄然来初冬
信夫山①上风雨动
红叶依旧红？

［原文］

初時雨　しのぶの山の　もみぢ葉を　あらし吹けとは　染めずやありけむ

〔563〕

信浓②

初冬风雨骤
沥沥湿衣袖
山树枝叶风中抖

［原文］

しぐれつつ　袖もほしあへず　あしびきの　山の木の葉に　嵐吹くころ

---

① 信夫山：假名“しのぶのやま”，山名，位于今福岛市，和歌名胜。

② 信浓：生卒年不详。本名下野，也称后鸟羽院下野。曾是侍奉后鸟羽院的女官。日吉社祢宜允仲（政仲）之女，成茂的姐妹。本书收录其和歌 2 首，分别是第 563、1098 首。

〔564〕

藤原秀能

向晚天昏黑
风中树木叶翻飞
令人心生悲

［原文］

山里の　風すさまじき　ゆふぐれに　木の葉乱れて　物ぞ悲しき

〔565〕

祝部成茂[①]

冬来山树叶落尽
惟有青松绿依然
孤寂在山巅

［原文］

冬の来て　山もあらはに　木のは降り　残る松さへ　峰にさびしき

〔566〕

五十首歌合奉咏

宫内卿

秋叶似唐锦[②]

① 祝部成茂：生卒年不详，一说为建久六年(1195 年)卒，享年 75 岁。曾任从四位上丹后守，大藏少辅，日吉社祢宜。有家集《成茂宿祢集》。本书收录其和歌 1 首。
② 唐锦：假名“からにしき”，唐(中国)的织锦、锦缎。

立田山上将散尽
余叶风中独呻吟

［原文］

からにしき　秋の形見や　立田山　散りあへぬ枝に　嵐吹くなり

〔567〕

赖辅卿家歌合奉咏，落叶

藤原资隆[①]朝臣

听似阵雨声
却是屋外叶飘零
不禁泪目湿衣领

［原文］

時雨かと　聞けば木の葉の　降る物を　それにも濡るる　わが袂かな

〔568〕

无题

法眼庆算[②]

冬来无树神[③]
林中风阵阵

① 藤原资隆：生卒年不详，生活于平安末期。从四位下少纳言（一说从四位上肥后守）。丰前守重兼之子。治承三年（1179年）以后出家，法名寂慧。有家集《禅林瘀叶集》。本书收录其和歌1首。

② 法眼庆算：俗姓源。生卒年不详，大约生活在崇德天皇时代。大纳言俊通之子。本书收录其和歌1首。

③ 树神：原文“葉守の神”（はもりのかみ），树的守护神。

槲叶稀疏独呻吟

［原文］

時しもあれ　冬は葉守りの　神無月　まばらになりぬ　もりのかしは木

〔569〕

津守国基①

忽觉天空景色变
冬风凛冽天地寒
换季一夜间

［原文］

いつの間に　空のけしきの　変わるらむ　はげしきけさの　こがらしの風

〔570〕

西行法师

云散天放晴
明月悬高岭
冬雨亦能解人情

［原文］

月を待つ　たかねの雲は　晴にけり　心あるべき　初しぐれかな

---

① 津守国基：卒于康和四年（1102 年），享年 80 岁。从五位下，住吉社的神主。神主忠康之子（一说是基辰或基康之子）。有家集《津守国基集》。本书收录其和歌 1 首。

〔571〕

前大僧正覚忠[1]

十月初冬临
庭前树叶已散尽
惟有听风音

［原文］

神無月　木々の木の葉は　散りはてて　庭にぞ風の　音は聞ゆる

〔572〕

藤原清辅朝臣

柴门夕阳灿
阵雨降山边
何故晴雨两重天

［原文］

柴の戸に　入り日のかげは　さしながら　いかにしぐるる山辺なるらむ

〔573〕

山家阵雨咏

藤原隆信[2]朝臣

天晴云彩无

---

① 前大僧正觉忠：俗姓藤原。治承元年（1177 年）圆寂，享年 60 岁。大僧正，天台坐主，圆城寺（三井寺）长史。法性寺关白忠通第八子，兼实、慈圆等人之弟。本书收录其和歌 1 首。

② 藤原隆信：元久二年（1205 年）卒，享年 64 岁。曾任从四位上右京大夫。（转下页）

柴户落雨珠
莫非山风吹松露?

［原文］

雲晴れて　のちもしぐるる　柴の戸や　山風はらふ　松の下露

〔574〕

宽平御时，后宫歌合奉咏

佚名

时值十月间
阵雨常来佐保山
扶芳藤叶更鲜艳

［原文］

神無月　しぐれふるらし　佐保山の　正木のかづら　色まさりゆく

〔575〕

无题

中务卿具平亲王

枯枝红叶风中吟
风声雨声浑难分
惟见湿衣襟

（接上页）是“大原三寂”之一的寂超（为经或为隆）的长子，因其母是俊成的后妻，故是定家的异父兄弟。是日本肖像画鼻祖。有家集《隆信朝臣集》。本书收录其和歌3首，分别为第573、883、1540首。

［原文］

こがらしの　音に時雨を　聞きわかで　もみぢにぬるる　袂とぞ見る

〔576〕

中纳言兼辅[①]

初冬雨淅沥
万树颜色变
惟见南竹绿依然

［原文］

しぐれ降る　音はすれども　呉竹の　など世とともに　色も変らぬ

〔577〕

十月许，过常磐林[②]

能因法师

初雨染红叶
难染山城[③]常磐林
依然绿茵茵

［原文］

しぐれの雨　染めかねてけり　山城の　常磐のもりの　眞木

① 中纳言兼辅：藤原兼辅，也被称为堤中纳言。卒于承平三年(933年)，享年57岁，一说55岁。曾任从三位中纳言，右卫门督。左中将利基第六子，清正之父。是“三十六歌仙”之一。有家集《中纳言兼辅集》。本书收录其和歌7首，分别是第576、622、759、853、862、996、1058首。

② 常磐林：假名“ときはのもり”，今京都市右京区常磐町的森林。

③ 山城：假名“やましろ”，位于今京都府南部。

の下葉は

〔578〕

无题

清原元辅

初冬甫来临
不意冷雨已纷飞
潸然落老泪

［原文］

冬をあさみ　またぐしぐれと　思しを　たえざりけりな　老の涙も

〔579〕

鸟羽殿[①]上，以“旅宿时雨”为题咏歌

后白河院

旅宿草庵里
屋顶茅草稀
夜遇冬雨湿睡衣

［原文］

まばらなる　柴の庵に　旅寝して　時雨に濡るる　さ夜衣かな

① 鸟羽殿：天皇的离宫，位于今京都伏见区鸟羽。

〔580〕

初冬时雨咏

前大僧正慈圆

树叶染红后
冬雨滴滴何处留
再染我衣袖

［原文］

やよしぐれ　もの思ふ袖の　なかりせば　木の葉の後に　なにをそめまし

〔581〕

冬歌之一

太上天皇（后鸟羽院）

冬来风雨骤
布留①杉树翠绿色
如何能久留

［原文］

ふかみどり　あらそひかねて　いかならむ　間なく時雨の　ふるの神杉

〔582〕

无题

柿本人麻吕

冬雨连日降

① 布留：假名作“ふる”，今奈良县天理市布留町。

松柏柳杉难抵抗
无奈叶变黄

［原文］

しぐれの雨　まなくし降れば　眞木の葉も　あらそひかねて色づきにけり

〔583〕

和泉式部

依然雨绵绵
乌云遮月久不见
世间何可恋?

［原文］

世の中に　なをもふるかな　しぐれつつ　雲間の月の　いでやと思へど

〔584〕

百首歌合奉咏

二条院赞岐

低首思纷纷
抬头见浮云
不觉泪雨湿衣襟

［原文］

折こそあれ　ながめにかかる　浮雲の　袖もひとつに　うちしぐれつつ

〔585〕

无题

西行法师

遥望乌云起生驹[①]
想必秋筱[②]外山区
或在降冬雨

［原文］

秋篠や　外山の里や　しぐるらむ　生駒の嶽に　雲のかかれる

〔586〕

道因法师

天晴又天阴
万物有更新
垂垂老矣惟我身

［原文］

晴れ曇り　時雨はさだめ　なき物を　古りはてぬるは　わが身なりけり

〔587〕

一千五百番歌合奉咏、冬歌

源具亲

时值初入初冬

---

① 生驹：假名“いこま”，山名，生驹山，位于今奈良与大阪之间。
② 秋筱：假名“あきしの”，地名，今奈良市秋筱町。

庭院有老松
松风错当冬雨声

［原文］

いまはまた　散らでもまがふ　時雨かな　ひとりふりゆく　庭の松風

〔588〕

无题

俊惠法师

吉野布阴云
山上雪纷纷
山下冬雨一阵阵

［原文］

み吉野の山　かきくもり　雪降れば　ふもとの里は　うちしぐれつつ

〔589〕

百首歌合奉咏

入道左大臣（藤原实房）

冬雨打木屋
听似不同寻常声
定是红叶铺屋顶

［原文］

まきの屋に　時雨の音の　かはるかな　もみぢや深く　散りつもるらむ

〔590〕

一千五百番歌合奉咏，冬歌

二条院赞岐

冬雨飘零零
轻拍轻打木屋顶
岂知屋内凄苦情

［原文］

世にふるは　苦しき物を　眞木の屋に　やすくも過ぐる　初時雨かな

〔591〕

无题

源信明[①]朝臣

拂晓月光微
忽见山风怒发威
红叶漫天飞

［原文］

ほのぼのと　有明の月の　月影に　もみぢ吹きおろす　山おろしの風

---

① 源信明：卒于天禄元年(970年)，享年61岁。从四位下陆奥守。大弁公忠之子，道济的祖父。“三十六歌仙”之一。有家集《信明集》。本书收录其和歌2首，分别是第591、810首。

〔592〕

中务卿具平亲王

何必惋叹红叶飘
树间无叶月朗照
美景在今宵

［原文］

もみぢ葉を　なに惜しみけむ　木の間より　漏りくる月は今宵こそみれ

〔593〕

宜秋门院丹后

山间风扫荡
树叶落尽天更广
不遮明月光

［原文］

吹きはらふ　あらしののちの　高嶺より　木の葉曇らで　月や出づらむ

〔594〕

春日社歌合奉咏　晓月

右卫门督通具

泪袖结为霜
惯于寒天看晓月
袖上洒月光

［原文］

霜こほる　袖にもかげは　のこりけり　露よりなれし　ありあけの月

〔595〕

和歌所奉咏六首歌之一，冬歌

藤原家隆朝臣

冬雨阴晴间
晓月隐复现
袖上泪露湿又干

［原文］

ながめつつ　いくたび袖に　曇るらむ　時雨にふくる　ありあけの月

〔596〕

无题

源泰光[①]

冬夜晴雨间
不时待月望天边
一度月亮几度盼

［原文］

さだめなく　しぐるる空の　村雲に　いくたびおなじ　月を待つらむ

---

① 源泰光：生卒年不详，建长元年(1249 年)以 83 岁高龄出家，不久去世。曾任非参议从三位加贺守。是右京权大夫师光之子，宫内卿具亲之兄，其母是后白河院的侍女安芸。本书收录其和歌 1 首。

〔597〕

一千五百番歌合奉咏

源具亲

自此树叶已落尽
月亮无处隐
惟余雨云可藏身

［原文］

今よりは　木の葉がくれも　なけれども　しぐれに残る　村雲の月

〔598〕

无题

冬雨时有无
山月发信至古都
预告将有雨

［原文］

晴れくもる　影を都に　先立てて　しぐると告ぐる　山の端の月

〔599〕

五十首歌合奉咏

寂莲法师

村云断又续
分割月光一缕缕
送来阵阵雨

［原文］

たえだえに　里分く月の　光かな　しぐれを送る　よはの村云

〔600〕

雨后冬月咏

良暹法师

夜深天地暗
雨后盼月月不见
无奈欲入眠

［原文］

いまはとて　寝なまし物を　しぐれつる　空とも見えず　澄める月かな

〔601〕

无题

曾祢好忠

为赏冬月明
起身在深更
泪湿衣袖结为冰

［原文］

露霜の　夜半におきゐて　冬の夜の　月見るほどに　袖はこほりぬ

〔602〕

前大僧正慈圆

冬来树叶自来红
白霜难掩红彤彤
铺满庭院中

［原文］

もみぢ葉は　をのが染めたる　色ぞかし　よそげに置ける　けさの霜かな

〔603〕

西行法师

冬来小仓山
树叶飘落在山间
只见明月挂树巅

［原文］

小倉山　ふもとの里に　木の葉ちれば　こずゑに晴るる　月を見るかな

〔604〕

五十首歌合奉咏

藤原雅经

林间冬风吹
秋色无存树叶飞
又冲九天吹月桂

［原文］

秋の色を　払ひはててや　ひさかたの　月のかつらに　こがらしの風

〔605〕

无题

式子内亲王

寒风荡残叶
天穹空空了无遮
夜夜赏庭月

［原文］

風寒み　木の葉はれゆく　よなよなに　残るくまなき　庭の月影

〔606〕

殷富门院大辅

门前稻田已收割
鹬鸟稻茬搭新窝
凄然照冬月

［原文］

わが門の　刈田のねやに　伏すしぎの　床あらはなる　冬の夜の月

〔607〕

藤原清辅朝臣

冬来树苍苍

枯叶落地覆白霜
更兼冷月光

［原文］

冬枯れの　もりの朽ち葉の　霜の上に　落ちたる月の　影の寒けさ

〔608〕

一千五百番歌合奉咏

皇太后宫大夫俊成女

寒夜倍凄凉
夜半醒来抬眼望
拂晓残月满地霜

［原文］

冴えわびて　覚むる枕に　影見れば　霜ふかき夜の　有あけの月

〔609〕

右卫门督通具

曲肱枕衣衫
袖上霜泪难分辨
冷月照无眠

［原文］

霜结ぶ　袖のかたしき　うちとけて　寝ぬ夜の月の　かげぞ寒けき

〔610〕

五十首歌合奉咏

藤原雅经

故宅茅草生
草上霜露宿月影
月儿悄然照晶莹

［原文］

影とめし　露のやどりを　思いでて　霜に跡訪ふ　浅茅生の月

〔611〕

以“桥上霜”为题咏歌

法印幸清①

月下寒霜积
冬夜过客稀
孑然一身卧桥姬②

［原文］

かたしきの　袖をや霜に　かさぬらむ　月に夜がるる　宇治の橋姫

---

① 幸清：文历二年（1235 年）圆寂，享年 59 岁。石清水僧官，权大僧都。是成清之子，守觉法亲王的弟子。本书收录其和歌 2 首，分别是第 611、1476 首。

② 卧桥姬：指宇治桥姬，假名“うじのはしひめ”，传说中的宇治桥的守桥女神，宇治桥是古桥，位于今京都府宇治市内。

〔612〕

无题

源重之

芦荻尽刈除
冬来群鸟空盘桓
茫然无着处

［原文］

夏刈りの　荻の古枝は　枯れにけり　むれゐし鳥は　空にやあるらむ

〔613〕

道信朝臣

冬来夜茫茫
芦鹤[1]身披几重霜
鸣声透寒凉

［原文］

さ夜ふけて　声さへ寒き　あしたづは　いくへの霜か　おきまさるらむ

〔614〕

冬歌

太上天皇（后鸟羽院）

湿袖泪盈盈

---

① 芦鹤：假名“あしたず”，芦苇中的鹤。

冬夜无眠到黎明
又闻起狂风

［原文］

冬の夜の　長きをおくる　袖濡れぬ　あかつきがたの　よもの嵐に

〔615〕

百首歌合奉咏

摄政太政大臣（藤原良经）

矮竹遍山岗
风来一片飒飒响
吹落叶上霜

［原文］

笹の葉は　み山もさやに　うちそよぎ　こほれる霜を　吹く嵐かな

〔616〕

崇德院御时，百首歌合奉咏

藤原清辅朝臣

霜夜独难挨
盼君君不来
竹叶沙沙声声哀

［原文］

君来ずは　ひとりや寝なむ　笹の葉の　み山もそよに　さやぐ霜夜を

〔617〕

无题

皇太后宫大夫俊成女

白霜枯草深
过往秋色何处寻
不知问谁人

［原文］

霜枯れは　そこともみえぬ　草の原　たれに問はまし　秋のなごりを

〔618〕

百首歌合奉咏

前大僧正慈圓

山间有田埂
芒草披霜一丛丛
无人理会任死生

［原文］

霜冴ゆる　山田のくろの　むらすすき　刈る人なし　残るころかな

〔619〕

无题

曾祢好忠

冬来天气寒
草上露珠繁

结为白玉一串串

［原文］

草の上に　ここら玉ゐし　白露を　した葉の霜と　むすぶ冬かな

〔620〕

中纳言家持

仰望九天银河亘
一道鹊桥白霜痕
方知夜深沉

［原文］

かささぎの　渡せる橋に　置く霜の　白きを見れば　夜ぞふけにける

〔621〕

宫廷赛菊[①]并咏歌

延喜

野菊冬雨将枯黄
移来家中傍篱墙
焕然吐芬芳

［原文］

しぐれつつ　枯れゆく野辺の　花なれど　霜のまがきに　にほふ色かな

---

① 赛菊：原文菊合(きくあわせ)，宫廷中的一种风雅活动，左右双方摆出自己的居家，裁判品评优劣胜负，并吟咏和歌。

〔622〕

延喜十四年[①]，尚侍[②]藤原满子菊宴[③]时咏歌

中纳言兼辅

赏花莫手折
老菊不可摧
身披白霜花更美

［原文］

菊の花　手折りては見じ　初霜の　おきながらこそ　色まさりけれ

〔623〕

延喜年，天皇行幸大堰时奉咏

坂上是则

白菊映河上
浪花菊花两相仿
浑似河底拓寒霜

［原文］

影さへに　いまはと菊の　うつろふは　浪の底にも　霜やおくらむ

---

① 延喜十四年：公元914年，醍醐天皇时代。
② 尚侍：宫廷官名，在天皇侧近掌管奏请、传达等事务。
③ 菊宴：观赏菊花的宴会。

〔624〕

无题

和泉式部

野外芒草枯黄时
根前娇花死
冬来苦相思[①]

［原文］

野辺見れば　尾花がもとの　思ひ草　かれゆく冬　になりぞしにける

〔625〕

西行法师

摄津难波[②]春色浓
如今成远梦
眼前芦荡穿冬风

［原文］

津の国の　難波の春は　夢なれや　あしの枯れ葉に　風わたるなり

---

① 相思：假名“おもいくさ”，即“相思草”，具体指何种花草，不明。
② 摄津难波：假名“つのくにのなには”，摄津国的难波，今大阪市沿海一带。

〔626〕

崇德院十首歌合奉咏

大纳言成通[①]

时已近隆冬
难波江畔无绿叶
芦苇一丛丛

［原文］

冬ふかく　なりにけらしな　難波江の　青葉まじらぬ　蘆のむらだち

〔627〕

无题

西行法师

孰能如我耐孤寂
愿作邻人住山里
结庵度冬季

［原文］

寂しさに　たへたる人の　又もあれな　庵ならべん　冬の山里

① 大纳言成通：藤原成通，本名宗房，平治元年出家后法名为栖莲。平治元年（1159年）卒，享年63岁。曾任从二位权大纳言。是权大纳言宗通的四子。有家集《成通卿集》。本书收录其和歌1首。

〔628〕

在东国[1]时，咏歌寄都城

康资王母

东国人稀冬草繁
路边溪水隐草间
默默且缓缓

［原文］

東路の　道の冬草　しげりあひて　あとだに見えぬ　忘れ水かな

〔629〕

冬歌

守觉法亲王

冬夜睡又醒
寝床空且冷
老念旧事泪纵横

［原文］

むかし思ふ　さ夜の寝覚めの　床さえて　涙もこほる　袖の上かな

〔630〕

百首歌合奉咏

棵棵松杉挺

---

① 东国：指日本关东地区。

枝叶嗒嗒滴水声
渐渐成冰凌

［原文］

立ち濡るる　山のしづくも　音絶えて　眞木の下葉に　たるひしにけり

〔631〕

无题

皇太后宫大夫俊成

溪流穿山缝
且待结冰且前行
朝闻呜咽流水声

［原文］

かつ凍り　かつはくだくる　山川の　岩間にむせぶ　暁の声

〔632〕

摄政太政大臣（藤原良经）

细流穿岩缝
水泡溅起易消融
暂且附薄冰

［原文］

消えかへり　岩間にまよふ　水の泡の　しばし宿かる　薄氷かな

〔633〕

衣袖枕畔泪成冰

似睡非睡难成梦
又听起狂风

［原文］

枕にも　袖にもなみだ　つららゐて　むすばぬ夢を　とふ嵐かな

〔634〕

五十首歌合奉咏

滔滔青泷川
而今细浪过岩缝
上游似冰封

［原文］

みなかみや　たえだえ凍る　岩間より　清滝川に　残る白波

〔635〕

百首歌合奉咏

曲肱和衣眠
辗转反侧泪难干
入梦复梦断

［原文］

片敷の　袖の氷も　むすぼほれ　とけて寝ぬ夜の　夢ぞみじかき

〔636〕

最胜四天王院拉门宇治川图，咏歌之

太上天皇（后鸟羽院）

寂然卧河上
桥姬夜夜守空床
直至见曙光

［原文］

橋姫の　片敷衣　さむしろに　待つ夜むなしき　宇治のあけぼの

〔637〕

前大僧正慈圆

桥姬身孤单
夜夜守桥不能眠
惟听河水过鱼拦①

［原文］

あじろ木に　いざよふ波の　音ふけて　ひとりや寝ぬる　宇治の橋姫

〔638〕

百首歌合奉咏

式子内亲王

眼见冬日来

---

① 鱼拦：原文“あじろ木”，冬季枯水季节在河上设置的用来拦鱼、捕鱼的装置。

江湾野鸭且徘徊
薄冰连成带

［原文］

見るままに　冬は来にけり　鴨のゐる　入江のみぎは　うすごほりつつ

〔639〕

摄政太政大臣家歌合奉咏，湖上冬月

藤原家隆朝臣

志贺海湾[①]渐结冰
朵朵浪花冷
拂晓月光明

［原文］

志賀の浦や　遠ざかりゆく　浪間より　こほりて出づる　有明の月

〔640〕

守觉法亲王五十首歌合奉咏

皇太后宫大夫俊成

抬眼看月明
形只影单泪盈盈
月照泪花映池冰

［原文］

ひとり見る　池の氷に　すむ月の　やがて袖にも　うつりぬ

① 志贺海湾：滋贺县大津市附近的琵琶湖畔。

るかな

〔641〕

无题

山部赤人

冬日夜已深
河滩清寂楸树林
千鸟[1]声声闻

［原文］

うば玉の　夜の更けゆけば　ひさぎ生ふる　清き川原に　千鳥鳴くなり

〔642〕

佐保河滩千鸟鸣

伊势大辅

深夜赶行程
佐保河滩千鸟鸣
不听不尽兴

［原文］

ゆくさきは　さ夜更けぬれど　千鳥鳴く　佐保の川原は　過ぎうかりけり

---

① 千鸟：假名“ちどり”，鸟名，白颈鸻。也指很多的鸟，群鸟。

〔643〕

在陆奥国[①]咏歌

能因法师

黄昏在陆奥
风起涌海潮
野田玉川[②]鸣千鸟

［原文］

ゆふされば　潮風越して　みちのくの　野田の玉川　千鳥鳴くなり

〔644〕

无题

源重之

海滨夜苍茫
千鸟展翅掠白浪
鸣声何悲凉

［原文］

白浪に　羽根うちかはし　浜千鳥　かなしき声は　夜の一声

〔645〕

后德大寺左大臣（藤原实定）

黄昏海浪静

---

① 陆奥国：古地名，指陆前、陆中、陆后三国，相当于今福岛、宫城、岩手、青森四县。
② 野田玉川：假名“のだのたまがわ”，河川名，流经今宫城县多贺城，因千鸟聚集而知名。

波间飞渡千鸟鸣
云端小岛渐隐形

［原文］

ゆふなぎに　門渡る千鳥　波間より　見ゆる小島の　雲に消えぬる

〔646〕

堀河院百首歌合[①]奉咏

祐子内亲王家纪伊

漫漫夜未央
海风掠过吹上滨[②]
浪翻千鸟唱

［原文］

浦風に　吹き上げの浜の　浜千鳥　波立ちくらし　夜半に鳴くなり

〔647〕

五十首歌合奉咏

摄政太政大臣（藤原良经）

月明夜已深
吹上海岸悄无人
只闻千鸟吟

---

① 堀河院百首歌合：堀河院天皇时代康和四至五年左右（1102—1103）举行的歌合。

② 吹上滨：假名“ふきあげのはま”，今和歌山市纪之川口左岸、凑至杂贺町的西滨一带的沿海。

［原文］

月ぞ澄む　たれかはここに　きの国や　吹上の千鸟　ひとり鳴くなり

〔648〕

一千五百番歌合奉咏

正三位季能

此处海滩曰海鸣[①]
涛声更兼千鸟声
潮满月西倾

［原文］

さ夜千鳥　声こそ近く　なるみがた　かたぶく月に　潮や満つらむ

〔649〕

最胜四天王院拉门所绘鸣海海滩，咏歌之

藤原秀能

海风一阵阵
浪打千鸟两相分
声声鸣海滨

［原文］

風吹けば　よそになるみの　かた思ひ　思はぬ波に　鳴く千鳥かな

---

① 海鸣：原文“鳴海潟”，假名“なるみがた”，鸣海海滩，今名古屋市绿区鸣海附近的海滩。

〔650〕

最胜四天王院拉门所绘鸣海海滩，再咏歌

权大纳言通光

鸣海近黄昏
风吹衣袖归渔人①
声声千鸟吟

［原文］

浦人の　日も夕暮に　なるみがた　かへる袖より　千鳥鳴くなり

〔651〕

文治六年，咏女御入内②屏风

正三位季经③

清风吹富岛④
婷婷立千鸟
逐波涌浪如心潮

［原文］

風さゆる　富島が磯の　むら千鳥　たち居は波の　心なりけり

---

① 渔人：原文"浦人"（うらひと），渔民。归渔人：言渔民傍晚收工归家。归：原文"かへる"，是所谓"掛詞"（双关语），言渔民归家，也有风吹衣袖翻卷、哗哗作响之意。

② 入内：进宫。

③ 季经：藤原季经。卒于承久三年（1221 年），享年 91 岁。非参议正三位。左京大夫显辅的幼子，清辅、重家等人之弟。法名莲经。作为"六条家"歌学的闯将，与藤原定家为代表的"御子左家"歌学势不两立。有家集《季经入道集》。本书收录其和歌 1 首。

④ 富岛：假名"としま"，淡路岛津北郡北淡町富岛。

〔652〕

五十首歌合奉咏

藤原雅经

浪打鸳鸯散
双足划水寻偶伴
夜夜愁独眠

［原文］

はかなしや　さても幾夜か　行く水に　数かきわぶる　鴛のひとり寝

〔653〕

堀河院百首歌合奉咏

河内①

水鸭浮水上
夜夜孤眠枕波浪
郁郁心悲伤

［原文］

水鳥の　鴨のうき寝の　うきながら　波のまくらに　いく夜経ぬらむ

① 河内：生卒年不详。是曾经侍奉后三条天皇的皇女俊子内亲王的女官。永缘僧正之妹。又称百合花。本书收录其和歌1首。

〔654〕

无题

汤原王①

吉野夏实川②
淀前立高山
野鸭呱呱鸣河淀

［原文］

吉野なる　夏実の川の　川淀に　鴨ぞ鳴くなる　山陰にして

〔655〕

能因法师

屋外阔叶松
长枝一条掩屋顶
雪霰沙沙打枝声

［原文］

ねやの上に　片枝さしおほひ　そともなる　葉広柏に　霰ふるなり

〔656〕

法性寺入道前关白太政大臣（藤原忠通）

琵琶湖沿岸

---

① 汤原王：生卒年不详，奈良时代初期人。追赠从二位大纳言。是志贵皇子之子，天智天皇之孙。《万叶集》的作者之一。本书收录其和歌 1 首。

② 吉野夏实川：流经夏实（なつみ）町的吉野川。

志贺唐崎[①]冬风寒
比良山上落雪霰

［原文］

さざ波や　志賀の唐崎　風さえて　比良の高嶺に　あられ降るなり

〔657〕

柿本人麻吕

矢田[②]值冬寒
茅草一片黄灿灿
雪落有乳山[③]

［原文］

矢田の野に　浅茅色づく　有乳山　峯のあは雪　寒くぞあるらし

〔658〕

雪晨，咏歌问候基俊

瞻西上人[④]

乡下竹屋冷
屋门早已被雪封
初雪有否降京城？

---

① 志贺唐崎：假名“しがのからさき”，地名，位于今大津市北部，琵琶湖西岸，为“近江八景”之一。

② 矢田：假名“やた”，奈良县大河郡山市矢田。一说石川县小松市矢田野町。

③ 有乳山：假名“あらちやま”，位于福井县敦贺市山中附近。

④ 瞻西上人：生卒年不详。约在天治二年（1124年）初创建云居寺。本书收录其和歌2首，分别是第658、1977首。

［原文］

つねよりも　篠屋の軒ぞ　うづもるる　けふは都に　初雪や降る

〔659〕

返歌

藤原基俊

大雪封门是何景
今日大雪降京城
脚印辨不清

［原文］

降る雪に　まことに篠屋　いかならむ　けふは都に　跡だにもなし

〔660〕

众人争咏冬歌时，奉咏一首

权中纳言长方

初雪覆杉降神宫
野外结挂稻草绳[1]
悄然过寒冬

［原文］

初雪の　ふるの神杉　うづもれて　しめ結ふ　野辺は　冬ごもりせり

---

① 野外结挂稻草绳：在神宫外面结上稻草绳，标出神宫的范围，表示不得随意进入。

〔661〕

烦恼时，初雪降

紫式部

不知世忧烦
飘然无心降世间
初雪埋废园

［原文］

ふればかく　憂さのみまさる　世をしらで　荒れたる庭につもる初雪

〔662〕

百首歌之一

式子内亲王

夜半寝席凉
今朝忽见初雪降
山松白茫茫

［原文］

さむしろの　夜半の衣手　さえさえて　初雪しろし　岡のべの松

〔663〕

入道前关白任右大臣时，府上歌合，咏雪

寂莲法师

心中久期待
一朝山间初雪来
近夜时分天地白

［原文］

降りそむる　けさだに人の　待たれつる　み山の里の　雪の夕ぐれ

〔664〕

雪晨，往后德大寺左大臣府上寄送和歌

皇太后宫大夫俊成

期盼君光临
今晨殷切望院门
庭雪无脚印

［原文］

けふはもし　君もや訪ふと　ながむれど　まだ跡もなき　庭の雪かな

〔665〕

返歌

后德大寺左大臣（藤原实定）

听君诉衷肠
心迹无形已前往
踏雪到府上

［原文］

今ぞ聞く　心は跡も　なかりけり　雪かきわけて　思ひやれども

〔666〕

无题

前大纳言公任

年来积雪久
如今山巅老白头
夜半独眠冷飕飕[①]

［原文］

白山に　年ふる雪や　つもるらむ　夜半に片敷く　たもとさゆなり

〔667〕

夜深闻雪

刑部卿范兼

夜阑天未明
醒来侧耳听
篱笆积雪坠落声

［原文］

明けやらぬ　寝覚の床に　きこゆなり　まがきの竹の　雪の下折れ

〔668〕

众臣以“晓望山雪”为题咏歌

高仓院

雪照似天明

① 据《公任集》记载，此首是作者献给一位女性的歌，山巅白头暗示自己头上多白发。

音羽山上轮廓清
雄鸡误传报晓声

［原文］

音羽山　さやかに見ゆる　白雪を　明けぬと告ぐる　鶏の声かな

〔669〕

见红叶凋零于地，白雪飘落于上，
向上东门院[1]之女房[2]赠歌

藤原家经朝臣

满地红叶铺
大雪空中舞
茫茫山中不见路

［原文］

山里は　道もや見えず　なりぬらむ　もみぢとともに　雪の降りぬる

〔670〕

野亭雪咏

藤原国房[3]

雪天茫茫野亭空
山上柞叶凋落中

---

① 上东门院：指一条天皇的中宫（皇妃）藤原彰子。
② 女房：宫中女官，宫女。
③ 藤原国房：生卒年不详，大约生活在平安后期白河天皇时代。从五位下石见守。玄蕃头范广之子。本书收录其和歌1首。

寂寥难形容

[原文]

さびしさを　いかにせよとて　岡べなる　楢の葉しだり　雪のふるらむ

〔671〕

百首歌合奉咏

藤原定家朝臣

大雪茫茫笼佐野[①]
何处下马稍作歇
拂去袖上雪

[原文]

駒とめて　袖うちはらふ　かげもなし　佐野のわたりの　雪のゆふぐれ

〔672〕

摄政太政大臣[②]任大纳言时，以“山家雪”为题咏歌之

藤原定家朝臣

屋边杉枝落雪重
山路可被封?
待客来忧心忡忡

[原文]

待つ人の　ふもとの道は　絶えぬらむ　軒ばの杉に　雪重る

---

① 佐野：假名“さの”，位于今和歌山县新宫市内的原野。
② 摄政太政大臣：藤原良经。

なり

〔673〕

于摄政太政大臣家，取名胜之名作冬歌，“伏见乡雪”咏

有家朝臣

伏见乡雪重
传来竹枝折断声
惊醒我睡梦

［原文］

夢通ふ　道さへ絶えぬ　くれたけの　伏見の里の　雪のした折れ

〔674〕

自家百首歌合[①]之一

入道前关白太政大臣（藤原兼实）

盐釜降大雪
烧盐烟火灭
海湾茫茫人迹绝

［原文］

降る雪に　たく藻のけぶり　かき絶えて　さびしくもあるか　塩釜の浦

① 自家百首歌合：本歌作者藤原兼实治承二年（1178 年）在自家举办的歌合。

〔675〕

无题

山部赤人

站在田子[1]湾
遥望高高富士山
白雪飘山巅

［原文］

田子の浦に　うちいでて見れば　しろたへの　富士の高嶺に　雪は降りつつ

〔676〕

延喜御时，奉天皇之命咏歌

纪贯之

天地白茫茫
岂惟大雪年年降
人也渐渐白发苍

［原文］

雪のみや　降りぬと思ふ　山里に　われもおほくの　年ぞつもれる

〔677〕

守觉法亲王主持五十首歌合奉咏

皇太后宫大夫俊成

天香具山高

---

① 田子：假名“たご”，今静冈县富士山市骏河湾内沿岸。

大雪遮没神木[1]梢
月下山树似雪雕

［原文］
雪ふれば　峯のまさかき　埋もれて　月にみがける　天の香具山

〔678〕

无题

小侍从

雪天阴沉沉
大雪尚未封家门
但愿来客人

［原文］
かき曇り　あまぎる雪の　ふるさとを　つもらぬ先に　訪ふ人もがな

〔679〕

前大僧正慈圆

庭院积雪深
出门留下我脚印
并非外来人

［原文］
庭の雪に　わが跡つけて　出でつるを　訪はれにけりと　人や見るらむ

---

① 神木：原文假名“さかき”，神木，神树，日本神社内常绿树的总称。有时也特指杨桐（山茶科常绿乔木）。

〔680〕

茫然抬眼看
山峦沟壑白雪满
此景京城可得见?

［原文］

ながむれば　わが山の端に　雪白し　都の人よ　あはれとも見よ

〔681〕

曾祢好忠

草枯人远飞
却不免想入非非
盼他踏雪忽来归

［原文］

冬草の　かれにし人の　いまさらに　雪ふみわけて　見えむ物かは

〔682〕

雪晨，于大原[①]咏歌

寂然法师[②]

庭雪重重铺

① 大原：地名，位于今京都市左京区八濑以北。

② 寂然法师：俗姓藤原，本名赖业。生卒年不详。从五位下壹岐守丹后守为忠之子。寿久二年(1155年)出家，名为唯心房寂然。“太原三寂”之一，寂念、寂超之弟。有家集《法门百首》《寂然法师集》《唯心房集》。本书收录其和歌14首，分别是第682、1625、1951—1955、1957、1959—1964首。

若有来客访我处
能否识老路

［原文］

たづね来て　道分けわぶる　人もあらじ　幾重もつもれ　庭の白雪

〔683〕

百首歌合之一

太上天皇（后鸟羽天皇）

此时是隆冬
更无花叶红
惟愿松雪慢消融

［原文］

このごろは　花も紅葉も　枝になし　しばしな消えそ　松のしらゆき

〔684〕

一千五百番歌合奉咏

右卫门督通具

冬日大雪降
草木难辨白茫茫
飘来梅花香

［原文］

草も木も　降りまがへたる　雪もよに春待つ梅の　花の香ぞする

〔685〕

百首歌合之一

崇德院

交野猎场雪霰飞
务要轻轻坠
莫把鸟惊飞

［原文］

み狩りする　交野の御野に　降るあられ　あなかままだき鳥もこそ立て

〔686〕

任内大臣时，咏于自家歌合

法性寺入道前关白太政大臣(藤原忠通)

群鸟聚集处
不知何者作猎物
不觉已日暮

［原文］

み狩りすと　鳥立の原を　あさりつつ　交野の野辺に　けふも暮らしつ

〔687〕

京极关白前太政大臣高阳院歌合[①]奉咏

前中纳言匡房

茫茫狩猎场
草丛大雪降
不见禽鸟何处藏

［原文］

みかり野は　かつ降る雪に　埋もれて　鳥立ちも見えず　草がくれつつ

〔688〕

猎鹰歌

左近中将公衡[②]

交野狩猎一日忙
折枝作寝床
仰望淀川[③]明月光

［原文］

狩りくらし　交野のましば　折りしきて　淀の川瀬の　月を見るかな

---

① 京极关白前太政大臣高阳院歌合：宽治八年（1094 年）八月在藤原师实邸宅高阳院举办的歌合。

② 左近中将公衡：藤原公衡。卒于建久四年（1193 年）。非参议从三位左近中将。是达炊御门右大臣公能之子，母亲是中纳言俊忠之女（俊成之妹），和后德大寺左大臣实定是兄弟。有家集《三位中将公衡集》。本书收录其和歌 4 首，分别是第 688、1339、1511、1770 首。

③ 淀川：假名“よどのかわ”，河川名，发源于琵琶湖，流经大阪湾。

〔689〕

埋火[1]咏

权僧正永缘

人生似埋火
将死未死还是活
得过且得过

［原文］

なかなかに　消えは消えなで　埋み火の　生きてかひなき世にもあるかな

〔690〕

百首歌合奉咏

式子内亲王

连日雪飘飘
炭窑烟火冒
大原旷野倍寂寥

［原文］

日数ふる　雪げにまさる　すみがまの　けぶりも寂し　大原の里

〔691〕

岁暮，咏歌赠友人

西行法师

平日不相问

---

① 埋火：假名“うずみび”，埋在灰烬中的火。

期待一朝忽登门
直至岁暮未见人

［原文］

おのづから　いはぬを慕ふ　人やあると　やすらふほどに年の暮れぬる

〔692〕

年暮咏歌

上西门院兵卫①

一年长一岁
明知华年不可追
因何年年盼岁尾？

［原文］

返へりては　身に添ふ物と　知りながら　暮れゆく年を　なに穆ふらむ

〔693〕

皇太后宫大夫俊成女

年末人亦老
过往世事已不少
似雪眼前飘

［原文］

隔てゆく　よよの面影　かきくらし　雪とふりぬる　年の暮

---

① 上西门院兵卫：生卒年不详。起初侍奉鸟羽院的皇后待贤门院璋子，后侍奉其女上西门院统子（后白河院准母）。是神祇伯显仲之女，待贤门院堀河的姐妹。与后德大寺家的实定、实家兄弟交往深厚。本书收录其和歌 2 首，分别是第 692、770 首。

かな

〔694〕

大纳言隆季[1]

新年又来到
白驹过隙人易老
我身不可逃

［原文］

新しき　年やわが身を　とめ来らん　ひまゆく駒に道をまかせて

〔695〕

俊成卿家十首歌合，岁暮咏

俊惠法师

不由连声叹
去年已去又今年
余命仍苟延

［原文］

なげきつつ　ことしも暮れぬ　露の命　いけるばかりを　思い出でにして

---

① 大纳言隆季：藤原隆季。生卒年不详。养和二年（1182 年）56 岁时因病出家。曾任正二位权大纳言。是土御门中纳言家成的长子。有家集《隆季集》。本书收录其和歌 1 首。

〔696〕

百首歌合奉咏

小侍从

时又近岁尾
想来已是八十岁
呜呼多可悲!

［原文］

思ひやれ　やそぢの年の　暮なれば　いかばかりかは　物は悲しき

〔697〕

无题

西行法师

备柴过冬天
人生如柴只待燃
一年更不如一年

［原文］

昔思ふ　庭に浮木を　つみをきて　見し世にも似ぬ　年の暮れかな

〔698〕

摄政太政大臣(藤原良经)

石上布留野
矮竹年年经霜雪
痕迹留在一节节

［原文］

石の上　布留野の小笹　霜を経て　ひとよばかりに　残る年かな

〔699〕

前大僧正慈圆

辞旧新年迎
浮世迷梦若能醒
来年心澄明

［原文］

年のあけて　浮世の夢の　覚むべくは　暮るともけふは　厭はざらまし

〔700〕

权律师隆圣[①]

朝朝汲水供我佛
不知余生有几多
今又到年末

［原文］

朝ごとの　あか井の水に　年暮れて　わが世のほどの　汲まれぬるかな

---

① 权律师隆圣：生卒年不详。后鸟羽天皇时期人。任权律师。据传说是西行之子。本书收录其和歌 1 首。

〔701〕

百首歌合奉咏

入道左大臣（藤原实房）

新年无相盼
冬去春来人乐见
与我有何干

［原文］

いそがれぬ　年の暮こそ　あはれなれ　むかしはよそに　聞きし春かは

〔702〕

岁末，叹老衰之身

和泉式部

今年余日已无多
日暮残年失魂魄
凄然难言说

［原文］

数ふれば　年の残りも　なかりけり　老いぬるばかり　悲しきはなし

〔703〕

入道前关白太政大臣主持百首歌合奉咏，暮年歌

后德大寺左大臣（藤原实定）

枕畔听得初濑川①

① 初濑川：假名“はつせのかわ”，河川名，流经奈良县樱井市初濑。

逝水一去不复返
匆匆似流年

［原文］

石ばしる　初瀬の川の　波まくら　早くも年の　暮れにけるかな

〔704〕

于土御门内大臣家，海边岁暮咏

藤原有家朝臣

泪花洒衣袖
感泣旧年不可留
雄岛渔人衣湿透

［原文］

ゆく年を　雄島の海人の　ぬれ衣　かさねて袖に　波やかくらむ

〔705〕

寂莲法师

逝水似流年
岁末又把老衰添
更近末松山

［原文］

老いの波　越えける身こそ　あはれなれ　ことしも今は　すゑの松山

〔706〕

一千五百番歌合奉咏

皇太后宫大夫俊成

年年过除夕
岁岁别依依
如今又逢守岁日

［原文］

けふごとに　けふや限りと　惜しめども　またも今年に　あひにけるかな

第七卷　贺歌[1]

〔707〕

见贡品而知民富

仁德天皇[2]

今日登高殿
遥看袅袅起炊烟
祈国富民安

［原文］

高き屋に　のぼりて見れば　けぶり立つ　民のかまどは　にぎはひにけり

〔708〕

无题

佚名

新春子日到
手持玉帚[3]扫一扫
娑娑音声报吉兆

［原文］

初春の　初子のけふの　たまははき　手に取るからに　ゆらぐ玉の緒

〔709〕

子日咏歌

藤原清正④

子日有期待
幸见小松在野外
千年之后成大材

［原文］

子の日して　しめつる野べの　ひめこ松　ひかでや千代のかげを待たまし

〔710〕

无题

纪贯之

君之代⑤洪福
如同海滨白沙数
白沙铺长路

［原文］

君が代の　年の数をば　しろたへの　浜の眞砂と　たれか敷きけむ

---

① 本卷《贺歌》，第 707—756 首，皆为表达祝贺、祝愿之意的歌。

② 仁德天皇：第 16 代天皇。卒年不详，一说仁德八十七年（399 年）驾崩，享年 110 岁或 83 岁。是应神天皇的第四皇子，本书收录其和歌 1 首。

③ 玉帚：一种清扫工具，在扫帚把手上装饰表示长寿吉祥的玉，故名。

④ 藤原清正：生年不详，卒于天德二年（958 年）。从五位上纪伊守。中纳言兼辅次子。是“三十六歌仙”之一。有家集《清正集》。本书收录其和歌 4 首，分别是第 709、1065、1176、1723 首。

⑤ 君之代：假名“きみがよ”，意为“我皇治世”。

〔711〕

亭子院[①]六十寿诞屏风所绘摘嫩菜歌

野外处处生嫩菜
待君来采摘
永续千万代

［原文］

若菜生ふる　野べといふ野べを　君がため　よろづ代しめて摘まんとぞ思ふ

〔712〕

延喜御时，咏屏风

结上吊衣带
祭神礼服穿起来
一袭草蓝永不改[②]

［原文］

ゆふだすき　千歳をかけて　あしびきの　山藍の色は　かはらざりけり

〔713〕

于祐子内亲王家，咏樱花

土御门右大臣[③]

君阅几多是春秋

---

① 亭子院：此处指宇多天皇，其六十寿诞于延长四年(926 年)举办。详见第 456 页注①。
② 此歌吟咏的是屏风所绘神社祭祀的情景，祭神的礼服的颜色是草蓝色，故云。
③ 土御门右大臣：源师房。承保四年(1077 年)卒，享年 70 岁。曾任从(转下页)

纵然今年樱花谢
来年看从头

［原文］

君がよに　あふべき春の　おほければ　散るとも桜　あくまでぞ見む

〔714〕

七条皇后①五十寿诞屏风咏

伊势

仙鹤来海滨
住江②岸边留脚印
但愿足迹永不泯

［原文］

住の江の　浜の眞砂を　踏むたづは　ひさしき跡を　とむるなりけり

〔715〕

延喜御时屏风歌

纪贯之

竹生一年年
翠绿挺拔色不减

（接上页）一位右大臣。是后中书王具平亲王的长子，村上天皇之孙，六条右大臣显房、堀河左大臣俊房、大纳言师忠之父。本书收录其和歌1首。

① 七条皇后：宇多天皇的皇后温子。

② 住江：假名“すみのえ”，地名，住吉的古称，今大阪市住吉区海岸一带，自古因松树而知名。

不老似君颜

[原文]

年ごとに　生い添ふ竹の　代ゝを経て　かはらぬ色を　たれとかは見む

〔716〕

无题

凡河内躬恒

千年一青松

傲然挺立迎山风

任它春夏与秋冬

[原文]

千歳ふる　尾の上の松は　秋風の　声こそかはれ　色はかはらず

〔717〕

藤原兴风

菊下山川水汩汩

纵然流不驻

人老或可阻

[原文]

山川の　菊のした水　いかなれば　ながれて人の　老いを堰くらむ

〔718〕

延喜御时屏风歌

纪贯之

又是九月菊花开
逢秋赏花谁不爱
祈福好运来

［原文］

祈りつつ　なほ長月の　菊の花　いづれの秋か　植へて見ざらむ

〔719〕

文治六年女御入内屏风歌

皇太后宫大夫俊成

山中折花仙[①]
袖上菊露一挥间
不觉已千年

［原文］

仙人の　折る袖にほふ　菊の露　うちはらふにも　千代は経ぬべし

〔720〕

贞信公家屏风

清原元辅

金秋树叶红

---

① 仙：仙人，一作“山人”，假名“やまびと”，指的是山中修行得道者。

惟有松柏仍葱茏
头饰白云傲山峰

［原文］
神無月　もみぢも知らぬ　ときは木に　よろづ代懸かれ　峰の白雲

〔721〕

无题

伊势

海岸岩石重
任凭大浪与山风
岿然稳不动

［原文］
山風は　吹けど吹かねど　白浪の　寄する岩根は　ひさしかりけり

〔722〕

后一条院[①]诞生日，月明风清。大二条关白中将[②]率年轻者众，池中泛舟，舟行至中岛松阴处，见月光极美，咏歌之

紫式部

夜空无纤云
古池清如镜

① 后一条院：一条天皇的皇子。于宽弘五年（1008 年）出生。生母为藤原道长之女藤原彰子，当时紫式部侍奉在侧。
② 大二条关白中将：藤原道长之子藤原教通。

水月相映更澄明

[原文]

くもりなく　千年に澄める　水のおもに　宿れる月の　影ものどけし

〔723〕

永承四年内里歌合①，池水咏

伊势大辅

池水清清月朗朗
水草摇摇招月光
代代永无疆

[原文]

池水の　世々にひさしく　澄みぬれば　底の玉藻も　光見えけり

〔724〕

堀河院大尝会②御禊③时，数日降雨后放晴，
咏歌，寄纪伊典侍④

六条右大臣⑤

吾皇统万世

---

① 永承四年内里歌合：永承四年(1049年)十一月宫廷举办的歌合。
② 大尝会：新天皇即位后初次举行的新尝祭仪式。
③ 御禊：举行大尝会之前，贺茂川举行的祓濯仪式。
④ 典侍：天皇侧近官称，负责奏请、传达及后宫典礼等。
⑤ 六条右大臣：源显房，也被称为六条右府。宽治八年(1094年)卒，享年58岁。曾任从一位右大臣，追赠正一位。是土御门右大臣师房之子，堀河左大臣俊房之弟，久我太政大臣雅实、中纳言国信之父。本书收录其和歌1首。

代代无穷已

月光朗照天与地

［原文］

君が代の　千年のかずも　かくれなく　くもらぬ空の　光にぞ見る

〔725〕

天喜四年皇后宫歌合[①]，咏歌，表祝愿之意

前大纳言隆国[②]

住江有青松

又见发新枝

绵绵千岁无尽时

［原文］

住の江に　生い添ふ松の　枝ごとに　君が千歳の　かずぞこもれる

〔726〕

宽治八年关白前太政大臣高阳院歌合[③]，咏歌以表心迹

康资王母

万年松尾山[④]

---

① 天喜四年皇后宫歌合：公元1056年4月后冷泉天皇的皇后宽子主持的歌合。

② 前大纳言隆国：源隆国。承保四年（1077年）卒，享年74岁。曾任正二位权大纳言。是权大纳言俊贤的第二子。在宇治设有别墅，也称宇治大纳言。被认为是《今昔物语集》的编者。隆纲之父。本书收录其和歌1首。

③ 宽治八年关白前太政大臣高阳院歌合：堀河天皇时代藤原师实在其府邸举办的歌合。

④ 松尾山：假名“まつのおやま”，山名，位于今京都市西京区。

古松郁郁然
祝君康寿如青山

［原文］

よろづ代を　松の尾山の　かげ茂み　君をぞ祈のる　ときはかきはに

〔727〕

后冷泉院年幼时做卯杖[①]以赠臣下之子，咏歌

大贰三位

小盐山上有松林
相生相依根连根
千代永护君

［原文］

相生の　小塩の山の　小松原　いまより千代の　かげを待たなむ

〔728〕

永保四年[②]，宫中子日[③]，咏歌

大纳言经信

子日宴游小松原
千代荣华宫中现
外人难窥见

---

① 卯杖：将松、梅、桃树枝做成手杖（卯杖）状，系五色绳赠臣下之子，以示驱邪吉祥之意。

② 永保四年：公元1084年。

③ 宫中子日：正月初一宫中的宴游活动。

［原文］

子の日する　御垣のうちの　小松原　千代をばほかの　物とやは見る

〔729〕

权中纳言通俊[①]

野外有小松
子日移植皇宫中
从此得君宠

［原文］

子の日する　野辺のこ松を　うつし植ゑて　年の緒長く　君ぞひくべき

〔730〕

承历二年[②]皇宫歌合，咏歌祝福

前中纳言匡房

吾君皇运久
五十铃川[③]不断流
滔滔无尽头

［原文］

君が代は　ひさしかるべし　わたらひや　五十鈴の川の　流

① 权中纳言通俊：藤原通俊。承德三年（1099 年）卒，享年 53 岁（一说 52 岁或 57 岁）。曾任从二位权中纳言，治部卿。是太宰大贰经平的次子。曾奉白河院之命编纂《后拾遗集》。本书收录其和歌 2 首，为第 729、846 首。

② 承历二年：公元 1078 年。

③ 五十铃川：假名“いすずのかわ”，河川名，流经伊势神宫内宫前。

れ絶えせで

〔731〕

无题

佚名

郁郁古松柏
枝干生青苔
万年长寿不老衰

［原文］

ときはなる　松に掛かれる　苔なれば　年の緒長き　しるべとぞ思ふ

〔732〕

二条院御时，众人以“花有喜色”为题咏歌

刑部卿范兼

适奉盛世君之代
谁不乐开怀
如鲜花盛开

［原文］

君が代に　あへるはたれも　うれしきを　花は色にも　出でにけるかな

〔733〕

二条院御时、南殿之花盛开，奉命咏歌

参河内侍①

身处盛世里
其实花儿不足惜
只缘常开无穷已

［原文］

身にかへて　花も惜しまじ　君が代に　見るべき春の　かぎりなければ

〔734〕

百首歌合时奉咏

式子内亲王

天下喜雨降
草木葱茏人兴旺
代代永无疆

［原文］

あめのした　芽ぐむ草木の　目もはるに　かぎりもしらぬ御代のすゑずゑ

---

① 参河内侍：生卒年不详，平安末期二条天皇时期人。曾侍奉过二条院。本书收录其和歌 1 首。

〔735〕

众人咏歌于京极殿，以“松有春色”为题

摄政太政大臣（藤原良经）

万木春色艳
千年老松新绿添
苍翠逾千年

［原文］

おしなべて　木の芽も春の　あさみどり　松にぞ千代の　色はこもれる

〔736〕

百首歌合奉咏

大和岛有根
亘古从来根基深
众神佑我君

［原文］

敷島や　大和島根も　神代より　君がためとや　かためをきけむ

〔737〕

一千五百番歌合奉咏

经霜覆露一年年
神木枝叶湿又干
天照到永远

［原文］

濡れて干す　たまぐしの葉の　露霜に　天照る光　いくよへ

ぬらむ

〔738〕

祝愿歌

皇太后宫大夫俊成

绵绵皇运永
万年不衰常兴隆
日月与君共

［原文］

君が代は　千代ともささじ　天の户や　出づる月日の　かぎりなければ

〔739〕

一千五百番歌合奉咏

藤原定家朝臣

歌道①君②之道
吾守歌道即守君
住吉松青道不泯

［原文］

わが道を守もらば　君を守もるらん　よはひはゆづれ　住吉の松

---

① 歌道：和歌之道。

② 君：此指天皇，即提倡歌道的后鸟羽天皇。

〔740〕

八月十五夜，和歌所歌合奉咏，以“月为秋友”为题

寂莲法师

高砂老松终会朽
明月年年来中秋
与君永为友

［原文］

高砂の　松も昔に　なりぬべし　なほゆくすゑは　秋の夜の月

〔741〕

任和歌所开阖[1]，上任初，咏歌以奉

源家长

和歌浦[2]上浪打浪
海藻[3]无尽藏
和歌如海量

［原文］

藻塩草　ともつきじ　君が代の　数によみおく　和歌の浦浪

---

① 和歌所开阖：官职，和歌所的次官，负责和歌及书籍的收纳、记录等事宜。
② 和歌浦：假名“わかのうら”，地名，位于今和歌山市南部海岸。
③ 海藻：原文“藻塩草”（もしほぐさ），可采上来晾干，焚烧取盐。

〔742〕

建久七年[①]，于宇治，奉入道前关白
太政大臣之命，众人咏歌

前大纳言隆房[②]

宇治守桥姬
幸运包在衣袖里
今日来献礼

［原文］

うれしさや　片敷しく袖に　つつむらん　けふ待ちえたる宇治の橋姫

〔743〕

嘉应元年，于宇治，入道前关白太政大臣命
众人以"河水永清"为题咏歌

藤原清辅朝臣

敢问宇治守桥人：
何以清如许
上游下游无纤尘？

［原文］

年経たる　宇治の橋守もり　こと問はむ　幾代になりぬ　水のみなかみ

---

① 建久七年：公元1196年。

② 前大纳言隆房：藤原隆房。承元三年（1209年）卒，享年59岁。曾任正二位权大纳言。于建永元年（1206年）出家，法名寂惠。是权大纳言隆季的长子。有家集《隆房集》。本书收录其和歌2首，为第742、1105首。

〔744〕

日吉祢宜[①]成仲[②]七十寿诞，咏歌以赠

浜松七十年
老树寿绵延
余岁尚有一千年

［原文］

ななそぢに　みつの浜松　老いぬれど　千代の残りは　なおぞはるけき

〔745〕

百首歌合奉咏

后德大寺左大臣藤原实定

海上守岛人
长年沙滩留足印
皇运沙数无穷尽

［原文］

八百日ゆく　浜の眞砂を　君が代の　かずに取らなん　沖つ島守

〔746〕

自家歌合时咏，贺新春

摄政太政大臣（藤原良经）

城南春日山[③]

① 日吉祢宜：日吉神社（位于今滋贺县大津市坂本、琵琶湖畔）的神官。
② 成仲：祝部成仲。
③ 春日山：假名“かすがやま”，山名，位于今奈良市，有春日神社。

城北藤花何烂漫
又逢一春天

［原文］

春日山　みやこの南　しかぞ思ふ　北の藤波　春に逢へとは

〔747〕

天历御时，大尝会主基[①]备中国[②]中山[③]咏

佚名

吉备有中山
棵棵古松逾千年
苍翠满山间

［原文］

ときはなる　吉備の中山　をしなべて　千歳を松の　深き色かな

〔748〕

长和五年[④]，于大尝会悠纪，近江国朝日乡[⑤]风俗歌词

祭主辅亲

朝日乡里日影草[⑥]
人人采之编草帽

---

① 主基：大尝会有东、西两个祭祀场地，西方的祭场叫“悠纪”，东方的祭场叫“主基”。
② 备中国：地名，在今冈山市。
③ 中山：山名，吉备神社后面的山。
④ 长和五年：公元 1016 年。
⑤ 近江国朝日乡：古地名，今滋贺县东浅井郡。
⑥ 日影草：假名“ひかげぐさ”，草名，常绿羊齿类植物。

丰明节[①]日闹

［原文］

あかねさす　朝日の郷の　日影草　豊のあかりの　かざしなるべし

〔749〕

永承元年[②]，歌咏大尝会悠纪屏风所绘近江国守山[③]

式部大辅资业[④]

守山人守山
绿草头上缠
祈愿江山万代传

［原文］

すべらぎを　ときはかきはに　守る山の　山人ならし　山かづらせり

〔750〕

宽治二年[⑤]大尝会屏风所绘鹰尾山[⑥]咏

前中纳言匡房

老鹰新毛换

---

① 丰明节：在新尝会、大尝会的次日举行的节日宴会。
② 永承元年：公元 1046 年。
③ 近江国守山：位于今滋贺县野洲郡。
④ 式部大辅资业：藤原资业。卒于延久二年（1070 年），享年 83 岁。非参议从三位式部大辅。是参议有国之子。永承六年（1051 年）出家，法号素舜。本书收录其和歌 1 首。
⑤ 宽治二年：公元 1087 年。
⑥ 鹰尾山：假名“たけのおやま”，位于今滋贺县内。

樗树长满鹰尾山

霜打色不变

［原文］

とやかへる　鹰の尾山の　たまつばき　霜をばふとも　色はかはらじ

〔751〕

久寿二年大尝会悠纪所绘，近江国镜山[①]咏

官内卿永范[②]

镜山如明镜

皎皎月光明

太平盛世天地清

［原文］

くもりなき　镜の山の　月を見て　明らけき代を　空に知るかな

〔752〕

平治元年[③]大尝会主基，辰时闻风俗歌

《生野[④]》，咏歌纪之

刑部卿范兼

越过大江山

---

① 镜山：假名“かがみのやま”，位于滋贺县蒲生郡与野洲郡之间的山。

② 宫内卿永范：藤原永范。治承四年（1180年）卒，享年81岁。曾任非参议正三位宫内卿式部大辅。是文章博士式部大辅永实之子。本书收录其和歌1首。

③ 平治元年：公元1159年。

④ 生野：假名“いくの”，风俗歌名，也是地名，京都府福知山市生野。

生野条条大路宽
盛世前程远

［原文］

おほえ山　こえて生野の　すゑとをみ　道ある世にも　あひにけるかな

〔753〕

仁安元年[①]大尝会悠纪，奉咏春稻歌

皇太后宫大夫俊成

近江已割稻
坂田稻垛高
丰腴盛世见吉兆

［原文］

近江のや　坂田の稲を　かけつみて　道ある御代の　はじめにぞつく

〔754〕

寿永元年[②]大尝会主基，春稻歌，专咏丹波国长田村

权中纳言兼光[③]

神代赐福祥
长田如今稻穗长
颗粒饱满始归仓

---

① 仁安元年：公元 1166 年。

② 寿永元年：公元 1182 年。

③ 权中纳言兼光：藤原兼光。卒于建久元年（1196 年），享年 52 岁。从二位权中纳言。中纳言资长之子。本书收录其和歌 1 首。

［原文］

神代より　けふのためとや　八束穂に　長田の稲の　しなひ初めけむ

〔755〕

建久九年[①]大尝会悠纪歌，青羽山[②]

式部大辅光范[③]

青羽山上多青松
黄昏松枝动
满面沐清风

［原文］

立ち寄れば　涼しかりけり　水鳥の　青羽の山の　松のゆふ風

〔756〕

建久元年大尝会主基屏风咏，六月，松井

权中纳言资实[④]

手掬松井水
滴滴玉露多晶莹
得见万代水常清

---

① 建久九年：公元 1198 年。

② 青羽山：假名“あおばやま”，山名，在近江国，所指不详。

③ 式部大辅光范：藤原光范。承元三年（1209 年）卒，享年 84 岁。是文章博士永范的次子。本书收录其和歌 1 首。

④ 权中纳言资实：藤原资实，本名家实。卒于贞应二年（1223 年），享年 62 岁。正二位权中纳言。权中纳言兼光的长子。本书收录其和歌 2 首，分别是第 756、1790 首。

[原文]

ときはなる　松井の水を　むすぶ手の　しづくごとにぞ　千代は見えける

第八卷　哀伤歌[①]

〔757〕

无题

僧正遍昭[②]

根上水滴叶上露
上下先后必入土
仿佛众生图

［原文］

すえの露　本のしづくや　世の中の　おくれ先立つ　ためしなるらむ

〔758〕

小野小町

我身终衰减
化作荒野一缕烟
人生何惨淡

［原文］

あはれなり　わが身のはてや　あさみどり　つひには野辺の霞と思へば

〔759〕

醍醐弟驾崩，其时三月晦日，咏歌致三条右大臣③

中纳言兼辅

春暮樱花散

阴雨连绵绵

泪水雨水难分辨

［原文］

さくら散る　春のすゑには　なりにけり　雨間も知らぬ　ながめせしまに

〔760〕

正历二年，谅暗④之春，咏歌并附樱花枝，致道信朝臣

实方朝臣⑤

身穿黑色衣

不知樱开浮世里

---

① 本卷《哀伤歌》，第 757—856 首，相当于《万叶集》中的“挽歌”，此卷仿《古今集》使用“哀伤歌”的名称，主要是悼念之歌。

② 僧正遍昭：俗名宗贞，俗称良岑。宽平二年(890 年)圆寂，享年 75 岁。曾任藏人头，左近卫少将。是桓武天皇的皇子大纳言安世之子，素性法师之父。受宠于仁明天皇，天皇驾崩后出家，号遍昭(遍照)。在花山创建元庆寺，历任座主、僧正，也被称为良僧正、花山僧正等。是“六歌仙”和“三十六歌仙”之一。有家集《遍昭集》。本书收录其和歌 2 首，为第 757、1817 首。

③ 三条右大臣：藤原定方。

④ 谅暗：天皇为自己的父母服丧。史载正历二年二月十二日，圆融院驾崩，朝廷服丧。

⑤ 实方朝臣：藤原实方。卒于长德四年(998 年)。从四位上左近中将陆奥守。侍从贞实之子，母亲是左大臣雅信之女。由于父亲早逝，称为叔父小一条大将济时的养子。得到圆融院、花山院宠信，是宫廷沙龙的名角，后客死陆奥。是“三十六歌仙”之一。有家集《实方朝臣集》。本书收录其和歌 12 首，分别是第 760、875、916、1061、1062、1158、1167、1183、1254、1480、1655、1797 首。

折花送春意

［原文］

墨染の　ころも浮世の　花盛り　折り忘れても　折りてけるかな

〔761〕

返歌

道信朝臣

人有惜花意

花也恋春别依依

唯有忆往昔

［原文］

あかざりし　花をや春も　恋ひつらん　ありし昔を　思ひいでつつ

〔762〕

三月，咏歌致丧偶友人

成寻法师[①]

花盛开时忽凋残

树下呆立连声叹

哀思情难遣

［原文］

花ざくら　まださかりにて　散りにけん　なげきのもとを

① 成寻法师：俗姓藤原。永保元年（1081 年）圆寂，享年 71 岁。阿阇梨。62 岁时入宋，后在中国圆寂。死后，天皇封其为善慧大师。本书收录其和歌 1 首。

思こそやれ

〔763〕

友人四月亡故，翌年见其所植樱树开花，咏歌

大江嘉言

此樱君所栽
如今开花人不在
可叹未在去年开

［原文］

花見むと　植へけん人も　なきやどの　桜は去年の　春ぞ咲かまし

〔764〕

多年来交好之女子，去世四十九天，法事终，重回山中幽居时咏歌

左京大夫显辅

人皆京城返
独我冒雨泪涟涟
寂然回秋山

［原文］

たれもみな　花の都に　散りはてて　ひとりしぐるる　秋の山里

〔765〕

公守朝臣之母[①]亡故后，见法金刚院春来花开，咏歌

后德大寺左大臣（藤原实定）

万事须自理
赏花归家不必急
家中无贤妻

［原文］

花見ては　いとど家路ぞ　いそがれぬ　待つらむと思ふ　人しなければ

〔766〕

定家朝臣家母服丧期结束，咏歌致定家

摄政太政大臣（藤原良经）

空中春霞淡
亡者之灵升西天
终别在今天

［原文］

春霞　かすみし空の　なごりさへ　けふをかぎりの　別れなりけり

① 公守朝臣之母：作者藤原实定之妻，公守朝臣为作者之子。

〔767〕

前大纳言光赖今春亡故，至桂[①]送葬归来，咏歌

前左兵卫督惟方[②]

春晓霞光现
火中涅槃一缕烟
飘入云雾间

［原文］

たちのぼる　煙をだにも　見るべきに　霞にまがふ　春のあけぼの

〔768〕

六条摄政[③]亡后，所植牡丹花开，主人差侍女送花来

太宰大贰重家

见花思故人
牡丹花上有君心
闻之更香馨

［原文］

形見とて　見ればなげきの　深み草　なになかなかの　にほひなるらむ

---

① 桂：地名，今京都市西京区。
② 前左兵卫督惟方：藤原惟方。生卒年不详，建仁元年（1201 年）尚在世。从三位左兵卫督。民部卿九条显赖之子，俊成之姐。因参与平治之乱而遭流放，后出家，法号寂信。有家集《粟田口别当入道集》。本书收录其和歌 1 首。
③ 六条摄政：藤原基实。永万二年（1166 年）七月亡故。

〔769〕

见夭折幼子手植菖蒲，咏歌

高阳院木绵四手①

不知念何人
手植此菖蒲
如今吾儿化草露

［原文］

あやめ草　たれしのべとか　うへをきて　よもぎが本の　露と消えけむ

〔770〕

五月五日，悲从中来，咏歌致友人

上西门院兵卫

泣泪湿衣襟
衣裳菖蒲色不分
端午思故人

［原文］

けふ来れど　あやめも知らぬ　袂かな　昔を连ふる　ねのみかかりて

① 高阳院木绵四手：生卒年不详。是曾经侍奉鸟羽院的中宫泰子（高阳院）的女官。藤原忠实之女。本书收录其和歌1首。

〔771〕

近卫院[1]驾崩后出家为尼，五月五日咏歌，

奉皇嘉门院[2]

九条院[3]

端午在今日
不插菖蒲穿缁衣
洒泪忆往昔

［原文］

あやめ草　引きたがへたる　たもとには　昔を恋ふる　ねぞかかりける

〔772〕

返歌

皇嘉门院

一起穿缁衣
衣色同然共悲泣
怀人心戚戚

［原文］

さもこそは　おなじ袂の　色ならめ　かはらぬねをも　かけてけるかな

---

① 近卫院：近卫天皇。久寿二年(1155 年)驾崩。

② 皇嘉门院：藤原圣子。养和元年(1181 年)驾崩，享年 60 岁。崇德天皇的皇后，法性寺关白忠通之女，母亲是大纳言宗通之女。近卫天皇的准母，兼实、慈圆的姐姐。本书收录其和歌 2 首，分别是第 772、1789 首。

③ 九条院：本名藤原呈子。安元二年(1176 年)驾崩，享年 46 岁。是近卫天皇的皇后，太政大臣伊通之女。本书收录其和歌 1 首。

〔773〕

家妻故去，藤原为赖[①]朝臣亦丧妻，咏歌寄怀

小野宫右大臣[②]

人生各不同
却同身受丧妻痛
生死情与共

［原文］

よそなれど　おなじ心ぞ　かよふべき　たれも思ひの　ひとつならねば

〔774〕

返歌

藤原为赖朝臣

心有戚戚焉
彼岸亡妻有旅伴
同路共悲欢

［原文］

ひとりにも　あらぬ思は　なき人も　たびの空にや　かなしかるらむ

---

① 藤原为赖：生卒年不详，或卒于长德四年（998年）。曾任从四位下太皇太后宫大进。是刑部大辅雅正之子，中纳言兼辅之孙，为时之兄，紫式部之伯父。有家集《藤原为赖朝臣集》。本书收录其和歌1首。

② 小野宫右大臣：藤原实资。卒于宽德二年（1046年），享年90岁。从一位右大臣。参议齐敏的第四子，祖父清慎公实的养子。幼名大学丸，后被称为小野宫右大臣、贤右府。著有《小右记》。本书收录其和歌1首。

〔775〕

小式部内侍①生前曾身穿萩叶花纹沾露唐衣，
承蒙上东门院问起，咏歌以答

和泉式部

衣上萩叶露未消
倏忽人早夭
悲哀难言表

［原文］

置くと見し　露もありけり　はかなくて　消えにし人を　何にたとへむ

〔776〕

返歌

上东门院②

绵绵相思深
衣上露水写留痕
见衣如见人

［原文］

思ひきや　はかなくおきし　袖のうへの　露を形見に　かけんものとは

---

① 小式部内侍：和泉式部之女，与母亲和泉式部一同奉仕于上东门院。

② 上东门院：藤原彰子。卒于承保元年（1074 年），享年 87 岁。一条天皇的中宫，藤原道长之女，后一条、后朱雀两天皇的生母。万寿三年（1026 年）出家，法名清净觉。曾有紫式部侍奉在侧。本书收录其和歌 5 首，分别是第 776、811、1484、1715、1926 首。

〔777〕

白河院御时，皇后亡故，此后居所荒草深茂，七月七日、见宫中孩童观取草叶露珠①，咏歌

周防内侍

庭院茅草稠
草叶颗颗露珠留
如见吾皇后

［原文］

浅茅原　はかなくおきし　草のうへの　露を形見と思かけきや

〔778〕

路遇一品资子内亲王，交谈天皇②生前往事，咏歌

女御徽子女王

秋夕茅草露珠深
泪水露水碍难分
衣袖最解人

［原文］

袖にさへ　秋のゆふべは　知られけり　消えし浅茅が　露をかけつつ

---

① 取草叶露珠，可做砚台研磨用水。
② 天皇：指村上天皇，康宝四年(967 年)五月驾崩。

〔779〕

病重出家之际，咏歌致上东门院中宫[①]

一条院[②]

秋风吹来露将散
唯舍梓童在世间
思之肝肠断

［原文］

秋風の　露の宿りに　君をおきて　塵を出でぬる　ことぞかなしき

〔780〕

秋日，咏歌慰丧子之人

大贰三位

丧子之痛撕心肝
秋露复加泪涟涟
衣袖未曾干

［原文］

別れけむ　なごりの袖も　かはかぬに　おきや添ふらむ　秋の夕露

---

① 上东门院中宫：藤原彰子皇后。

② 一条院：第 66 代天皇。宽弘八年(1011 年)驾崩，享年 32 岁。圆融天皇的长子，藤原定子、藤原彰子皆是他的后宫妃子。本书收录其和歌 1 首，即第 779 首。

〔781〕

返歌

佚名

秋露加泪水
茫茫泪海坠
丧子之痛彻心扉

［原文］

おき添ふる　露とともには　消えもせで　涙にのみも　浮きしづむかな

〔782〕

廉义公[①]丧母后，见女郎花，咏歌

清慎公[②]

女郎花开在秋季
见之倍加思亡妻
情悲难自已

［原文］

をみなへし　見るに心は　なぐさまで　いとど昔の　秋ぞこひしき

---

① 廉义公：藤原赖忠。作者清慎公之子。

② 清慎公：藤原实赖。卒于天禄元年(970年)，享年71岁。世称小野宫，谥号清慎公。从一位摄政太政大臣，赠正一位。关白太政大臣忠平(贞信公)的长子。著有《清慎公集》。本书收录其和歌4首，分别是第782、1175、1234、1788首。

〔783〕

弹正尹[①]为尊亲王[②]早逝，咏歌追怀

和泉式部

尔来独眠愁
夜风无阻冷飕飕
将身吹个透

［原文］

寝覚めする　身をふきとおす　風の音を　むかしは袖の　よそに聞きけむ

〔784〕

从一位源师子[③]离世后，自宇治咏歌，寄新少将[④]

知足院入道前关白太政大臣[⑤]

萩叶露水袖上滴
又听秋虫声唧唧
往昔成追忆

［原文］

袖ぬらす　萩の上葉の　露ばかり　昔わすれぬ　虫の音ぞする

---

① 弹正尹：官名，弹正台（相当于现代的警局）的长官。

② 为尊亲王：冷泉天皇的皇子，与作者和泉式部相爱。

③ 从一位源师子：作者之妻。

④ 新少将：源俊赖之女。

⑤ 知足院入道前关白太政大臣：藤原忠实。应保二年（1162 年）卒。享年 85 岁，曾任从一位关白准三宫太政大臣。是后二条关白师通之长子，法性寺关白忠通之父。于保延六年（1140 年）出家，法名圆理。本书收录其和歌 2 首，为第 784、1647 首。

〔785〕

参拜法轮寺时，于嵯峨野拜大纳言忠家[①]之墓，咏歌

权中纳言俊忠

嵯峨野上露水繁
祭拜亡父坟茔前
不由泪涟涟

［原文］

さらでだに　露けき嵯峨の　野べに来て　昔の跡に　しほれぬるかな

〔786〕

公时卿母[②]亡故，哀思咏歌致大纳言实国

后德大寺左大臣（藤原实定）

秋来最悲情
故乡嵯峨蟋蟀鸣
唧唧有哀声

［原文］

かなしさは　秋の嵯峨野の　きりぎりす　なをふるさとに　音をや鳴くらむ

---

① 大纳言忠家：藤原忠家。作者之父。
② 公时卿母：藤原公时之母，藤原实国之妻。

〔787〕

亡母安葬嵯峨野之夜，咏歌

皇太后宫大夫俊成女

尔今露消融
嵯峨野上心悲痛
绵绵忆音容

［原文］

今はさは　憂き世の嵯峨野の　野べをこそ　露消えはてし跡としのばめ

〔788〕

初秋狂风大作之日，重回亡母故居

藤原定家朝臣

正当秋风紧
泪如雨下湿衣襟
殷殷念母亲

［原文］

玉ゆらの　露も涙も　とどまらず　なき人恋ふる　宿の秋風

〔789〕

父秀宗亡故，秋来，以“寄风怀旧”为题咏歌

藤原秀能

哀思有心迹
行行泪露沾麻衣
风吹泪落地

［原文］

露をだに　今は形見の　ふぢごろも　あだにも袖を　吹くあらしかな

〔790〕

久我内大臣春季离世，是年秋，土御门内大臣任中将时，咏歌寄赠

殷富门院大辅

缘何秋深夜半醒
又回父君离世时
春宵一噩梦?

［原文］

秋ふかき　寝覚にいかが　思ひ出づる　はかなく見えし　春の夜の夢

〔791〕

返歌

土御门内大臣(源通亲)

春日噩梦终难忘
秋日梦中常凄惶
思父欲断肠

［原文］

見し夢を　忘るる時は　なけれども　秋のねざめは　げにぞかなしき

〔792〕

私下相好女子离世后，在其家，咏歌

大纳言实家[①]

悲凉秋夜深
尤念往日同床寝
心底痛难忍

［原文］

なれし秋の　更けし夜床は　それながら　心の底の　夢ぞかなしき

〔793〕

往陆奥国时，见野外一坟墓尤为显眼，问墓主何人，答“中将之墓”，又问“中将何人”，答“实方朝臣是也”。时值冬季，霜降草枯，更令人心生悲凉

西行法师

野外芒草有灵性
干枯复又生
生生不朽君之名

［原文］

朽ちもせぬ　その名ばかりを　とどめおきて　枯れ野のすすき　形見とぞ見る

---

① 大纳言实家：藤原实家。卒于建久四年(1193 年)，享年 49 岁。正二位大纳言。右大臣公能次子。曾与俊惠、赖政等人和歌唱和，有《实家卿集》。本书收录其和歌 1 首。

〔794〕

一同修行之人陆续离世，咏歌寄思

前大僧正慈圆

现世情牵绕
遗世独自往山坳
泪洒路边草

［原文］

ふるさとを　恋ふる涙や　ひとりゆく　友なき山の　道芝の露

〔795〕

为母服丧时避居法轮寺，时值秋季，狂风大作

皇太后宫大夫俊成

浮世多忧烦
莫如避居此山间
狂风也见惯

［原文］

憂き世には　今はあらしの　山風に　これやなれゆく　はじめなるらむ

〔796〕

定家朝臣之母仙逝后，秋日，于墓地附近寺院暂居，咏歌

偶尔住此寺
夜半呜咽松风鸣
九泉之下或可听?

［原文］

まれに来る　夜半もかなしき　松風を　たえずや苔の　下に聞くらむ

〔797〕

堀河院天皇驾崩后，十月，听秋风之哀鸣

久我太政大臣[①]

阵阵秋风冷
渗入身内全无形
悲痛彻心难形容

［原文］

もの思へば　いろなき風も　なかりけり　身にしむ秋の　心ならひに

〔798〕

藤原定通[②]殁后，一月明之夜，梦见定通亡灵云“我在殿上”，故咏歌

永别此世后
月缺月圆逝水流
已过八春秋

［原文］

ふるさとを　別れし秋を　かぞふれば　八年になりぬ　あり

---

① 久我太政大臣：源雅实。卒于大治二年（1127 年），享年 69 岁。从一位太政大臣。六条右大臣显房长子，中院入道右大臣雅定之父，久我内大臣雅通之祖父。本书收录其和歌 1 首。

② 藤原定通：藤原保实之子，永久二年（1115 年）殁。

あけの月

〔799〕

源为善朝臣殁后一年，又见此时月亮，咏歌

能因法师

只因命苟活
得见今秋月
逝者与月永诀别

［原文］

命あれば　今年の秋も　月は見つ　わかれし人に　あふよなきかな

〔800〕

世间无常，众亲友多有离世者，中将宣方朝臣[①]殁后，十月许，去白川[②]宣方故家，见地上一片红叶，咏歌

前大纳言公任

今日若不见
红叶必飘远
山间人间无常间

［原文］

今日来ずは　見でややままし　山里の　もみぢも人も　常ならぬ世に

---

① 中将宣方朝臣：右近中将源宣方。源重信之子，作者的近亲。
② 白川：地名，位于京都北部鸭川以东。

〔801〕

十月许，去水无濑离宫，咏歌“阴雨”，寄赠前大僧正慈圆。次年十月，又有多首吟叹“无常”之歌相赠，其中有此歌

太上天皇(后鸟羽院)

眼见夕暮柴烟升
烟中如有逝者形
不由喜且惊

[原文]

思ひ出づる　折りたく柴の　ゆふけぶり　むせぶもうれし　忘がたみに

〔802〕

返歌

前大僧正慈圆

思念逝者时
听君咏柴烟
想必此烟非一般

[原文]

思ひいづる　折りたく柴と　聞くからに　たぐひ知られぬ　夕けぶりかな

〔803〕

雨中无常

太上天皇(后鸟羽院)

云中如带逝者影

转眼云散全无形
黄昏雨飘零

［原文］

なき人の　形見の雲や　しほるらん　ゆふべの雨に　色は見えねど

〔804〕

枇杷皇太后[①]驾崩后，十月许，咏歌寄赠宫中某宫女

相模

十月阴雨天
心头乌云翻
宫女思君湿衣衫

［原文］

神無月　しぐるるころも　いかなれや　空に過ぎにし　秋の宮人

〔805〕

右大将通房[②]殁后，见其生前习字之扇子，咏歌

土御门右大臣女[③]

扇上留手迹
当年习字任挥笔

---

① 枇杷皇太后：三条天皇的皇后藤原妍子。藤原道长之女，万寿四年（1027 年）驾崩。详见第 868 首注释。

② 右大将通房：源通房。长久五年（1044 年）殁，时年 20 岁。

③ 土御门右大臣女：生卒年不详。是土御门右大臣师房之女，权大纳言藤原通房之妻。本书收录其和歌 1 首。

见字长相忆

［原文］

手すさびの　はかなき跡と　見しかども　長き形見に　なりにけるかな

〔806〕

在斋宫女御处，见先帝[①]手书草字，咏歌

马内侍[②]

觅得御笔展眼前
汪洋恣肆无羁绊
不由心潮翻

［原文］

尋ねても　跡はかくても　みづくきの　ゆくへも知らぬ　昔なりけり

〔807〕

返歌

女御徽子女王

心如潮水翻
思念之泪肚中咽
衣袖来遮掩

① 先帝：村上天皇。

② 马内侍：生卒年不详。右马权守源时明之女。起初侍奉大齐院选子内亲王，被称为马，后侍奉一条院皇后东三条院定子，担任其掌侍，被称为马内侍或中宫内侍。是与紫式部、清少纳言、和泉式部、赤染卫门等人并称的才女，为“梨壶五歌仙”“三十六歌仙”之一。家集有《马内侍集》。本书收录其和歌 8 首，分别是第 806、1044、1046、1047、1161、1209、1396、1397 首。

［原文］

いにしへの　なきに流るる　水茎は　跡こそ袖の　うらに寄りけれ

〔808〕

恒德公[1]殁后，明月夜与妻相会，咏歌

道信朝臣

泪流衣袖湿漉漉
明月之夜心头堵
回府竟迷路

［原文］

干しもあへぬ　衣の闇に　くらされて　月ともいはず　まどひぬるかな

〔809〕

为入道摄政[2]举办万灯会[3]，咏歌

东三条院[4]

水底映烛灯
千灯万灯觅重生
不见逝者影

---

① 恒德公：藤原为光。作者之父，正历三年(992年)殁。
② 入道摄政：藤原兼家。永祚二年(990年)殁。
③ 万灯会：点很多的灯为死者做法事。
④ 东三条院：藤原诠子。长保三年(1001年)卒，享年40岁。是圆融天皇的皇后，一条天皇之母，藤原兼家之女，藤原道长之姐。本书收录其和歌2首，为第809、1712首。

［原文］

水底に　ちぢの光は　映れども　昔の影は　見えずぞありける

〔810〕

公忠朝臣[①]殁后身咏歌

源信明[②]朝臣

思父心伤悲
长夜辗转难入睡
枕边行行泪

［原文］

ものをのみ　思ひねざめの　まくらには　涙かからぬ　暁ぞなき

〔811〕

一条院驾崩，思念难耐，哀哭不止，梦中朦胧得见

上东门院

世上难重逢
相见唯有在梦中
何时与君共

［原文］

あふことも　今は泣き寝の　夢ならで　いつかは君を　又は見るべき

---

① 公忠朝臣：右大弁源公忠。天历二年(948年)殁。
② 源信明：逝者源公忠之子。

〔812〕

后朱雀院驾崩，又闻上东门院出家隐居白川，感慨咏歌

女御藤原生子①

为逃世间苦
别人出家做尼姑
缘何惟我归故土

［原文］

憂しとては　出でにし家を　出でぬなり　などふるさとにわが帰けむ

〔813〕

幼子夭折，咏歌

源道济

人生总无常
念兹泣泪一行行
世间无所傍

［原文］

はかなしと　いふにもいとど　涙のみ　かかるこの世を　頼みけるかな

① 女御藤原生子：治历四年(1068 年)卒，享年 55 岁。曾任从一位，准三宫。是后朱雀天皇的女御，关白左大臣教通之女，御堂关白道长之孙。也被称为梅壶女御、弘徽殿女御。本书收录其和歌 3 首，为第 812、1251、1253 首。

〔814〕

后一条院皇后[①]驾崩后，托梦咏歌

若有返世者
请将我言告亲属
黄泉途中正迷路

［原文］

ふるさとに　行く人もがな　告げやらむ　知らぬ山路に　ひとりまどふと

〔815〕

小野宫右大臣殁后，咏歌

权大纳言长家

人称长寿者
而今也玉殒
如同露消了无痕

［原文］

玉の緒の　長ためしに　引く人も　消ゆれば露に　ことならぬかな

〔816〕

小式部内侍离世后，将其平日所持手箱布施诵经人

和泉式部

无时不挂牵

① 后一条院皇后：藤原威子。后一条天皇的皇后，长元九年（1036年）驾崩。

敲钟诵经寄思念

惟愿声声到九泉

［原文］

恋ひわぶと　聞きにだに聞け　鍾の音に　うち忘らるる　時のまぞなき

〔817〕

上东门院小少将殁后，重读先前往来通信，感怀咏歌致加贺少纳言

紫式部

孰为长寿不老身

幸有逝者留书信

见字如见人

［原文］

たれか世に　ながらへて見む　書きとめし　跡は消えせぬ　形見なれども

〔818〕

返歌

加贺少纳言①

今日生者怀故人

来日我等变亡魂

生死如转轮

---

① 加贺少纳言：生卒年不详，约生活于平安中期一条天皇时。曾与紫式部唱和赠答。本书收录其和歌 1 首。

［原文］

なき人を　しのぶることも　いつまでぞ　けふの哀は　あすのわが身を

〔819〕

僧正明尊殁后许久，僧房移至石藏①，
见杂草丛生，旧貌不存

律师庆暹②

念怀先人循迹追
可叹旧居废
已然皆是面目非

［原文］

なき人の　跡をだにとて　来て見れば　あらぬ里にも　なりにけるかな

〔820〕

正叹人世无常，又见画一幅，绘有
陆奥国各处名胜，有感

紫式部

黄昏陆奥正烧盐
如见故人化青烟
袅袅飘天边

① 石藏：地名，又作“岩仓”，在今京都市右京区。

② 律师庆暹：俗姓中大臣。生卒年不详，大约生活在后冷泉天皇时代。僧官。宇佐大宫司公宣之子，祭主辅亲的养子，出家后成为大僧正明尊的弟子。本书收录其和歌1首。

［原文］

見し人の　煙になりし　ゆふべより　名ぞむつましき　しほがまの浦

〔821〕

后朱雀院驾崩，咏歌致源三位[①]

弁乳母

鸣呼先帝魂
何处青烟化君身
长空飘浮云

［原文］

あはれ君　いかなる野辺の　煙にて　むなしき空の　雲となりけむ

〔822〕

返歌

源三位

遥看长空飘青云
烟霭继起在早春
超度先帝魂

［原文］

思へ君　燃えし煙に　まがひなで　立ちをくれたる　春の霞を

① 源三位：后朱雀天皇的乳母。本书收录其和歌 1 首。

〔823〕

听闻大江嘉言将赴任对马守[①]，咏歌“难波堀江芦叶”欲相赠，不料传来噩耗，殁于任上

能因法师

若知君此命
不应咏歌为送行
芦叶翻转若死生

［原文］

あはれ人　けふの命を　知らませば　難波の蘆に　ちぎらざらまし

〔824〕

无题

大江匡衡[②]朝臣

彻夜梦朦胧
不知返转往昔中
抑或人生即是梦？

［原文］

よもすがら　昔のことを　見つるかな　語るやうつつ　ありしよや夢

---

① 对马守：对马(地名)的地方官员。大江嘉言于宽弘六年(1009年)赴任对马守，不久病逝，殁年不详。

② 大江匡衡：长和元年(1012年)卒，享年61岁。左京大夫重光的长子，匡房的曾祖父，赤染卫门的丈夫。曾是一条、三条天皇的侍读，是“三十六歌仙”之一。著有诗文集《江吏部集》，有家集《大江匡衡集》。本书收录其和歌2首，为第824、1015首。

〔825〕

俊赖朝臣[①]殁后，将其常用铜镜铸为佛像，追怀咏歌

新少将[②]

每当照此镜
如见亡父现身影
难忍相思情

［原文］

うつりけむ　昔の影や　残るとて　見るに思ひの　ます鏡かな

〔826〕

相好女子去世后，欲把未用完之信笺取出，抄写佛经，感慨咏歌

按察使公通

人去留书信
字字句句动我心
见信如见人

［原文］

書きとむる　ことの葉のみぞ　水茎の　流れてとまる　形見なりける

---

① 俊赖朝臣：源俊赖。作者之父，大治四年（1129年）殁。

② 新少将：生卒年不详。曾是侍奉鸟羽天皇的中宫待贤门院的女官。木工权头院俊赖之女，和俊惠是姐妹关系。本书收录其和歌1首。

〔827〕

祯子内亲王[①]殁后，悰子内亲王[②]住进，见家内一切如故，感叹思故人，咏歌赠女房

中院右入道大臣[③]

有栖河[④]依然
流水一脉今昔牵
难忘是旧颜

［原文］

有栖川　おなじ流れは　変らねど　見しや昔の　かげぞ忘すれぬ

〔828〕

权中纳言道家母[⑤]逝世之秋，咏歌寄赠摄政太政大臣

皇太后宫大夫俊成

无上悲痛里
不忍吊问添悲戚
惟有独叹息

［原文］

かぎりなき　思のほどの　夢のうちは　おどろかさじと　嘆きこしかな

---

① 祯子内亲王：三条天皇的皇女（公主）。

② 悰子内亲王：堀河天皇的皇女。

③ 中院入道右大臣：源雅定。应保二年（1162 年）卒，享年 69 岁。曾任正二位右大臣左大将。是久我太政大臣雅实之次子。于仁平四年（1154 年）出家，法名莲如。被认为是历史物语《大镜》的作者。本书收录其和歌 2 首，为第 827、1881 首。

④ 有栖河：假名“ありすがわ”，斋院附近的一条河，此处暗指前斋院。

⑤ 权中纳言道家母：藤原良经之妻。

〔829〕

返歌

摄政太政大臣(藤原良经)

是梦非梦哀痛深
今日来吊问
方知丧妻原是真

［原文］

見し夢に　やがてまぎれぬ　わが身こそ　問はるる今日もまづ悲しけれ

〔830〕

为母服丧期间，又有遭逢丧事之友人[①]前来吊问，咏歌

藤原清辅朝臣

茫茫人世上
所见所闻皆无常
恰似空中风烟荡

［原文］

世の中は　見しも聞きしも　はかなくて　むなしき空の　煙なりけり

〔831〕

无常咏

西行法师

不解无常乃常情

① 据考证，乃为花园左大臣源有仁之夫人。

不知来世须修行
苟且度此生

［原文］

いつ嘆き　いつ思ふべき　ことなれば　のちの世知らで　人の過ぐらむ

〔832〕

前大僧正慈圓

似知却不知
不知人生必有死
人多不悟且愚痴

［原文］

みな人の　知り顔にして　知らぬかな　かならず死ぬる　ならひありとは

〔833〕

昨日活人今死灵
闻之心一惊
人生即是长夜梦

［原文］

昨日見し　人はいかにと　おどろけど　なほ長き夜の　夢にぞありける

〔834〕

荒坟野草露
今日凝聚在夕暮
明日散去在晨曙

［原文］

蓬生ふに　いつかおくべき　露の身は　けふの夕暮　あすのあけぼの

〔835〕

不知自己何时死
唯愿死者能复活
生死思虑多

［原文］

われもいつぞ　あらましかばと　見し人を　しのぶとすればいとど添ひゆく

〔836〕

前参议教长避居高野山，听闻病情危笃，
在赖辅卿前往探视时故去

寂莲法师

高野探病人
人已故去倍伤心
唯见山上飘白云

［原文］

尋ね来て　いかにあはれと　ながむらん　跡なき山の　峰のしら雲

〔837〕

咏歌，哀吊死者

西行法师

逝者已逝去
面影萦萦绕在心
只缘恋情深

［原文］

なき跡の　面影をのみ　身に添へて　さこそは人の　恋ひしかるらめ

〔838〕

亲属去世，未能前去吊问，招人误解，咏歌

亲属忽离去
念思悲伤诚难言
不敢去吊唁

［原文］

あはれとも　心に思ふ　ほどばかり　いはれぬべくは　問ひこそはせめ

〔839〕

无常之心

入道左大臣（藤原实房）

听他人死讯
却为何麻木不仁
寂然不惊心

［原文］

つくづくと　思へば悲し　いつまでか　人のあはれを　よそに聞くべき

〔840〕

参拜左近中将通宗[①]之墓，咏歌

土御门内大臣（源通亲）

儿先离我去
遗我在世独戚戚
彷徨何所依

［原文］

おくれゐて　見るぞ悲しき　はかなさを　うき身の跡と　なに頼みけむ

〔841〕

觉快法亲王[②]离世、一周年忌日法事终，参墓，咏歌

前大僧正慈圆

怀人情绵绵
一年过后又一年
泣泪袖不干

［原文］

そこはかと　思つゞけて　来て見れば　今年の今も　袖は濡れけり

---

① 左近中将通宗：源通宗。作者源通亲之子。
② 觉快法亲王：鸟羽天皇的皇子，养和元年（1181 年）殁。

〔842〕

为亡母在栗田口佛供养时，兄弟姐妹齐聚，忆家母生前往事，时天降阴雨，归去前于佛堂隔扇书写此歌

右大将忠经

念母泪涟涟
此时空中雨绵绵
人哀可动天

［原文］

たれもみな　涙の雨に　せきかねぬ　そらもいかゞは　つれなかるべき

〔843〕

将逝者姓名写于舍利塔，咏歌

法桥行遍①

塔上书姓名
依稀略过熟人影
思之泪盈盈

［原文］

見し人は　世にもなぎさの　藻塩草　かきおくたびに　袖ぞしほるる

---

① 法桥行遍：文永元年（1264 年）圆寂，享年 84 岁。仁和寺大僧正，东寺长老。法桥任高之子，一说是僧官行范之子，法桥任尊的弟子。本书收录其和歌 4 首，分别是第 843、1290、1550、1839 首。

〔844〕

儿夭折，次年夏、重回故宅，适逢橘花开，咏歌

祝部成仲

身后思情长
闻得橘香似袖香
生死付流芳

［原文］

あらざらむ　のちしのべとや　袖の香を花橘に　とどめをきけむ

〔845〕

能因法师殁后，咏歌

藤原兼房[①]朝臣

生前常相见
噩耗传来竟无言
唯有一声叹

［原文］

ありし世に　しばしも見では　なかりしを　哀とばかり　いひてやみぬる

① 藤原兼房：卒于延久元年（1069 年），年龄不详。正四位下中宫亮。中纳言兼隆长子，母亲是左大弁源扶义之女。本书收录其和歌 1 首。

〔846〕

妻亡，次年秋，歌赠周防内侍

权中纳言通俊

长夜难入眠
丧妻独寝泪不干
意欲造访寻慰安

［原文］

問へかしな　片敷く藤の衣手に　なみだのかかる　秋の寝覚を

〔847〕

堀河院驾崩后，咏歌

权中纳言国信

君上驾崩后
摇摇无依似青柳
凄然心烦忧

［原文］

君なくて　よる方もなき　青柳の　いとど憂き世ぞ　思みだるる

〔848〕

相好之女子于山里故去，蛰居山中多日后，
拂晓欲归京，身边人以“鸡鸣矣”相催

左京大夫显辅

山间蛰居深

不觉成山民
归京浑似云游人

[原文]

いつのまに　身を山がつと　なし果てて　都を旅と　思ふなるらむ

〔849〕

见奈良帝①安葬咏歌

柿本人麻吕

君上归隐去
日月也无光
泪雨绵绵思情长

[原文]

ひさかたの　天にしほるる　君ゆへに　月日も知らで　恋ひわたるらむ

〔850〕

无题

小野小町

生者幼变老
日日闻讣告
生死悲叹何时了

[原文]

あるはなく　なきは数添ふ　世の中に　あはれいづれの　日

① 奈良帝：平城天皇，天长元年(824年)驾崩。

まで嘆かむ

〔851〕

业平朝臣

汝问此物是白玉?
我答此物乃白露
刹那归于无[①]

[原文]

白玉か　なにぞと人の　問ひし時　露と答へて　消なましものを

〔852〕

见更衣[②]着丧服进宫，咏歌

延喜

一改平常身
缁衣少女进宫门
乍看不知是何人

[原文]

年ふれば　かくもありけり　墨染めの　こはおもふてふ　それかあらぬか

---

① 此歌选自平安王朝时代歌物语《伊势物语》第六个故事中的一首和歌，说在原业平和一个相好的女子夜间私奔的途中，女子见草叶上的露珠闪闪发光，问是什么东西。业平未及回答，女子便被鬼吞噬了。于是业平吟咏了此歌。

② 更衣：在天皇寝宫侍奉的女官，地位次于女御。

〔853〕

服丧中，暂居别人家，家中勿忘草①繁茂，咏歌赠主人

中纳言兼辅

悼亡心悲哀
暂住贵邸宅
勿忘草中寄情怀

［原文］

なき人を　しのびかねては　忘れ草　多かる宿に　やどりをぞする

〔854〕

因病久不出门，偶有好转，进宫，见藏人②右大弁公忠③，言明后日将进宫履职，然回府后病情加重，自觉大限将至，咏歌致公忠朝臣

藤原季绳④

今日得相见
有约在先成空言
一别成永远

［原文］

くやしくぞ　のちに逢はんと　契りける　けふをかぎり　といはましものを

---

① 勿忘草：百合科，夏季开黄红色花。
② 藏人：官称，掌管宫廷的文书、总务的机构藏人所的公职人员。
③ 右大弁公忠：源公忠。源国纪之子。
④ 藤原季绳：生卒年不详，约生活于醍醐天皇时。五位左少将。藤原千乘之子。本书收录其和歌1首。

〔855〕

母亲女御离世，七月七日咏歌

中务卿具平亲王

七夕天上雨滴滴
地上重逢遥无期
泣泪湿缁衣

［原文］

墨染めの　袖は空にも　かさなくに　しぼりもあへず　露ぞこぼるる

〔856〕

翻出一逝者书信，咏歌寄情

紫式部

日暮天昏黄
此身来日去何方
须知物哀[①]与无常

［原文］

暮れぬ間の　身をば思はで　人の世の　あはれを知るぞ　かつははかなき

① 知物哀：原文“あはれ知る”，紫式部在《源氏物语》中表达的观念，也是日本传统美学的基本概念，意即洞悉人性与人情并予以包容的理解。

第九卷　离别歌[①]

〔857〕

友人赴任陆奥国，赠衣服，并咏歌

纪贯之

路途山风寒
奉赠衣裳请君穿
并请做留念

［原文］

玉ぼこの　道の山風　寒からば　形見がてらに　着なむとぞ思ふ

〔858〕

无题

伊势

踏上越路[②]和归山[③]
不知一去何时还
勿忘再相见

［原文］

忘れなむ　世にも越路の　かへる山　いつはた人に　逢はむとすらむ

〔859〕

姐妹情深，临别时赠歌

紫式部

拜托北飞雁
展翅高飞在云端
来将尺素传

［原文］

北へゆく　雁のつばさに　ことつてよ　雲の上書き　かき絶えずして

〔860〕

赠归乡友人旅行衣物，并咏歌

大中臣能宣朝臣

秋雾乍起踏旅途
依依告别奉衣物
见物如见吾

［原文］

秋霧の　旅ごろも　置きて見よ　つゆばかりなる　形見なりとも

---

① 本卷《离别歌》，第857—895首，写饯行送别、离情别绪。

② 越路：假名“こしじ”，指北陆道，含若狭（今福井县）、越前（今福井县）、加贺（今石川县）、能登（今石川县）、越中（今富山县）、越后（今新潟县）、佐渡（今新潟县）七地。

③ 归山：假名“かへるやま”，道路名，从今福井县南条郡今庄町二屋，到敦贺市杉津的北陆道上的山路。

〔861〕

友人赴陆奥国，咏歌相赠

纪贯之

相聚总不厌
此去一别相见难
路漫漫兮在天边

［原文］

見てだにも　あかぬ心を　たまぼこの　道のおくまで　人のゆくらむ

〔862〕

居逢坂关[1]家中，与远行友人饯别时咏歌

中纳言兼辅

逢坂关上会亲朋
路过我家再起程
在此常相逢

［原文］

逢坂の　関にわが宿　なかりせば　わかるる人は　頼まざらまし

① 逢坂关：假名“あふさかのせき”，关隘名，位于今滋贺县大津市逢坂山。

〔863〕

寂昭上人[①]入唐[②]，欲赠衣物，然不知何时已启程矣，抱憾咏歌

佚名

衣裳未能赠
不知何时已启程
盼归再相逢

［原文］

きならせと　思しものを　たびごろも　たつ日をしらず　なりにける哉

〔864〕

返歌

寂昭法师[③]

我闻天上有织机
织成霓裳和羽衣
可表君雅意

［原文］

これやさは　雲のはたてに　織るると聞く　たつこと知らぬ　天の羽衣

---

① 寂昭上人：大江定基的法名。长保五年（1003 年）入宋，殁于中国。详见本页注③。

② 入唐：进入中国，唐泛指中国。时值中国的宋朝。

③ 寂昭法师：俗姓大江。长元七年（1034 年）殁。藏人左大弁齐光之子。长保五年（1003 年）渡宋，在中国圆寂。也称元通师、寂照。本书收录其和歌 1 首。

〔865〕

无题

源重之

别时情绵绵
难分难舍衣川[①]畔
泣泪湿袖衫

［原文］

衣川　見なれし人の　わかれには　たもとまでこそ　波は立ちけれ

〔866〕

赴任陆奥介[②]时，歌赠范永朝臣

高阶经重[③]朝臣

前方有川阿武隈[④]
川名寓意是再会[⑤]
别情聊可慰

［原文］

行くすゑに　あぶくま川の　なかりせば　いかにかせまし　けふの别かれを

---

① 衣川：又作“衣河”，假名“ころもがわ”，河川名，在今岩手县磐井郡平泉附近，与北上川合流。

② 陆奥介：陆奥地方官的次官。

③ 高阶经重：生卒年不详，约为后冷泉天皇时期人。曾任从四位下大和守。是播磨守明顺之子。本书收录其和歌 1 首。

④ 阿武隈：假名“あぶくまがわ”，发源于福岛县，流经宫城县入太平洋。

⑤ 川名寓意是再会：阿武隈川中的“阿武”发音“あぶ”与“相会”一词的发音“あふ”近音，构成双关语。

〔867〕

返歌

藤原范永朝臣

君尚年轻诚可待
余日无多我老衰
感之倍悲哀

［原文］

君にまた　阿武隈川を　待つべきに　残りすくなき　われぞ悲しき

〔868〕

太宰帅隆家[1]赴任时，赠扇

枇杷皇太后宫[2]

生松原[3]上风吹爽
我赠此扇亦送凉
携带勿相忘

［原文］

涼しさは　いきの松原　まさるとも　添ふるあふぎの　風な忘れそ

---

① 太宰帅隆家：太宰帅，是太宰府长官；隆家，藤原隆家。长和四年（1015 年），藤原隆家去筑紫赴任。

② 枇杷皇太后宫：藤原妍子。万寿四年（1027 年）卒，享年 34 岁。是三条天皇的皇后，御堂关白道长之女，阳明门院之母，宇治关白赖通、中宫彰子等人之妹，其母是左大臣源雅信之女。也被称为东三条中宫、枇杷殿。本书收录其和歌 2 首，为第 868、1714 首。

③ 生松原：假名“いきのまつばら”，地名，位于筑紫，和歌名胜。

〔869〕

亭子院行幸宫泷[①]，召见素性法师陪同，赐暇游住吉郡，又送素性法师回大和，别时咏歌

一条右大臣[②]

十月有行幸
得宠伴君行
今日一别何日逢

［原文］

神無月　まれのみゆきに　さそはれて　けふ別れなば　いつか逢ひ見む

〔870〕

无题

大江千里

今日分别后
他日必再见
不知见时是何年

［原文］

別れての　のちも逢ひ見むと　思へども　これをいづれの時とかは知る

---

① 宫泷：地名，位于今奈良县吉野町，吉野川畔名胜地，有天皇离宫。

② 一条右大臣：藤原恒左，也被称为土御门右大臣。卒于承平八年(938年)，享年59岁。曾任正三位右大臣,右近卫大将，赠正二位。左大臣良世之子。本书收录其和歌1首。

〔871〕

成寻法师入唐时，母亲咏歌

成寻法师母①

唐土虽遥远
日出之处②亦同天
勿忘故土返。

[原文]

もろこしも　天の下にぞ　ありと聞く　照る日の本を　忘れざらなむ

〔872〕

出门修行时，咏歌赠友人

道命法师

踏上来世路
出家修行别亲属
余涯无前途

[原文]

別れ路は　これや限りの　旅ならん　さらにいくべき　心地こそせね

---

① 成寻法师母：生卒年不详，延久五年(1073年)，85岁左右时尚在。或为源俊资之女。80多岁时怀念其子成寻入宋未归，而写成抒情歌集《成寻阿阇梨母集》。本书收录其和歌1首。

② 日出之处：原文“日の本”，指日本。

〔873〕

老父七夕日远赴筑紫，此次乃远行，再见不易，
八日拂晓乘船追赶送行，于码头咏歌

加贺左卫门[①]

今朝别老父
难分难离泪两行
胜似织女别牛郎

［原文］

天の川　空に聞えにし　舟出には　われぞまさりて　今朝はかなしき

〔874〕

实方朝臣远赴陆奥国时，饯别咏歌

中纳言隆家[②]

悲哀难由己
恋恋不舍长太息
告别在秋夕

［原文］

別れ路は　いつもなげきの　絶えせぬに　いとど悲しき　秋のゆふぐれ

---

① 加贺左卫门：生卒年不详，约生活于平安中期的一条、后冷泉天皇时代。是加贺守丹波泰亲之女，侍奉祐子内亲王的女官。本书收录其和歌 4 首，分别是第 873、1474、1475、1799 首。

② 中纳言隆家：藤原隆家。长久五年（1044 年）卒，享年 66 岁。曾任正二位中纳言。是中关白道隆的第四子，伊周、中宫定子之弟。本书收录其和歌 1 首。

〔875〕

返歌

实方朝臣

无奈出帝京
依依难断离别情
苍秋诱我赴远行

［原文］

とどまらむ　ことは心に　かなへども　いかにかせまし　秋のさそふを

〔876〕

七月许，远赴美作①，咏歌赠京城亲友

前中纳言匡房

秋来远方行
行船出帝京
隔雾回望离别情

［原文］

都をば　秋とともにぞ　立ちそめし　淀の川霧　いくよへだてつ

① 美作：旧地名，今冈山县的一部分。

〔877〕

身为东宫①时，东宫学士②太宰大贰实政，
转任甲斐守③，饯别咏歌

后三条院④

若是思念中
同望明月与长空
直至相逢在帝宫

[原文]

思い出ば　おなじ空とは　月を見よ　ほどは雲居に　めぐりあふまで

〔878〕

与陆奥守基赖朝臣久别未见，何时到任进京，亦难定

藤原基俊

迟迟无归程
遥想武隈⑤两棵松⑥
重逢在老境

[原文]

帰へり来む　ほど思ふにも　武隈のまつ　わが身こそ　いたく老いぬれ

---

① 东宫：后冷泉天皇的皇太子。
② 学士：负责经书讲说的官员。
③ 甲斐守：甲斐(今山梨县)的地方官。
④ 后三条院：第71代天皇，延久五年(1073年)驾崩，享年40岁。后朱雀天皇的次子，有记录文《后三条院御即位集》。本书收录其和歌1首。
⑤ 武隈：假名“たけくま”，旧地名，陆前国国府所在地，今宫城县岩沼市。
⑥ 两棵松：武隈的两棵松，时有盛名，是和歌名胜。

〔879〕

出家修行时，咏歌

大僧正行尊

无常人世间
难料出家何时还
不敢言再见

［原文］

思へども　定めなき世の　はかなさに　いつを待てとも　えこそ頼めね

〔880〕

紧急离京远行时咏歌，致所爱女子

佚名

未料两相分
无可言重逢
无奈此次须远行

［原文］

契り置く　ことこそさらに　なかりしか　かねて思し　別れならねば

〔881〕

咏别

俊惠法师

虽云此别乃暂别
或踏长路赴万劫

一别成永诀

［原文］

かりそめの　別れとけふを　思へども　いさやまことの　旅にもあるらむ

〔882〕

登莲法师[①]

不知何时还
若有亲友相挂牵
或再续俗缘

［原文］

帰りこむ　ほどをや人に　契らまし　しのばれぬべき　わが身なりせば

〔883〕

守觉法亲王五十首歌合时奉咏

藤原隆信朝臣

生人也相问
松浦海岸[②]登船人
悲伤辞别难舍分

［原文］

たれとしも　知らぬ別かれの　悲しきは　松浦の沖を　出づる舟人

---

① 登莲法师：生卒年不详，平安末期高仓天皇时期人。“三十六歌仙”之一。有家集《登莲法师集》《登莲法师恋百首》。本书收录其和歌1首。

② 松浦海岸：位于佐贺县的松浦半岛沿岸一带，去中国的船在此出发。

〔884〕

登莲法师赴筑紫，咏别

俊惠法师

君在船上正漂流
我在家中双泪流
同然湿衣袖

［原文］

はるばると　君が分くべき　白波を　あやしやとまる　袖にかけつる

〔885〕

友人赴陆奥国，饯别咏歌

西行法师

我将抬头望
遥遥向东国①
与君共待黄昏月

［原文］

君いなば　月待つとても　ながめやらむ　あづまの方の　夕暮の空

〔886〕

去远方修行，告别亲友，咏歌

不知此去何时归

① 东国：此处指陆奥国。

却言何年何月回
聊可作安慰

[原文]

頼めをかむ　君も心や　慰むと　帰らむことは　いつとなくとも

〔887〕

一去再逢难
却非死别必回还
相约他日见

[原文]

さりともと　なほ逢ふことを　頼むかな　死出の山路を　越えぬ別かれは

〔888〕

赴远方，与师光[①]饯别

道因法师

蒙君来相送
人老体衰不可控
归期约定或落空

[原文]

帰り来む　ほどを契らむと　思へども　老いぬる身こそ　定めがたけれ

---

① 师光：源师光。

〔889〕

无题

皇太后宫大夫俊成

纵然是小别
无奈体衰弱
老泪涟涟难言说

［原文］

かりそめの　旅の別かれと　忍ぶれど　老いは涙も　えこそとどめね

〔890〕

祝部成仲

但愿三轮山①流转
能将往昔转眼前
逝者可回还

［原文］

別かれにし　人はまたもや　三輪の山　すぎにし方を　今になさばや

〔891〕

藤原定家朝臣

从此独寝孤零零
夜半泪袖照月影

① 三轮山：假名“やみわ”，山名，位于今奈良县樱井市三轮，和歌名胜。

不忘旧日情

［原文］

忘るなよ　宿るたもとは　変わるとも　かたみにしぼる　夜半の月影

〔892〕

友人赴外地，咏歌以赠

惟明亲王

依依踏行路

双双泪水湿衣服

露珠洒征途

［原文］

なごり思ふ　たもとにかねて　知られけり　別かるる旅の行くすゑの露

〔893〕

女友去筑紫、扇上绘月，赠别

佚名

怅然出帝京

从此仰望月儿明

遥寄幽思情

［原文］

都をば　心をそらに　出でぬとも　月見むたびに　思おこせよ

〔894〕

友人远行，咏歌以赠

大藏卿行宗

别路迢递在天边
请将尺素托鸿雁
勿忘报平安

［原文］

別れ路は　雲居のよそに　なりぬとも　そなたの風の　たより過ぐすな

〔895〕

友人远赴外地，赠其狩衣，咏歌

藤原显纲朝臣

狩衣颜色新
归时色浅情益深
勿忘赠衣人

［原文］

色深く　染めたる旅の　かりごろも　かへらむまでの　形見とも見よ

第十卷　羁旅歌[①]

〔896〕

和铜三年三月，自藤原宫迁至奈良宫[②]时，咏歌

元明天皇[③]

离开明日香[④]
郎君[⑤]所居处
从此遥遥不可望

［原文］

飛ぶ鳥の　あす香の里を　置きていなば　君があたりは　見えずかもあらむ

〔897〕

天平十二年[⑥]十月，伊势国[⑦]行幸时，咏歌

圣武天皇[⑧]

和歌松原[⑨]海潮退
眼前只只鹤鸟飞
心中念阿妹

［原文］

妹に恋ひ　和歌の松原　見わたせば　しほひのかたに　たづ鳴きわたる

〔898〕

在唐土[10]咏歌

山上忆良[11]

快回日本来
大伴御津[12]青松下
亲友翘首待

［原文］

いざこども　はや日の本へ　大伴の　御津の浜松　待ち恋ひぬらむ

〔899〕

无题

柿本人麻吕

乡间水路长漫漫

---

① 本卷《羁旅歌》，第896—989首，主要是旅行、旅愁之歌。

② 和铜三年(710年)，日本皇宫迁宫。奈良宫，即平城京。

③ 元明天皇：第43代女皇。养老元年(721年)驾崩，享年61岁。天智天皇的第四位皇女，草壁亲王之妃，文武、元正两帝的母亲。和铜三年(710年)将都城迁往平城。在位期间《古事记》《风土记》等编纂完成。本书收录其和歌1首。

④ 明日香：假名"あすのか"，地名，今奈良县高市郡明日香村一带。

⑤ 郎君：作者(元明天皇为女皇)喜爱的男子。

⑥ 天平十二年：公元740年。

⑦ 伊势国：古地名，相当于今三重县。

⑧ 圣武天皇：第45代天皇。天平胜宝八年(756年)驾崩，享年56岁。文武天皇的皇太子，天平胜宝元年让位削发皈依佛教。本书收录其和歌1首。

⑨ 和歌松原：伊势国的地名。

⑩ 作者曾于公元702年随同遣唐使粟田真人来华。

⑪ 山上忆良：约天平五年(733年)左右去世，享年大约70多岁。从五位下筑前守。大宝二年(702年)以遣唐少录身份渡唐。是《万叶集》的主要作者之一，编著有《类聚歌林》。本书收录其和歌1首。

⑫ 大伴御津：假名"おほとものみつ"，今大阪湾沿岸难波津一带。

行船终出明石湾[1]
大和[2]在眼前

[原文]

あまざかる　ひなの長路をこぎ来れば　明石の門より　大和島見みゆ

〔900〕

山间起大风
满山竹丛沙沙声
倍添思妻情

[原文]

笹の葉は　み山もそよに　みだるなり　われは妹思ふ　別かれ来ぬれば

〔901〕

太宰帅卸任，离开筑紫，咏歌

大纳言旅人[3]

在此回首看
筑紫遥遥不可见
白云挂西山

[原文]

ここにありて　筑紫やいづこ　白雲のたなびく　山の西にあ

① 明石湾：假名"あかしのと"，今兵库县明石市与淡路岛之间的海峡。
② 大和：大和国，今奈良县。
③ 大纳言旅人：大伴旅人。天平三年（731 年）卒，享年 67 岁。曾任从二位大纳言。是大纳言安麻吕之子，家持之父，《万叶集》的主要作者之一。本书收录其和歌 1 首。

るらし

〔902〕

无题

佚名

君行在远山
朝雾湿衣不曾干
山路独盘桓

［原文］

朝霧に　濡れにし衣　ほさずして　ひとりや君が　山路越こゆらむ

〔903〕

赴东国时，见浅间山[①]喷烟，咏歌

在原业平朝臣

信浓浅间山
初见喷烟心震撼
此地人人已见惯

［原文］

信濃なる　浅間の嶽に　立けぶり　をちこち人の　見やはとがめね

① 浅间山：火山，位于信浓国（今长野县）和上野国（今群马县）之间。

〔904〕

在骏河国宇津山[1]遇熟人，咏歌，
拜托其转致京城思念之人

骏河多遥远
相思相隔宇津山
梦里也难见

［原文］

駿河なる　宇津の山辺の　うつつにも　夢にも人に　逢はぬなりけり

〔905〕

延喜御时，屏风歌

纪贯之

旅路夕风寒
捣衣声声传耳边
寻声觅客栈

［原文］

草枕　夕風さむく　なりにけり　衣うつなる　宿やからまし

〔906〕

无题

悠悠飘云朵
遥看吊桥跨山壑

---

① 骏河国宇津山：地名，今静冈县宇津谷岭。

而今从头越

［原文］

白雲の　たなびきわたる　あしびきの　山のかけはし　けふや越えなむ

〔907〕

壬生忠岑

翻过佐夜之中山①

东路②遥遥京城远

天涯命难全

［原文］

あづまぢの　佐夜の中山　さやかにも　見えぬ雲居に　世をや尽くさん

〔908〕

歌赠来自伊势之友人

女御徽子女王

君仍恨我否?

正如古人问都鸟③

无奈音杳杳

---

① 佐夜之中山：佐夜（さや）的中山，位于今静冈县挂川市佐夜鹿。

② 东路：假名“あずまじ”，从京城去东国（东海道）的路。

③ 都鸟：假名“みやこどり”，来自京城的鸟，红嘴鸥（赤味鸥）的雅称。古人问都鸟，指的是《伊势物语》第九段所写，男子通过询问都鸟，表达对京城所爱女子的思念问候，都鸟自无回答。

［原文］

人をなほ　恨みつべしや　都鳥　ありやとだにも　問ふを聞かねば

〔909〕

无题

菅原辅昭①

相约今日回

荆妻待我今日会

无奈不可归

［原文］

まだ知らぬ　ふるさと人は　けふまでに　来んと頼めし　われを待つらむ

〔910〕

佚名

踏上猪名野②

有马山③上起夕雾

不见有住处

［原文］

しながどり　猪名野をゆけば　有馬山　夕霧たちぬ　宿はなくして

---

① 菅原辅昭：生卒年不详。天元五年(982年)出家。从三位式部大夫文时之子，道真的曾孙。本书收录其和歌1首。

② 猪名野：假名“いなの”，从今大阪府池田市到兵库县尼崎市猪名川沿岸一带。

③ 有马山：假名“ありまやま”，今兵库县神户市有马温泉附近的山的总称。

〔911〕

伊势海边大风浪
折取芦荻做寝床
伊人何凄凉

［原文］

神風の　伊勢の浜荻　折り伏せて　旅寝やすらん　荒き浜べに

〔912〕

亭子院出家，在多处山寺修行，我等侍奉在侧，至和泉国日根[①]，众人咏歌，我亦奉咏一首

橘良利[②]

出门日久未归乡
旅寝梦爹娘
托梦寄念想

［原文］

ふるさとの　旅寝の夢に　見えつるは　恨みやすらん　またと訪はねば

---

① 和泉国日根：和泉国的日根，今大阪府泉佐野市日根野。

② 橘良利：生卒年不详，宇多天皇时期人。任五位肥前掾，法名宽莲。本书收录其和歌 1 首。

〔913〕

见绘画上绘有信浓神坂，旅人于名曰“园原卧屋”[1]处，终夜伫立，有感咏歌

藤原辅尹朝臣

徒有屋之名
园原卧屋不能用
一夜伫立到天明

［原文］

立ちながら　今宵は明けぬ　园原や　伏屋といふもかひなかりけり

〔914〕

无题

御形宣旨[2]

出发自京都
仰首望越路
天空高邈见云居[3]

［原文］

都にて　越路の空を　ながめつつ　雲居といひし　ほどに来にけり

---

① 园原卧屋：原文为“園原伏屋”，假名“そのはらのふせや”。园原，今长野县下伊那郡阿智村。

② 御形宣旨：生卒年不详，花山天皇时期人。是斋院的侍女，源相职之女。与马内侍是远亲，与大贰高远、公任、朝光等人有和歌上的交往。有歌集《御形宣旨集》。本书收录其和歌 2 首，为第 914、1585 首。

③ 云居：假名“くもい”，云彩所在的地方，也指遥远之处。

〔915〕

入唐时，有问何时归，咏歌以答

法桥奝然[①]

海阔路迢迢
旅途无定如云飘
归期不可告

［原文］

たび衣　立ちゆく波路　遠ければ　いさ白雲の　ほども知られず

〔916〕

出游敷津[②]海岸，乘船，咏歌

实方朝臣

今夜在船上
敷津海路枕波浪
难以入梦乡

［原文］

舟ながら　今宵ばかりは　旅寝せん　敷津の浪に　夢は覚むとも

① 法桥奝然：俗姓藤原。长和五年（1016 年）圆寂。是第 51 代东大寺别当，法桥上人。入唐后带回了大藏经、释迦像等，于嵯峨建立清凉寺。本书收录其和歌 1 首。
② 敷津：假名“しきつ”，今大阪市浪速区一带。

〔917〕

去远方修行时，一位同伴僧人走失，欲返回岩屋寻找，遇一渔夫，告之曰："若见有修行僧，烦请将此物转交。"并咏歌

大僧正行尊

互寻互不遇
如若见到此渔夫
请告回原处

［原文］

わがごとく　われをたづねば　海人小舟　人もなぎさの　跡とこた答へよ

〔918〕

湖上泛舟，有人告知必有午后阵雨，咏歌

紫式部

天边积乌云
敢是阵雨将来临
小船撑不稳

［原文］

かきくもり　夕立つ浪の　荒ければ　浮きたる舟ぞ　しづ心なき

〔919〕

参拜天王寺时，借宿难波海边，咏歌

肥后①

时已近深更
风吹芦荡海浪鸣
不由生悲情

［原文］

さよ夜更けて　蘆のすゑこす　浦風に　あはれうちそふ　浪の音かな

〔920〕

旅情咏

大纳言经信

秋晓正旅寝
稻叶沙沙传风音
更听鹿长吟

［原文］

旅寝して　暁がたの　鹿の音に　いな葉をしなみ　秋風ぞ吹く

---

① 肥后：生卒年不详，平安末期人。肥后守藤原定成之女，曾侍奉过京极关白师实之妻丽子等人。根据所侍奉者不同，分别被称为京极关白家肥后、前斋院肥后、皇后宫肥后、二条太皇太后宫肥后等。有家集《肥后集》。本书收录其和歌5首，为第919、1265、1453、1929、1930首。

〔921〕

惠庆法师

我妻在旅途
身穿单衣服
夜半山风勿吹拂

［原文］

わぎも子が　たびねの衣　うすきほど　よきて吹かなん　よはの山風

〔922〕

后冷泉院御时，众公卿吟咏旅歌

左近中将隆纲①

山中人家住
芦苇葺顶一蓬屋
曲肱枕袖在旅途

［原文］

蘆の葉を　かり葺くしづの　山里に　衣かたしき　旅寝をぞする

---

① 左近中将隆纲：源隆纲。承保元年（1074年）卒，享年32岁。曾任参议正三位右近中将。隆纲是宇治大纳言隆国之子。本书收录其和歌1首。

〔923〕

主人[1]去世后，独自参拜初濑寺[2]，投宿时，人送来干草，谓可束草为枕，遂感慨咏歌

赤染卫门[3]

原本结伴行
岂料独伶仃
夜来泣泪冷清清

［原文］

ありし世の　旅は旅とも　あらざりき　ひとり露けき　草枕かな

〔924〕

堀河院百首歌合奉咏

权中纳言国信

夜雨湿山路
晨起登旅途
树上滴滴落雨珠

［原文］

山路にて　そをちにけりな　白露の　暁おきの　木々のしづくに

---

① 主人：作者的丈夫，大江匡衡。
② 初濑寺：又叫长谷寺，在今奈良县樱井市初濑町。
③ 赤染卫门：生年不详，长久二年（1041年）左右去世，享年80多岁。大隅守赤染时川之女，本为其母和前夫平兼盛所生。曾侍奉御堂关白道长之妻伦子和上东院彰子，后嫁于大江匡衡为妻。是“梨壶五歌仙”和“三十六歌仙”之一。有家集《赤染卫门集》。本书收录其和歌10首，分别是第923、1179、1491、1580、1687、1731、1819、1820、1972首。

〔925〕

大纳言师赖

旅人且周知
已是晓月西倾时
出发莫太迟

［原文］

草枕　たびねの人は　心せよ　ありあけの月も　かたぶきにけり

〔926〕

以“水畔旅馆”为题咏歌

源师贤①朝臣

不惯住水边
旅寝茅屋何寂然
屋外浪花喧

［原文］

いそなれぬ　心ぞたへぬ　旅寝する　蘆のまろやに　かかる白浪

〔927〕

在田上②时，咏歌

大纳言经信

旅途已觉茅屋寒

---

① 源师贤：永保元年（1081 年）卒，享年 47 岁。曾任正四位下左中弁，藏人头。师贤是兵部卿资通的次子，其母是藏人头赖光之女。祖祖辈辈都精通于和琴与歌谣，也被称为藤津弁。本书收录其和歌 1 首。

② 田上：地名，位于今滋贺县大津市田上。

但见水路运柴船
穿梭往返间

［原文］

たびねする　蘆の丸屋の　さむければ　爪木こりつむ　舟急ぐなり

〔928〕

无题

旅人斗笠戴
笠上落雪白
许是清早一路来

［原文］

み山路に　今朝や出でつる　旅人の　笠しろたへに　雪つもりつつ

〔929〕

以“旅宿雪”为题咏歌

修理大夫显季[①]

身铺松下茅草穗
投宿茅屋和衣睡
屋外雪纷飞

［原文］

松がねに　お花かりしき　よもすがら　かたしく袖に　雪は

① 修理大夫显季：藤原显季。卒于保安四年（1123年），享年69岁。曾任非参议正三位修理大夫。父亲是美浓守藤原隆经，“六条家歌学”的始祖。有家集《六条修理大夫集》。本书收录其和歌1首。

ふりつつ

〔930〕

在陆奥国时，八月十五夜，思回京城，
咏歌，赠大宫女房①

橘为仲朝臣

虽有风送音
相问却是不相闻
共睹秋月新

［原文］

見し人も　とふの浦風　音せぬに　つれなく澄める　秋の夜の月

〔931〕

在关护院②，以“羁中见月”为题咏歌

大江嘉言

离京日已久
几度望月几多愁
束草作枕头

［原文］

草枕　ほどぞ経にける　都出でて　くよか旅の　月に寝ぬらん

---

① 大宫女房：侍奉皇太后的女官，“大宫”是皇太后的尊称。
② 关护院：地名，在今京都府乙训郡大山町以南，是关隘的官舍。

〔932〕

守觉法亲王家五十首歌合奉咏，旅歌

皇太后宫大夫俊成

夏末玉江[1]割芦苇
一片萧然催人悲
晓月洒余辉

［原文］

夏かりの　蘆のかり寝も　あはれなり　玉江の月の　明け方の空

〔933〕

但愿重往回
再赏雄岛美
草屋门外浪花飞

［原文］

立ちかへり　またも来て見ん　松島や　雄岛のとま屋　浪に荒すな

〔934〕

藤原定家朝臣

海滨千鸟齐哀吟
敢是思故人?
望月忆兴津[2]

---

① 玉江：假名“たまえ”，越前国(今福井市浅水町)的一条江，以芦苇著称。
② 兴津：假名“おきつのはま”，今大阪市大津市的海滨。

［原文］

こと問へよ　思ひおきつの　浜千鳥　なくなく出でし　跡の月影

〔935〕

藤原家隆朝臣

海边浪花冷
野外露水凝
衣袖不干照月影

［原文］

野辺の　つゆ浦わの波を　かこちても　ゆくゑも知らぬ　袖の月影

〔936〕

旅歌

摄政太政大臣（藤原良经）

黎明赶路忙
晓月尤难忘
遥挂京城山巅上

［原文］

もろともに　出でし空こそ　忘られね　都の山の　ありあけの月

〔937〕

无题

西行法师

京城虽赏月

怎比旅途月儿明
遥寄思乡情

［原文］

都にて　月をあはれと　思ひしは　かずにもあらぬ　すさびなりけり

〔938〕

殷殷故乡子
相邀望月同相思
泪洒衣袖共此时

［原文］

月見ばと　契をきてし　ふるさとの　人もやこよひ　袖濡らすらむ

〔939〕

五十首歌合奉咏

藤原家隆朝臣

天明须越此山峰
此刻唯见月儿明
白云盘山顶

［原文］

明けばまた　越ゆべき山の　みねなれや　空行く月の　すゑの白雲

〔940〕

藤原雅经

佐夜中山月儿明
相约一同照月镜
得见乡人影

［原文］

ふるさとの　今日のおもかげ　さそひ来と　月にぞ契る　佐夜の中山

〔941〕

和歌所月十首歌合时，众人以“月前之旅”为题咏歌

摄政太政大臣(藤原良经)

别时相约勿相忘
今夕明月共观赏
如同返故乡

［原文］

忘れじと　契りて出でし　おもかげは　見ゆらむものを　ふるさとの月

〔942〕

旅歌

前大僧正慈圆

旅行在东国
夜半遥望西天月
心语欲与家人说

［原文］

東路の　夜半のながめを　語らなむ　都の山に　かかる月影

〔943〕

以"海滨数夜"为题咏歌

越前

伊势海滨荻作床
旅情遥遥对月亮
夜夜听海浪

［原文］

いくよかは　月を哀と　ながめきて　波におりしく　伊勢の浜荻

〔944〕

百首歌合时奉咏

宜秋门院丹后

八十险滩与激流
颠簸行船舟
伊势海滨多旅愁

［原文］

知らざりし　八十瀬の浪を　分けすぎて　かたしく物は　伊勢の浜荻

〔945〕

无题

前中纳言匡房

芦荡梭行船
寒风阵阵听鸣雁
似要讨衣衫

［原文］

風さむみ　伊勢の浜荻　わけゆけば　衣かりがね　波に鳴くなり

〔946〕

权中纳言定赖

不惯宿海边
草枕芦席心难安
涛声惹人烦

［原文］

いそなれで　心もとけぬ　こもまくら　あらくなかけそ　水の白浪

〔947〕

百首歌合奉咏

式子内亲王

外出已日久
此后行程须几宿

岩代[①]茅草充枕头

［原文］

行くするゑは　いま幾夜とか　いはしろの　岡のかや根に　まくら結ばむ

〔948〕

雄岛海边枕
浪花如泪湿衣襟
漉漉似渔人

［原文］

松が根の　雄島がいその　さ夜まくら　いたくな濡れそ　海人の袖かは

〔949〕

一千五百番歌合奉咏

皇太后宫大夫俊成女

山路铺苔藓
茵茵如绿席
几夜披露望晨曦

［原文］

かくしても　明かせばいくよ　過ぎぬらむ　山路の苔の　露のむしろに

---

① 岩代：假名“いはしろ”，旧地名，相当于今福岛县西部。

〔950〕

旅行歌

权僧正永缘

白云浮眼前
深山野径步履艰
日已落西山

［原文］

白雲の　かかる旅寝も　ならはぬに　深かき山路に　日は暮れにけり

〔951〕

以“暮望行客”为题咏歌

大纳言经信

草原夕阳下
踽踽独行侠
不知借宿在谁家

［原文］

夕日さす　あさぢが原の　旅人は　あはれいづくに　宿をかるらむ

〔952〕

摄政太政大臣家歌合①，“羁中晚风”为题咏之

藤原定家朝臣

山上大风呼

---

① 摄政太政大臣家歌合：藤原良经家歌合，正治元年(1199 年)冬举办。

眼见日将暮
不知何处可借宿

［原文］

いづくにか　今宵はやどを　かり衣　日も夕暮の　みねのあらしに

〔953〕

旅歌

旅人行山道
衣袖翻卷秋风啸
夕阳照浮桥

［原文］

旅人の　袖ふき返す　秋風に　夕日さびしき　山のかけはし

〔954〕

藤原家隆朝臣

思乡难入梦
佐渡中山听夜风
不似故乡声

［原文］

ふるさとに　聞きしあらしの　声もにず　忘れね人を　佐夜の中山

〔955〕

藤原雅经

头上白云翻
风吼衣袖卷
不知已越几重山

［原文］

白雲の　いくへのみねを　越えぬらむ　なれぬ嵐に　袖をまかせて

〔956〕

源家长

荒山野径间
且行且探又一天
不知月亮出何山

［原文］

けふはまた　知らぬ野原に　行き暮れぬ　いづれの山か　月は出づらむ

〔957〕

和歌所歌合，以“羁中暮”为题

皇太后宫大夫俊成女

黄昏风飕飕
眼前筱原[1]添旅愁

① 筱原：假名“しのはら”，矮竹丛生的野地。

此时故乡也是秋

［原文］

ふるさとも　秋は夕べを　形見とて　風のみ送くる　小野の篠原

〔958〕

藤原雅经

远山似近山
浅间山上飘炊烟
踯躅问客栈

［原文］

いたづらに　立つや浅間の　夕けぶり　里問ひかぬる　をちこちの山

〔959〕

宜秋门院丹后

思乡情难禁
念念京城晴或阴
眺望天边云

［原文］

都をば　天つ空とも　聞かざりき　なにながむらむ　雲のはたてを

〔960〕

藤原秀能

旅宿卧草枕
空中初雁声声闻
愿能问候故乡人

［原文］

草まくら　夕べの空を　人問はば　鳴きても告げよ　初雁の声

〔961〕

旅之心

藤原有家朝臣

头枕新割草
辗转难眠露难消
一夜亦难熬

［原文］

ふしわびぬ　しのの小笹の　かりまくら　はかなの露や　一夜ばかりに

〔962〕

石清水歌合[①]，旅宿狂风咏

夜宿佐夜中山上
忽遇大风狂

---

① 石清水歌合：建仁元年(1201年)召开的歌合。

似要吹掀岩石床

［原文］

岩が根の　とこに嵐を　かたしきて　ひとりや寝なむ　佐夜の中山

〔963〕

行旅歌

藤原业清[①]

又是近黄昏

何处投宿看缘分

夜夜新识店主人

［原文］

たれとなき　宿の夕を　契りにて　かはるあるじを　いく夜訪ふらむ

〔964〕

羁旅夕暮咏

鸭长明

原野赶行脚

又是一天黄昏到

不知今夜枕何草

［原文］

まくらとて　いづれの草に　契るらむ　行くをかぎりの　野

① 藤原业清：生卒年不详，后鸟羽天皇时期人。曾任正五位下山城守。是皇后宫少进良清之子。本书收录其和歌 2 首，为第 963、1522 首。

辺の夕暮

〔965〕

东国途中咏歌

民部卿成范[①]

飞驰草原上
勒马不时回头望
身后是故乡

［原文］

道のべの　草の青葉に　駒とめて　なほ故郷を　かへりみるかな

〔966〕

九月，参拜初濑寺，咏歌

禅性法师[②]

越过初濑[③]是三轮[④]
投宿不知向谁问
秋风吹桧林

［原文］

はつせやま　夕越えくれて　宿問へば　みわの檜原に　秋風ぞ吹く

---

① 民部卿成范：藤原成范，本名成宪，也称樱町中纳言。卒于文治三年(1187年)，享年53岁。正二位中纳言，民部卿。本书收录其和歌1首。
② 禅性法师：俗姓藤原。生卒年不详，大约生活在后鸟羽天皇时代。仁和寺的僧督。前左近中将公重之子。本书收录其和歌1首。
③ 初濑：假名“はつせやま”，初濑山。
④ 三轮：假名“みわ”，地名，今奈良县樱井市穴师一带。

〔967〕

行旅歌

藤原秀能

寂寞独旅寝
床山[①]宿处秋夜深
但听松风在悲吟

［原文］

さらぬだに　秋の旅寝は　かなしきに　松に吹くなり　とこの山風

〔968〕

摄政太政大臣家歌合奉咏，秋旅

藤原定家朝臣

因幡[②]山上秋风悲
家人莫言待我归
怀乡心疲惫

［原文］

忘れなむ　待つとな告げそ　なかなかに　因幡の山の　みねの秋風

---

① 床山：假名“とこのやま”，又作“鳥籠山”。据考证，盖指今滋贺县彦根市的正法寺山。

② 因幡：假名“いなば”，山名，位于今鸟取县东部。

〔969〕

百首歌合奉咏，行旅歌

藤原家隆朝臣

邂逅清见潟①
匆匆只一夜
晓云波浪两相别

［原文］

契らねど　ひと夜は過ぎぬ　清見潟　浪にわかるる　あかつきの雲

〔970〕

一千五百番歌合奉咏

思乡末松山
殷殷待归常相盼
泪流滂沱袖不干

［原文］

ふるさとに　頼めし人も　末の松　待つらむ袖に　波や越すらむ

〔971〕

歌合②奉咏，旅情

入道前关白太政大臣（藤原兼实）

日日望京心寂寞

---

① 清见潟：假名“きよみがた”，地名，今静冈县清水市东部兴津海岸。
② 歌合：指治承二年（1179年）十月举办的歌合。

唯见海浪一波波
别情无寄托

［原文］

日をへつつ　都しのぶの　浦さびて　波よりほかの　おとづれもなし

〔972〕

堀河院御时百首歌合奉咏，行旅歌

藤原显仲[①]朝臣

颠沛流离人
借住象潟[②]渔民村
夜夜享旅寝

［原文］

さすらふる　我身にしあれば　きさかたや　あまのとま屋にあまたたび寝ぬ

〔973〕

入道前关白家百首歌合奉咏，旅之心

皇太后宫大夫俊成

难波渔家住
和衣睡在芦柴屋
不禁泪簌簌

---

① 藤原显仲：卒于大治四年（1129 年），享年 71 岁。权中纳言资仲第三子，是《良玉集》的作者。本书收录其和歌 1 首。

② 象潟：假名“きさかた”，地名，今秋田县由利郡象潟町。作为风景名胜地，曾与松岛齐名，文化元年（1804 年），因地震被埋没。

［原文］

難波人　蘆火たく屋に　宿かりて　すずろに袖の　しほたるるかな

〔974〕

述怀百首之一，行旅歌

僧正雅缘[①]

翻山歇在此
折来山草作床寝
后来宿者知我心

［原文］

また越えむ　人も泊らば　あはれ知れ　わが折り敷ける　峰の椎柴

〔975〕

无题

前右大将赖朝[②]

山下一路行
富士喷烟看不清
难见天气晴

① 僧正雅缘：俗姓源。贞应二年（1213 年）圆寂，享年 86 岁。与福寺僧官之一。久我内大臣雅通之子，土御门内大臣通亲之弟。本书收录其和歌 1 首。

② 前右大将赖朝：源赖朝。建久十年（1199 年）卒，享年 53 岁。任正二位权大纳言，征夷大将军。是义朝之子。1192 年开创镰仓幕府，开始武家幕府统治时代。本书收录其和歌 2 首，为第 975、1786 首。

[原文]
道すがら　富士の煙も　分かざりき　晴るるまもなき　空のけしきに

〔976〕

皇太后宫大夫俊成

世间多苦悲
筱原旅途身疲惫
梦中见阿妹

[原文]
世の中は　憂きふししげし　篠原や　旅にしあれば　妹夢に見ゆ

〔977〕

一千五百番歌合奉咏

宜秋门院丹后

都鸟已离家
人若问及都城事
不知如何答

[原文]
おぼつかな　都に住まぬ　都鳥　言問ふ人に　いかがこたへし

〔978〕

参拜天王寺途中忽遇急雨，欲在江口借宿，
遭店主拒，咏歌

西行法师

远离世间去

子然行苦旅
借宿一晚竟不许

[原文]

世の中を　いとふまでこそ　かたからめ　仮のやどりをも惜しむ君かな

〔979〕

返歌

游女妙[①]

尘世既厌离
此处客栈不留你
恳请勿介意

[原文]

世をいとふ　人とし聞けば　仮の宿に　心とむなと　思ふばかりぞ

〔980〕

和歌所，众朝臣咏旅歌时，奉咏

藤原定家朝臣

衣袖未拂动
等待吹来海上风
传通阿妹情

[原文]

袖に吹け　さぞな旅寝の　夢も見じ　思ふ方より　通よふ浦風

---

① 游女妙：返歌作者的假托名。

〔981〕

藤原家隆朝臣

一路无人拦
宇津山上无山关
但愿旅梦也相连

[原文]

旅寝する　夢路はゆるせ　宇津の山　関とは聞かず　守る人もなし

〔982〕

诗歌合奉咏，以“山路秋行”为题

藤原定家朝臣

未闻京城捣衣声
此时宇津夕霜冷
藤树道上行

[原文]

都にも　いまやころもを　宇津の山　夕霜はらふ　つたのした道

〔983〕

鸭长明

翻越宇津高山脊
月亮自来照我衣
泪水一滴滴

[原文]

袖にしも　月かかれとは　契りおかず　涙は知るや　宇津の

山ごえ

〔984〕

前大僧正慈圆

立田山行旅
万叶飘红似阵雨
泅红泪水一掬掬

［原文］

立田山　秋ゆく人の　袖を見よ　木々の梢は　しぐれざりけり

〔985〕

百首歌合奉咏，旅歌

修悟入佛殿
心中了然无牵绊
亦无故乡可怀恋

［原文］

悟りゆく　まことの道に　入ぬれば　恋しかるべき　故郷もなし

〔986〕

参拜初濑寺，归途夜宿飞鸟川畔，咏歌

素觉法师①

明日归故乡

① 素觉法师：俗名藤原家基。生卒年不详，大约生活在崇德天皇时代。从五位下刑部少辅。刑部少辅家光之子。本书收录其和歌 2 首，分别是第 986、1956 首。

飞鸟川溪匆升降
深浅照如常

［原文］

故郷へ　帰らむことは　あすか川　渡らぬさきに　淵瀬たがふな

〔987〕

去往东国时，咏歌

西行法师

老朽尚苟延
跃跃欲试意再翻
佐夜之中山

［原文］

年たけて　また越ゆべしと　思ひきや　命なりけり　佐夜の中山

〔988〕

旅歌

匆匆快脚步
衣袖拂落草上露
思乡旅人在归途

［原文］

思ひ置く　人の心に　したはれて　露分くる袖の　かへりぬるかな

〔989〕

参拜熊野神社，咏旅歌

太上天皇(后鸟羽院)

山上风张狂
眼见骤雨降
想必京城夜寒凉

［原文］

見るままに　山風あらく　しぐるめり　都もいまは　夜寒なるらむ

第十一卷　恋歌・一[①]

〔990〕

无题

佚名

葛城高间山
遥见白云悬山巅
可望不可攀

［原文］

よそにのみ　見てややみなむ　葛城や　高間の山の　みねの白雲

〔991〕

吉野瀑布浪花溅
只闻其名未曾见
一见泪涟涟

［原文］

音にのみ　ありと聞きこし　み吉野の　瀧はけふこそ　袖におちけれ

〔992〕

柿本人麻吕

草庵结山坡
熊熊驱蚊火

似我恋心正焦灼

［原文］

あしひきの　山田もる庵に　おくか火の　下こかれつつ　わか恋ふらくは

〔993〕

石上布留早稻田

悄然秀穗苗株间

浑似人暗恋

［原文］

いその神　布留のわさ田の　ほには出てず　心のうちに　恋ひやわたらむ

〔994〕

咏歌赠女子

在原业平朝臣

紫草染衣花色繁

恋心也缭乱

不知何时得排遣

［原文］

春日野の　若紫の　すり衣　しのふの乱れ　かぎり知られず

---

① 本卷《恋歌·一》，第990—1080首，主要表现恋爱初期的躁动感。

〔995〕

歌赠中将更衣[①]

延喜

紫色颜色深
卿如染料泅我心
恋恋情无尽

［原文］

むらさきの　色に心は　あらねども　ふかくぞ人を　思ひそめつる

〔996〕

无题

中纳言兼辅

泉川流水分瓮原[②]
隔在两边不得见
恋心如涌泉

［原文］

みかの原　わきて流るる　いずみ川　いつ見きとてか　恋ひしかるらむ

---

① 中将更衣：女子的官名称呼。据考，乃藤原伊衡之女。
② 瓮原：假名“みかのはら”，地名，今京都府相乐郡加茂町。

〔997〕

平贞文家歌合[1]奉咏

坂上是则

茅舍有帚木[2]
远观似有近却无
可望不可触

［原文］

そのはらや　ふせ屋におふる　帚木の　ありとは見えて　あはぬ君かな

〔998〕

回复一女子书信，并赠歌

藤原高光

经年苦恋得垂青
今日空中驭长风
为我递衷情

［原文］

年を経て　思ふ心の　しるしにぞ　空もたよりの　風は吹きける

① 平贞文家歌合：平贞文是平好风之子，此次歌合举办于延喜五年(905 年)。
② 帚木：一种草本植物，扫帚草，隐喻恋情。《源氏物语》第二卷用作卷名。

〔999〕

咏歌初赠九条右大臣[①]之女

西宫前左大臣[②]（源高明）

年月徒增进
纵然怀真忧
不知如何动芳心

［原文］

年月は　わが身にそへて　すぎぬれど　思ふ心の　ゆかずもあるかな

〔1000〕

返歌

大纳言俊贤之母[③]

若非相互表心志
不知暗恋到何时
只是君不知

［原文］

もろともに　あはれといはずは　人知れぬ　とはず語りをわれのみやせむ

---

① 九条右大臣：藤原师辅。其女后来成为作者源高明之妻，大纳言俊贤之母。详见523页注①。

② 西宫前左大臣：源高明，也被称为西宫殿、帅殿等。天元五年（982年）卒，享年69岁。曾任正二位左大臣，左少将。是醍醐天皇的第十一皇子，村上天皇、兼明亲王的兄弟，延喜二十年（920年）被赐姓源氏降为臣子。著有《西宫记》、家集《西宫左大臣御集》。本书收录其和歌3首，为第999、1418、1818首。

③ 大纳言俊贤之母：卒年不详。九条右大臣师辅之女，西宫左大臣源高明之妻。本书收录其和歌1首。

〔1001〕

天历御时歌合①奉咏

中纳言朝忠②

恋心难自制
深藏不露君不知
隐忍到几时

［原文］

人つてに　知らせてしがな　隠れぬの　水ごもりにのみ　恋ひやわたらむ

〔1002〕

咏歌赠初识女子

太宰大贰高远

如水淹石垣
真情不得见
思泪涟涟成河川

［原文］

水ごもりの　沼の岩垣　つつめども　いかなるひまに　ぬるるたもとぞ

① 天历御时歌合：天历，村上天皇时代的年号。此次歌合指天德四年（960年）村上天皇主持的歌合。

② 中纳言朝忠：藤原朝忠。卒于康保三年（966年），享年57岁。曾任从三位中纳言。“三十六歌仙”之一。有家集《权中纳言朝忠卿集》。本书收录其和歌1首。

〔1003〕

歌赠某女

谦德公①

眼泪扑簌簌
衣袖掩面遮人目
遮也遮不住

［原文］

から衣　袖に人めは　つつめども　こぼるるものは　涙なりけり

〔1004〕

左大将朝光送来舞姬五人及侍女，见之咏歌

前大纳言公任

丰明节会初相见
面影常浮现
从此不忘念红颜

［原文］

天つ空　とよのあかりに　見し人の　なほ面影の　しひて恋ひしき

① 谦德公：藤原伊尹，也被称为一条摄政。卒于天禄三年(972 年)，享年 49 岁。正二位摄政太政大臣。是九条右大臣师辅的长子，藤原兼通、兼家之兄。参与《万叶集》的训点和《后撰集》的敕撰。有家集《一条摄政御集》。本书收录其和歌 10 首，分别是第 1003、1005、1020、1021、1038、1150、1174、1237、1355、1422 首。

〔1005〕

某女态度冷淡，咏歌寄赠

谦德公

与卿相隔逢坂关①
若是新年去相见
我须先逾关

［原文］

あらたまの　年にまかせて　見るよりは　われこそ越えめ　逢坂の関

〔1006〕

堀河关白②来信，问我居住何处，咏歌以答

本院侍从③

家址何需问
某君若是真有心
自然来找寻

［原文］

わが宿は　そこともなにか　教ふべき　いはでこそ見め　尋ねけりやと

① 逢坂关：在和歌中，“逢坂”的“逢”常作男女“相逢”之“逢”的双关语（掛詞）。

② 堀河关白：藤原兼通。

③ 本院侍从：生卒年不详，村上天皇、圆融天皇时期人。是曾侍奉过村上天皇皇后安子和女御徽子女王的侍女。有家集《本院侍从集》。本书收录其和歌1首。

〔1007〕

返歌

忠义公[①]

恋火熊熊烧
天涯海角任尔到
依然要寻找

［原文］

わが思ひ　空の煙と　なりぬれば　雲居ながらも　なほ尋ねてむ

〔1008〕

无题

纪贯之

富士山巅烟氤氲
经久不灭看似云
熊熊似恋心

［原文］

しるしなき　煙を雲に　まがへつつ　世をへて富士の　山と燃えなむ

〔1009〕

清原深养父

恋情不似富士烟

---

① 忠义公：藤原兼通。贞元二年（977 年）卒，享年 53 岁。曾任从一位关白太政大臣。是九条右大臣师辅的次子，是谦德公伊尹之弟，朝光之父。也被称为堀河关白。本书收录其和歌 1 首。

默默相思不敢言
独自泪涟涟

［原文］

烟たつ　思ひならねど　人しれず　わびては富士の　ねをのぞ泣く

〔1010〕

致某女

藤原惟成①

室八岛上起夕烟
飘在我心间
风吹更缭乱

［原文］

風ふけば　室の八島の　ゆふ煙　こころの空に　立ちにけるかな

〔1011〕

致信某女子时，得知一同僚上司也与之通信，遂咏此歌

藤原义孝②

白云萦绕三笠山③

---

① 藤原惟成：卒于永祚元年（989年），享年37岁。正五位上藏人，权左中弁。右少弁雅材之子。与花山院同时出家，法名悟妙。有家集《惟成弁集》。本书收录其和歌5首，分别是第1010、1182、1347、1419、1426首。

② 藤原义孝：天延二年（974年）卒，因染天花而早夭，享年21岁。曾任正五位下右近少将。是一条摄政伊尹（谦德公）的第四子，权大纳言行成之父。"三十六歌仙"之一。著有家集《义孝集》。本书收录其和歌2首，为第1011、1113首。

③ 三笠山：假名"みかさのやま"，山名，也是皇宫近卫府的异称。作者时任近卫府少将。

同在山里面
缘何共时两缠绵

[原文]

白雲の　峰にしもなど　かよふらむ　同じ三笠の　山のふもとを

〔1012〕

无题

和泉式部

伊吹①山风寒
今日某君仍冷淡
我又何必再痴缠

[原文]

今日もまた　かくや伊吹の　さしも草　さらばわれのみ　もえやわたらむ

〔1013〕

源重之

筑波②山险仍可攀
人目虽多不避嫌
想见只需见

[原文]

筑波山　端山しげ山　しげけれど　思ひいるには　さはらざ

---

① 伊吹：假名“いぶき”，山名，位于今枥木市吹上町。
② 筑波：假名“つくば”，山名，位于今茨城县中部。

りけり

〔1014〕

知某女又与其他男子有染，咏歌

大中臣能宣朝臣

纵然芳心在别处
可否为我淹留路
悄悄通于汝

［原文］

われならぬ　人にこころ　筑波山　下に通はん　道だにやなき

〔1015〕

咏歌赠初恋女子

大江匡衡朝臣

暗恋心潮翻
恰如山脚涌清泉
汩汩不可堰

［原文］

人知れず　思ふ心は　あしびきの　山した水の　わきやかへらむ

〔1016〕

隔物远观一女子，咏歌

清原元辅

观樱在雾中

不由心儿怦然动
只惜太匆匆

［原文］

にほふらん　かすみのうちの　桜花　思ひやりても　惜しき春かな

〔1017〕

与一女子相识数年，仍难亲近，春暮咏歌之

能宣朝臣

远观花缤纷
过往淡淡只相问
不知今年可逢春

［原文］

いく返り　咲き散る花を　ながめつつ　もの思ひくらす　春に逢ふらむ

〔1018〕

无题

凡河内躬恒

相思不得见
惟愿深山飞初雁
匆匆望一眼

［原文］

奥山の　峰飛び越ゆる　初雁の　はつかにたにも　見てややみなむ

〔1019〕

亭子院①

卿如春阳行天涯
逍遥无牵挂
何复顾其他②

［原文］

大空を　わたる春日の　影なれや　よそにのみして　のどけかるらむ

〔1020〕

正月，风雨之日，歌赠一女子

谦德公

阵阵春风吹
声声催思泪
川上冰融心也碎

［原文］

春風の　吹くにもまさる　なみだかな　わが水上も　氷とくらし

---

① 亭子院：宇多天皇。第59代天皇。承平元年(931年)崩，享年65岁。光孝天皇的第七皇子，让位后于昌泰二年(899年)出家，法名空理、金刚觉。也被称为亭子院和宽平法皇。曾在朱雀院和亭子院主办歌合，被称为“亭子院歌合”，是歌合史上的盛事。有御集《亭子院御集(宽平御集)》。本书收录其和歌2首，为第1019、1181首。

② 该首和歌选自《大和物语》第四十八节。言宇多天皇在位时，有一位被更衣(地位次于女御的宫女)回娘家探亲，迟迟不回，天皇作此歌寄送。

〔1021〕

一女子屡屡见信不回，咏歌致之

鸟儿凫水不留迹
从此一去无音息
忧心难自已

［原文］

水の上に　浮きたる鳥の　跡もなく　おぼつかなさを　思ふころかな

〔1022〕

无题

曾祢好忠

山坡白雪深
偶见雪间绿芽伸
从此落心魂

［原文］

片岡の　雪間に根さす　わか草の　ほのかに見てし　人ぞ恋ひしき

〔1023〕

二月许，受一男子委托，咏歌致久不回信之女子

和泉式部

虽云情未笃
只语片言若赐吾
私心亦知足

［原文］

跡をだに　草のはつかに　見てしがな　結ぶはかりの　ほどならずとも

〔1024〕

无题

藤原兴风

鸻鸟踏霜不着痕
远飞杳无音
令我思泪湿衣襟

［原文］

霜のうへに　跡ふみつくる　浜千鳥　ゆくゑもなしと　ねをのみぞ泣く

〔1025〕

中纳言家持

露珠附萩枝
直至消融时
暗暗苦恋竟不知

［原文］

秋萩の　枝もとををに　置く露の　けさ消えぬとも　色にいでめや

〔1026〕

藤原高光

秋风又吹来
萩枝缭乱万叶衰
唯有下叶[1]色不改

［原文］

秋風に　乱れてものは　思へども　萩のした葉の　いろは変らず

〔1027〕

咏歌，并附忍草之红叶，寄赠某女

花园左大臣（源有仁）

忍草不再忍
绿叶变红恋情深
以此表真心

［原文］

わが恋ひも　今はいろにや　出でなまし　軒のしのぶも　紅葉しにけり

〔1028〕

和歌所歌合，以“久忍恋”为题咏歌

摄政太政大臣（藤原良经）

石上布留有古杉

① 下叶：原文“した葉”，花草树木下方的叶子，相对于“上葉（うわば）”而言。

沐雨含泪一年年
绿叶色不变

［原文］

いそのかみ　ふるの神杉　ふりぬれど　いろには出でず　露も時雨も

〔1029〕

北野宫歌合[①]，咏“忍恋之心”

太上天皇（后鸟羽院）

槙木落雨水
上叶雨珠下叶坠
似我衣袖落眼泪

［原文］

わが恋ひは　まきの下葉に　もる時雨　濡るとも袖の　いろに出でめや

〔1030〕

百首歌合奉咏

前大僧正慈圆

秋雨难改松枝绿
痴心难动冰冷心
葛原冷风咏

［原文］

わが恋ひは　松を時雨の　染めかねて　真葛がはらに　風さ

---

① 北野宫歌合：元久元年（1204年）十一月举办的歌合。北野宫，即京都的北野神社。

わぐなり

〔1031〕

自家歌合咏歌，夏恋之心

摄政太政大臣（藤原良经）

林中蝉悲吟
声声透出痴恋心
湿袖漉漉惹人问

［原文］

うつせみの　鳴く音やよそに　もりの露　ほしあへぬ袖を　人の問ふまで

〔1032〕

寂莲法师

飞舞萤火虫
衣袖难遮笼
恋情四溢无言中

［原文］

思ひあれば　袖にほたるを　つつみても　いはばや物を　問ふ人はなし

〔1033〕

于水无濑，群臣以“久恋”为题咏歌

太上天皇（后鸟羽院）

年月复重重

相见总在期待中
今日又是夕暮空

［原文］

思つつ　経にける年の　かひやなき　ただあらましの　夕暮の空

〔1034〕

百首歌合奉咏，忍恋

式子内親王

久恋不语人
薄命如丝已难抻
无力再隐忍

［原文］

玉の緒よ　絶えなば絶えね　ながらへば　忍ぶることの　弱りもぞする

〔1035〕

每近黄昏心更痴
多少日月思恋时
唯我心自知

［原文］

忘れては　うち嘆かるる　ゆふべかな　われのみ知りて　過ぐる月日を

〔1036〕

泪流满寝床
独自暗恋总情伤

夜夜枕黄粱

［原文］

わが恋ひは　知る人もなし　堰く床の　涙もらすな　つげの小枕

〔1037〕

百首歌合奉咏，忍恋

入道前关白太政大臣（藤原兼实）

思恋秘不宣
唯恐人知有闲言
暗地流泪心难安

［原文］

忍ぶるに　心のひまは　なけれども　なほ漏るものは　涙なりけり

〔1038〕

冷泉院为皇太子时，我与宫中一女官相识，
到其习字处示好，咏歌赠之

谦德公（藤原伊尹）

卿虽情意轻
我心却笃定
日久必会见真情

［原文］

つらけれど　恨みんとはた　思ほえず　なほゆくさきを　たのむ心に

〔1039〕

返歌

佚名

天要下雨随天气
人若相爱由自己
不必着痕迹

［原文］

雨もこそは　たのまば漏らめ　たのまずは　思はぬ人と　見てをやみなん

〔1040〕

无题

纪贯之

风吹波浪起
浪花拍打海石矶
泣泪常湿衣

［原文］

風ふけば　とはに波越す　磯なれや　わが衣手の　かはく時なき

〔1041〕

道信朝臣

须磨①渔人水湿衣②

---

① 须磨：假名“すま”，地名，今神户市西部海岸一带，古来以荒凉著称。
② 水湿衣：暗示“泪湿衣”。

此前听之不关己
如今心戚戚

［原文］

须磨の海人の　波かけ衣　よそにのみ　聞くはわが身に　なりにけるかな

〔1042〕

受一男子委托，送一某女香荷包，并咏歌

三条院女藏人左近①

下水塘衣袖淋淋
欲探菖蒲根多深
有否似我心

［原文］

沼ごとに　袖ぞ濡れぬける　あやめ草　心に似たる　根をもとむとて

〔1043〕

五月五端午节，咏歌寄赠马内侍

前大纳言公任

佳节已久等
杜鹃出山欲初鸣
今日如何表心声？

---

① 三条院女藏人左近：生卒年不详。曾侍奉圆融院的皇后媓子（堀河院的中宫），是"三十六歌仙"之一。有家集《小大君集》。本书收录其和歌3首，分别是第1042、1156、1489首。

［原文］

ほととぎす　いつかと待ちし　あやめくさ　今日はいかなる音にか鳴くべき

〔1044〕

返歌

马内侍

嘈杂梅雨间
空中徒然鸣杜鹃
心音何须辨

［原文］

五月雨は　空おぼれする　ほととぎす　時に鳴く音は　人もとがめず

〔1045〕

兵卫佐[①]在任时，五月许，委婉咏歌，赠人

法成寺入道前摄政太政大臣[②]

听得杜鹃鸣
何处花枝托倩影
致信相问战兢兢

---

① 兵卫佐：官名，兵卫府次官。

② 法成寺入道前摄政太政大臣：藤原道长。万寿四年（1027 年）卒，享年 62 岁。是东三条入道关白兼家的第五子，道隆之弟，赖通、赖宗、长家、彰子、妍子等人的父亲，师实的祖父。1016 年摄政，1017 年任太政大臣，迎来藤原家族在宫廷的全盛时期。宽仁三年（1019 年）出家，法名行观，后为行觉。也被称为御堂殿、法成寺殿。著有日记《御堂关白记》，家集《御堂关白集》。本书收录其和歌 5 首，为第 1045、1483、1568、1711、1927 首。

［原文］

ほととぎす　声をば聞けと　花の枝に　まだふみなれぬ　物をこそ思へ

〔1046〕

返歌

马内侍

杜鹃轻声鸣
柏木[1]林中静
君若有心侧耳听

［原文］

ほととぎす　忍ふるものを　柏木の　もりても声の　聞こえけるかな

〔1047〕

有人问“听得杜鹃否？”咏歌以答

此处孤零零
杜鹃有声不见影
伤心泪盈盈

［原文］

こころのみ　空になりつつ　ほととぎす　人頼めなる　音こそ泣かるれ

---

① 柏木：假名“かしはぎ”，皇宫卫门的异称。在此似暗指曾任兵卫作的藤原道长。

〔1048〕

无题

伊势

熊野[1]海水流
渐行渐远一叶舟
隔海添离愁

［原文］

み熊野の　浦よりをちに　ごく舟の　われをばよそに　へだてつるかな

〔1049〕

难波海边矮芦丛
棵棵相近难相拥
惟觉世间空

［原文］

なにはがた　短き蘆の　ふしの間も　逢はでこの世を　過ぐしてよとや

〔1050〕

柿本人麻吕

野外狩猎时
心神不在枹树枝
恋情如火炽

---

① 熊野：假名“くまの”，纪伊半岛南部、熊野滩沿岸一带。

［原文］

み狩りする　狩場の小野の　なら柴の　なれはまさらで　こひぞまされる

〔1051〕

无题

佚名

虽云“有度滨”①
无人渡来空荡漾
夜夜梦波浪

［原文］

有度浜の　うとくのみやは　世をば経む　波のよるよる　逢ひ見てしがな

〔1052〕

东路到尽头
正是常陆②结带③时
不能结带愿结识

［原文］

東路の　道の果てなる　常陸帯の　かことばかりも　あはむとぞ思ふ

---

① 有度滨：假名“うどはま”，今静冈县清水市的三保至久能山一带的海岸。度，通“渡”。

② 常陆：指常陆国（今茨城县）。

③ 结带：带，即“常陆带（ひたちおび）”。常陆国鹿岛神社祭祀日，男女把自己相思的人的名字写在带子上供在神前，神官将带子结在一起。

〔1053〕

浊江水难清
惟愿江水照倩影
聊慰相思情

［原文］

濁の江の　すまんことこそ　かたからめ　いかでほのかに　影を見せまし

〔1054〕

冬叶雨来骤
情思缠绵绕心头
泪水湿衣袖

［原文］

しぐれ降る　冬の木の葉の　かはかずぞ　もの思ふ人の　袖はありける

〔1055〕

隔川音声传
不如渡过音羽川①
来与我相见

［原文］

ありとのみ　音に聞きつつ　音羽川　渡たらば袖に　影も見えなむ

〔1056〕

谁人可预见

---

① 音羽川：假名“おとはがわ”，京都市东南部的一条河流。

山树叶翻卷
恋心冷却复再燃

［原文］

水茎の　岡の木の葉を　吹き返へし　たれかは君を　恋ひむと思し

〔1057〕

惟愿鸻鸟踩我衣
相见难得情难已
盼君赐笔迹

［原文］

わが袖に　跡ふみつけよ　浜千鸟　あふこと難し　見てもしのばむ

〔1058〕

从某女处回，即见雪花飘落

中纳言兼辅

冬夜泪袖冷
霜上加雪冰难融
可叹君心不为动

［原文］

冬の夜の　涙にこほる　わが袖の　心とけずも　見ゆる君かな

〔1059〕

无题

藤原元真

水塘覆坚冰
夜深鸳鸯一声鸣
孤影叹伶仃

［原文］

霜こほり　心もとけぬ　冬の池に　夜ふけてぞ鳴く　鴛の一声

〔1060〕

泪水在奔涌
浮身漂流泪川中
恋火却熊熊

［原文］

涙川　身も浮くばかり　流るれど　消えぬは人の　思ひなりけり

〔1061〕

致某女

实方朝臣

久米桥[1]上行
路桥中断恋梦醒
绵绵不了情

［原文］

いかにせむ　久米路の橋の　なかぞらに　渡しもはてぬ　身

① 久米桥：假名“くめじ”，指半中断的路。日本民间故事中按神命铺设却没有完工的石桥，比喻半途而废。

とやなりなむ

〔1062〕

某女送来一包杉树籽，遂咏歌

送杉籽者是谁人
未访三轮杉树林
遥遥感君心

［原文］

たれぞこの　三輪の檜原も　知らなくに　心の杉の　われを尋ぬる

〔1063〕

无题

小弁

难波草屋烟火冒
虽不言表心难熬
恋火胸中烧

［原文］

わが恋ひは　いはぬばかりぞ　難波なる　蘆の篠屋の　下にこそ焚け

〔1064〕

伊势

恋情正咆哮
如同海上狂风啸

波涛拍荒礁

［原文］

わが恋ひは　荒磯の海の　風をいたみ　しきりに寄する　波の間もなし

〔1065〕

咏歌赠人

藤原清正

须磨渔人烧盐草①
火蒸又火烤
恋火煎心倍难熬

［原文］

须磨の浦に　海人のこりつむ　藻塩木の　からくも下に　燃えわたるかな

〔1066〕

无题

源景明②

情思总不断
白浪阵阵扑海岸
涌来涌去皆徒然

---

① 烧盐草：原文“藻塩木(もしほぎ)，将海中含盐分的海藻集中起来，用木头加以焚烧，以从中取盐。

② 源景明：生卒年不详，约生活于平安中期一条天皇时代。从五位下长门守。大藏大辅源兼光之子。本书收录其和歌 1 首。

［原文］

あるかひも　なぎさに寄する　白波の間なく　もの思ふ　わが身なりけり

〔1067〕

纪贯之

山川水湍湍
处处碰壁水花溅
恋心破碎难复圆

［原文］

あしひきの　山下たぎつ　岩波の　心くだけて　人ぞ恋ひしき

〔1068〕

山下绿茵茵
郁郁葱葱草深深
此时最思君

［原文］

あしひきの　山下しげき　夏草の　深くも君を　思ふころかな

〔1069〕

坂上是则

夏野深草掩野径
牡鹿不知何处行
迷路又迷情

［原文］

をじか伏す　夏野の草の　道をなみ　しげき恋路に　まどふころかな

〔1070〕

曾祢好忠

夜半驱蚊烟火闷
浑似心中恋火焚
默默强自忍

［原文］

文遣火の　さ夜ふけがたの　下こがれ　くるしやわが身　人知れずのみ

〔1071〕

情迷心意乱
犹如小船桨绳断
由良[1]港外徒盘桓

［原文］

由良の門を　渡る舟人　梶を絶え　ゆくゑも知らぬ　恋の道かも

〔1072〕

鸟羽院御时，众公卿以“风送恋歌”为题咏歌

权中纳言师时[2]

远海现船帆

---

① 由良：假名“ゆら”，和歌山县日高郡由良町由良港。
② 权中纳言师时：全名源师时。保延二年（1136年）卒，享年60岁。曾任正（转下页）

祈风送船到近岸
得以识红颜

［原文］

追ひ風に　八重の潮路を　ゆく舟の　ほのかにだにも　逢ひ見てしがな

〔1073〕

百首歌合时奉咏

摄政太政大臣（藤原良经）

海上风潮骤
由良港外颠小舟
桨断随波流

［原文］

梶を絶え　由良の湊に　寄る舟の　たよりも知らぬ　おきつ潮風

〔1074〕

无题

式子内亲王

海上舟行无迹寻
恋路行过不留痕
愿风指迷津

（接上页）三位权中纳言，太皇太后宫权大夫。是堀河左大臣俊房的次子，师赖之弟、师俊之兄。著有《长秋记》。本书收录其和歌1首。

［原文］

しるべせよ　跡なき波に　こぐ舟の　ゆくゑも知らぬ　やへの潮風

〔1075〕

权中纳言长方

纪伊国[①]海滩
偶把美玉拣
惟愿有幸遇红颜

［原文］

纪の国や　由良の湊に　拾ふてふ　たまさかにだに　逢ひ見てしがな

〔1076〕

法性寺入道前关白太政大臣家歌合奉咏

权中纳言师俊[②]

泥土之下扎芦根
一眼难辨薄情人
饮泪暗伤心

［原文］

つれもなき　人の心の　うきにはふ　蘆の下根の　ねをこそは泣け

---

① 纪伊国：又作“纪国”，假名“きのくに”，旧地名，今和歌山县。

② 权中纳言师俊：源师俊。永治元年（1141年）卒，享年62岁。曾任从三位权中纳言，皇后宫权大夫。是堀河左大臣俊房之子，师赖、师时之弟。本书收录其和歌1首。

〔1077〕

和歌所歌合，咏“忍恋”

摄政太政大臣(藤原良经)

我如海上飘零人
无缘相聚定有因
已是老朽身

［原文］

難波人　いかなる江にか　朽ちはてむ　あふことなみに　身をつくしつつ

〔1078〕

以“隐名恋”为题咏歌

皇太后宫大夫俊成

海草一团团
名草滨[①]上难分辨
寻寻觅觅人不见

［原文］

海人の刈る　みるめを波に　まかへつつ　名草の浜を　尋ねわびぬる

〔1079〕

无题

相模

相思未相处

---

① 名草滨：假名“なぐさのはま”，名草山山麓一带海岸，今和歌山市和歌浦东南方。

相处如何措手足
浑似渔人下滩涂

［原文］

逢ふまでの　みるめかるべき　かたぞなき　まだ波なれぬ　磯の海士人

〔1080〕

在原业平朝臣

请问芳草何处有
如何划钓舟
如何寻见能聚首

［原文］

みるめ刈る　かたやいづくぞ　棹さして　われに教へよ　海人の釣舟

第十二卷　恋歌·二[①]

〔1081〕

五十首歌合奉咏，寄云恋[②]

皇太后宫大夫俊成女

心中恋火熄
悲恋熔化青烟里
飘忽到天际

［原文］

下燃もえに　思ひ消えなむ　煙だに　あとなき雲の　はてぞかなしき

〔1082〕

摄政太政大臣家百首歌合[③]奉咏，初恋

藤原定家朝臣

渔人烧盐烟火燃
飘入空中乱一团
初恋心熬煎

［原文］

なびかじな　海人の藻塩火　たきそめて　煙は空に　くゆりわぶとも

〔1083〕

咏于百首歌合[④]，恋歌

摄政太政大臣（藤原良经）

渔人袖常湿
以袖拭泪泪不止
不解情缘到何时

［原文］

恋ひをのみ　须磨の浦人　藻塩たれ　ほしあへぬ袖の　はてを知らばや

〔1084〕

恋歌

二条院赞岐

海草随波流
看似水下飘泪袖
奄奄行将朽

［原文］

みるめこそ　入りぬるいその　草ならめ　袖さへ波の　下に朽ちぬる

---

① 本卷《恋歌 · 二》，第1081—1148首，主要表现单恋、暗恋之苦恼。
② 寄云恋：原文"寄雲恋"，意即将恋情恋心托于云朵（云彩）。
③ 摄政太政大臣家百首歌合：建久四年（1193年）在藤原良经府邸举办的歌合。
④ 百首歌合：正治二年（1200年）后鸟羽院主持的歌合。

〔1085〕

经年之恋，咏歌

源俊赖朝臣

为君献我身
好似鸣海[①]楸树[②]林
经年迎浪听海音

［原文］

君恋ふと　鳴海の浦の　浜ひさぎ　しほれてのみも　年をふるかな

〔1086〕

忍恋[③]

前太政大臣（藤原赖实）

山间落叶深
难掩叶下溪水音
忍恋何以忍

［原文］

知るらめや　木の葉ふりしく　谷水の　岩間にもらす　下の心を

---

① 鸣海：假名“なるみ”，地名，鸣海潟海岸一带，今名古屋市绿区鸣海町。
② 楸：楸树，日语又写作“久木”，寓意“久”。
③ 忍恋：有暗恋之意，也有隐忍之意。

〔1087〕

任左大将时、在家举办百首歌合，忍恋咏

摄政太政大臣（藤原良经）

时雨降云峰
雨滴悄声染叶红
忍恋藏心中

［原文］

漏らすなよ　雲ゐる峰の　はつ時雨　木の葉は下に　色変わるるとも

〔1088〕

恋歌之一

后德大寺左大臣藤原实定

岩瀬山[①]下有水泉
隐身流贯绿草间
默默如忍恋

［原文］

かくとだに　思ふ心を　いはせ山　下ゆく水の　草がくれつつ

〔1089〕

殷富门院大辅

挡水岂能用栅栏
恋心岂可久不宣

---

① 岩瀬山：假名“いはせやま”，山名，位于今奈良县境内。

实难藏心间

［原文］

漏らさばや 思ふ心を さてのみは えぞ山城の 井手のしがらみ

〔1090〕

忍恋之心

近卫院①

忍恋实难忍

愿能一言表真心

不再避外人

［原文］

恋ひしとも いはば心の ゆくべきに くるしや人目 つつむ思ひは

〔1091〕

“见而不宣之恋”咏

花园左大臣（源有仁）

见面却难言

泣泪盈双眼

爱恋默默藏心间

［原文］

人知れぬ 恋ひにわが身は 沈めども 見る目に浮くは 涙

① 近卫院：第76代天皇。久寿二年（1155年）驾崩。鸟羽天皇的第六皇子。本书收录其和歌1首。

なりけり

〔1092〕

无题

神祇伯显仲[1]

暗暗凄苦恋
心中熬煎口不言
泣泪常流袖难干

［原文］

もの思ふと　いはぬばかりは　忍ぶとも　いかがはすべき　袖のしづくを

〔1093〕

忍恋之心

藤原清辅朝臣

信夫山[2]下爬藤蔓
痴情总被寡情掩
隐忍在心间

［原文］

人知れず　くるしき物は　しのぶ山　下はふくずの　恨みなりけり

---

① 神祇伯显仲：源显仲。卒于保延四年(1138 年)，享年 75 岁。曾任非参议从三位神祇伯。是六条右大臣显房次子，久我太政大臣雅实之弟，权中纳言国信之兄，待贤门院堀河等人之父。本书收录其和歌 2 首，分别是第 1092、1554 首。

② 信夫山：“信夫”与“忍恋”的“忍”同音，为双关语。

〔1094〕

和歌所歌合奉咏，忍恋之心

藤原雅经

但愿信夫山巅云
卷我忍恋心
荡然不留痕

［原文］

消えねただ　しのぶの山の　峰の雲　かかる心の　跡もなきまで

〔1095〕

一千五百番歌合奉咏

左卫门督通光

信夫山麓落叶中
片片透微红
忍恋难忍现面容

［原文］

かぎりあれば　しのぶの山の　ふもとにも　落葉がうへの　露ぞ色づく

〔1096〕

二条院赞岐

渔人结绳缆
舟船遥遥两相牵
相连难相见

［原文］

うちはへて　くるしきものは　人目のみ　しのぶの浦の　海人のたく縄く

〔1097〕

和歌所歌合奉咏，以“忍恋增情”为题

春宫大夫公继

山溪围堰水益增
爱恋隐忍情更浓
且忍在心中

［原文］

忍ばじよ　石間づたひの　谷川も　瀬をせくにこそ　水まさりけれ

〔1098〕

无题

信浓

纵是不来见
山溪兀自水涓涓
水花泪花袖上溅

［原文］

人もまだ　ふみ見ぬ山の　いはがくれ　ながるる水を　袖にせくかな

〔1099〕

西行法师

不思人间事
独步在山岩
但恋万物大自然

［原文］

はるかなる　岩のはざまに　ひとりゐて　人目思はで　物の思はばや

〔1100〕

并非有意绝尘埃
有情却被无情待
自怨复自艾

［原文］

数ならぬ　心のとがに　なしはてじ　知らせてこそは　身をも恨みめ

〔1101〕

水无濑十五首恋歌歌合[1]奉咏，夏之恋

摄政太政大臣（藤原良经）

葱葱夏草深
求偶牡鹿正逡巡
草露摇落寂无音

---

① 水无濑十五首恋歌歌合：建仁二年（1202 年）九月，后鸟羽院在水无濑离宫主持的歌合。

［原文］

草深かき　夏野分けゆく　さ牡鹿の　音をこそたてね　露ぞこぼるる

〔1102〕

入道前关白右大臣在任时、令众人咏
百首歌，遂咏“忍恋”

太宰大贰重家

看似泣泪叹来世
实为人间伤心事
襟袖常濡湿

［原文］

のちの世を　嘆く涙と　いひなして　しぼりやせまし　すみぞめの袖

〔1103〕

大纳言成通致书某女，诉说来世遗恨云

佚名

与君通鸿雁
来世遗恨何须谈
只求君问安

［原文］

たまづさの　かよふばかりに　なぐさめて　後の世までの　恨み残すな

〔1104〕

前大纳言隆房任中将时，右近卫府之马场[①]试射弓矢之日，某女自观赏车中送出和歌一首

自古有前例[②]
含情凝望引知己
念念在心里

［原文］

ためしあれば　ながめはそれと　知りながら　おぼつかなきは　心なりけり

〔1105〕

返歌

前大纳言隆房

未言心已牵
请问如何可相见
恋路在哪边

［原文］

いはぬより　心やゆきて　しるべする　ながむる方を　人の問ふまで

---

① 马场：骑马的练习场。

② 自古有前例：指《伊势物语》中第九十九段所写："右近卫府马场骑射之日，对面一辆车的帘子中，有一女子露出脸来，向旁边的一位中将咏歌……"

〔1106〕

一千五百番歌合奉咏

左卫门督通光

相思心慵倦
惆怅总无端
仰望夕暮云飘然

［原文］

ながめわび　それとはなしに　物ぞ思ふ　雲のはたての　夕暮の空

〔1107〕

雨天、咏歌赠某女

皇太后宫大夫俊成

恋心实难耐
遥望远方君所在
云蒸春雨来

［原文］

思ひあまり　そなたの空を　ながむれば　かすみを分けて　春雨ぞ降る

〔1108〕

咏于“水无濑十五首恋歌歌合”

摄政太政大臣（藤原良经）

山人麻衣织线疏
久别不逢在远处

杉枝结草屋

［原文］

山がつの　あさのさ衣　をさをあらみ　あはで月日や　すぎ葺ける庵

〔1109〕

“欲表恋心”咏

藤原忠定①

暗恋默不言
门不推开难见山
隐忍到何年

［原文］

思へども　いはで月日は　すぎの門　さすがにいかが　忍び果つべき

〔1110〕

“百首歌合”奉咏

皇太后宫大夫俊成

居远相见难
夜半竹丛露摇散
庵内泪潸潸

［原文］

あふことは　かた野の里の　笹の庵　しのに露ちる　夜はの

① 藤原忠定：康元元年（1256 年）卒，享年 69 岁。曾任参议正二位。是大纳言兼宗的长子。本书收录其和歌 1 首。

床かな

〔1111〕

入道前关白任右大臣时举办百首歌合，“忍恋”咏

竹叶常结露
思泪常沾襟
湿袖难以示于人

［原文］

散らすなよ　しのの葉草の　かりにても　露かかるべき　袖のうへかは

〔1112〕

无题

藤原元真

若问袖上是何物
看似玉或露
串串皆泪珠

［原文］

白玉か　露かと問はむ　人もがな　もの思ふ袖を　さして答へむ

〔1113〕

咏歌赠某女

藤原义孝

不知生死在何时

却为苦恋作情痴
悲叹不可止

［原文］

いつまでも　命もしらぬ　世の中に　つらき嘆きの　やまずもあるかな

〔1114〕

崇德院百首歌合时奉咏

大炊御门右大臣[①]

期盼年年空
两根屋梁各西东
相恋难相拥

［原文］

わが恋ひは　千木の片そぎ　難くのみ　ゆきあはで年の　積りぬるかな

〔1115〕

入道前关白家百首歌合奉咏，“不遇之恋”咏

藤原基辅朝臣[②]

渔人烧藻盐
袅袅起青烟
人不相见心熬煎

---

① 大炊御门右大臣：藤原公能。卒于永历二年（1161 年），享年 47 岁。正二位右大臣。权大纳言实能之子。本书收录其和歌 1 首。

② 藤原基辅：生卒年不详，后鸟羽天皇时期人。任正四位下右马权头。是修理大夫赖辅之孙。本书收录其和歌 1 首。

［原文］

いつとなく　塩焼く海人の　とまびさし　久しくなりぬ　逢はぬ思ひは

〔1116〕

夕恋咏

藤原秀能

海边烧藻盐
夕烟四散似流言
情难断绝心难安

［原文］

藻塩焼く　海人の磯屋の　夕煙　立つ名もくるし　思ひ絶えなで

〔1117〕

海边之恋

藤原定家朝臣

须磨海边游
习习潮风吹衣袖
惜不手上留

［原文］

须磨の海人の　袖に吹きこす　しほ風の　なるとはすれど手にもたまらず

〔1118〕

摄政太政大臣家歌合奉咏

寂莲法师

永不相逢徒相爱
莫如树木河中埋
至朽无人睬

［原文］

ありとても　逢はぬためしの　名取川　朽ちだにはてね　瀬々の埋木

〔1119〕

咏于一千五百番歌合

摄政太政大臣（藤原良经）

不必叹命苦
名取川里多埋木[①]
至朽不复出

［原文］

嘆かずよ　今はた同じ　名取川　瀬々の埋れ木　朽ちはてぬとも

〔1120〕

百首歌合奉咏

二条院赞岐

内心涌情恋

---

① 埋木：假名“うもれぎ”，埋在河底、地表下的树木，阴沉木。

滔滔汩汩成泪川
衣袖何以拦

［原文］

涙川　たぎつ心の　はやき瀬を　しがらみかけて　せく袖ぞなき

〔1121〕

摄政太政大臣主持百首歌合奉咏

高松院右卫门佐①

纵然冷眼瞅
看我红泪染衣袖
能不知我愁?

［原文］

よそながら　あやしとだにも　思へかし　恋ひせぬ人の　袖の色かは

〔1122〕

恋歌

佚名

思泪难忍时
请托衣袖来拂拭
人莫视我为情痴

［原文］

忍びあまり　落つる涙を　せきかへし　おさふる袖よ　うき

① 高松院右卫门佐：生卒年不详。是曾经侍奉二条天皇的中宫高松院（鸟羽天皇的皇女姝子内亲王）的侍女。本书收录其和歌1首。

名もらすな

〔1123〕

入道前关白太政大臣家歌合奉咏

道因法师

衣袖色斑斓
定是红泪染
问君泪海有无边

［原文］

くれなゐに　涙の色の　なりゆくを　いくしほまでと　君に問はばや

〔1124〕

百首歌合之一

式子内亲王

依稀梦中见
思而不得徒悲叹
彻夜泣泪湿衣衫

［原文］

夢にても　見ゆらんものを　なげきつつ　うちぬるよゐの袖のけしきは

〔1125〕

梦见某女，咏歌

后德大寺左大臣藤原实定

与君喜相逢

醒来方知原是梦
一见难忘情

［原文］

覚めてのち　夢なりけりと　思ふにも　逢ふはなごりの　をしくやはあらぬ

〔1126〕

一千五百番歌合奉咏

摄政太政大臣（藤原良经）

魂牵又梦绕
挥之不去何烦恼
但愿芳影如梦消

［原文］

身にそへる　その面影の　消えななん　夢なりけりと　忘するばかりに

〔1127〕

无题

大纳言实宗[1]

梦中见伊人
伊人漠漠难相近
醒来泣泪湿袖襟

---

① 大纳言实宗：藤原实宗。卒于建历二年（1212 年），享年 64 岁。正二位内大臣。是权大纳言公通之子，公经之父。本书收录其和歌 1 首。

［原文］

夢のうちに　逢ふとみ見つる　寝覚めこそ　つれなきよりも袖はぬれけれ

〔1128〕

五十首歌合奉咏

前大纳言忠良

相约来幽会
如今草枯谢芳菲
路上落叶堆

［原文］

頼めおきし　浅茅がつゆに　秋かけて　この葉ふりしく　宿の通路

〔1129〕

以“隔河忍恋”为题咏歌

正三位经家[1]

羞赧难言说
遥指那天上银河
勿忘秋有约

［原文］

忍びあまり　天の川瀬に　ことよせむ　せめては秋を　忘れ

① 正三位经家：藤原经家。于承元二年（1208 年）出家，或卒于次年，享年 61 岁。曾任非参议正三位。是太宰大贰重家的长子，显家、有家等人的长兄，家衡之父。跟随清辅学习人麿画像，传承“六条家歌学”之正统。本书收录其和歌 2 首，为第 1129、1948 首。

だにすな

〔1130〕

远隔重山之恋

贺茂重政[①]

相约再相见
远在天外几重山
隔云翘首盼

［原文］

頼めても　はるけかるべき　かへる山　いくへの雲の　うちに待つらん

〔1131〕

摄政太政大臣家百首歌合奉咏

中宫大夫家房[②]

何日相见不知晓
直如伊吹山上草
野火熊熊烧

［原文］

逢ふことは　いつと伊吹の　峰に生ふる　さしも絶えせぬ　思なりけり

---

① 贺茂重政：生卒年不详，约生活于后鸟羽院时代。重保之子，季保之兄。本书收录其和歌 1 首。

② 中宫大夫家房：藤原家房。卒于建久七年(1196 年)，享年 30 岁。曾任从二位权中纳言中宫大夫。是松殿摄政基房之子。本书收录其和歌 1 首。

〔1132〕

藤原家隆朝臣

思念如火燎
堪比富山[①]烟袅袅
直上九重霄

［原文］

富士のねの　煙もなほぞ　たちのぼる　上なきものは　思ひなりけり

〔1133〕

有名无实之恋

权中纳言俊忠

立田山上云不起
默默思恋在心底
对空长太息

［原文］

なき名のみ　立田の山に　たつ雲の　ゆくゑも知らぬ　ながめをぞする

〔1134〕

百首歌合奉咏，恋歌

惟明亲王

念人不见人

---

① 富士：指富士山，假名“ふじ”，圆锥状活火山，位于静冈县与山梨县之间。

眼望空中飘浮云
渺渺似我身

［原文］

逢ふことの　むなしきそらの　浮雲は　身を知る雨の　たよりなりけり

〔1135〕

右卫门督通具

浮云飘飘无所终
相恋何时可相逢
终老一场空

［原文］

わが恋ひは　逢ふをかぎりの　頼みだに　ゆくゑも知らぬ　空の浮雲

〔1136〕

水无濑恋歌十五首歌合奉咏、春恋之心

皇太后宫大夫俊成女

月影又照人
春来不似往年春
思之泪沾襟

［原文］

面影の　かすめる月ぞ　やどりける　春やむかしの　袖のなみだに

〔1137〕

冬恋

藤原定家朝臣

泪花洒枕畔
霜泪难消命苦短
与君结缘难

［原文］

とこの霜　まくらの氷　消えわびぬ　むすびも置かぬ　人のちぎりに

〔1138〕

摄政太政大臣家百首歌合奉咏，晓恋

藤原有家朝臣

人情冷淡如月亮
徒有光亮却寒凉
冷月不堪赏

［原文］

つれなさの　たぐひまでやは　つらからぬ　月をもめでじ有明の空

〔1139〕

众臣于宇治，以“夜恋”为题咏歌，奉咏一首

藤原秀能

心中恋何人
引来月光照衣襟

愿君来问询

［原文］

袖のうへに　たれゆゑ月は　やどるぞと　よそになしても人の問へかし

〔1140〕

久恋咏

越前

手中长丝线

经年挂牵不中断

爱恋结心田

［原文］

夏引の　手引きの系の　年へても　絶えぬ思に　むすぼほれつつ

〔1141〕

咏于自家百首歌合，“祈恋之心”

摄政太政大臣（藤原良经）

贵舟川[①]上起波澜

漉漉湿袖衫

浪花飞溅似情恋

［原文］

いく夜われ　波にしほれて　貴舟川　袖に玉散る　もの思ふ

① 贵舟川：假名“きふねがわ”，河川名，位于京都市左京区，流经贵舟山和鞍马山之间的一条河。贵舟山上有贵舟神社。

らん

〔1142〕

藤原定家朝臣

多年期盼竟成空
初濑山上传钟声
听之如旧梦

［原文］

年もへぬ　いのる契りは　初瀬山　尾上の鐘の　よその夕暮

〔1143〕

片恋

皇太后宫大夫俊成

自己尚且厌自己
我甘遭君来嫌弃
两心方合一

［原文］

うき身をば　われだにいとふ　いとへただ　そをだにおなじ心と思はむ

〔1144〕

无题

权中纳言长方

暗恋不欲生
莫如舍命去相逢

何惧留浮名

［原文］

恋ひ死なむ　おなじうき名を　いかにして　あふにかへつと人にいはれむ

〔1145〕

殷富门院大辅

何日可相逢
夜夜期盼到深更
唯有听天命

［原文］

あす知らぬ　命をぞ思ふ　をのづから　あらばあふよを　待つにつけても

〔1146〕

八条院高仓

人心硗薄情寡淡
漠然似空蝉[①]
我身如何变

［原文］

つれもなき　人の心は　空蝉の　むなしき恋ひに　身をや替へてむ

---

① 空蝉：假名“うつせみ”，蝉蜕，蝉蜕之后的空壳。

〔1147〕

西行法师

命固不足惜
荀延于世为知己
愿君知我情与意

［原文］

なにとなく　さすがに惜しき　命かな　あり経ば人や　思ひ知るとて

〔1148〕

黑夜待晓晨
有人若能知我心
我可无遗恨

［原文］

思ひ知る　人ありけりの　世なりせば　つきせず身をば　恨みざらまし

第十三卷　恋歌・三[1]

〔1149〕

与中关白[2]初交时咏歌

仪同三司母[3]

初见定情缘
难保他日心不变
不如今日结死恋

［原文］

忘れじの　ゆく末までは　かたければ　今日を限りの　命ともがな

〔1150〕

与某女悄悄幽会于某地，翌晨分别，咏歌相赠

谦德公

一夜同衾枕
绵绵无尽情意深
难忘难别在今晨

［原文］

かぎりなく　結び置きつる　草枕　いつこのたびを　思ひ忘れむ

〔1151〕

无题

在原业平朝臣

爱恋难自已
与君一见心欢喜
愿舍命来抵

[原文]

思ふには　忍ぶることぞ　まけにける　逢ふにしかへば　さもあらばあれ

〔1152〕

与某女幽会，翌晨咏歌以赠

廉义公[4]

昨日相逢不顾命
今日别后更惜情
有命便思卿

[原文]

昨日まで　あふにしかへばと　思ひしを　けふは命の　惜しくもあるかな

---

① 本卷《恋歌·三》，第1149—1233首，主要表现男女初恋感受、夜间幽会、晨起分别、相见相聚不易等种种复杂微妙的情感。

② 中关白：藤原道隆，作者之丈夫。

③ 仪同三司母：高阶贵子，又称高内侍。卒于长德二年(996年)。从三位从二位成忠之女，中关白藤原道隆之妻，生有伊周(伊同三司)、一条院皇后定子、隆家等。本书收录其和歌1首。

④ 廉义公：藤原赖忠。永延三年(989年)卒，享年66岁。任从一位关白太政大臣，追赠正一位。是小野宫实赖(清慎公)的次子，贞信公忠平之孙，公任之父。本书收录其和歌1首。

〔1153〕

百首歌合奉咏

式子内亲王

殷殷相期盼
夜夜无眠泪湿衫
今日得相见

[原文]

逢ふことを　けふまつが枝の　たむけ草　いく夜しほるる　袖とかは知る

〔1154〕

任头中将[①]时，与五节所[②]舞姬搭讪，寻得其家，咏歌

源正清[③]朝臣

今日来找寻
一路山高蔓草深
露珠湿衣襟

[原文]

恋ひしさに　けふぞ尋ぬる　奥山の日かげの露に　袖は濡れつつ

---

① 头中将：藏人头（藏人所的长官），并兼任近卫中将。

② 五节所："五节"指宫中大尝会、新尝会等场合举办的五人舞蹈，"五节所"是管理此事的机构。

③ 源正清：长保二年（1000 年）左右卒，享年约 65 岁。曾任正四位下左中将，春宫亮、摄津守。是醍醐天皇的皇子有明亲王之子。本书收录其和歌 1 首。

〔1155〕

无题

西行法师

若为相见命可赌
孰料见后苦更苦
后悔有当初

［原文］

あふまでの　命もがなと　思ひしは　くやしかりける　わが心かな

〔1156〕

三条院女藏人左近

佻薄人情淡
如同狩衣颜色浅
颜色常改变

［原文］

人ごころ　うす花染めの　かりごろも　さてだにあらで　色や変らむ

〔1157〕

藤原兴风

相见且相拥
可惜草草又匆匆
莫如在梦中

[原文]

逢ひ見ても　かひなかりけり　うばたまの　はかなき夢におとるうつつは

〔1158〕

实方朝臣

相见未尽欢
夜来寝难安
只怕梦中也孤单

[原文]

なかなかの　もの思ひ初めて　ねぬる夜は　はかなき夢もえやは見えける

〔1159〕

咏歌，致悄悄来幽会者

伊势

当心出呓言
共枕之事勿外传
何况枕臂眠

[原文]

夢とても　人に語るな　知るといへば　たまくらならぬ　枕だにせず

〔1160〕

无题

和泉式部

春风一夜度枕畔
枕飞衣乱人尽欢
勿与外人言

［原文］

枕だに　知らねばいはじ　見しままに　君語るなよ　春の夜の夢

〔1161〕

与人初识

马内侍

今宵尽欢恍如梦
匆匆睡梦醒
勿与他人道此情

［原文］

忘れても　人に語るな　うたた寝の　ゆめみてのちも　長らじ世を

〔1162〕

歌赠某女

藤原范永朝臣

冷淡多少年
一夜重聚两相欢

转瞬弃前嫌

［原文］

つらかりし　多くの年は　わすられて　ひと夜の夢を　あはれとぞ見し

〔1163〕

无题

高仓院

初识即迷恋
今朝再越逢坂山
伐木助薪燃

［原文］

今朝よりは　いとど思ひを　焚きまして　なげきこりつむ　逢坂の山

〔1164〕

初会初恋咏

源俊赖朝臣

虽出蓬门人高贵
衣带易解情纯粹
一见坦心扉

［原文］

蘆の屋の　しづはた帯の　片結び　心やすくも　うち解くるかな

〔1165〕

无题

佚名

伏见野外合一身
以露相濡草为枕
切勿告于人

［原文］

かりそめに　伏見の野べの　草枕　露かかりきと　人に語るな

〔1166〕

听闻秘交之男将我私信外传，遂咏歌

相模

奈何风吹葛叶翻
寒露抖落一串串
我情何以堪

［原文］

いかにせん　葛のうらふく　秋風に　した葉の露の　かく隠れなき身を

〔1167〕

无题

藤原实方朝臣

伫立在门外

二见浦[①]上浪涌来
长夜难明门难开[②]

［原文］

あけがたき　二見の浦に　寄るなみの　袖のみ濡れて　沖つ島人

〔1168〕

伊势

兴兴来幽会
孰料一夜闭门扉
怏怏扫兴归

［原文］

逢ふことの　明けぬ夜ながら　明けぬれば　われこそ返れ　心やはゆく

〔1169〕

九月十日后，长夜，叩和泉式部家门，不应，翌晨咏歌

太宰师敦道亲王[③]

漫漫秋夜长
门前独彷徨
残月将尽人惆怅

---

① 二见浦：假名“ふたみのうら”，今兵库县丰冈市城崎的圆山川河口附近的海岸，和歌名胜。

② 据作者藤原实方《实方集》记载，此首和歌是作者在女方家门口彻夜伫立时所咏。

③ 太宰师敦道亲王：宽弘四年（1007年）殁，享年27岁。是三品太宰师冷泉天皇第四子。与和泉式部的恋爱广为人知，相关内容在《和泉式部日记》中多有描写。本书收录其和歌1首。

［原文］

秋の夜の　ありあけの月の　入るまでに　やすらひかねて帰りにしかな

〔1170〕

无题

道信朝臣

魂落情更痴
无果而返归途时
郁郁身欲死

［原文］

心にも　あらぬわが身の　ゆきかへり　道の空にて　消えぬべきかな

〔1171〕

咏歌，赐近江更衣①

延喜

天晓兴未尽
朝露凝时两相分
惜别命欲殒

［原文］

はかなくも　明けにけるかな　朝露の　おきてののちぞ　消えまさりける

---

① 近江更衣：更衣源周子。详见520页注①。

〔1172〕

返歌

更衣源周子[①]

朝露消又凝
起身别君似舍命
依依不了情

［原文］

朝露の　おきつる空も　思ほえず　消えかへりつる　心まどひに

〔1173〕

无题

圆融院

凝露复消融
泪水流尽身空空
奄奄命将终

［原文］

置きそふる　露やいかなる　露ならむ　今は消えねと　思ふわが身を

〔1174〕

谦德公

如同菊上露

① 更衣源周子：也称近江更衣。卒于承平六年(936 年)。是醍醐天皇的更衣，右大弁源唱之女，左大臣源高明之母。本书收录其和歌 1 首。

一夜相聚难永驻
备尝相思苦

［原文］

思ひいでて　今は消ぬべし　よもすがら　おきうかりつる菊のうへの露

〔1175〕

清慎公

被拒在门外
彻夜抱衣独徘徊
而今传说变实在

［原文］

うばたまの　夜の衣を　たちながら　かへる物とは　今ぞ知りぬる

〔1176〕

夏，夜深深静夜，与某女幽会，咏歌

藤原清正

依依缠绵间
最恨夜空变晓天
良宵最苦短

［原文］

みじか夜の　残りすくなく　更けゆけば　かねてもの憂きあかつきの空

〔1177〕

与公主初会过夜，翌晨咏歌

大纳言清荫①

相逢在暗夜
拂晓起身依依别
一宿无安歇

［原文］

明くといへば　しづ心なき　春の夜の　夢とや君を　夜のみは見む

〔1178〕

三月，与某男彻夜交谈，拂晓临别时，颇有怨词，咏歌

和泉式部

晨别心不甘
一夜无事只交谈
无怪吐怨言

［原文］

今朝はしも　嘆きもすらん　いたづらに　春のよひと　夜夢をだに見で

---

① 大纳言清荫：源清荫。卒于天历四年(950年)，享年67岁。正三位大纳言。是阳成天皇长子，延长三年(925)赐姓源氏，降为臣籍。本书收录其和歌1首。

〔1179〕

无题

赤染卫门

情抑心煎熬
缠绵之夜只恨少
惜别在今朝

[原文]

心から　しばしと包む　ものからに　しぎの羽掻き　つらき今朝かな

〔1180〕

与某女幽会归来，翌晨咏歌

九条右大臣①

热忱思卿卿
相处却遇冷
泪湿衣衫叹寡情

[原文]

わびつつも　君が心に　かなふとて　けさも袂を　ほしぞわづらふ

① 九条右大臣：藤原师辅。卒于天德四年(960年)，享年53岁。正二位右大臣，赠正一位太政大臣。是贞信公关白忠平的次子，母亲是右大臣能有之女。著有《新撰年中行事》《九历记》等，有家集《九条右丞相集》。本书收录其和歌1首。

〔1181〕

咏歌致小八条御息所[①]

亭子院

伸臂展袖作尔枕
又是泪水湿衣襟
夜尽难离分

[原文]

手枕に　かせるたもとの　露けきは　明けぬと告ぐる　涙なりけり

〔1182〕

无题

藤原惟成

秋月朗照似晨光
人未尽兴夜未央
起身莫慌忙

[原文]

しばし待て　まだ夜はふかし　なが月の　有明の月は　人まどふなり

① 小八条御息所：小八条，宇多天皇的更衣源贞子；御息所侍奉天皇的女官中有女御、更衣身份的女子。

〔1183〕

某女问“缘何不见庭前花草沾露水”？咏歌以答

实方朝臣

朝露沾花草
夜宿朝别泪常流
徒然添别愁

［原文］

おきて見ば　袖のみ濡れて　いとどしく　草葉の玉の　数やまさらむ

〔1184〕

二条院御时，以“拂晓欲归”为题咏歌

二条院赞岐

天晓夜已尽
晨别依依难起身
泪水濡衣襟

［原文］

明けぬれど　まだきぬぎぬに　なりやらで　人の袖をも　濡らしつるかな

〔1185〕

无题

西行法师

明月现面影
人月两相映

依依惜别存温情

［原文］

面影の　忘るまじき　別れかな　なごりを人の　月にとどめて

〔1186〕

“晨别之恋”咏

摄政太政大臣（藤原良经）

春晓竟闻秋雁声
人相惜别鸟啼鸣
何时再重逢

［原文］

またも来ん　秋をたのむの　雁だにも　なきてぞかへる　春のあけぼの

〔1187〕

去某女处，归来，恹恹病矣，咏歌

贺茂成助①

道旁露晞草不深
今朝命将殒
谁将死讯报与君

［原文］

たれゆきて　君に告げまし　道芝の　露もろともに　消えな

① 贺茂成助：生卒年不详，后冷泉天皇时期人。从五位下。一说是神主成直之子，一说为成实之子。本书收录其和歌 1 首。

ましかば

〔1188〕

欲去某女处交谈，不遇而归，翌晨咏歌

左大将朝光[①]

空返恨恨然

道旁矮草露水干

气息已奄奄

［原文］

消えかへり　あるかなきかの　わが身かな　恨みて帰る　道芝の露

〔1189〕

三条关白家女御[②]入宫，翌晨，咏歌

花山院

夜阑露晞未尽欢

洒泪暂别泪湿衫

期待重团栾

［原文］

朝ぼらけ　置きつる霜の　消えかへり　暮待つほどの　袖を見せばや

---

① 左大将朝光：藤原朝光。卒于长德元年（995 年），享年 45 岁。曾任正二位大纳言，按察使。是兼通的第四子。有家集《闲院左大将朝光卿集》。本书收录其和歌 3 首，分别是第 1188、1452、1735 首。

② 三条关白家女御：三条关白即藤原赖忠，三条关白家女御即藤原赖忠之女，是作者花山天皇的女御，入宫仪式在永观二年（984 年）十月举行。

〔1190〕

法性寺入道前关白太政大臣家歌合[①]

藤原道经[②]

夕阳照庭草
叶下露水仍未消
思泪难干情难熬

［原文］

庭に生ふる　ゆふかげ草の　下露や　暮を待つ間の　涙なるらむ

〔1191〕

无题

小侍从

缠绵无尽情
深夜传来铜钟声
不愿闻鸡鸣

［原文］

待つ宵に　更けゆくかねの　声聞けば　あかぬ別かれの　鳥はものかは

---

① 法性寺入道前关白太政大臣家歌合：大治元年（公元1126年）藤原忠通家举办的歌合。

② 藤原道经：初名家经。生卒年不详，白河天皇时期人。曾任从五位上和泉守。是赞岐人道显纲之子，一说是近江守藤原有佐之子。本书收录其和歌3首，为第1190、1538、1913首。

〔1192〕

藤原知家[①]

今朝一分别
不知暂别或永诀
以命相守无尽歇

［原文］

これもまた　ながき别かれに　なりやせん　暮を待つべき命ならねば

〔1193〕

西行法师

晓月抹横云
缠绵游移难舍分
此刻最怀人

［原文］

有明は　思ひいであれや　横雲の　ただよはれつる　しののめの空

〔1194〕

清原元辅

大堰川里水已深
可否赴约在黄昏

① 藤原知家：正嘉二年(1258年)卒，享年77岁。曾任非参议正三位。是正三位显家之子。于嘉祯四年(1238年)57岁时出家，号莲性。本书收录其和歌1首。

惴惴费心神

[原文]

大堰川　ゐせきの水の　わくらばに　今日はたのめし　暮にやはあらぬ

〔1195〕

原本相约今日黄昏约会，却问“今日在否？”

佚名

蜻蛉[①]欲献身
本是相约在黄昏
兜头遭一问

[原文]

ゆふぐれに　命かけたる　かげろふの　ありやあらずや　問ふもはかなし

〔1196〕

西行法师召集“人人百首”歌合[②]时奉咏

藤原定家朝臣

兴味早已无
风吹过耳心头堵
相约何必在夕暮

[原文]

あぢきなく　つらき嵐の　声も憂し　など夕暮に　待ちな

---

① 蜻蛉：假名“かげろう”，成虫寿命短暂的蜉蝣目昆虫的总称，一般指蜻蜓。
② “人人百首”歌合：又称“二见浦百首”歌合，文治二年（1186年）召开。

らひけむ

〔1197〕

恋歌

太上天皇(后鸟羽院)

夜来独徘徊
待乳山上无人待
圆月减光彩

［原文］

頼めずは　人は待乳の　山なりと　寝なまし物を　いざよひの月

〔1198〕

水无濑恋歌十五首歌合奉咏，夕恋

摄政太政大臣(藤原良经)

夕暮意阑珊
只是今日有所盼
待月出山端

［原文］

なにゆへと　思もいれぬ　ゆふべだに　待ち出でし物を　山の端の月

〔1199〕

恋心寄风

宫内卿

愿君扪心问：

风且常来吹松林
何使闺阁空待人?

[原文]

聞くやいかに　うはの空なる　風だにも　松に音する　ならひありとは

〔1200〕

无题

西行法师

一夜听风鸣
久待不见人踪影
但闻归雁声

[原文]

人は来で　風のけしきも　更けぬるに　あはれに雁の　をとづれてゆく

〔1201〕

八条院高仓

风自何处送
冷暖急缓各不同
最是夜来风入松

[原文]

いかが吹く　身にしむ色の　変るかな　たのむる暮の　松風の声

〔1202〕

鸭长明

时已近深更
长等山①上无人等
惟有听松风

［原文］

頼め置く　人もながらの　山にだに　さ夜更けぬれば　松風の声

〔1203〕

藤原秀能

此时正入夜
若君不忘有前约
翘首望明月

［原文］

今来むと　たのめしことを　忘れずは　この夕暮の　月や待つらむ

〔1204〕

待恋

式子内亲王

闺中盼郎君

---

① 长等山：假名"ながら"，山名，位于滋贺县大津市西部。"长等"与"等"（等候）一语双关。

山月且慢过柴门
莫显夜深沉

［原文］

君まつと　閨へも入らぬ　槙の戸に　いたくな更けそ　山の端の月

〔1205〕

恋歌

西行法师

殷殷翘首待
但愿不期而能来
长夜情满怀

［原文］

頼めぬに　君来やと待つ　よひの間の　更けゆかでただ　明けなましかば

〔1206〕

藤原定家朝臣

远望残月长太息
叹息君心移
又在别处更睡衣

［原文］

帰るさの　物とや人の　ながむらむ　待つ夜ながらの　ありあけの月

〔1207〕

无题

佚名

明知君不来
夜夜无端空等待
痴心难更改

［原文］

君来むと　いひし夜ごとに　過ぎぬれば　頼まぬものの　恋ひつつぞふる

〔1208〕

柿本人麻吕

山风吹衣襟
若是今夜不逢君
如何能独寝

［原文］

衣手に　山おろし吹きて　寒き夜を　君来まさずは　ひとりかも寝む

〔1209〕

与左大将朝光久违，今相见于旅途，夜来结草为枕

马内侍

偶遇在他乡
夜来结草做枕床
枯草沾冷霜

［原文］

逢ふことは　これやかぎりの　たびならん　草の枕も　霜がれにけり

〔1210〕

天历御时，有“久别难逢”一词，有感咏歌

女御徽子女王

渔夫粗衣针脚稀
隔远心相系
久聚却使身心疲

［原文］

なれゆくは　うき世なればや　须磨の海人の　塩焼き衣　間遠なるらむ

〔1211〕

与某女一别难逢，咏歌

坂上是则

秋来雾弥漫
溪水断又连
再会不知是何年

［原文］

霧深かき　秋の野中の　わすれ水　絶え間がちなる　ころにもあるかな

〔1212〕

三条院身为皇太子时久不来访，郁郁咏歌

安法法师之女[①]

秋风虽无情
常为荻叶送清风
柔柔且轻轻

［原文］

世のつねの　秋風ならば　おぎの葉に　そよとばかりの　音はしてまし

〔1213〕

无题

中纳言家持

山阴蒙小草
沾草常悄悄
恋路不知何处找

［原文］

あしびきの　山のかげ草　むすびおきて　恋ひやわたらむ　逢ふよしをなみ

〔1214〕

延喜

东国萱草乱作团

① 安法法师之女：生卒年不详。安法法师之女。本书收录其和歌 2 首，分别是第 1212、1217 首。

芊芊思绪理还乱

恋心无绝间

［原文］

あづまぢに　刈るてふかやの　乱れつつ　つかのまもなく恋ひやわたらむ

〔1215〕

权中纳言敦忠[①]

芒草秋结穗

与君结衣袂

花落草枯心不背

［原文］

むすび置きし　たもとだに見ぬ　花すすき　枯るとも枯れじ　君し解かずは

〔1216〕

百首歌之一

源重之

今朝倍觉寒

霜上加雪何凄然

天寒人情淡

［原文］

霜のうへに　けさふる雪の　寒ければ　かさねて人を　つら

---

① 权中纳言敦忠：藤原敦忠。卒于天庆六年(943 年)，享年 38 岁。曾任从三位权中纳言。是左大臣时平第三子，“三十六歌仙”之一。有家集《权中纳言敦忠卿集》。本书收录其和歌 2 首，即第 1215、1423 首。

しとぞ思ふ

〔1217〕

无题

安法法师之女

独自卧寝床
四壁萧然天寒凉
夜半醒来何凄惶

［原文］

ひとり卧す　荒たる宿の　とこの上に　あはれいく夜の　寝覚しつらむ

〔1218〕

源重之

山城割真菰
衣袖溅水湿漉漉
莫要佯作哭[①]

［原文］

やましろの　淀の若ごも　刈りにきて　袖ぬれぬとは　かこたざらなむ

〔1219〕

纪贯之

卿不思我我思卿

---

① 讥讽对方虚情假意，是此歌的立意。

夜来总是浮面影
绵绵不了情

［原文］

かけて思ふ　人もなけれど　夕されば　面影たえぬ　玉かづらかな

〔1220〕

与某女相好时，见有高身份男子对其求爱，
颇有妒言，女否认之，我咏此歌

平贞文①

若是心中无他人
请对森林与树神
发誓表真心

［原文］

いつはりを　ただすの森の　木綿だすき　かけつつ誓へ　われを思はば

〔1221〕

赠某人

鸟羽院②

相恋情已笃

① 平贞文：又称定文。卒于延喜元年（901年），享年50多岁。从五位上左兵卫佐，三河权守。“三十六歌仙”之一。与在原业平并称为“好色”的典型，《平中物语》中有他的形象描写。本书收录其和歌1首。

② 鸟羽院：第74代天皇。保元元年（1156年）驾崩，享年54岁，堀河天皇的第一皇子。本书收录其和歌2首，为第1221、1465首。

不知卿心将何如
我为思恋苦

［原文］

いかばかり　うれしからまし　もろともに　恋ひらるる身も苦しかりせば

〔1222〕

单相思

入道前关白太政大臣（藤原兼实）

如我单恋天天忍
如卿无情不动心
复有何许人?

［原文］

われぱかり　つらきを忍ぶ　人やあると　今世にあらば　思ひ合せよ

〔1223〕

摄政太政大臣家百首歌合奉咏，契恋[1]之心

前大僧正慈圓

恳请君信任
从此若非不真心
甘愿遭憎恨

［原文］

ただ頼め　たとへば人の　いつはりを　重ねてこそは　また

---

① 契恋：假名“ちぎるこひ”，恋爱中双方的发誓、约定、表白。

も恨みめ

〔1224〕

怨恨某女，发誓不再来往，不久却又思恋难忍，咏歌

左卫门督家通[①]

心存恨与怨
难禁恋情死灰燃
倏忽忘前嫌

［原文］

つらしとは　思ふものから　ふししばの　しばしもこりぬ心なりけり

〔1225〕

某女与久我内大臣相恋，病情好转时，
歌赠久我内大臣[②]

佚名

消逝如草露
但留此歌作遗物
与君情意笃

［原文］

頼め来し　ことの葉ばかり　とどめをきて　浅茅が露と　消

① 左卫门督家通：藤原家通。卒于文治三年(1187年)，享年45岁。曾任正二位权中纳言左卫门督。是权中纳言忠基之子，大纳言重通的养子。本书收录其和歌2首，分别是第1224、1488首。

② 久我内大臣：源雅通。卒于承安五年(1175年)，享年58岁。正二位内大臣，右大将。是大纳言显通之子。有日记《久我相国记》。本书收录其和歌1首。

えなましかば

〔1226〕

返歌

久我内大臣

生死寻常事
君似朝露消却时
亦是我死日

［原文］

あはれにも　たれかは露も　思はまし　消えのこるべき　わが身ならねば

〔1227〕

无题

小侍从

我本苦命人
君虽寡情我不恨
恨则恨自身

［原文］

つらきをも　恨みぬわれに　ならふなよ　憂き身を知らぬ　人もこそあれ

〔1228〕

殷富门院大辅

缘何讨人嫌

人生在世能几年
忧苦何以堪

［原文］

なにかいとふ　よも長らへじ　さのみやは　憂きにたへたる命なるべき

〔1229〕

刑部卿赖辅

此世无所念
只为心中有爱恋
切切惜华年

［原文］

恋ひ死なむ　命はなほも　惜しきかな　おなじ世にある　かひはなけれど

〔1230〕

西行法师

身份虽低贱
如今有幸得垂怜
恋心相通连

［原文］

あはれとて　人の心の　なさけあれな　数ならぬには　よらぬ嘆きを

〔1231〕

身份本低微

不招人爱不怪罪
唯有滴滴伤心泪

［原文］

身を知れば　人のとがとは　思はぬに　恨みがほにも　ぬるる袖かな

〔1232〕

致某女

皇太后宫大夫俊成

无奈欲轻生
如今不怪君无情
今世无缘来世逢

［原文］

よしさらば　のちの世とだに　頼めおけ　つらさにたへぬ身ともこそなれ

〔1233〕

返歌

藤原定家朝臣母①

浮世只是一场梦
有缘即有约
但愿来世再相逢

① 藤原定家朝臣母：建久四年（1193 年）卒，享年 70 岁左右。是若狭守藤原亲忠之女。在成为俊成之妻前，曾嫁过藤原为隆（寂超），生子藤原隆信。本书收录其和歌 1 首。

[原文]

頼め置かむ　ただざばかりを　契にて　うき世の中の　夢になしてよ

第十四卷　恋歌・四[①]

〔1234〕

在任中将时，咏歌致某女

清慎公

每夜思阿妹
口不堪言难入睡
默默两眼泪

［原文］

よひよひに　きみをあはれと　思ひつつ　人にはいはで　音をのみぞ泣く

〔1235〕

返歌

佚名[②]

幸蒙君惦念
夜夜待君不成眠
苦恋难言传

［原文］

君だにも　思ひ出でける　よひよひを　待つはいかなる　心地かはする

〔1236〕

咏歌致少将滋干③

佚名

苦恋命危笃
若有人问妾归处
已赴黄泉路

［原文］

恋ひしさに　死ぬる命を　思いでて　問ふ人あらば　なしと答へよ

〔1237〕

两人赌气，声言“不再相见”，两日之后，咏歌

谦德公

只觉天地远
昨日今日未相见
浑似一千年

［原文］

わかれては　昨日けふこそ　へだてつれ　千代しも経たる心地のみする

---

① 本卷《恋歌・四》，第1234—1335首，主要表现男女难以相见、对方薄情冷淡、相聚的无望或绝望感，风格哀艳。

② 据《清慎公集》，作者为中务。

③ 少将滋干：藤原滋干。殁于公元931年。其和歌入选《后撰集》。

〔1238〕

返歌

惠子女王①

别后心缭乱
哪晓昨日或今天
浑然难分辨

［原文］

きのふとも　けふともしらず　今はとて　わかれしほどの心まどひに

〔1239〕

入道摄政②外出未归，见盆中洗发水日久未用，感慨咏歌

右大将道纲母③

郎君久不逢
盥洗盆中水藻生
不能鉴人影

［原文］

絶えぬるか　影だに見えば　問ふべきに　かたみの水は　水草ゐにけり

① 惠子女王：卒年不详。醍醐天皇皇子中务卿代明亲王之女，一条摄政伊尹（谦德公）之妻，生子藤原义孝。本书收录其和歌 2 首，分别是第 1238、1494 首。

② 入道摄政：藤原兼家，是作者之夫。

③ 右大将道纲母：卒于长德元年（995 年）。伊势守藤原伦宁之女，母亲是刑部大辅源认之女。后嫁于藤原兼家为妻，生子藤原道纲。“三十六歌仙”之一。著有《蜻蛉日记》，家集有《道纲母集》。本书收录其和歌 2 首，分别是第 1239、1242 首。

〔1240〕

久未回宫，今日五月五，咏歌答后朱雀院①

阳明门院②

能分且需分
菖蒲丛生一根根
默默咽悲音③

［原文］

かたがたに　引き分かれつつ　あやめ草　あらぬねをやはかけむと思ひし

〔1241〕

无题

伊势

可悲君食言
更兼阴雨连绵绵
不禁泪潸潸

［原文］

言の葉の　うつろふだにも　あるものを　いとど時雨の　降りまさるらむ

---

① 后朱雀院：第 69 代天皇。详见第 1250 首注释。

② 阳明门院：祯子内亲王。宽治八年（1094 年）薨逝，享年 82 岁。是三条天皇的皇女，后朱雀天皇的皇后，生下后三条天皇。本书收录其和歌 1 首。

③ 此歌写作者因另有宠妃入宫而回故里，歌中含有怨怼之意。

〔1242〕

右大将道纲母

何惧道路阻
杳杳不传书
清风为我送心曲

［原文］

吹く風に　つけても問はむ　ささがにの　通ひし道は　空に絶ゆとも

〔1243〕

皇后省亲，久不回宫，咏歌

天历

风吹葛叶乱纷纷
似我心中恨
可恨盼人不见人

［原文］

葛の葉に　あらぬわが身も　秋風の　吹くにつけつつ　恨みつるかな

〔1244〕

咏歌，致久不回宫者[①]

延喜

我非荒野一草莽

① 久不回宫者：据《延喜御集》，“久不回宫者”，指的是女御（皇妃）仁善子（藤原定方之女）。

因何叶上覆寒霜
一任其枯黄?

［原文］

霜さやぐ　野辺の草葉に　あらねども　などか人目の　かれまさるらむ

〔1245〕

返歌

佚名[①]

不意草莽会枯黄
却是山里草色旺
别来全无恙

［原文］

浅茅生ふる　野べや枯るらむ　山がつの　垣ほの草は　色も変らず

〔1246〕

帝吩咐春天进宫，未诺，帝言“莫非要待来年”?
咏歌以答，并附一片红叶

女御徽子女王

恍惚错过一春天
秋雨时节泪涟涟
红叶正灿烂

① 作者实为醍醐天皇的女御仁善子。

［原文］

霞むらむ　ほどをも知らず　しぐれつつ　過ぎにし秋の　もみぢをぞ見る

〔1247〕

返歌

天历

红叶又酽红
惜哉泠泠心不动
表里不相同

［原文］

いま来むと　たのめつつふる　言の葉ぞ　ときはに見ゆる　もみぢなりける

〔1248〕

歌赠女御

朱雀院①

相隔虽不远
却觉遥遥在云端
心迷情相牵

［原文］

玉ぼこの　道ははるかに　あらねども　うたて雲井に　まどふころかな

---

① 朱雀院：第61代天皇。天历六年(952年)驾崩，享年30岁。醍醐天皇的第十一位皇子，母亲是皇后稳子。晚年削发，法名佛陀寿。有家集《朱雀院御集》。本书收录其和歌2首，分别是第1248、1583首。

〔1249〕

返歌

女御熙子女王[①]

殷殷有期待
缘何不到云天外
共引云雨来

［原文］

思ひやる　心はそらに　あるものを　などか雲居に　あひみざるらむ

〔1250〕

丽景殿女御入宫后，下雨之日、咏歌赠梅壶女御

后朱雀院[②]

春雨连绵绵
柳丝纷乱飘飘然
人心恋情牵

［原文］

春雨の　降りしくころは　青柳の　いと乱れつつ　人ぞ恋ひしき

① 女御熙子女王：天历四年(950年)卒。朱雀天皇的女御，是醍醐天皇的皇子保明亲王之女，昌子内亲王(冷泉院太皇太后宫)之母。本书收录其和歌1首。

② 后朱雀院：第69代天皇。宽德二年(1045年)驾崩，享年37岁。一条天皇的第三皇子，母亲是上东门院彰子。本书收录其和歌3首，分别是第1250、1252、1727首。

〔1251〕

返歌

女御藤原生子

青柳正飘然
君心也缭乱
不知飘向哪一边

［原文］

青柳の　いと乱れたる　このごろは　ひとすぢにしも　思よられじ

〔1252〕

再咏歌相答

后朱雀院

纵是青柳左右飘
我心不动摇
恋卿到终老

［原文］

青柳の　系はかたがた　なびくとも　思ひそめてむ　色は変らじ

〔1253〕

返歌

女御藤原生子

柳叶颜色浅
难言色不变

如何托付到永远

［原文］

あさみどり　深くもあらぬ　青柳は　色変らじと　いかがたのまむ

〔1254〕

贺茂祭[①]前日，以枯萎二叶葵赠从前交好之某女，咏歌

实方朝臣

时光荏苒间
青葵[②]已老请莫嫌
可堪忆当年

［原文］

いにしへの　あふひと人は　とがむとも　なをそのかみの今日ぞ忘れぬ

〔1255〕

返歌

佚名

贺茂篱笆边
青葵青黄一年年
可叹人疏远

［原文］

枯れにける　あふひのみこそ　悲しけれ　あはれと見ずや

① 贺茂祭：京都贺茂神社每年四月举行的传统节日葵祭。
② 青葵：日语写作“葵”（假名“あおい”，旧假名“あふひ”），锦葵科植物，植株小而弱。

賀茂の瑞垣

〔1256〕

咏歌赠广幡御息所[①]

天历

相逢匆匆未尽兴
唯忆残月照倩影
别后更寄情

［原文］

逢ふことを　はつかに見えし　月影の　おぼろけにやは　あはれとは思ふ

〔1257〕

无题

伊势

更级姨舍山[②]
又见晓月挂山端
思情月色牵

［原文］

更级や　姨捨山の　ありあけの　つきずもものを　思ふころかな

---

① 广幡御息所：源庶明之女。

② 更级姨舍山：更级，假名“さらしな”；姨舍山，假名“をばすてやま”；更级的姨舍山，在信浓国更级郡(今长野县南部)的山。

〔1258〕

中务

月色牵情怀
卧榻共枕望天外
一同感物哀

［原文］

いつとても　あはれと思ふを　ねぬる夜の　月はおぼろけなくなくぞ見し

〔1259〕

凡河内躬恒

更级山外夜深沉
此时天上悬月轮
却难照我心

［原文］

更级の　山よりほかに　照る月も　なぐさめかねつ　このごろの空

〔1260〕

佚名

窗外望黎明
明知月冷人薄情
痴心思卿卿

［原文］

天の戸を　おし明けがたの　月見れば　うき人しもぞ　恋ひ

しかりける

〔1261〕

君如天上月
只可远望不可得
思之泪婆娑

［原文］

ほの見えし　月を恋ひしと　かへるさの　雲路の波に　濡れてこしかな

〔1262〕

咏歌赠人

紫式部

盼月望长空
却见月影过天穹
隐于远山中

［原文］

入るかたは　さやかなりける　月影を　うはの空にも　待ちし宵かな

〔1263〕

返歌

佚名

思君不见君
空中月影独逡巡
泪洒山端云

［原文］

さしてゆく　山の端もみな　かきくもり　心の空に　消えし月影

〔1264〕

无题

藤原经衡

明月悬中空
别君何匆匆
泪眼望月月朦胧

［原文］

今はとて　別れしほどの　月をだに　涙にくれて　ながめやはせし

〔1265〕

肥后

月夜催秋兴
望月如同望君影
情深月更明

［原文］

面影の　忘れぬ人に　よそへつつ　いるをぞしたふ　秋の夜の月

〔1266〕

后德大寺左大臣（藤原实定）

月光冷清清

浑似人薄情
却以痴心望月明

［原文］

憂き人の　月はなにぞの　ゆかりぞと　思ひながらも　うちながめつつ

〔1267〕

西行法师

明月浮长空
相思同心寄月宫
遥遥两相通

［原文］

月のみや　うわの空なる　かたみにて　思ひも出でば　心通はむ

〔1268〕

圆月风更清
此时最关情
泪眼望月月不明

［原文］

くまもなき　おりしも人を　思いでて　心と月を　やつしつるかな

〔1269〕

心中慊慊然
月色也黯淡
人有物哀月有感

［原文］

もの思ひて　ながむるころの　月の色に　いかばかりなる　あはれ添ふらむ

〔1270〕

八条院高仓

不忍抬头望
每逢望月倍感伤
愿月云中藏

［原文］

曇れかし　ながむるからに　かなしきは　月におぼゆる　人の面影

〔1271〕

百首歌之一

太上天皇(后鸟羽院)

月高山又深
又逢村雨一阵阵
思人不见人

［原文］

忘らるる　身をしる袖の　むら雨に　つれなく山の　月は出でけり

〔1272〕

一千五百番歌合奉咏

摄政太政大臣(藤原良经)

望月隔云天
不知何时能相见
唯愿心相连

［原文］

めぐりあはむ　限りはいつと　知らねども　月なへだてそ　よその浮雲

〔1273〕

泣泪洒衣襟
月光晶晶袖上映
却不见伊人

［原文］

わが涙も　とめて袖に　宿れ月　さりとて人の　影は見ねども

〔1274〕

权中纳言公经

痴恋正恼烦
泪雨潸然天亦变
闺中月色暗

［原文］

恋ひわぶる　涙やそらに　くもるらむ　ひかりも変る　ねやの月影

〔1275〕

左卫门督通光

天上月亮蒙阴云
人间处处隔恋人
久久难亲近

［原文］

いくめぐり　空ゆく月も　へだて来ぬ　契し仲は　よその浮雲

〔1276〕

右卫门督通具

有约来相见
不见人来魂梦牵
唯余晓月挂天边

［原文］

今来こむと　契しことは　夢ながら　見し夜に似たる　ありあけの月

〔1277〕

藤原有家朝臣

相约勿相忘
今夜又见彼时月
人却不来访

［原文］

忘れじと　いひしばかりの　なごりとて　その夜の月は　めぐり来にけり

〔1278〕

无题

摄政太政大臣（藤原良经）

月亮如期天上行
久盼相会无人影
空等近绝情

［原文］

思ひ出でて　よなよな月に　尋ねずは　待てとちぎりし　中や絶えなむ

〔1279〕

藤原家隆朝臣

心变情分在
愿君莫忘怀
那夜晓月又重来

［原文］

忘るなよ　今は心の　変わるとも　なれしその夜の　ありあけの月

〔1280〕

法眼宗圆[1]

松涛声依然

---

① 法眼宗圆：俗姓大江。生卒年不详，大约生活在后鸟羽天皇时代。法眼弁宗之子。本书收录其和歌 1 首。

深夜月亮又重现
君心却已变

［原文］

そのままに　松のあらしも　変らぬを　忘れやしぬる　ふけし夜の月

〔1281〕

藤原秀能

天上月儿明
不忘来照旧茅棚
不若人薄情

［原文］

人ぞ憂き　頼めぬ月は　めぐりきて　むかし忘れぬ　蓬生の宿

〔1282〕

八月十五夜，于和歌所，以“月前恋”为题

摄政太政大臣（藤原良经）

偶尔来相会
彻夜等待无安睡
山端月西坠

［原文］

わくらばに　待ちつるよひも　更けにけり　さやは契りし　山の端の月

〔1283〕

藤原有家朝臣

明知人不来
却在月下空等待
仰天望月难遣怀

［原文］
来ぬ人を　待つとはなくて　待つ宵の　ふけゆく空の　月も恨めし

〔1284〕

藤原定家朝臣

曾有海誓与山盟
如今悲叹人薄情
泪袖凝月影

［原文］
松山と　ちぎりし人は　つれなくて　袖越す波に　のこる月影

〔1285〕

一千五百番歌合奉咏
皇太后宫大夫俊成女

不论情约假与真
日复一日待来人
庭院杂草深

［原文］
ならひ来し　たが偽りも　まだ知らで　待つとせし間の　庭

の蓬生

〔1286〕

经房卿家歌合[1]，久恋咏

二条院赞岐

久等人不来

庭院茅草无人踩

草叶露珠白

[原文]

あと絶えて　浅茅が末に　なりにけり　頼めし宿の　庭の白露

〔1287〕

摄政太政大臣家百首歌合奉咏

寂莲法师

久等不来情已消

如今庭院满杂草

草比松树高

[原文]

来ぬ人を　思ひ絶えたる　庭の面の　よもぎが末ぞ　まつにまされる

---

① 经房卿家歌合：建久六年（1195年）正月，藤原经房在自家主办的歌合。

〔1288〕

无题

左卫门督通光

重访旧庭院
眼见草深白露繁
泪洒衣袖默无言

［原文］

尋ねても　袖にかくべき　かたぞなき　ふかき蓬の　露のかごとを

〔1289〕

藤原保季朝臣

重踏旧时路
故人踪影无
庭院杂草凝露珠

［原文］

形見とて　ほの踏み分けし　跡もなし　こしは昔の　庭の荻原

〔1290〕

法桥行遍

故宅庭草又萌发
人已不在轩檐下
不知去谁家

［原文］

なごりをば　庭の浅茅に　とどめおきて　たれゆゑ君が　住みうかれけむ

〔1291〕

摄政太政大臣家百首歌合奉咏

藤原定家朝臣

相分未相忘
君之衣袖必冰凉
我之卧榻敷寒霜

［原文］

忘れずは　なれし袖もや　こほるらむ　寝ぬ夜の床の　霜のさむしろ

〔1292〕

藤原家隆朝臣

风吹云朵分
山峰两边飘白云
望云念郎君

［原文］

風吹かば　峰にわかれむ　雲をだに　ありしなごりの　形見とも見よ

〔1293〕

百首歌合[1]奉咏

摄政太政大臣(藤原良经)

说来总不来
日月相隔空等待
遥望云空难遣怀

[原文]

いはざりき　今来んまでの　空の雲　月日へだてて　物思へとは

〔1294〕

一千五百番歌合奉咏

藤原家隆朝臣

天上云朵随风走
人间邀约掷脑后
只闻山风吼

[原文]

思ひ出でよ　たがかねごとの　末ならむ　昨日の雲の　あとの山風

---

① 百首歌合：正治二年(1200年)，后鸟羽天皇主持的歌合。

〔1295〕

二条院[1]御时，“艳书[2]歌合”奉咏

刑部卿范兼

空中飘云续又断
日久人情淡
望云怨苍天

［原文］

忘れゆく　人ゆへそらを　ながむれば　たえだえにこそ　雲も見えけれ

〔1296〕

无题

殷富门院大辅

见弃何当死
其实不过平常事
人世即如此

［原文］

忘れなば　いけらむ物かと　思ひしに　それもかなはぬ　この世なりけり

〔1297〕

西行法师

原本彼此不相识

---

① 二条院：此处指二条天皇。
② 艳书：指情书。

何必抱怨疏远时
但须心自知

［原文］
うとくなる　人をなにとて　恨らむらむ　知られず知らぬ折もありしに

〔1298〕

某君口称会念想
其实转眼已相忘
人心见炎凉

［原文］
いまぞ知る　思ひい出よと　契りしは　忘れむとての　なさけなりけり

〔1299〕

建仁元年[①]三月歌合，咏“遇不遇恋”

土御门内大臣

依稀记得曾相逢
相约再会只是梦
此后人陌生

［原文］
あひ見しは　むかしがたりの　うつつにて　そのかねごとを夢になせとや

---

① 建仁元年：公元 1201 年。

〔1300〕

权中纳言公经

一夜相逢成旧忆
从此念念难自已
谁解个中谜?

［原文］

あはれなる　心の闇の　ゆかりとも　見し夜の夢を　たれか定めむ

〔1301〕

右卫门督通具

一夜许心身
依依难分在清晨
晓露沾衣襟

［原文］

契りきや　あかぬ別かれに　露置きし　暁ばかり　形見なれとは

〔1302〕

寂莲法师

相思变相恨
发愿从此不动心
却是无意待黄昏

［原文］

恨みわび　待たじ今はの　身なれども　思ひなれにし　夕暮

の空

〔1303〕

宜秋门院丹后

空言勿相忘
言犹在耳人何方
只闻秋风响

［原文］

忘れじの　言の葉いかに　なりにけむ　たのめし暮は　秋風ぞ吹く

〔1304〕

咏于自家百首歌合

摄政太政大臣（藤原良经）

绵绵思恋心
屋外松风莫太紧
夜来难安寝

［原文］

思ひかね　うち寝る宵も　ありなまし　ふきだにすさめ　庭の松風

〔1305〕

藤原有家朝臣

秋风吹开君衣襟
让我看清君之心

是爱还是恨

［原文］

さらでだに　恨みんと思ふ　わぎもこが　衣のすそに　秋風ぞ吹く

〔1306〕

无题

佚名

空闺人孤眠
不是秋天也秋天
夜夜风吹寒

［原文］

心には　いつもあきなる　ねざめかな　身にしむ風の　幾夜ともなく

〔1307〕

西行法师

可怜访客稀
怏怏心空寂
只闻秋风吹芦荻

［原文］

あはれとて　訪ふ人のなど　なかるらん　もの思ふやどのおぎの上風

〔1308〕

入道前关白太政大臣家歌合奉咏

俊惠法师

黄昏冷风吼
荻叶瑟瑟抖
预告情分到尽头

［原文］

わが恋ひは　今を限りと　ゆふまぐれ　荻吹く風の　おとづれてゆく

〔1309〕

无题

式子内亲王

凭风过耳充不闻
任草吹动不挂心
释然在当今

［原文］

今はただ　心のほかに　聞く物を　知らずがほなる　おぎのうは風

〔1310〕

咏于自家歌合

摄政太政大臣（藤原良经）

黄昏听松风
风声各不同

不见人来风也冷

［原文］

いつも聞く　物とや人の　思らむ　来ぬゆふぐれの　秋風の声

〔1311〕

前大僧正慈圆

松风若有情
知我夜夜在坐等
请勿发悲声

［原文］

心あらば　吹かずもあらなむ　よひよひに　人待つやどの　庭の松風

〔1312〕

和歌所歌合奉咏，“相盼未逢”咏

寂莲法师

伊人不来庭院荒
秋风吹来寝席凉
孤寂已为常

［原文］

里は荒れぬ　むなしき床の　あたりまで　身はならはしの　秋風ぞ吹く

〔1313〕

水无濑恋歌十五首歌合咏歌

太上天皇(后鸟羽院)

回首望故里
尾上行宫①曾熙熙
如今成追忆

[原文]

里は荒れぬ　尾の上の宮の　をのづから　待ち来し宵も　昔なりけり

〔1314〕

藤原有家朝臣

秋露如有神
一旦沾衣襟
令人悲哀难自禁

[原文]

物思はで　ただおほかたの　つゆにだに　濡るればぬるる　秋のたもとを

〔1315〕

藤原雅经

旅途结草枕
不知头往何处抻

① 尾上行宫：奈良时代在高圆山的尾上建立的皇上的行宫。

方能梦伊人

[原文]

草枕　むすび定めむ　方知らず　ならはぬ野べの　夢のか通ひ路

〔1316〕

和歌所歌合，以“深山恋”为题咏歌

藤原家隆朝臣

如今又凉秋
不见伊人日已久
唯见山巅云飘流

[原文]

さてもなほ　訪はれぬ秋の　ゆふは山　雲ふく風も　みねにみ見ゆらむ

〔1317〕

藤原秀能

思情如山深
山深哪比心深沉
山路易行人难寻

[原文]

思ひ入る　深かき心の　たよりまで　見しはそれとも　なき山路かな

〔1318〕

无题

鸭长明

秋夕仰天难遣怀
伤悲常从秋夕来
油然生物哀

［原文］

ながめても　あはれと思へ　おほかたの　空だにかなし　秋の夕暮

〔1319〕

一千五百番歌合奉咏

右卫门督通具

相约遥无期
如今又秋季
热泪冷雨风凄凄

［原文］

言の葉の　うつりし秋も　過ぎぬれば　わが身しぐれと　ふる涙かな

〔1320〕

藤原定家朝臣

秋色易衰心易冷
无情总是负有情
枯枝白露凝

[原文]

消えわびぬ　うつろふ人の　秋の色に　身をこがらしの　森の白露

〔1321〕

摄政太政大臣家歌合奉咏

寂莲法师

天凉秋已深
松虫唧唧含怨恨
恨不见来人

[原文]

来ぬ人を　秋のけしきや　ふけぬらむ　恨みによはる　松虫の声

〔1322〕

恋歌

前大僧正慈圆

深秋逢夕暮
庭院萩枝枯
恨人薄情叹命苦

[原文]

わが恋ひは　庭のむら萩　うらがれて　人をも身をも　秋の夕暮

〔1323〕

以“被忘恋”为题咏歌

太上天皇(后鸟羽院)

泪洒衣袖色即变
人心易改堪可叹
只在倏忽间

［原文］

袖のつゆも　あらぬ色にぞ　消えかへる　うつれば変わる　嘆きせし間に

〔1324〕

藤原定家朝臣

瓦窑烟熏色不衰
心意已决难再改
含泪等君来

［原文］

むせぶとも　知らじな心　かはら屋に　われのみ消たぬ　下の煙は

〔1325〕

藤原家隆朝臣

夕暮秋意浓
衣袖同贯一缕风
遥遥两相通

［原文］

知られじな　おなじ袖には　通ふとも　たが夕暮と　たのむ秋風

〔1326〕

皇太后宫大夫俊成女

曾是夜半泪涕零
如今夜夜无尽梦
唯见君之影

［原文］

露はらふ　寝覚めは秋の　むかしにて　見はてぬ夢に　残る面影

〔1327〕

摄政太政大臣家百首歌合，“寻恋”咏

前大僧正慈圆

探寻三轮群山中
徘徊不知何所从
杉枝指暮空

［原文］

心こそ　ゆくへも知らね　三輪の山　すぎの木ずゑの　夕暮の空

〔1328〕

百首歌之一

式子内亲王

期待满心怀

日月空耗人不来
人心易变花易衰

［原文］

さりともと　待ちし月日ぞ　うつりゆく　心の花の　色にまかせて

〔1329〕

苦恋不堪命奄奄
君心若未变
相见务须在今晚

［原文］

生きてよも　あすまで人は　つらからじ　この夕暮を　問はばと問へかし

〔1330〕

“晓恋”咏

前大僧正慈圆

缠绵意未尽
拂晓钟声不堪闻
别泪洒衣襟

［原文］

あかつきの　涙や空に　たぐふらむ　袖に落ちくる　鍾の音かな

〔1331〕

一千五百番歌合奉咏

权中纳言公经

涛声千鸟鸣
一夜无眠孤寂听
思君到天明

［原文］

つくづくと　思ひあかしの　浦千鳥　波の枕に　なくなくぞ　聞く

〔1332〕

藤原定家朝臣

海水退潮露浅滩
人心忽热忽冷变
硗薄不堪言

［原文］

尋ね見る　つらき心の　奥の海よ　しほひの潟の　いふかひもなし

〔1333〕

水无濑之恋十五首歌合奉咏

藤原雅经

君之身影萦脑海
如潮似浪何澎湃
欲拒还复来

［原文］

見し人の　面影とめよ　清見潟　袖にせきもる　波の通ひ路

〔1334〕

皇太后宫大夫俊成女

年年苦期待
晚秋阵雨今又来
思泪满襟怀

［原文］

ふりにけり　時雨は袖に　秋かけて　いひしばかりを　待つとせし間に

〔1335〕

庭草不踏已自衰
人迹罕至霜覆盖
久不见人来

［原文］

通ひこし　宿の道芝　かれがれに　跡なき霜の　結ぼほれつつ

第十五卷　恋歌・五[1]

〔1336〕

水无濑恋歌十五首歌合奉咏

藤原定家朝臣

晨别衣袂两相分
秋风吹在身
泪露洒衣襟

［原文］

しろたへの　袖のわかれに　つゆおちて　身にしむ色の　秋風ぞ吹く

〔1337〕

藤原家隆朝臣

绵绵不了情
身如深草秋露凝
瑟瑟起寒风

［原文］

思ひ入る　身は深草の　秋の露　たのめし末や　こがらしの風

〔1338〕

前大僧正慈圆

野草已枯黄

草上结露霜

荻风拂袖吹衣裳

［原文］

野辺の露は　色もなくてや　こぼれつる　袖よりすぐる　荻の上風

〔1339〕

无题

左近中将公衡

情恋伤身心

眼见露消命将殒

谁为我哀悯

［原文］

恋ひわびて　野辺の露とは　消えぬとも　たれか草葉を　あはれとは見む

〔1340〕

右卫门督通具

野草含泪欲发问：

根浅却又情笃深

何以慰恋心

［原文］

問へかしな　をばながもとの　思ひ草　しほるる野辺の　つ

---

① 本卷《恋歌・五》，第1336—1435首，主要书写对相见时难别亦难以及恋情无常的感叹。在五卷恋歌中，佚名作者的作品最多，共27首。

ゆはいかにと

〔1341〕

居家吟恋歌十首

权中纳言俊忠

不堪苦恋人欲死
譬如霜露即消失
如何续相思

［原文］

夜のまにも　消ゆべき物を　露霜の　いかにしのべと　たのめをくらむ

〔1342〕

无题

道信朝臣

人心虽无常
思君念念不能忘
衣袖凝泪霜

［原文］

あだなりと　思ひしかども　君よりは　物忘れせぬ　袖のうは露

〔1343〕

藤原元真

得无思恋苦

免受言辞辱
我愿祈死如朝露

［原文］

おなじくは　わが身も露と　消えななむ　消えなばつらき言の葉も見じ

〔1344〕

某女期待相见，却不得对方回音，代此女子寄送此歌

和泉式部

相约度良宵
孰料却把前言抛
夜夜露珠何以消

［原文］

いまこむと　いふ言の葉も　かれゆくに　よなよな露の　なににをくらむ

〔1345〕

一女子相约见面却又自食其言，多日后致信相问，咏歌答之

藤原长能

草叶朝露自消散
一言既出又食言
何必再问安

［原文］

あだことの　葉におく露の　消えにしを　ある物とてや　人の問ふらむ

〔1346〕

咏歌赠藤原惟成

佚名

小萩[1]色已变
宫城野花染
从此焉能得安眠

［原文］

うちはへて　いやはねらるる　宮城野の　こはぎが下葉　色に出でしより

〔1347〕

返歌

藤原惟成

萩叶露水染
不知果真色已变
心可比从前?

［原文］

はぎの葉や　露のけしきも　うちつけに　もとより変はる心あるものを

〔1348〕

无题

花山院

彻夜无休眠

---

① 小萩：暗指作者自身。

精疲力竭身疲倦
感泪结心田

［原文］

夜もすがら　消えかへりつる　わが身かな　涙の露に　むすぼほれつつ

〔1349〕

咏歌，致久不见者

光孝天皇

夜夜无体己
枕畔空寂成草地
泣泪成露心戚戚

［原文］

君がせぬ　わが手枕は　草なれや　涙の露の　よなよなぞおく

〔1350〕

返歌

佚名

知君泣泪成露珠
我之泪水如飞瀑
衣袖岂可拂

［原文］

露ばかり　おくらむ袖は　たのまれず　涙の川の　たきつ瀬なれば

〔1351〕

九月许，咏歌致陆奥之安达[①]某女

源重之

远隔重重云
遥念安达心上人
不知仍否葆初心?

［原文］

思ひやる　よその村雲　しぐれつつ　安達の原に　もみぢしぬらむ

〔1352〕

秋暮，思念某人，咏歌

六条右大臣室[②]

又是一秋天
草木荣枯时光转
人心岂能不变迁

［原文］

身にちかく　来にけるものを　色かはる　秋をばよそに　思ひしかども

---

① 陆奥之安达：今福岛县安达郡安达町。

② 六条右大臣室：卒年不详。为六条右大臣显房之妻，宇治大纳言隆国之子隆俊之女，久我太政大臣雅实等人之母。本书收录其和歌 1 首。

〔1353〕

无题

相模

一叶而知秋
萩叶变色情难久
人心不可留

［原文］

色かはる　はぎのした葉を　見てもまづ　人の心の　秋ぞしらるる

〔1354〕

夜来空中见雷电
君之身影光中闪
恍惚如阳炎[1]

［原文］

稲妻は　照らさぬ宵も　なかりけり　いづらほのかに　見えしかげろふ

〔1355〕

谦德公

不期阵雨降
夜半醒来泪两行
夜空迷茫茫

① 阳炎：原文“陽炎”（かげろふ），春夏季阳光照射地面生成的流动的热气。

［原文］

人しれぬ　寝覚の涙　降りみちて　さもしぐれつる　よはの空かな

〔1356〕

光孝天皇

夜长情更长
如同钓线抛大江
相牵泪汪汪

［原文］

涙のみ　浮きいづる海人の　つりざほの　ながき夜すがら恋ひつつぞぬる

〔1357〕

坂上是则

夜来思佳人
泪流成河浮睡枕
我身河中沉

［原文］

枕のみ　浮くと思ひし　なみだがは　いまはわが身の　沈むなりけり

〔1358〕

佚名

绵绵泪长流

久之衣袖成港口
船[1]可进码头

［原文］

思ほえず　袖にみなとの　さはぐかな　もろこし舟の　寄りしばかりに

〔1359〕

与妹分别后
夜来孤眠抱衣袖
惟愿人长久

［原文］

いもが袖　わかれし日より　しろたへの　衣かたしき　恋ひつつぞ寝る

〔1360〕

湍湍河水深
水草根浅立不稳
呜咽难安寝

［原文］

あふことの　波の下草　みがくれて　しづ心なく　ねこそなかるれ

〔1361〕

纵使四方风来吹
海岸盐烟[2]不乱飞

---

① 船：原文“唐船”（もろこしの舟），中国的船，此指船只。将衣袖比作港口，船只可进衣袖，是和歌中较常见的“以大喻小”的夸张表现。

② 盐烟：原文“藻塩の煙”（もしおの煙），指海岸烧海藻取盐形成的烟。

初心永不坠

[原文]

浦にたく　藻塩の煙　なびかめや　よもの方より　風は吹くとも

〔1362〕

思君如既往
只怕被君忘
念兹在兹更悲伤

[原文]

忘るらむと　思ふ心の　うたがひに　ありしよりけに　物ぞかなしき

〔1363〕

君是无情人
我却念念记在心
且爱且怨恨

[原文]

憂きながら　人をばえしも　忘れねばかつ恨みつつ　なほぞ恋ひしき

〔1364〕

人生虽苦短
只因爱恨情难安
日夜何漫漫

[原文]

命をば　あだなるものと　聞きしかど　つらきがためは　長もあるかな

〔1365〕

人世乱纷纷
不知何处可遁身
愿断爱与恨

［原文］

いづかたに　ゆき隠れなむ　世の中に　身のあればこそ　人もつらけれ

〔1366〕

恋心难永驻
劳燕分飞各有途
俨然成陌路

［原文］

今までに　忘れぬ人は　世にもあらじ　おのがさまざま　年の経ぬれば

〔1367〕

掬泉试一饮
啜之有微温
未必涌自地中心

［原文］

玉水を　手にむすびても　こころみむ　ぬるくは石の　中もたのまじ

〔1368〕

京城井水深
掬之可畅饮
唯有世情不可信

［原文］

山城の　井手の玉水　手にくみて　たのみしかひも　なき世なりけり

〔1369〕

纵然乌云成雨帘

切莫遮我眼

只缘君住生驹山

［原文］

君があたり　見つつををらむ　生駒山　雲な隠しそ　雨は降るとも

〔1370〕

空中云霭去无踪

人身如雾终消融

惟愿情无终

［原文］

中空に　立ちゐる雲の　あともなく　身のはかなくも　なりぬべきかな

〔1371〕

山鸟栖云山

远方伊人报平安

孤寂也成眠

［原文］

雲のゐる　遠山鳥の　よそにても　ありとし聞けば　わびつつぞ寝る

〔1372〕

山鸟昼至夜离开
不见伊人来
泣泪难抑夜难挨

［原文］

昼は来て　夜はわかるる　山鳥の　かげ見る時ぞ　ねはなかれける

〔1373〕

又是鸣鹿求偶时
如今闻之心迟迟
恍然如隔世

［原文］

われもしか　泣きてぞ人に　恋ひられし　今こそよそに　声をのみ聞け

〔1374〕

柿本人麻吕

夏野鹿角短
遥想阿妹倩影现
近在咫尺间

［原文］

夏野ゆく　をしかの角の　つかのまも　忘れず思へ　妹が心を

〔1375〕

夏草易湿袖

未触夏草袖不干
只缘泪长流

［原文］

夏草の　露分け衣　着もせぬに　などわが袖の　かはく時なき

〔1376〕

八代女王①

习习川上风
吹来身心净
惟愿不绝相思情

［原文］

みそぎする　ならの小川の　川風に　祈りぞわたる　したに絶えじと

〔1377〕

清原深养父

爱恨在心间
枕下汹涌潮水满
夜夜泣泪袖不干

［原文］

うらみつつ　寝る夜の袖の　かはかぬは　枕の下に　潮や満つらむ

---

① 八代女王：生卒年不详，圣武天皇时期人。《万叶集》的作者之一。本书收录其和歌1首。

〔1378〕

致中纳言家持[①]

山口女王[②]

潮水满芦荡

情意如潮涨

念念思君岂能忘

［原文］

蘆べより　満ちくる潮の　いやましに　思ふか君を　忘れかねつる

〔1379〕

浮岛海中飘

盐灶[③]烟缥缈

爱心无定情难熬

［原文］

しほがまの　前に浮きたる　浮島の　浮きて思ひの　ある世なりけり

〔1380〕

无题

赤染卫门

一夜情相牵

① 家持：大伴家持。

② 山口女王：生卒年不详，与万叶时代末期的大伴家持是同时期人。《万叶集》作者之一。本书收录其和歌2首，为第1378、1379首。

③ 盐灶：原文“塩釜”（しほがま），熬盐的炉灶。

自此心神不得安
何以美梦续前缘

［原文］

いかに寝て　見えしなるらむ　うたたねの　夢よりのちは　ものをこそ思へ

〔1381〕

参议篁[①]

梦中得相欢
一夜辗转难入眠
念念情难堪

［原文］

うちとけて　寝ぬものゆゑに　夢を見て　もの思ひまさる　ころにもあるかな

〔1382〕

伊势

情缘已中断
不意春夜又梦见
破镜待重圆

［原文］

春の夜の　夢にありつと　見えつれば　思ひ絶えにし　人ぞ待たるる

---

① 参议篁：小野篁，也称野宰相、野相公。仁寿二年（852 年）卒，享年 51 岁，一说贞观五年（863 年）卒。曾任参议从三位左大弁。是参议峰守之子。著有家集《小野篁集》（篁物语）。本书收录其和歌 2 首，为第 1381、1425 首。

〔1383〕

盛明亲王[①]

春夜梦旧影
梦中薄情尚有情
但愿醒来如梦境

［原文］

春の夜の　夢のしるしは　つらくとも　見しばかりだに　あらば頼まむ

〔1384〕

女御徽子女王

沉入睡乡中
浮世烦恼一扫空
可惜只是梦

［原文］

寝る夢に　うつつの憂さも　忘られて　思ひ慰む　ほどぞはかなき

〔1385〕

春夜，访问某女，晨别咏歌相赠

能宣朝臣

昨夜喜相逢

---

① 盛明亲王：宽和二年（986 年）殁，享年 59 岁。任四品上野大守。是醍醐天皇的第十五皇子，被赐姓源氏降为臣子，后恢复为亲王。本书收录其和歌 1 首。

一夜无眠到天明
美妙如幻梦

［原文］

かくばかり　寝であかしつる　春の夜に　いかに見えつる夢にかあるらむ

〔1386〕

无题

寂蓮法师

睡泪成河川
身浮泪川波浪间
醒来倍虚幻

［原文］

涙川　身も浮きぬべき　寝覚めかな　はかなき夢の　なごりばかりに

〔1387〕

百首歌合奉咏

藤原家隆朝臣

难得一相逢
醒来却知为幻梦
难忘是梦境

［原文］

あふと見て　ことぞともなく　あけぬなり　はかなの夢の忘れがたみや

〔1388〕

无题

藤原基俊

正待入美梦
屋外促织莫高鸣
搅我梦中情

［原文］

床ちかし　あなかま夜半の　きりぎりす　夢にも人の　見えもこそすれ

〔1389〕

一千五百番歌合奉咏

皇太后宫大夫俊成

与君得相会
可叹短暂如假寐
恍若魂魄飞

［原文］

あはれなり　うたた寝にのみ　見し夢の　ながき思ひに　むすぼほれなむ

〔1390〕

无题

藤原定家朝臣

最忆在床榻
手抚长发丝丝滑

温情贴面颊

［原文］

かきやりし　その黒髪の　すぢごとに　うちふすほどは　面影ぞ立つ

〔1391〕

和歌所歌合奉咏，以“不逢之恋”为题

皇太后宫大夫俊成女

伊人咫尺间
互诉衷肠情绵绵
恍惚如梦幻

［原文］

夢かとよ　見し面影も　契りしも　忘れずながら　うつつならねば

〔1392〕

恋歌

式子内亲王

无常人间世
明日如何不得知
山盟海誓难信矣

［原文］

はかなくぞ　知らぬ命を　嘆げき来し　わがかねごとの　かかりける世に

〔1393〕

弁[1]

前世有因缘
今世相契亦可变
来世更茫然

[原文]

過ぎにける 世ゝの契りも 忘られて いとふ憂き身の はてぞはかなき

〔1394〕

崇德院百首歌合奉咏，恋歌

皇太后宫大夫俊成

顾影想念难自主
若知相恋如此苦
何必有当初

[原文]

思ひわび 見し面影は さてをきて 恋ひせざりけむ おりぞ恋ひしき

〔1395〕

无题

相模

跃跃欲相恋

---

① 弁：生卒年不详。是曾经侍奉过后鸟羽院的侍女。本书收录其和歌 1 首，为第 1393 首。

怯怯畏人言
泪袖成河把身淹

［原文］

ながれ出でむ　うき名にしばし　淀むかな　求めぬ袖の　淵はあれども

〔1396〕

某男久未来访，问“将我忘否”，咏歌答之

马内侍

若以相思苦
何必再相恋
日日挂念心难安

［原文］

つらからば　恋ひしきことは　忘れなで　添へてはなどか　しづ心なき

〔1397〕

某男曰：“近日将担任贺茂祭次第司①。”闻之赠歌

祭日熙攘攘
为人指路君最忙
过后即遗忘？②

［原文］

君しまれ　道のゆききを　定むらむ　過ぎにし人を　かつ忘

---

① 次第司：在神社祭日维持秩序、为人指路导游的官员。

② 此歌是歌者对前男友所咏，暗含讽刺之意。

れつつ

〔1398〕

某女久绝往来，一日忽来索要榑[①]，予之，并咏歌

藤原仲文[②]

朽木无叶无芬芳
本该被遗忘
要它何用场？[③]

［原文］

花咲かぬ　朽木のそまの　そま人の　いかなるくれに　思ひいづらむ

〔1399〕

咏歌，致久违之人

大纳言经信母[④]

一别两茫茫
此次偶然得来访
可知未相忘

［原文］

をのづから　さこそはあれと　思ふ間に　まことに人の　訪はずなりぬる

---

① 榑：假名“くれ”，一种饰有皮革的木材制品。

② 藤原仲文：天元元年(978年)卒，享年71岁。是信浓守公葛之子。“三十六歌仙”之一。有家集《仲文集》。本书收录其和歌1首。

③ 此歌以“朽木”（榑）自比，含有讥讽之意。

④ 大纳言经信母：生卒年不详。播磨守源国盛之女，民部卿源通方之妻，生子经信。有家集《经信卿母集》。本书收录其和歌1首。

〔1400〕

忠盛[①]朝臣常出远门，问我曰：“多日不得聚，怨恨否？”咏歌以答

前中纳言教盛母[②]

何须怨天又尤人
君不来访不怨君
泣泪常悔恨

［原文］

ならはねば　人の訪はぬも　つらからで　くやしきにこそ袖は濡れけれ

〔1401〕

无题

皇嘉门院尾张[③]

莫叹莫伤感
我对世人有亏欠
报应业已显

［原文］

嘆かじな　思へば人に　つらかりし　この世ながらの　報ひなりけり

---

① 忠盛：平忠盛。生于公元1096—1153年。平安朝末期武将。平清盛之父。详见第677页注释。

② 前中纳言教盛母：生卒年不详。曾是侍奉待贤门院的女官。藤原家隆之女，平忠盛之妻。本书收录其和歌1首。

③ 皇嘉门院尾张：生卒年不详。曾是侍奉皇嘉门院的女官。刑部少辅藤原家基之女。本书收录其和歌1首。

〔1402〕

和泉式部

若知如何活
若知如何过
何以时时心不悦[1]

［原文］

いかにして　いかにこの世に　あり経ばか　しばしも物を思はざるべき

〔1403〕

深养父

两相愉悦是平常
对方薄情易心伤
久久不能忘

［原文］

うれしくは　忘るることも　ありぬべし　つらきぞ長き　形見なりける

〔1404〕

素性法师

相逢相见难
若有信物在眼前

---

① 据《和泉式部续集》序，此歌是见一位亲人烦恼不堪，自己无以劝慰，转而反省自己时而吟咏。

亦可得慰安

［原文］

逢ふことの　かたみをだにも　見てしかな　人は絶ゆとも　見つつしのばむ

〔1405〕

小野小町

从此被遗忘
无人再来访
万念俱灰徒悲伤

［原文］

わが身こそ　あらぬかとのみ　たどらるれ　訪ふべき人に　忘られしより

〔1406〕

能宣朝臣

葛城久米路
石桥中断通道无
从此两相阻

［原文］

葛城や　久米路にわたす　岩橋の　絶えにし中と　なりやはてなむ

〔1407〕

祭主辅亲

莫言两相断

田间溪水断又连
终会入心田[1]

［原文］

今はとも　思ひな絶えそ　野中なる　水の流れは　ゆきてたづねむ

〔1408〕

伊势

青松一棵在美浓[2]
年久仍葱茏
两情相契如青松

［原文］

思ひいづや　美濃のを山の　ひとつ松　契りしことは　いつも忘れず

〔1409〕

在原业平朝臣

此路我踏足
如今我外出
不知谁在踏旧路？[3]

［原文］

出でいにし　あとだにいまだ　変らぬに　たが通ひ路と　今

① 此歌是安慰昔日恋人的歌。
② 美浓：假名“みの”，山名，位于岐阜县不破郡垂井町南宫山。
③ 该歌选自《伊势物语》第 42 段，调侃与自己相好的一个好色女子，对其表达不信任。

はなるらむ

〔1410〕

思情长悠悠
梅花香气袖上留
可叹人已走

［原文］

梅の花　香をのみ袖に　とどめおきて　わが思ふ人は　おとづれもせぬ

〔1411〕

咏歌致斋宫女御

天历

仰望茫茫天
天高地阔人孤单
无奈一声叹

［原文］

天のはら　そことも知らぬ　大空に　おぼつかなさを　嘆きつるかな

〔1412〕

返歌

女御徽子女王

俯仰望乾坤
若见清晨有氤氲
即是我之身

［原文］

嘆くらむ　心をそらに　見てしがな　立つ朝霧に　身をやなさまし

〔1413〕

无题

光孝天皇

音信久不通
翘首望长空
愁云凄雨满胸中

［原文］

逢はずして　経るころほひの　あまたあれば　はるけき空にながめをぞする

〔1414〕

得知某女出京城远行，咏歌

兵部卿致平亲王①

知卿远行我心慌
缘何不言去何方
告知又何妨

［原文］

思ひやる　心も空に　白雲の　出で立つかたを　知らせやはせぬ

---

① 兵部卿致平亲王：法名悟圆。长久二年(1041年)圆寂，享年91岁。曾任四品兵部卿。是村上天皇的第三皇子。本书收录其和歌1首。

〔1415〕

无题

凡河内躬恒

山高飘白云
云间听鸟吟
声声似我心上人

［原文］

雲井より　遠山鳥の　鳴きてゆく　声ほのかなる　恋ひもするかな

〔1416〕

弁更衣久不进宫，咏歌赠之

延喜

大雁飞入云
传来声声吟
缘何不闻卿之音

［原文］

雲居なる　雁だに鳴きて　来る秋に　などかは人の　おとづれもせぬ

〔1417〕

斋宫女御春天出宫，久不还，咏歌赠之

天历

卿如天上雁
春天飞去秋又还

勿忘有约曾在先

［原文］

春ゆきて　秋までとやは　思ひけむ　かりにはあらず　契りしものを

〔1418〕

无题

西宫前左大臣

乍闻初雁鸣

旋即入云无踪影

寻声遥寄思念情

［原文］

初雁の　はつかに聞きし　ことつても　雲路に絶えて　わぶるころかな

〔1419〕

五节期间于宫中相逢，翌年咏歌赠之

藤原惟成

去年不熟悉

如同初穿小忌衣[①]

但愿今年成知己

［原文］

小忌衣　こぞばかりこそ　なれざらめ　けふの日かげの　か

① 小忌衣：假名“おみごろも”，大尝会、节会等重大节日上祭祀官、舞蹈者所穿的斋服。

けてだに問へ

〔1420〕

无题

藤原元真

江边有草名忘恋[①]
唯我心念念
痴心难改心凄然

［原文］

住吉の　恋ひ忘れ草　種絶えて　なき世に逢へる　われぞかなしき

〔1421〕

斋宫女御在宫时，将若何

天历

清流之上难挥笔
我心却是在水底
情深无与比

［原文］

水の上の　はかなき数も　思ほえず　ふかき心し　底にとまれば

---

① 忘恋：指忘恋草，假名“こひわすれぐさ”，字面义忘掉恋人，又称忘草，萱草的别称。

〔1422〕

咏歌，致某久违之人

谦德公

思恋诸般苦
若是来世情难除
宁愿转生为草木

［原文］

ながき世の　つきぬ嘆きの　絶えざらば　なにに命を　かへて忘れむ

〔1423〕

无题

权中纳言敦忠

世事无常态
地久天长不可待
莫以命相爱

［原文］

心にも　まかせざりける　命もて　たのめもをかじ　常ならぬ世を

〔1424〕

藤原元真

人生不遇时
世上忧烦事
最苦莫若苦相思

[原文]

世の憂きも　人のつらきも　忍ぶるに　恋ひしきにこそ　思ひわびぬれ

〔1425〕

与某女相好，被其父母觉察，严禁往来，忿而咏歌

参议篁

若是我高贵
敢问此事孰敢为
思之徒伤悲

[原文]

数ならば　かからましやは　世の中に　いと悲しきは　しづのをだまき

〔1426〕

无题

藤原惟成

身份虽低微
若我敢做又敢为
何惧敞心扉

[原文]

人ならば　思ふ心を　いひてまし　よしやさこそは　しづのをだまき

〔1427〕

佚名

漸漸近老衰
念念往事萦心怀
思君如君在

[原文]

わがよはひ　おとろへゆけば　しろたへの　袖のなれにし君をしぞ思ふ

〔1428〕

今日分别后
永远不得见
从此衣袖难再干

[原文]

今よりは　逢はじとすれや　しろたへの　わが衣手の　かはく時なき

〔1429〕

良宵苦短暂
晨起道别情相牵
从此愁独眠

[原文]

玉くしげ　あけまくおしき　あたら夜を　衣手かれて　ひとりかも寝む

〔1430〕

日下草露无

星月换新露
独我夜夜相思苦

［原文］

逢ふことを　おぼつかなくて　過ぐすかな　草葉のつゆの　おきかはるまで

〔1431〕

稻穗靡秋风
我为思君摇心旌
可叹君无情

［原文］

秋の田の　穗向けの風の　かたよりに　われは物思ふ　つれなきものを

〔1432〕

愿持望远镜
如同鹰隼无遁形
得见君之影

［原文］

はし鷹の　野もりの鏡　えてしがな　思ひ思はず　よそながらむ

〔1433〕

大淀①有松杉
眼见浪波退又还

---

① 大淀：假名“おおよど”，地名，三重县多气郡明和町大淀，位于海岸。

恨君一去不复返[1]

［原文］

大淀の　松はつらくも　あらなくに　うらみてのみも　かへる波かな

〔1434〕

踏浪下大海
决然割海带
不畏人言敢相爱

［原文］

白浪は　立ちさわぐとも　こりずまの　浦のみるめは　刈らむとぞ思ふ

〔1435〕

眼见是海岸
浪高渔舟不得前
空返恨怅然

［原文］

さしてゆく　かたはみなとの　波高かみ　うらみて帰る　海人の釣り舟

① 该歌选自《伊势物语》第 72 段，写一男子与一女子一夜之欢后，从此远去不返，女子怨恨而咏此歌。

第十六卷　杂歌・上[①]

〔1436〕

入道前关白太政大臣家百首歌合，立春咏

皇太后宫大夫俊成

又是一年春
僧衣袖上释泪痕
辞旧又迎新

［原文］

年暮れし　涙のつらら　とけにけりこけの袖にも　春や立つらむ

〔1437〕

土御门内大臣家歌合，"山家残雪"咏

藤原有家朝臣

远看山间空
庭院积雪悄然融
来去无行踪

［原文］

山陰や　さらでは庭に　あともなし　春ぞ来にける　雪のむら消え

〔1438〕

圆融院退位[②]，在船冈[③]子日之游[④]后，拜谒，翌晨咏歌

一条左大臣[⑤]

昨日祈福去郊野
犹忆旧时在君侧
依依情难舍

［原文］

あはれなり　昔の人を　思ふには　きのふの野べに　みゆきせましや

〔1439〕

返歌

圆融院

老松已不见
郊野景色已大变
旧时堪怀恋

［原文］

ひきかへて　野辺のけしきは　見えしかど　昔を恋ふる　松はなかりき

---

① 十六至十八卷所收杂歌(上中下)，即不属于四季、恋歌、离别、羁旅、神祇、释教的难以归类的题材类型，多为述怀与赠答歌，但许多作品与上述各类题材实难分别。《杂歌·上》大体以春夏秋冬四季推移为线索，依次编列。

② 圆融天皇退位：时在永观二年(984年)八月。

③ 船冈：京都市北区的一个小山冈。

④ 子日之游：正月初子之日，去野外游玩祈福。

⑤ 一条左大臣：源雅信，法名觉实。卒于正历四年(993年)，享年74岁。曾任从一位左大臣，赠正一位。宇多天皇皇孙，敦实亲王之子。本书收录其和歌1首。

〔1440〕

月明之夜，泪湿衣袖

大僧正行尊

新春已来到
衣袖冰泪渐溶消
檐端明月照

［原文］

春来れば　袖の氷も　とけにけり　漏り来る月の　宿るばかりに

〔1441〕

黄莺歌

菅赠太政大臣

山高谷幽深
春意迟迟临
间关莺语依稀闻

［原文］

たにふかみ　春のひかりの　おそければ　雪につつめる　鶯の声

〔1442〕

梅

白梅白雪顶
梅色雪色难分清
辨者唯黄莺

［原文］

降る雪に　色まどはせる　梅の花　うぐひすのみや　分きてしのばむ

〔1443〕

枇杷左大臣[①]拜任时，折梅道贺

贞信公[②]

开花先后虽区分
梅树株株有深根
感恩植树人

［原文］

おそくとく　つひに咲きぬる　梅の花　たが植ゑをきし　種にかあるらむ

〔1444〕

延长年间，自五位[③]藏人官位离任，朱雀院承平八年复任，翌年一月，于丝竹管弦乐会，折梅咏歌

源公忠朝臣

宫中风俗不曾变
折取梅枝作花冠
梅花香依然

---

① 枇杷左大臣：藤原仲平。作者藤原忠平之兄，时已担任摄政、左大臣。
② 贞信公：藤原忠平。天历三年（949 年）卒，享年 70 岁。曾任从一位关白太政大臣。本书收录其和歌 1 首。
③ 五位：官位序列。

［原文］

ももしきに　変らぬものは　梅の花　折りてかざせる　にほひなりけり

〔1445〕

赏梅花

花山院

世间年年梅花放
花色花香不久长
由此见无常

［原文］

色香をば　思ひもいれず　梅の花　常ならぬ世に　よそへてぞ見る

〔1446〕

上东门院出家，时值春天，见庭院红梅开，咏歌

大贰三位

梅花年年放
留下色与香
世人久久不能忘

［原文］

梅の花　なににほふらむ　みる人の　色をも香をも　忘れぬる世に

〔1447〕

听闻东三条院为女御时，圆融院常来行幸，感恩咏歌托命妇[①]转呈

东三条入道前摄政太政大臣[②]

年年春天来
朝霞升腾照山寨[③]
此生有光彩

［原文］

春霞　たなびきわたる　おりにこそ　かける山辺の　かひもありけれ

〔1448〕

返歌

圆融院

若非有紫云
霞光何以映阳春
何以去作山中人[④]

［原文］

むらさきの　雲にもあらで　春がすみ　たなびく山の　かひはなにぞも

---

① 命妇：在后宫服务的五位官阶以下的女性。原文“ゆげひの命婦”，指命妇的父亲或兄长任“ゆげひ”（卫门府判官）。

② 东三条入道前摄政太政大臣：藤原兼家。永祚二年（990年）卒，享年62岁。曾任从一位摄政关白太政大臣。是九条右大臣师辅的三子，伊尹、兼通之弟，道隆、道长、道纲、诠子等人之父，其妻是《蜻蛉日记》作者。本书收录其和歌2首，为第1447、1648首。

③ 山寨：原文“山辺”，此暗喻作为女御的女儿。

④ 歌中“紫云”似暗指女御，“霞光”（春霞）暗喻作者自身。

〔1449〕

咏柳

菅赠太政大臣(菅原道真)

道旁有老柳
摇摇欲倾已老朽
春来徒忆旧

[原文]

道のべの　朽ち木の柳　春くれば　あはれ昔と　しのばれぞする

〔1450〕

无题

深养父

春季依然是春季
唯有我身体
不复如往昔

[原文]

むかし見し　春はむかしの　春ながら　わが身ひとつの　あらずもあるかな

〔1451〕

居住堀河院[①]时，折闲院左大将家[②]之樱花枝赐人，并咏歌

圆融院

樱花开深宅

---

① 堀河院：位于今京都市中京区，曾为藤原兼通邸宅，后为天皇行宫。

② 闲院左大将家：藤原兼通之子藤原朝光的邸宅。

赫然一枝出墙外
跃跃欲折摘

［原文］

垣ごしに　見るあだ人の　家ざくら　花散りばかり　ゆきて折らばや

〔1452〕

返歌

左大将朝光

适逢花盛开
灼灼正待人青睐
春意满心怀

［原文］

おりに来と　思ひやすらむ　花ざくら　ありしみゆきの　春を恋ひつつ

〔1453〕

在高阳院，见花散凋零，咏歌

肥后

高阳代代人
承蒙天恩深
如今樱雪又纷纷

［原文］

よろづよを　ふるにかひある　宿なれば　み雪と見えて　花ぞ散りける

〔1454〕

返歌

二条关白内大臣[①]

樱花缀枝桠
一朝洒似飘雪花
此处见荣华

［原文］

枝ごとの　末までにほふ　花なれば　散るもみ雪と　見ゆるなるらむ

〔1455〕

任近卫司[②]多年，时值诸位公卿大臣在宫中赏花，咏歌

藤原定家朝臣

樱花逢春天
天恩泽宫殿
老身顾影且自怜

［原文］

春をへて　みゆきになるる　花のかげ　ふりゆく身をも　あはれとや思ふ

---

① 二条关白内大臣：藤原师通。承德元年（1097 年）卒，享年 38 岁。曾任从一位关白内大臣。是京极前关白师实的长子。宇治关白赖通之孙。知足院入道前关白忠实之父。法性寺关白忠通的祖父。有日记《后二条关白记》。本书收录其和歌 2 首，为第 1454、1652 首。

② 近卫司：近卫府官员。作者咏此歌，时在建仁三年（1203 年）二月，已在近卫府任职十五年，久不得晋升，此歌有怀才不遇之叹。

〔1456〕

最圣寺蹴鞠[①]场，有樱树枯老，易遭风吹倒伏，奉命更移新树，多年见惯之老树今春即移除，感慨咏歌。

藤原雅经朝臣

老樱多年相随伴
知否须移迁
最是依依难舍间

［原文］

なれなれて　見しはなごりの　春ぞとも　などしらかはの　花の下陰

〔1457〕

建久六年[②]，东大寺[③]供养行幸时，兴福寺[④]八重樱盛开，咏歌挂枝头

佚名

故都情难忘
适逢行幸在奈良
樱花齐怒放

［原文］

ふるさとと　思ひなはてそ　花ざくら　かかるみゆきに　逢ふ世ありけり

---

① 蹴鞠：从中国传入日本的古老的体育运动。用脚一个接一个地传踢鹿皮球，使之不落地。平安时代在宫廷贵族中盛行。

② 建久六年：公元 1195 年。

③ 东大寺：日本著名佛寺，在奈良。

④ 兴福寺：佛寺，位于奈良市的法相宗的大本山。

〔1458〕

在家闲居时，受后德大寺左大臣之邀，
观白河之樱花，咏歌记之

源师光[①]

蛰居在自家
日月推移浑不察
出门始知开樱花

［原文］

いさやまた　月日のゆくも　知らぬ身は　花の春とも　けふこそは見れ

〔1459〕

与敦道亲王[②]一同前往白河，拜谒前大纳言公任[③]
之府邸。翌日，让亲王派人送去和歌一首。

和泉式部

君折此樱相赠送
此时供奉在家中
一屋花香浓

［原文］

折る人の　それなるからに　あぢきなく　見しわが宿の　花の香ぞする

---

① 源师光：生卒年不详，后鸟羽天皇时期人。曾任正五位下右京权大夫。出家后号生莲。是大纳言师赖之子，泰光、具亲、宫内卿之父。有家集《源师光集》。本书收录其和歌 3 首，为第 1458、1772、1840 首。

② 敦道亲王：冷泉天皇的皇子，与作者和泉式部相爱。

③ 大纳言公任：藤原公任。

〔1460〕

无题

藤原高光

百看百不厌
如今花儿终凋残
恋恋不忍见

［原文］

見ても又　またも見まの　ほしかりし　花の盛りは　過ぎやしぬらむ

〔1461〕

白河院天皇行幸京极前太政大臣[①]家，翌日，送花志贺，并咏此歌

堀河左大臣[②]

年老增白发
春来樱开似雪花
躬逢行幸老臣家

［原文］

老いにける　しらがも花も　もろともに　今日のみゆきに　ゆきと見えけり

① 京极前太政大臣：藤原师实。

② 堀河左大臣：源俊房。保安二年（1121年）卒，享年87岁。曾任从一位左大臣。是土御门右大臣师房之子，中务卿具平亲王之孙。著有日记《水左记》。本书收录其和歌1首。

〔1462〕

后冷泉院时，众臣御前咏歌，吟咏“新造纸花”

大纳言忠家[①]

纸花有美型
鲜艳若新樱
唯有永久不凋零

［原文］

さくら花　折りてみしにも　変らぬに　散らぬばかりぞ　しるしなりける

〔1463〕

大纳言经信

鲜花且凋散
唯有宫阙花艳艳
日日饰金銮

［原文］

さもあらばあれ　暮れゆく春も　雲の上に　散ること知らぬ　花しにほはば

---

① 大纳言忠家：藤原忠家。宽治五年(1091年)卒，享年59岁。曾任正二位大纳言。是权大纳言长家的次子，藤原俊成的祖父。本书收录其和歌1首。

〔1464〕

无风飘花

大纳言忠教[①]

春夜寂无声
万籁俱寂无微风
悄然落飘樱

［原文］

桜花　すぎゆく春の　ともとてや　風のをとせぬ　世にも散るらむ

〔1465〕

于鸟羽殿观花飘散，咏歌赐赠三条内大臣

鸟羽院

花开花落间
不为无常惹恼烦
惟愿此身往西天

［原文］

惜しめども　常ならぬ世の　花なれば　今はこの身を　西にもとめむ

---

① 大纳言忠教：藤原忠教。永治元年（1141 年）卒，享年 66 岁。曾任正二位大纳言，民部卿，中宫大夫。是京极前关白师实的四子，关白师通之弟。本书收录其和歌 1 首。

〔1466〕

出家后，于右大臣家百首歌合①，咏花

皇太后宫大夫俊成

老身已出家
吉野山间是我家
山花即家花

［原文］

今はわれ　吉野の山の　花をこそ　宿のものとも　見るべかりけれ

〔1467〕

入道前关白太政大臣家歌合咏歌

春来念尘间
美景鲜花堪流连
来世可得见？

［原文］

春くれば　なをこの世こそ　しのばるれ　いつかはかかる　花を見るべき

〔1468〕

右大臣家百首歌合

皇太后宫大夫俊成

月亮天上悬

① 右大臣家百首歌合：承治二年（1178 年）右大臣藤原兼实家举办的歌合。

高高在云端
最是樱花照人间

［原文］

照る月も　雲のよそにぞ　ゆきめぐる　花ぞこの世の　ひかりなりける

〔1469〕

春，于大乘院[1]咏歌赠人

前大僧正慈圆

志贺唐崎边
湖岸横卧长柄山[2]
春意正盎然

［原文］

見せばやな　志賀の唐崎　ふもとなる　ながらの山の　春のけしきを

〔1470〕

无题

樱花无心饰柴门
缘何撩动出家人
蠢蠢动身心

［原文］

柴の户に　にほはむ花は　さもあらばあれ　ながめてけりな

① 大乘院：比叡山延历寺（今大津市坂本本町）内的无动寺的僧院。
② 长柄山：又作“长等山”，假名“ながらのやま”，山名，位于今滋贺县大津市，和歌名所。

恨めしの身や

〔1471〕

西行法师

世间花与人
终归落纷纷
来世何处安我身

［原文］

世の中を　思へばなべて　散る花の　わが身をさても　いづちかもせむ

〔1472〕

友人邀约东山[①]赏花，因事未能前往，咏歌赠之

安法法师[②]

我身在僧庵
心系山樱向东山
春风送思念

［原文］

身はとめつ　心は送る　山ざくら　風のたよりに　思ひをおこせよ

① 东山：京都的东山，鸭川以东的山脉。

② 安法法师：俗姓源，名趁。卒年不详，平安中期人。内匠头遒之子。“三十六歌仙”之一。有家集《安法法师集》。本书收录其和歌 3 首，分别是第 1472、1570、1663 首。

〔1473〕

无题

源俊赖朝臣

波浪去又返
几度回头看不厌
山梨花烂漫

［原文］

さくらあさの　おふの浦波　立ちかへり　見れどもあかず　山なしの花

〔1474〕

橘为仲朝臣在陆奥时，咏歌寄赠，此之一

加贺左卫门

春夜月光灿
白浪越过末松山
看似花海一片片

［原文］

白浪の　こゆらむすゑの　松山は　花とや見ゆる　春の夜の月

〔1475〕

云蒸霞蔚雾茫茫
不知武隈松梢上
能否漏月光?

［原文］

おぼつかな　霞立つらむ　武隈の　松のくま漏る　春の夜の月

〔1476〕

无题

法印幸清

厌世避烦恼
吉野山间布谷鸟
可知我心否?

［原文］

世をいとふ　吉野の奥の　よぶこ鳥　ふかき心の　ほどや知るらむ

〔1477〕

百首歌[①]之一

前大纳言忠良

适逢好时令
夕暮水田雨蛙鸣
感怀一声声

［原文］

折りに逢へば　これもさすがに　あはれなり　小田のかはづの　夕暮の声

① 据考证,“百首歌”系误记,此歌实为建仁元年(1201年)后鸟羽院主持“老少五十首歌合”所咏。

〔1478〕

一千五百番歌合奉咏

藤原有家朝臣

春雨润万顷
天恩浩荡佑众生
冬草枯复萌

［原文］

春の雨の　あまねき御代を　たのむかな　霜にかれゆく　草葉もらすな

〔1479〕

在崇德院，以“林下春雨”为题咏歌

八条前太政大臣①

有幸靠大树
树下庇荫安心住
时时沐雨露

［原文］

すべらぎの　こだかきかげに　隠れても　なを春雨に　ぬれむとぞ思ふ

---

① 八条前太政大臣：藤原实行。应保二年（1162 年）卒，享年 83 岁。曾任从一位太政大臣。是权大纳言公实的次子。后出家，法名莲上觉。本书收录其和歌 1 首。

〔1480〕

圆融院退位后，实方朝臣在与小马命妇交谈处，
隔屏风将棣棠花掷来，并咏此歌

藤原实方朝臣

棣棠八重花瓣开
九重宫阙色无衰
缘何退下来？①

［原文］

八重ながら　色も変らぬ　やまぶきの　など九重に　咲かずなりにし

〔1481〕

返歌

圆融院

棣棠只能开八重
如何续开九重宫
花语无人懂

［原文］

九重に　あらで八重咲く　山ぶきの　いはぬ色をば　知る人もなし

① 此歌表现的是对年轻的圆融天皇退位的惋惜、不解之情。

〔1482〕

老少五十首歌合奉咏

前大僧正慈圆

藤花一簇簇
藤尾孤叶多凄苦
混为泥与土①

［原文］

おのが波に　おなじ末葉ぞ　しほれぬる　藤咲く田子の　うらめしの身や

〔1483〕

出家后②，四月一日，上东门院成为太皇太后宫时③，特送去换季之衣物，并咏歌

法成寺入道前摄政太政大臣（藤原道长）

更衣正当春
老身现为出家人
裁衣合汝身

［原文］

から衣　花のたもとに　ぬぎかへよ　われこそ春の　色はたちつれ

---

① 作者身为藤原家族的一员，此歌感慨自己身世遭际。以“藤”及“藤花”比喻藤原家族的兴盛，以“孤叶”暗喻自身。

② 作者藤原道长出家，时在宽仁三年（1019 年）三月。

③ 上东门院成为太皇太后宫时在宽仁二年（1018 年）正月。据《融化物语》载，藤原道长赠送女儿衣物，时在宽仁三年。

〔1484〕

返歌

上东门院

一夜春变夏
父穿缁衣已出家
今我如何对春花

［原文］

唐衣　たちかはりぬる　春の夜に　いかでか花の　色を見るべき

〔1485〕

四月，贺茂祭日樱花凋散，钦差少将拾花插头，我咏此歌书于御赐书页

紫式部

樱花来插头
想必神代早已有
风俗流传久

［原文］

神代には　ありもやしけむ　さくら花　けふのかざしに　折れるためしは

〔1486〕

忆起贺茂斋院之事，咏歌

式子内亲王

神山贺茂山

难忘当年在斋院
长空依稀听杜鹃

［原文］

ほととぎす　そのかみ山の　たび枕　ほの語らひし　空ぞ忘れぬ

〔1487〕

左卫门督家通任中将时，作钦差祭使，寄宿神馆，拂晓，咏歌赠斋院女房

佚名

晓天嵌明月
得见依依两惜别
杜鹃声呜咽

［原文］

立ち出づる　なごり有明の　月影に　いとどかたらふ　ほととぎすかな

〔1488〕

返歌

左卫门督家通

相别一瞬间
天长地久万万年
旭日照心间

［原文］

いく千代と　かぎらぬ君が　御代なれど　なほ惜しまるる　今朝のあけぼの

〔1489〕

三条院御时，五月五日，以菖蒲根刻成杜鹃，
赠人，应请，咏此歌

三条院女藏人左近

早已过春时
做个杜鹃登梅枝
有无鸣声或可知

［原文］

梅が枝に　折りたがへたる　ほととぎす　声のあやめも　たれ分わくべき

〔1490〕

五月许，行路，见一片白花盛开，
问“知此何花否”，无人应，咏此歌

小弁

此花何芳名？
问询四周无回应
无口①岂有声

［原文］

うちわたす　をちかた人に　言問へど　答へぬからに　しるき花かな

① 无口：假名“くちなし”，栀子花，亦称无嘴。此歌立意在此，具有诙谐趣味。

〔1491〕

梅雨季节，天晴月朗

赤染卫门

绵绵梅雨泻
云隙偶能见明月
泪雨无停歇

［原文］

五月雨の　そらだにすめる　月影に　涙の雨は　はるるまもなし

〔1492〕

述怀百首歌之一，梅雨咏

皇太后宫大夫俊成

梅雨落屋檐
人在檐下泪涟涟
漉漉湿衣衫

［原文］

五月雨は　まやの軒端の　あまそそき　あまりなるまで　濡るる袖かな

〔1493〕

无题

花山院

抚子花上朝露凝
独寝泪盈盈

日日思卿卿

［原文］

ひとり寝る　宿のとこなつ　朝な朝な　涙のつゆに　ぬれぬ日ぞなき

〔1494〕

在春宫[①]，侍奉赠皇后宫[②]时，少将义孝[③]久不来，送一枝抚子花并赠此歌

惠子女王

抚子花容如爱子
切切相盼时
赏花更相思

［原文］

よそへつつ　見れど露だに　慰まず　いかにかすべき　なでしこの花

〔1495〕

月明之夜，某人送来萤火虫一盒，逢雨夜时，咏歌赠之

和泉式部

若是真思念
不如今宵来相见
何苦只看萤火闪

---

① 春宫：东宫，皇太子所居宫殿。
② 赠皇后宫：冷泉天皇的女御，藤原伊尹之女怀子，花山天皇的生母。
③ 义孝：藤原义孝。藤原伊尹与作者惠子女王之子。

［原文］

思ひあらば　今宵の空は　とひてまし　見えしや月の　光かりなりけむ

〔1496〕

无题

七条院大纳言

不知秋来寒与暖
问谁心方安?
露珠泪水浸衣衫

［原文］

思ひあれば　露はたもとに　まがふとも　秋のはじめを　たれに問はまし

〔1497〕

后宫[1]赠皇上[2]一把扇子，有感咏歌

中务

袖浦[3]水荡漾
秋风吹来天气爽
宫中满清凉

［原文］

袖の浦の　波吹きかへす　秋風に　雲のうへまで　すずしか

---

① 后宫：指村上天皇的皇后安子，藤原师辅之女。

② 皇上：指村上天皇。

③ 袖浦：假名“そでのうら”，出羽（今秋田、山形两县）的地名，风景名胜地，和歌歌枕。

らなむ

〔1498〕

业平朝臣寄赠衣物，咏歌

纪有常[①]朝臣

秋寒未到露珠凝
露珠泪珠难分清
感激又涕零

［原文］

秋やくる　露やまがふと　思ふまで　あるは涙の　降るにぞ有ける

〔1499〕

幼时好友，多年后重逢，又匆匆离去。
七月十日，见月隐云中，咏歌

紫式部

夜半月儿现天穹
复又隐云中
此月彼月可相同?

［原文］

めぐりあひて　見しやそれとも　わかぬまに　雲がくれにし　夜半の月影

---

① 纪有常：卒于贞观十九年(877 年)，享年 63 岁。曾任从四位下刑部卿、雅乐介。是刑部卿名虎之子。本书收录其和歌 1 首。

〔1500〕

在东宫为皇太子时，少纳言藤原统理侍奉左右，
如今决意出家，感慨咏歌

三条院

山端月影淡
君又弃家隐深山
遗我浮世间

［原文］

月影の　山の端わけて　かくれなば　そむくうき世を　われやながめむ

〔1501〕

无题

藤原为时[①]

凝神望山端
月亮迟迟不露面
待月无睡眠

［原文］

山の端を　出でがてにする　月待つと　寝ぬ夜のいたく　更けにけるかな

① 藤原为时：生卒年不详，天元二年(979年)之前健在。曾任五位越后守。是刑部大辅雅正之子，中纳言兼辅之孙，为赖之弟，紫式部之父。本书收录其和歌1首。

〔1502〕

朦胧月夜，见参议正光[①]悄悄出门会女子，咏歌戏赠

伊势大辅

浮云虽遮挡
躲躲闪闪漏月光
形影何处藏

［原文］

うき雲は　立ち隠せども　ひまもりて　空ゆく月の　見えもするかな

〔1503〕

返歌

参议正光

月色也朦胧
本想隐于浮云中
未料露行踪

［原文］

浮雲に　かくれてとこそ　思ひしか　ねたくも月の　ひまもりにける

---

① 参议正光：藤原正光。长和三年（1014 年）卒，享年 58 岁。曾任从三位参议大藏卿。是堀河关白兼通（忠义公）的第六子。本书收录其和歌 1 首。

〔1504〕

去往三井寺小住数日，欲归京，寺人惜别，咏歌

刑部卿范兼

月亮迟迟难出山
人也依依不欲还
人月情相关

［原文］

月をなど　待たれのみすと　思ひけむ　げに山の端は　出でうかりけり

〔1505〕

隐居山中，亦有来访者，咏歌

法印静贤[①]

残月入山间
独自隐居在岚山
有幸蒙牵念

［原文］

思ひいづる　人もあらしの　山の端に　ひとりぞ入りし　有明の月

---

① 法印静贤：俗姓藤原。生卒年不详，大约是高仓天皇时代之人。少纳言入道信西（通宪）之子，成范之弟。因参与平治之乱，遭发配。本书收录其和歌 1 首。

〔1506〕

八月十五夜，众朝臣于和歌所咏歌

民部卿范光

月色波光间
和歌之道一脉连
歌风代代传

［原文］

和歌の浦に　家の風こそ　なけれども　波吹く色は　月に見えけり

〔1507〕

和歌所歌合，湖上月明咏

宜秋门院丹后

志贺之唐崎
海上小舟昨夜在
今晨无踪迹

［原文］

よもすがら　浦こぐ舟は　あともなし　月ぞ残れる　志賀の唐崎

〔1508〕

无题

藤原盛方[①]朝臣

晓月迟迟不落山

① 藤原盛方：正确名字应为“成方”。治承二年（1178 年）卒，享年 42 岁。曾任从四位下民部大辅中宫大进出羽守。是中纳言显时之子。本书收录其和歌 1 首。

我欲出家心不甘
尘世堪留恋

［原文］

山の端に　思ひも入らじ　夜の中は　とてもかくても　ありあけの月

〔1509〕

永治元年[1]，天皇让位[2]日近，一夜无眠，望月咏歌

皇太后宫大夫俊成

宫中月亮明
光照在下有深情
勿忘身边一星星[3]

［原文］

忘れじよ　忘るなとだに　いひてまし　雲井の月の　心ありせば

〔1510〕

崇德院百首歌合奉咏

因何泪袖不曾干
只缘明月远
长空相隔断[4]

---

① 永治元年：公元1141年。
② 指崇德天皇让位于近卫天皇。
③ 此歌中的"宫中月亮"喻指即将退位的崇德天皇。崇德天皇推崇俊成的和歌才能，并予以特别照拂，此歌表达了对崇德天皇的感念留恋之情。
④ 此歌与上一首歌内容相近，"明月"指已退位的崇德天皇。

［原文］

いかにして　袖にひかりの　やどるらむ　雲井の月は　へだててし身を

〔1511〕

文治年间，百首歌合时，吟歌怀旧

左近中将公衡

念念不能忘
三代[①]之前旧时光
宫上明月亮

［原文］

心には　忘るる時も　なかりけり　三代のむかしの　雲のうへの月

〔1512〕

百首歌合[②]奉咏，秋歌

二条院赞岐

宫中秋月明
映我衣袖照我影
能否伴余生

［原文］

むかし見し　雲居をめぐる　秋の月　いまいくとせか　袖に宿さむ

---

① 三代：假名“みよ”，指三代天皇，即作者所在时代的前三代天皇治下的时代，亦即后鸟羽天皇之父高仓天皇时代。

② 百首歌合：正治二年（1200年）后鸟羽天皇主持的歌合。

〔1513〕

月下述怀

藤原经通[1]朝臣

若能苟延此性命
愿与晓月相约定
常来照我影

［原文］

憂き身世に　ながらへばなを　思ひ出で　よたもとに契るありあけの月

〔1514〕

参拜石山寺[2]，赏月咏歌月

藤原长能

石山寺上秋月明
冉冉向西行
盼来照帝京

［原文］

都にも　人や待つらむ　石山の　峰にのこれる　秋の夜の月

---

① 藤原经通：延应元年(1239年)卒，享年64岁。曾任正二位权大纳言。是大纳言泰通之子，成通之孙。本书收录其和歌1首。

② 石山寺：位于今滋贺县大津市石山町的真言宗佛寺。

〔1515〕

无题

凡河内躬恒

淡路望月月淡远
宫阙望月月儿圆
帝京最近天

［原文］

淡路にて　あはとはるかに　見し月の　近きこよひは　ところがらかも

〔1516〕

月夜，相处之女问曰：“近来夜里，
尚见过月亮否？”[①]咏歌答之

源道济

孤眠睡难醒
君不在时无月影
一夜不觉到天明

［原文］

いたづらに　寝ては明せど　もろともに　君が来ぬ夜の　月は見ざりき

① 此处“月亮”似指女子。

〔1517〕

夜深难眠，待月出，咏歌

增基法师[①]

天高夜深沉
望月不觉泪涔涔
月出照衣襟

［原文］

天の原　はるかにひとり　ながむれば　たもとに月の　出でにけるかな

〔1518〕

能宣朝臣深夜前往大和国待乳山，造访某女，不逢，恼恨

佚名

山下久等待
夜深人不来
月隐人返实无奈

［原文］

たのめこし　人を待つちの　山の端に　さ夜更けしかば　月も入にき

---

① 增基法师：生卒年不详，约生活于天历年间。是“三十六歌仙”之一。有家集《增基法师集》。本书收录其和歌 1 首。

〔1519〕

百首歌合[1]奉咏

摄政太政大臣(藤原良经)

相邀月出即来逢
忽闻柴门动
原是庭院吹松风

[原文]

月見ばと　いひしばかりの　人は来で　まきの戸たたく　庭の松風

〔1520〕

五十首歌合奉咏，山家月

前大僧正慈圆

山家无客月清冷
只闻空中贯长风
潇潇落叶声

[原文]

山ざとに　月は見るやと　人は来ず　空ゆく風ぞ　木の葉をもとふ

〔1521〕

摄政太政大臣任大将时，有咏月歌五十首，和之

遥望晓月影

① 百首歌合：正治二年(1200年)后鸟羽院主持的歌合。

徐徐西山倾
又闻野寺钟声鸣

［原文］

有明の　月のゆくゑを　ながめてぞ　野寺の鐘は　聞くべかりける

〔1522〕

摄政太政大臣家歌合，山月咏

藤原业清

甫一出山端
又被松枝掩
晓月迷藏松叶间

［原文］

山の端を　出でても松の　この間より　心づくしの　ありあけの月

〔1523〕

和歌所歌合，深山晓月咏

鸭长明

深山独一人
槙叶隙间明月近
泪眼依稀月色晕

［原文］

よもすがら　ひとりみ山の　まきの葉に　くもるも澄める　ありあけの月

〔1524〕

参拜熊野[1]时，奉咏

藤原秀能

秋风摇树月影闪
落叶飘深山
残月挂山巅

［原文］

奥山の　木の葉の落つる　秋風に　たえだえ峰の　雲ぞのこ残れる

〔1525〕

皎皎明月照
空中浮云消
只闻深山风咆哮

［原文］

月澄めば　よもの浮雲　空に消えて　み山がくれに　ゆくあらしかな

〔1526〕

山家之趣咏

猷圓法师[2]

寂静凝心神
拂晓月光透柴门

① 熊野：指熊野神社，位于和歌山市熊野。
② 猷圆法师：俗姓藤原。贞永元年（1232 年）卒，享年 72 岁。曾任法印、园城寺（三井寺）长吏。是左京权大夫隆信之子，信实等人的弟弟。本书收录其和歌 1 首。

山巅落银盆

［原文］

ながめわびぬ　柴のあみ戸の　明けがたに　山の端近く　残るる月影

〔1527〕

无题

花山院

拂晓月儿清
不意时时忆旧情
呆然望月影

［原文］

あかつきの　月みむとしも　思はねど　見し人ゆへに　ながめられつつ

〔1528〕

伊势大辅

又是近黎明
唯有月光照闲庭
孤寂叹伶仃

［原文］

ありあけの　月ばかりこそ　かよひけれ　来る人なしの　宿の庭にも

〔1529〕

和泉式部

不见故人容
家中霍然空
唯有残月照闺中

［原文］

住みなれし　人影もせぬ　わがやどに　有明の月の　幾夜ともなく

〔1530〕

以“月映水上”为题，家人咏歌

大纳言经信

看似无人又有人
芦隙月光似门神
夜夜护宅门

［原文］

すむ人も　あるかなきかの　宿ならし　蘆間の月の　もるにまかせて

〔1531〕

秋暮为病所苦，出家，翌年秋，九月十日过后，
明月中天时咏歌

皇太后宫大夫俊成

本当一命休
未料又迎好个秋

明月再当头

［原文］

思ひきや　別れし秋に　めぐり逢ひて　又もこの世の　月を見むとは

〔1532〕

无题

西行法师

秋月一年年

年年赏月心潮翻

老来心依然

［原文］

月を見て　心うかれし　いにしへの　秋にもさらに　めぐり逢ひぬる

〔1533〕

明月悬中天

泪洒衣袖忆当年

彻夜不成眠

［原文］

よもすがら　月こそそでに　宿りけれ　むかしの秋を　思ひいづれば

〔1534〕

月鉴心地清

若非出家远帝京

焉能如此静

［原文］

月のいろに　心を清く　染めましや　都を出でぬ　わが身なりせば

〔1535〕

月光勿太明
照出尘世不洁净
弃世心已定

［原文］

捨つとならば　憂き世をいとふ　しるしあらむ　われ見ばくもれ　秋の夜の月

〔1536〕

西行法师

不觉月西沉
顾影自怜老朽身
时光不饶人

［原文］

ふけにける　わが身の影を　思ふまに　はるかに月の　かたぶきにける

〔1537〕

入道亲王觉性[①]

忆昔如梦幻
如同月光一夜间
掠过座座山

[原文]

ながめして　過ぎにし方を　思ふまに　峰より峰に　月は移りぬ

〔1538〕

藤原道经

浮世寄我身
时时蒙灰尘
秋月总能洗我心

[原文]

秋の夜の　月に心を　なぐさめて　憂き世にとしの　積りぬるかな

〔1539〕

五十首歌合[②]奉咏

前大僧正慈圆

亲历几多秋

---

① 入道亲王觉性：俗名本仁，亦称五宫御室、紫金台寺御室。嘉应元年（1169 年）殁，享年 41 岁。是鸟羽天皇的第五皇子，其母是待贤门院。有家集《出观集》。本书收录其和歌 1 首。

② 五十首歌合：建仁元年（1201 年）后鸟羽院主持的“老少五十首歌合”秋之部。

知非之年仍烦忧
身心望月修

［原文］

秋を経て　月をながむる　身となれり　五十の闇を　なに嘆くらむ

〔1540〕

百首歌合[①]奉咏

藤原隆信朝臣

秋月挂山端
守望不觉六十年
思之长嗟叹

［原文］

ながめても　六十の秋は　過ぎにけり　思へばかなし　山の端の月

〔1541〕

无题

源光行[②]

人望月儿明
雅心寄风情
我望明月空叹命

---

① 百首歌合：正治二年(1200 年)后鸟羽院主持的歌合。

② 源光行：宽元二年(1244 年)卒，享年 82 岁。曾任正五位下河内守。是备前守光季之子。跟随藤原孝范学习诗文，跟随俊成、定家学习和歌，晚年成为掌故学家。著有《蒙求和歌》《百咏和歌》《水原抄》等。本书收录其和歌 1 首。

［原文］

心ある　人のみ秋の　月をみば　なにをうき身の　思ひ出にせむ

〔1542〕

一千五百番歌合奉咏

二条院赞岐

年长心更忧
眼见月色檐下漏
光影都依旧

［原文］

身のうさを　月やあらぬと　ながむれば　昔ながらの　影ぞ漏りくる

〔1543〕

决意出家，望月咏歌

寂超法师①

修行山路陡
晓月正当头
无月有谁可为俦?

［原文］

ありあけの　月よりほかは　たれをかは　山ぢのともと　契をくべき

---

① 寂超法师：俗姓藤原，俗名为经。生卒年不详。从五位上皇后宫少进，长门守。丹后守为忠之子。康治二年（1143 年）出家，法名为寂超，又名日想房。本书收录其和歌 2 首，分别是第 1543、1551 首。

〔1544〕

山里，月夜思京城，咏歌

大江嘉言

京城无人家宅荒
有人不知来造访
徒然沐月光

［原文］

都なる　荒れたる宿に　むなしくや　月にたづぬる　人帰るらむ

〔1545〕

九月，山居时，拂晓残月时，咏歌致式子内亲王[①]

惟明亲王

我乃出家人
万事无关心
唯有明月牵我心

［原文］

思ひやれ　なにをしのぶと　なけれども　都おぼゆる　ありあけの月

〔1546〕

返歌

式子内亲王

月明思人远

---

① 式子内亲王：作者惟明亲王的伯母。

身居城郊念山间
与君共婵娟

［原文］

有明の　おなじながめは　君も問へ　都のほかも　秋の山里

〔1547〕

春日社歌合，以“晓月”为题

摄政太政大臣（藤原良经）

石门[①]被推开
一轮明月出山来
遥遥自神代[②]

［原文］

天の戸を　おしあけがたの　雲間より　神代の月の　影ぞ残れる

〔1548〕

右大将忠经

浮云最薄情
飘然远处行
留下月亮攀树顶

［原文］

雲をのみ　つらきものとて　あかす夜の　月よこずゑに　をちかたの山

---

① 石门：原文“天の戸”，《古事记》所载日本神话中的“天之岩户”，天照大神（日神）打开石门走出来，天下一片光明。此处将太阳置换为月亮。

② 神代：假名“かみよ”，指远古的诸神统治的时代。

〔1549〕

藤原保季朝臣

明月惜夜天
依依不舍难落山
盘桓在山端

［原文］

入りやらで　夜を惜しむ月の　やすらひに　ほのぼの明くる山の端ぞ憂き

〔1550〕

月明之夜遇定家朝臣。问曰："君自何时立志于歌道？"
我答曰："幼时从西行法师多年，承蒙耳提面命。"
二人谈忆西行法师，归宅翌晨咏歌以赠

法桥行遍

长夜相谈欢
不觉夜阑珊
归途始觉月色暗

［原文］

あやしくぞ　かへさは月の　くもりにし　昔語りに　夜やふけにけむ

〔1551〕

故乡月咏

寂超法师

月儿请记住

此乃我旧屋
幸得光顾长相护

［原文］

ふるさとの　宿もる月に　ことと問む　われをば知るや　昔住みきと

〔1552〕

遍照寺[①]赏月

平忠盛[②]朝臣

昔日客满堂
此刻尽荒凉
古寺唯余明月光

［原文］

すだきけむ　むかしの人は　影絶えて　宿もるものは　ありあけの月

〔1553〕

访某友人，不料人去宅空，唯见月亮洒照

前中纳言匡房

人去家园荒
藤蔓绕篱墙
屋顶瓦缺漏月光

---

① 遍照寺：位于今京都市右京区嵯峨。创建于公元 10 世纪。

② 平忠盛：仁平三年(1153 年)卒，享年 58 岁。曾任正四位上刑部卿。是赞岐守正盛之子，清盛之父。鸟羽天皇时因创建得长寿院有功而被允许升殿，为平氏家族的全盛打下了基础。有家集《平忠盛朝臣集》。本书收录其和歌 1 首。

［原文］

やへむぐら　茂れるやどは　人もなし　まばらに月の　影ぞすみける

〔1554〕

无题

神祇伯显仲

野鸭栖藤江[1]
夜舟停泊任波荡
皓月洒银光

［原文］

かもめゐる　藤江の浦の　沖つ洲に　夜舟いざよふ　月のさやけさ

〔1555〕

俊惠法师

难波潮水干
白鹤纷至开鱼宴
声声只怨夜色暗

［原文］

難波潟　潮干ひにあさる　蘆田鶴も　月かたぶけば　声のうらむる

---

① 藤江：假名“ふじえ”，兵库县明石市藤江。

〔1556〕

和歌所歌合奉咏，海边月

前大僧正慈圆

和歌浦湾涨潮水
月出海上白鹤飞
哀怨声声悲

［原文］

和歌の浦に　月の出で潮の　さすまゝに　夜鳴く鶴の　声ぞかなしき

〔1557〕

藤原定家朝臣

须磨渔人捞藻盐
海水湿衣衫
天上月亮袖上观

［原文］

藻塩くむ　袖の月かげ　をのづから　よそに明さぬ　须磨の浦人

〔1558〕

藤原秀能

明石海岸①上
泪袖映照明月光

① 明石海岸：原文“明石潟”（あかしがた），今兵库县明石市海岸。

也照渔夫湿衣裳

［原文］

明石潟　色なき人の　袖を見よ　すずろに月も　宿るものかは

〔1559〕

众朝臣参拜熊野，顺路借宿切目①，
以“海边眺望”为题咏歌

源具亲

海上月当空
船上渔夫心不动
舱满归家中

［原文］

ながめよと　思はでしもや　かへるらむ　月待つ波の　海人の釣り舟

〔1560〕

已过八十岁，百首歌②奉咏

皇太后宫大夫俊成

何处是归依
选定此处做坟地
杂草秋虫唧

［原文］

占めをきて　いまやと思ふ　秋山の　よもぎがもとに　松虫

① 切目：地名，今和歌山县日高郡印南町西之地。
② 百首歌：指“一千五百番歌合”中之百首歌。

の鳴く

〔1561〕

一千五百番歌合奉咏

秋庭萧瑟在夕暮
老身好似一滴露
倏忽归于无

［原文］

荒れわたる　秋の庭こそ　あはれなれ　まして消えなむ　露のゆふぐれ

〔1562〕

无题

西行法师

长云挂远山
一望僻壤秋萧然
乡人何以堪

［原文］

雲かかる　遠山畑の　秋されば　思ひやるだに　かなしきものを

〔1563〕

五十首歌合奉咏，述怀歌

守觉法亲王

夜风吹矮竹

摇落滴滴叶上露
醒来泪模糊

［原文］

風そよぐ　篠の小笹の　かりの世を　思ふ寝覚めに　露ぞこぼるる

〔1564〕

寄风怀旧

左卫门督通光

杂草丛生故园荒
狂风惊梦梦难忘
泪袖裹秋霜

［原文］

浅茅生や　袖にくちにし　秋の霜　わすれぬ夢を　吹くあらしかな

〔1565〕

皇太后宫大夫俊成女

荒野秋风来
葛叶恨恨随风摆
往事如梦难释怀

［原文］

葛の葉に　うらみにかへる　夢の世を　忘れがたみの　野べの秋風

〔1566〕

无题

祝部允仲[①]

宫城野小萩
白露滴滴缀梢头
摇摇似搔首

［原文］

白露は　置きにけらしな　宮木野の　もとあらの小萩　末たわむまで

〔1567〕

听闻法成寺入道前太政大臣[②]折女郎花并吟歌，咏歌以赠

紫式部

君折女郎花
白露只向花上洒
眼中别无他

［原文］

をみなへし　さかりの色を　見るからに　露の分きける　身こそ知らるれ

① 祝部允仲：卒年不详，后鸟羽天皇时期人。任正四位下，日吉社祢宜。也被称为政仲。本书收录其和歌 1 首。

② 法成寺入道前太政大臣：藤原道长。

〔1568〕

返歌

法成寺入道前摄政太政大臣

露珠心无偏
女郎花美纯自然
并非白露染①

［原文］

白露は　わきてもをかじ　をみなへし　心からにや　色のそむらむ

〔1569〕

无题

曾祢好忠

山深秋怆然
葛藤恣意攀松杉
松垣无隙间

［原文］

山里に　葛はひかかる　松垣の　ひまなくものは　秋ぞかなしき

〔1570〕

暮秋，叹老歌

安法法师

风雨百年人亦老

① 对紫式部略带怨言的赠歌的返歌，作者委婉表明自己并未用心过泛。

何时秋风啸
吹得露珠消

［原文］

ももとせの　秋のあらしは　過ぐしきぬ　いづれの暮の　露と消えなむ

〔1571〕

赖纲朝臣去往摄津国羽束[①]，咏歌饯行

前中纳言匡房

秋深羽束山
一钩残月悬山边
不知与谁观

［原文］

秋果つる　羽束の山の　さびしきに　有明の月を　たれと見るらむ

〔1572〕

九月许，采芒草，献崇德院，并咏歌

大藏卿行宗

芒草有花蕊
秋深时节结为穗
颗颗露珠坠

［原文］

花すすき　秋のすゑ葉に　なりぬれば　ことぞともなく　露

① 摄津国羽束：今兵库县三田市羽束川附近。

ぞこぼるる

〔1573〕

蛰居山里，彻夜狂风，翌晨，咏歌赠前中纳言显长

后德大寺左大臣(藤原实定)

夜半狂风骤
此时倍思友
京城亦是萧瑟秋?

[原文]

夜半に吹く　あらしにつけて　思ふかな　都もかくや　秋はさびしき

〔1574〕

返歌

前中纳言显长①

与世已无争
厌倦居京城
愿闻山间鼓风声

[原文]

世の中に　あきはてぬれば　都にも　今はあらしの　音のみぞする

① 前中纳言显长：藤原显长。卒于仁安二年(1167年)，享年51岁。曾任从二位权中纳言皇后宫权大夫。是中纳言显隆第三子，权中纳言长方之父。本书收录其和歌1首。

〔1575〕

退位后，思念清凉殿庭院所栽菊花，咏歌

冷泉院①

秋天今又来
已是身居宫阙外
遥想菊花开

［原文］

うつろふは　心のほかの　秋なれば　今はよそにぞ　きくの上の露

〔1576〕

九月许，野宫②庭院植花草，咏歌

源顺

野宫庭院上
新植花草长势旺
任尔十月风雨狂

［原文］

頼もしな　夜の宫人の　植うる花　しぐるる月に　あへずなるとも

① 冷泉院：第63代天皇。宽弘八年（1011年）驾崩，享年62岁。是村上天皇的第二皇子，其母是九条右大臣师辅之女中宫藤原安子。著有《冷泉院御集》。本书收录其和歌1首。

② 野宫：供斋宫（以天皇名义派遣到伊势神宫的侍神皇女）过一年斋戒生活的宫殿，位于京都嵯峨。

〔1577〕

无题

佚名

山溪已结冰
狂风呼啸扑峦峰
阵阵松涛声

［原文］

山川の　岩ゆく水も　こほりして　ひとりくだくる　峰の松風

〔1578〕

百首歌合奉咏

土御门内大臣

心细如履冰
每日勤恳宫中行
殷殷君臣情

［原文］

朝ごとに　みぎはのこお　ふみわけて　君につかふる　道ぞかしこき

〔1579〕

最胜四天王院屏风，阿武隈川风景画

藤原家隆朝臣

我朝阿武隈之川
河底老木再显现

冰下待春天

［原文］

君が代に　あぶくま川の　埋れ木も　氷のしたに　春を待ちけり

〔1580〕

元辅[①]故宅旁，是清少纳言[②]家，
大雪中院墙倒塌，感慨咏歌

赤染卫门

故里大雪飘
宅院荒芜院墙倒
何处寻旧貌

［原文］

跡もなく　雪ふるさとは　あれにけり　いづれ昔の　垣根なるらむ

〔1581〕

重病，雪晨咏歌

后白河院

漫天大雪洁
命如露珠即消歇
如何赏白雪

---

① 元辅：清原元辅。
② 清少纳言：清原元辅之女，《枕草子》的作者。

［原文］

露の命　消えなましかば　かくばかり　降る白雪を　ながめましやは

〔1582〕

咏雪述怀

皇太后宫大夫俊成

大雪覆老树
枝叶欲折不堪苦
任伐做柴木

［原文］

そま山や　こずゑに重る　雪折れに　絶えぬ嘆きの　身をくだくらむ

〔1583〕

佛名会①翌晨，见木刻雕花②，咏歌

朱雀院

冬季无花草
敢将木头做花雕
形神皆毕肖

［原文］

時過ぎて　霜に消えにし　花なれど　けふは昔の　心地こそすれ

---

① 佛名会：12 月 19 日之后的 3 日间举办的法会，念诵佛名，祈求消灾。
② 木刻雕花：将树枝雕刻成花形，用于佛名会。

〔1584〕

花山院退位[1]翌年，佛名会上献木花雕，并咏歌

前大纳言公任

花期惜短暂
倏忽而过似梦幻
颜色一时鲜

［原文］

ほどもなく　覚めぬる夢の　うちなれど　その世に似たる花の色かな

〔1585〕

返歌

御形宣旨

世间似梦幻
往事如云烟
唯见雕花在近前

［原文］

見し夢を　いづれの世ぞと　思ふまに　折を忘れぬ　花のかなしさ

〔1586〕

无题

皇太后宫大夫俊成

明知入老境

---

① 花山院（花山天皇）在位 2 年，宽和二年（公元 986 年）退位。

殷殷待重逢

手捧珠泪相馈赠

［原文］

老いぬとも　又も逢はむと　ゆく年に　涙の玉を　手向けつるかな

〔1587〕

慈觉大师[1]

眼见时光如穿梭

我身积岁月

老来浑不觉

［原文］

おほかたに　過ぐる月日と　ながめしは　わが身に年の　つもるなりけり

---

① 慈觉大师：俗姓壬生，法名元仁，谥号慈觉大师。贞观六年（864 年）圆寂，享年 71 岁。第 3 代天台座主，佛教大师最澄的子弟，承和二年（835 年）入唐。本书收录其和歌 1 首。

第十七卷　杂歌·中[1]

〔1588〕

朱鸟五年[2]九月，纪伊国行幸时咏歌

河岛皇子[3]

海上起波澜
浜松结枝[4]祈平安
天长人久远

［原文］

白波の　浜松が枝の　たむけぐさ　幾世までにか　年のへぬらむ

〔1589〕

无题

式部卿宇合[5]

山城有山田
眼前一片柞树原
而今迈步越此山

［原文］

山城の　岩田の小野の　ははそ原　見つつや君が　山路越ゆらむ

〔1590〕

在原业平朝臣

海边有芦屋
渔女烧盐正忙碌
头上不簪黄杨梳

［原文］

蘆の屋の　なだの塩焼き　いとまなみ　つげのをぐしも　刺さず来にけり

〔1591〕

旅宿渔火明
看似晴空坠流星
又似河边窜飞萤

［原文］

晴るる夜の　星か川辺の　蛍かも　わが住む方の　海人の焚く火か

〔1592〕

佚名

志贺渔人忙烧盐

---

① 本卷所收作品，大多为离开京城、在各地旅行的感慨与抒情，也有对旅行在外的亲友的怀想之作，涉及山间生活的较多。

② 朱鸟五年：公元690年。朱鸟，赤铜天皇即位初年(688年)使用的年号。

③ 河岛皇子：持统五年(691年)殁，享年35岁。天智天皇的皇子。本书收录其和歌1首。

④ 结枝：原文“手向草”(たむけぐさ)，为祈求行路平安而用枝草结环、献给路神的贡品。

⑤ 式部卿宇合：藤原宇合。卒于天平九年(737年)，享年44岁。正三位，曾任式部卿、太宰权师。灵龟二年(716年)任遣唐副使。本书收录其和歌1首。

风大烟雾不升天
低空在盘桓

［原文］

志賀の海人の　塩焼けぶり　風をいたみ　立ちはのぼらで山にたなびく

〔1593〕

纪贯之

难波渔家女
烧草生烟一缕缕
烘烤湿衣裾

［原文］

難波女の　衣すとて　刈りて焚く　蘆火のけぶり　立たぬ日ぞなき

〔1594〕

长柄桥[①]咏

壬生忠岑

漫漫岁月久
长柄桥墩已损朽
唯有桥名留

［原文］

年経れば　くちこそまされ　はし橋柱　昔ながらの　名だに

---

① 长柄桥：假名“ながらのはし”，桥梁名，摄津的长柄川上（位于今大阪市大淀区丰崎一带）架设的古桥，和歌名胜。

変らで

〔1595〕

惠庆法师

春日泛舟来访古
借问古桥在何处
无人能答出

［原文］

春の日の　ながらの浜に　舟とめて　いづれか橋と　問へど答へぬ

〔1596〕

后德大寺左大臣(藤原实定)

寻访长柄桥
长柄川上难寻找
秋风吹芦梢

［原文］

朽ちにける　长柄の桥を　来て見れば　蘆の枯れ葉に　秋風ぞ吹く

〔1597〕

无题

权中纳言定赖

一夜海风吟
难波海岸迎清晨

波涛一阵阵

［原文］

沖つ風　夜半に吹くらし　なにはがた　あかつきかけて　波ぞ寄すなる

〔1598〕

春，赴须磨，咏歌

藤原孝善[①]

海上霞光闪
清晨须磨天际远
渔舟一点点

［原文］

須磨の浦の　なぎたる朝は　目もはるに　霞にまがふ　海人の釣り舟

〔1599〕

天历御时，屏风歌

壬生忠见

海上波涛掀
秋风吹越须磨关[②]
风急浪花喧

［原文］

秋風の　関吹き越ゆる　たびごとに　声うちそふる　須磨の

---

① 藤原孝善：生卒年不详，大约生活在白河、堀河天皇时代。曾任五位左卫门尉。是长门守贞孝之子。本书收录其和歌 1 首。

② 须磨关：须磨的关隘。

浦波

〔1600〕

五十首歌合奉咏

前大僧正慈圆

孤眠在客栈
梦路不通涛声断
寂然须磨关

［原文］

須磨の関　夢を通さぬ　波の音を　思ひもよらで　宿をかりける

〔1601〕

和歌所歌合奉咏，关隘秋风

摄政太政大臣（藤原良经）

秋风荡尘埃
不破关[1]上旧关隘
人去废墟在

［原文］

人住まぬ　不破の関屋の　板びさし　あれにしのちは　ただ秋の風

---

① 不破关：假名“ふわのせき”，古代关隘名称，东山道关隘之一，位于今岐阜县不破郡关原町。

〔1602〕

明石浦[1]咏

源俊赖朝臣

彻夜不能眠
眼望海上月高悬
海风吹渔船

［原文］

海人小舟　苫吹きかへす　浦風に　ひとりあかしの　月をこそ見れ

〔1603〕

眺望

寂莲法师

岸边观海天
和歌浦上荡钓船
游曳松梢间

［原文］

和歌の浦を　松の葉越しに　ながむれば　こずゑに寄する　海人の釣り舟

---

① 明石浦：明石海岸一带。

〔1604〕

一千五百番歌合奉咏

正三位季能

水江①有神宫
巍峨高高耸
风吹岸边老杉松

［原文］

水の江の　よし野の宫は　神さびて　よはひたけたる　浦の松風

〔1605〕

海边

藤原秀能

无奈在此住
海边盐屋②苦
寂然抬头望夕暮

［原文］

いまさらに　住みうしとても　いかがせむ　灘の塩屋の　夕暮の空

---

① 水江：假名“みずのえ”，地名，盖指丹后国（今京都北部）海岸，确指不明。
② 盐屋：海边烧盐（煮盐）用的小屋。

〔1606〕

跟随女儿斋王[①]前往伊势神宫，

在大淀海岸祓濯时，感慨咏歌

女御徽子女王

大淀浪翻卷
人若一去不复返
青松翠色何得见

［原文］

大淀の　浦に立つ波　かへらずは　松の変らぬ　色を見ましや

〔1607〕

听闻大贰三位去往乡间，咏歌

后冷泉院[②]

此次住吉行
亲友相盼又相迎
请莫忘返不思京

［原文］

待つ人は　心ゆくとも　すみよしの　里にとのみは　思はざらなむ

① 斋王：又称“斋宫”，被派遣到伊势神宫或贺茂神社从事祭祀活动的未婚亲王或女王，一般指伊势神宫的斋宫。

② 后冷泉院：第 70 代天皇。治历四年（1068 年）驾崩，享年 44 岁。后朱雀天皇的第一皇子。本书收录其和歌 1 首。

〔1608〕

返歌

大贰三位

住吉千年古松林
怎比浩荡主君恩
惟愿得庇荫

［原文］

住吉の　松は待つとも　思ほえで　君がちとせの　影ぞ恋ひしき

〔1609〕

教长[1]卿吟咏名胜时，和咏之

祝部成仲

海波光粼粼
秋风初度吹上滨[2]
声声听涛吟

［原文］

うち寄する　浪のこゑにて　しるきかな　吹上の浜の　秋の初風

〔1610〕

百首歌合时奉咏，海岸咏

越前

夜来海风寒

---

① 教长：藤原教长。

② 吹上滨：假名“吹き上げのはま”，地名，今和歌山市从纪川港到西浜一带的海岸。

田子浦[1]上升火烟
渔人正烧盐

［原文］

沖つ風　夜寒むになれや　田子の浦の　海人の藻塩火　焚きまさるらむ

〔1611〕

海边烟霞咏

藤原家隆朝臣

极目海天舒
远处烧盐起烟雾
想必是盐釜

［原文］

見わたせば　霞のうちも　かすみけり　けぶりたなびく　塩釜の浦

〔1612〕

向太神宫[2]奉纳百首歌之一，嫩菜咏

皇太后宫大夫俊成

伊势有嫩菜
一志[3]海岸少女来
赶在今日摘

---

① 田子浦：假名“たごのうら”，今静冈县富士山市田子海滨。
② 太阳宫：神社名，伊势市的皇大神宫。
③ 一志：伊势岛的一志浦，位于今三重县一志郡。

［原文］

けふとてや　磯菜摘むらむ　伊勢島や　一志の浦の　海人の乙女子

〔1613〕

去往伊势时，咏歌

西行法师

舍离浮世间
眼前即是铃鹿山①
不知近路在哪边

［原文］

鈴鹿山　憂き世をよそに　ふり捨てて　いかになりゆく　わが身なるらむ

〔1614〕

无题

前大僧正慈圆

巍巍富士山
山烟飘离尘世间
令我心相牵

［原文］

世の中を　心高くも　いとふかな　富士のけぶりを　身の思ひにて

---

① 铃鹿山：假名“すずかやま”，山名，位于今三重县滋贺县境，有铃鹿关，是从京城到伊势的必经之地。

〔1615〕

去往东国修行途中，咏富士山

西行法师

风吹富士烟
扶摇飘升不可见
与我思绪牵

［原文］

風になびく　富士のけぶりの　空に消えて　ゆくゑも知らぬ　わが思ひかな

〔1616〕

五月末，见富士山飘雪，咏歌

在原业平朝臣

不问何季节
总是无端飘白雪
朵朵空中掠

［原文］

時知らぬ　山は富士の嶺　いつとてか　鹿子まだらに　雪のふるらむ

〔1617〕

无题

在原元方①

世外桃源在常盘②
时事纷扰不相关
人有不老颜

［原文］

春秋も　知らぬときはの　山里は　すむ人さへや　思がはりせぬ

〔1618〕

五十首歌合奉咏

前大僧正慈圆

行脚吉野山
不慕鲜花慕自然
唯欲结草庵

［原文］

花ならで　ただ柴の戸を　さして思ふ　こころのおくも　み吉野の山

---

① 在原元方：天历七年（953年）卒。是筑前守栋梁之子，业平之孙。宽平、延喜年间活跃于歌坛，是“三十六歌仙”之一。本书收录其和歌1首，为第1617首。

② 常盘：假名“ときわ”，此处有三个含义：一指永恒不变；二指常盘树即常绿树；三是地名，位于今京都市右京区大秦。

〔1619〕

无题

西行法师

吉野山里深
正值樱花未散尽
山中待友人

［原文］

吉野山　やがていでじと　思ふ身を　花散りなばと　人や待つらむ

〔1620〕

藤原家衡朝臣

厌世避居吉野山
山间依然是世间
秋夕倍伤感

［原文］

いとひても　なをいとはしき　世なりけり　吉野のおくの　秋の夕暮

〔1621〕

一千五百番歌合奉咏

右卫门督通具

杉枝搭草庵
夜夜风声过耳畔
山居人肠断

［原文］

ひとすぢに　なれなばさても　杉の庵に　よなよな変わる風の音かな

〔1622〕

守觉法亲王五十首歌合奉咏，闲居歌

藤原有家朝臣

一闻声响动
念念于心盼亲朋
却是过松风

［原文］

たれかはと　思ひたえても　松にのみ　をとづれてゆく　風はうらめし

〔1623〕

鸟羽歌合奉咏，山家狂风歌

宜秋门院丹后

人在山上住
寂寥堪比世间苦
风雨挡出路

［原文］

山里は　世のうきよりも　すみわびぬ　ことのほかなる　峰の嵐に

〔1624〕

百首歌合奉咏

藤原家隆朝臣

松涛更兼瀑布响
耳边齐喧唱
夜来交汇入梦乡

［原文］

滝の音　松のあらしも　なれぬれば　うちぬるほどの　夢はみせけり

〔1625〕

无题

寂然法师

世事多忧烦
避居深山心始安
清风舒心田

［原文］

ことしげき　世をのがれにし　み山べに　あらしの風も　心して吹け

〔1626〕

少将高光[1]去往横川，出家为僧，赠送僧衣并咏歌

权大纳言师氏[2]

我赠此粗衣
堪与僧衣比
何者更能遮潮气

［原文］

奥山の　こけの衣に　くらべ見よ　いづれか露の　置きまさるとも

〔1627〕

返歌

如觉

山中多潮气
最适穿此衣
挡风遮雨朝与夕

［原文］

白露の　朝夕べに　おく山の　こけの衣は　風もさはらず

---

① 少将高光：藤原高光。右大臣藤原师辅之子。应和三年（961 年）舍下妻女，出家为僧，法名如觉。

② 权大纳言师氏：藤原师氏。天禄元年（970 年）卒，享年 58 岁。曾任正三位权大纳言。是忠平（贞信公）的第四子，小野宫实赖（清慎公）、九条右大臣师辅之弟。有家集《海人手子良集》。本书收录其和歌 1 首。

〔1628〕

能宣朝臣来大原野[1]，见其不似山里人，难久留，
曰："敢问先生从何处来？"并咏歌

佚名

欲与浮世别
虽知此处有欠缺
先来大原野

［原文］

世の中を　そむきにとては　来しかども　なほ憂きことは　おほ原の里

〔1629〕

返歌

能宣朝臣

既然于世有留恋
敢问何以做决断
久居小盐山[2]

［原文］

身をばかつ　小塩の山と　思ひつつ　いかにさだめて　人の入りけむ

---

① 大原野：指大原野神社，位于今京都市西京区大原野南春日町。
② 小盐山：假名"おしおのやま"，山名，位于大原野。

〔1630〕

深山访圣，见草庵闭门，无人，归而咏歌

惠庆法师

深山拜圣贤
不料人去已空庵
归途泪露洒道边

［原文］

苔の庵　さして来つれど　君まさで　帰るみ山の　道の露けさ

〔1631〕

圣贤得知后，返歌

草庵破旧风无阻
纵然人不住
守草庵者有露珠

［原文］

荒れはてて　風もさはらぬ　苔の庵に　われはなくとも　露はもりけむ

〔1632〕

无题

西行法师

不作山中人
心胸纵然如山深
难有物哀心

［原文］

山ふかく　さこそ心は　通ふとも　住まであはれを　知らむものかは

〔1633〕

月亮入山又复出
若非山中住
道心何以笃

［原文］

山陰に　住まぬ心は　いかなれや　惜しまれている　月もある世に

〔1634〕

山家送旧年

寂莲法师

出入山庵砍薪柴
来回双脚踩
山坡踏出小路来

［原文］

立ち出でて　つま木折りこし　片岡の　深かき山路と　なりにけるかな

〔1635〕

吟于住吉歌合[1]，山歌

太上天皇（后鸟羽院）

深入老山林
披荆斩棘新路寻
示道于万民

［原文］

奥山の　をどろが下も　踏み分けて　道ある世ぞと　人に知らせむ

〔1636〕

百首歌合奉咏

二条院赞岐

松柏长青人常在
有幸生于君之代
年来多感怀

［原文］

長らへて　なほ君が代を　松山の　待つとせし間に　年ぞ経にける

〔1637〕

山家松

皇太后宫大夫俊成

今作山居砍柴人

---

① 住吉歌合：承元二年（1208年）五月，后鸟羽院主持的歌合。

千年古松信有神
祈寿献于君

［原文］

いまはとて　爪木樵るべき　宿の松ちよをば　君となほ祈るかな

〔1638〕

春日社歌合奉咏，松风

藤原有家朝臣

泪水似雨骤
忽觉愁思涌心头
庭院松风吼

［原文］

われながら　思ふかものを　とばかりに　袖にしぐるる　庭の松風

〔1639〕

居山寺时，咏歌

道命法师

人为避世入山深
实则山居最愁人
忧思满身心

［原文］

世をそむく　ところとか聞く　おく山は　もの思ひにぞ　いるべかりける

〔1640〕

听闻少将井尼[①]自大原山回家，咏歌赠之

和泉式部

避世处处可容身
君作大原山上人
是为炭香[②]引?

［原文］

世をそむく　方はいづくに　ありぬべし　大原山は　すみよかりきや

〔1641〕

返歌

少将井尼

大原山上多炭窑
柴木日日烧
心中更烦恼

［原文］

思ふこと　大原山の　すみがまは　いとど嘆きの　数をこそつめ

---

① 少将井尼：生卒年不详，与和泉式部等人生活在同一时代。本书收录其和歌 1 首。

② 大原山以烧炭著名，故有此问。此歌中的“居住”与“炭”都是“すみ”，形成双关语（掛詞）。

〔1642〕

无题

西行法师

蛰居在山寨
黄昏绵绵山雨来
谁不知物哀?

［原文］

たれすみて　あはれ知るらむ　山里の　雨ふりすさむ　ゆふぐれの空

〔1643〕

不必斩棘又披荆
徒步赶脚山里行
只为耳根净

［原文］

枝折りせでな　を山深かく　分け入らむ　うきこと聞かぬ所ありやと

〔1644〕

殷富门院大辅

折花饰头攀三轮
杉树挺拔成山门
切切哀感深

［原文］

かざし折る　三輪の繁げ山　かき分けて　あはれとぞ思ふ　杉立てる門

〔1645〕

住法轮寺时，天现暮色，参拜者心急，劝慰咏歌

道命法师

此山名曰小仓山[①]
何时共见山色暗
莫急往回趱

［原文］

いつとなき　をぐらの山の　かげをみて　くれぬと人の　急ぐなるかな

〔1646〕

后白河院行幸栖霞寺[②]时，分赐马匹[③]，
见牵马使来拜，感慨咏歌

藤原定家朝臣

千年嵯峨山
古道一脉连
望月[④]驹马又来献

［原文］

嵯峨の山　ちよのふるみち　跡とめて　また露わくる　望月の駒

---

① 小仓山的发音“おくら”有“微暗”之一，在词构成双关语(掛詞)。
② 栖霞寺：寺院名，位于京都嵯峨的清凉寺以东。
③ 天皇每年举办仪式，把各地贡献的马匹分赐皇族群臣。
④ 望月：假名“もちつき”，地名，位于今长野县北佐久郡望月町，自古产名马。

〔1647〕

叹息而歌

知足院入道前关白太政大臣（藤原忠实）

佐保川①滔滔
家世夸古老
唯我川上任飘摇

［原文］

佐保川の　流れ久しき　身なれども　うき瀬にあひて　沈みぬるかな

〔1648〕

冬，卸任大将，翌年任右大臣，有感咏歌奏上

东三条入道前摄政太政大臣（藤原兼家）

滔滔宇治川
或浅或深有险滩
波澜令人叹

［原文］

かかる瀬も　ありけるものを　宇治川の　絶えぬばかりも　嘆きけるかな

〔1649〕

返歌

圆融院

家运绵延自古昔

---

① 佐保川：假名“さほがわ”，发源于奈良佐保町。作者的藤原祖上曾居住佐保川沿岸。

河水难免落又起
何必长叹息

［原文］

むかしより　絶えせぬ河の　するなれば　淀むばかりを　なに嘆くらむ

〔1650〕

无题

柿本人麻吕

宇治川上有鱼梁
河水受阻起彷徨
不知何处淌

［原文］

もののふの　八十宇治川　あじろ木に　いざよふ波の　ゆくゑ知らずも

〔1651〕

布引瀑布[①]咏

中纳言行平[②]

出山抱厚望
飞流直下高千丈
落下泪汪汪

---

① 布引瀑布：瀑布名称，位于今神户市葺合町以北的山中。

② 中纳言行平：在原行平。宽平五年(893 年)卒，享年 76 岁。曾任正三位中纳言民部卿。是阿保亲王的次子，业平之兄。本书收录其和歌 1 首。

[原文]

わが世をば　けふかあすかと　待つかひの　涙の滝と　いづれたかけむ

〔1652〕

陪同京极前太政大臣[1]观布引瀑布，咏歌

二条关白内大臣(藤原师通)

瀑布立水中
看似云中一飞龙
扶摇欲腾空

[原文]

水上の　空に見ゆるは　白雲の　立つにまがへる　ぬのびきの滝

〔1653〕

观最胜四天王院隔扇所绘布引瀑布，咏歌

藤原有家朝臣

风轻云旖旎
瀑布挂峭壁
好似天女晾夏衣

[原文]

久方の　天つ乙女が　夏ごろも　雲居にさらす　ぬのびきの滝

① 京极前太政大臣：藤原师实，作者之父。

〔1654〕

过天川原[1]，咏歌

摄政太政大臣（藤原良经）

久闻天川原
如今展现在眼前
静观原上川

［原文］

むかし聞く　天の河原を　たづね来て　あとなき水を　ながむばかりぞ

〔1655〕

无题

实方朝臣

原上有天川[2]
飘来红叶一片片
红叶成桥续又断

［原文］

天の川　通よふ浮き木に　言問はむ　もみぢの橋は　散るや散らずや

---

① 天川原：假名“あまのかはら”，地名，位于今大阪府牧方市禁野，是古代皇族贵族的狩猎场。

② 天川：天川原。

〔1656〕

堀河院御时，百首歌合[1]奉咏

前中纳言匡房

长桥在濑田[2]
经风沐雨多少年
木板生苔藓

［原文］

真木の板も　苔むすばかり　なりにけり　幾代経ぬらむ　瀬田の長橋

〔1657〕

天历御时，屏风绘有各地风景名胜，其中有飞鸟川

中务

深渊变浅滩
河道常改变
不变唯有飞鸟川

［原文］

定めなき　名にはたてれど　飛鳥川　はやく渡たりし　瀬にこそ有けれ

---

① 百首歌合：堀河天皇时代的康和年间（1099—1104）举办的歌合。

② 长桥在濑田：濑田即滋贺县大津市濑田，有濑田川，川上有桥，即濑田长桥，是关东到京都的必经之地，风光秀丽，是和歌名胜。

〔1658〕

无题

前大僧正慈圆

住在山上看世人
世人多不厌红尘
心根何迟钝

［原文］

山里に　ひとりながめて　思ふかな　世に住む人の　心づよさを

〔1659〕

西行法师

避居山尽头
愿得厌世一挚友
共叹往日愚与愁

［原文］

山里に　憂き世いとはむ　友もがな　くやしく過ぎし　昔語らむ

〔1660〕

蛰居此山里
并非有意绝人迹
只觉来客稀

［原文］

山里は　人来させじと　思はねど　訪はるることぞ　うとくなりゆく

〔1661〕

前大僧正慈圆

草庵虽难住
只缘人生无出路
待消如草露

［原文］

草の庵を　いとひても又　いかがせむ　露の命の　かかる限りは

〔1662〕

出京城修行，期待来信却不见来，自熊野咏歌

大僧正行尊

身居音无川①
尺牍不来信不传
忐忑心难安

［原文］

わくらばに　などかは人の　問はざらむ　音無川に　住む身なりとも

〔1663〕

友人避居熊野，咏歌以赠

安法法师

弃世住山南②

① 音无川：假名“おとなしがわ”，河川名，位于和歌山县熊野川的上游。音无，亦即“无音”“无音信”。

② 山南：指熊野，今和歌山县熊野。

粗布僧衣单
可御夜来松风寒?

［原文］

世をそむく　山の南の松風に　苔のころもや　夜寒むなるらむ

〔1664〕

西行法师吟百首歌时，和之

藤原家隆朝臣

何时离故里
仰观山路月光稀
泪露沾僧衣

［原文］

いつかわれ　苔のたもとに　露を置きて　知らぬ山路の　月を見るべき

〔1665〕

百首歌合奉咏，山家之歌

式子内亲王

松柱撑草庵
僧衣御山寒
闭目袖手自安闲

［原文］

いまはわれ　松の柱の　杉の庵に　閉づべきものを　苔ふかき袖

〔1666〕

小侍从

早起进山里
摘花献佛朝露滴
湿透黑僧衣

［原文］

しきみ摘む　山路の露に　ぬれにけり　暁おきの　すみ染のそで

〔1667〕

摄政太政大臣（藤原良经）

勿忘有相约
复踏山路逢又别
别时樱花见时雪

［原文］

わすれじの　人だにとはぬ　山路かな　桜は雪に　降りかはれども

〔1668〕

五十首歌合奉咏

藤原雅经

明月照故乡
繁露点点映月光
草木正枯黄

［原文］

かげやどす　露のみしげく　なりはてて　草にやつるる　故郷の月

〔1669〕

俊惠法师亡故，将薪柴等物赠予弟子，咏歌

贺茂重保[①]

眼见烟火断
谁来砍柴炉中添
薪火得相传

［原文］

煙絶えて　焼く人もなき　すみがまの　跡のなげきを　たれかこるらむ

〔1670〕

老后，蛰居摄津国山寺中，寂莲法师来访，见草庵破烂不整，归家后咏歌问候，遂和之

西日法师[②]

坐等上西天
耄耋垂年住草庵
破败任自然

---

① 贺茂重保：卒于建久二年（1191年），享年73岁。正四位上，贺茂别雷社神主。神主重继之子，重政、季保之父。著有《月诣和歌集》。本书收录其和歌2首，分别是第1669、1892首。

② 西日法师：俗姓源。生卒年不详，大约生活在后鸟羽天皇时代。和泉守雅隆之子。本书收录其和歌1首。

［原文］

八十あまり　西の迎へを　待ちかねて　住み荒したる　柴の庵ぞ

〔1671〕

山家歌之一

前大僧正慈圓

人来访草庵
口称山居令人羡
姑妄听此言

［原文］

山里に　訪ひ来る人の　ことぐさは　このすまゐこそ　うらやましけれ

〔1672〕

后白河院[①]驾崩后，咏百首歌之一

式子内亲王

转眼斧柄烂[②]
远古传说现眼前
从此换人间

［原文］

斧の柄の　朽ちしむかしは　遠けれど　ありしにもあらぬ　世をも経るかな

---

① 后白河院：建久三年（1192年）三月驾崩。是作者式子内亲王之父。

② 此处所说“斧柄烂”，出典中国的《述异记》所载“烂柯”的故事。说的是晋代人王质上山打柴，见到一童一叟正在下棋，遂放下斧子观棋，观毕，起身拿斧子时，见斧柄（柯）已经朽烂，斧头也锈迹斑斑，回家后见物是人非，无人认得他。原来是王质误入仙境，仙界一日，人间百年。此歌借此典故，表现了父皇驾崩后的感受与感慨。

〔1673〕

述怀百首之一

皇太后宫大夫俊成

大山虽幽深
避居一竹林
可怜仍是世间人

［原文］

いかにせむ　しづが園生の　奥の竹　かきこもるとも　世の中ぞかし

〔1674〕

老后，忆往昔

祝部成仲

往事朝夕忆
檐下萱草露珠滴
眼泪湿袖衣

［原文］

あけくれは　昔をのみぞ　しのぶぐさ　葉末の露に　袖ぬらしつつ

〔1675〕

无题

前大僧正慈圆

山边访故旧
叩门连问人可有?

只闻山风吼

［原文］

岡の辺の　里のあるじを　たづぬれば　人は答へず　山をろしの風

〔1676〕

西行法师

荒野日将暮
鸽子飞上田边树
求友声咕咕

［原文］

古畑の　そばのたつ木に　ゐる鳩の　友呼ぶ声の　すごき夕暮

〔1677〕

越过一山丘
但见农夫田地头
婷婷一棵柳

［原文］

山がつの　片岡かけて　占むる野の　さかひにたてる　玉の小柳

〔1678〕

故乡沃野中
野草一丛丛
更令老夫忆孩童

［原文］

茂き野を　いくひとむらに　分けなして　さらに昔を　しのび返さむ

〔1679〕

庭院一小松
如今树高挡狂风
闻风梢上鸣

［原文］

むかし見し　庭の小松に　年古りて　あらしの音を　梢にぞ聞く

〔1680〕

三井寺①被烧毁后，怀旧居，咏歌

大僧正行尊

家园情最深
茅草丛中闻鹌鹑
如今何处寻

［原文］

住みなれし　わが故郷は　このごろや　浅茅がはらに　うづら鳴くらむ

〔1681〕

百首歌②之一

摄政太政大臣（藤原良经）

故园已荒却

① 三井寺：又叫圆城寺，天台宗寺院，位于今滋贺县圆城寺町。保安二年（1221 年）五月，因三井寺僧人杀死一延历寺的修学僧，延历寺僧为报复而放火烧毁三井寺。

② 百首歌：指作者建久二年（1191 年）秋在自家召集的“十题百首”歌合中的“居所十首”。

茅草蔓延至郊野
人影映残月

［原文］

ふるさとは　浅茅がすゑに　なりはてて　月に残れる　人の面影

〔1682〕

西行法师

故家何处找
只见艾蒿高
月下露珠挂草梢

［原文］

これや見し　むかし住みけむ　あとならむ　よもぎが露に　月のかかれる

〔1683〕

忆当年去友人家，曾坐松荫下消遣

纪贯之

天上雨淅沥
松下躲雨不湿衣
唯觉风习习

［原文］

陰にとて　立ち隠るれば　から衣　ぬれぬ雨降る　松のこゑかな

〔1684〕

去西院边[1]访旧友时，见一女子在此摘堇菜，询问之，言不知也

能因法师

寻友远道来
唯见有女摘堇菜
屋空人不在

［原文］

石の上　古りにし人を　たづぬれば　あれたるやどに　すみれ摘みけり

〔1685〕

人去屋空

惠庆法师

旧情心头绕
人去屋空难寻找
唯见青苔覆石桥

［原文］

いにしへを　思ひやりてぞ　恋ひわたる　荒れたる宿の　苔の石橋

① 西院边：淳和院的别称。淳和天皇建于京都的离宫。

〔1686〕

守觉法亲王五十首歌合，闲居咏

藤原定家朝臣

本来访客稀
如今来人已绝迹
闲居在故里

［原文］

わくらばに　訪はれし人も　昔にて　それより庭の　あとは絶えにき

〔1687〕

从京城去外地路上，见有许多樵夫

赤染卫门

城里烦恼深
却叹山中砍柴人
劳作过终身

［原文］

なげき樵る　身は山ながら　過ぐせかし　憂き世の中に　なに帰るらむ

〔1688〕

柿本人麻吕

秋来猎人已进山
坐立两难立田山[①]

① 坐立两难立田山：此句为双关语，“立田山”的“立”与“坐立”之“立”，一语双关。

郁郁情难安

［原文］

秋されば　狩り人越ゆる　たつた山　立ちてもゐても　ものをしぞ思ふ

〔1689〕

天智天皇[①]

朕在朝仓[②]行宫时
不知谁家子
自报姓名进堂室

［原文］

朝倉や　木の丸殿に　わがをれば　名のりをしつつ　ゆくはたが子ぞ

---

① 天智天皇：是第38代天皇。天智十年（671年）驾崩，享年46岁（一说53岁、58岁）。舒明天皇的皇子，其母为皇极天皇。与中臣镰足等人进行了大化改新。本书收录其和歌1首。

② 朝仓：假名"あさくら"，地名，筑前（今福冈县）朝仓郡朝仓町。

第十八卷　杂歌・下[①]

〔1690〕

山

菅赠太政大臣（菅原道真）

山上远近皆有路
可叹无人可告诉[②]
何处通京都

［原文］

あしびきの　こなたかなたに　道はあれど　都へいざと　いふ人ぞなき

〔1691〕

日

早春天气冷
天空太阳冉冉升
何时融河冰

［原文］

天の原　あかねさし出づる　光には　いづれの沼か　冴え残るべき

〔1692〕

月

明月东方来
一路朗照过西海
时运可期待③

［原文］

月ごとに　ながると思ひし　ます鏡に　西の浦にも　止まらざりけり

〔1693〕

云

云彩出高山
远行终将回山间
只待时运转

［原文］

山わかれ　飛びゆく雲の　かへりくる　かげみる時は　なほ頼まれぬ

---

① 《杂歌·下》是全书歌数最多的一卷，共收162首。编辑上不以时间（四季推移）为线索，而是以空间与话题为中心，内容多为述怀，咏叹现实生活之苦恼，多涉及个人境遇遭际，需要借助歌的前言才能理解。还有一些作品咏叹人世无常，接近于“释教歌”。

② 作者担任右大臣的延喜元年（901年），因遭谗言而被贬职流放于筑前国（今福冈县），同年三月死于流放地。此歌抒发了自己遭流放而无望回归京城的绝望感。

③ 此歌借月亮从东到西的循环运行，表现了作者虽被流放“西海”（筑前国，在京城的西方），但仍期待时来运转的心情。以下作者的12首歌，表现的主题与情绪大体如此。

〔1694〕

雾

乌烟又气瘴
一时遮太阳
我自笃定不彷徨

［原文］

雾立ちて　照る日の本は　見えずとも　身はまどはれじ　寄るべありやと

〔1695〕

雪

纷纷扬扬天上坠
看似白玉碎
梦回故乡雪纷飞

［原文］

花と散り　玉と見えつつ　あざむけば　雪ふるさとぞ　夢に見えける

〔1696〕

松

老叶苍翠是松柏
黄土寒雪盖
头发黑变白

［原文］

老いぬとて　松はみどりぞ　まさりける　わがくろかみの

雪の寒さに

〔1697〕

野

筑紫草色紫
紫之夺朱古有之
可悲无人识①

［原文］

筑紫にも　紫生ふる野辺は　あれどなき　名悲しぶ　人ぞ聞こえぬ

〔1698〕

道

刈萱②有关守③
有路设关何处走
可过不可留

［原文］

刈萱の　関守りにのみ　見えつるは　人もゆるさぬ　道べなりけり

① 此歌仍是抒发自己遭受谗言诬陷被流放筑紫的愤懑不满，似内含《论语》“恶紫之夺朱也”的意思。
② 刈萱：假名“かるかや”，关隘名称，今福冈县西北部。
③ 关守：假名“せきもり”，守关人。

〔1699〕

海

大海虽深水澄清
我心如水似明镜
朗月照则明

［原文］

海ならず　たたへる水の　底までに　清き心は　月ぞ照らさむ

〔1700〕

鹊

鹊鸟搭桥栈
牛郎织女得相见
我欲借桥渡彼岸①

［原文］

ひこぼしの　ゆきあひを待つ　かささぎの　門渡る橋を　我にかさなむ

〔1701〕

波

波浪漂断木
烧水煮海盐
何者最苦最辛酸?

---

① 此歌表现作者早日结束流放生活、返回京城的心愿。

［原文］

流れ木と　立つ白浪と　やくしほと　いづれか辛き　わたつ海の底

〔1702〕

无题

乐浪[①]比良山
山风掠湖面
渔人衣袖随风翻

［原文］

さざなみの　比良山風の　海吹けば　釣りする海人の　袖かへる見ゆ

〔1703〕

白浪拍长汀
渔家女儿漂泊命
一生水上行

［原文］

白浪の　寄するなぎさに　よをつくす　海人の子なれば　宿も定めず

〔1704〕

一千五百番歌合奉咏

摄政太政大臣（藤原良经）

渔夫劳作忙

① 乐浪：假名“さざやみ”，琵琶湖西南沿岸的古名。

年年月月荡波浪
终老在船舱

［原文］

舟のうち浪の下にぞ　老にける　海人のしわざも　いとまなの世や

〔1705〕

无题

前中纳言匡房

浮舟荡白浪
漂泊无定人迷茫
前路在何方

［原文］

さすらふる　身は定めたる　方もなし　浮きたる舟の　波にまかせて

〔1706〕

增贺上人①

彷徨意忡忡
身如浮舟心沉重
莫知何所从

［原文］

いかにせん　身をうき舟の　荷を重み　つひのとまりや　い

① 增贺上人：俗姓橘。长保五年（1003 年）圆寂，享年 87 岁。天台宗僧人。参议恒平之子。在多武峰住了 41 年，被称为多武峰上人。本书收录其和歌 1 首，即第 1706 首。

づこなるらむ

〔1707〕

柿本人麻吕

芦鸭惊飞水草深
世间骚动多不稳
何处寄心身

［原文］

葦鴨の　骚ぐ入り江の　水の江の　世に住みがたき　わが身なりけり

〔1708〕

能宣朝臣

鸭飞草叶摆
世间不稳魂不在
有谁堪信赖

［原文］

葦鴨の　羽風になびく　浮き草の　定めなき　世をたれか頼まむ

〔1709〕

渚松咏

源顺

浜松老矣绿色深
水映树影似我身

心通树与人

［原文］

老いにける　渚の松の　ふかみどり　しづめる影を　よそにやは見る

〔1710〕

手掬山泉水，咏歌

能因法师

手捧山泉水
照我老矣岁月催
历历见白眉

［原文］

葦引の　山した水に　影見れば　まゆしろたへに　われ老にけり

〔1711〕

有女出家为尼，赠其僧衣，并咏歌

法成寺入道前摄政太政大臣（藤原道长）

见惯鲜花季
如今即将成旧忆
为尔裁缁衣

［原文］

なれ見てし　花のたもとを　うちかへし　法の衣を　裁ちぞ替へつる

〔1712〕

当初立为皇后时①，冷泉院后宫②赠玉簪，
如今出家，返还之，并咏歌

东三条院

曾是黑发饰玉簪
如今可奉还
祈赠僧衣身上穿

［原文］

そのかみの　玉のかざしを　うち返へし　今は衣の　うらを頼まむ

〔1713〕

返歌

冷泉院太皇太后宫③

可叹时光流
昔日玉簪光依旧
老来且藏收

［原文］

尽きもせぬ　ひかりの間にも　まぎれなで　老いて帰れる髪のつれなさ

---

① 初立为皇后时：作者贞元三年（978年）被立为圆融天皇的女御。

② 冷泉院后宫：藤原超子，作者之姐。

③ 冷泉院太皇太后宫：昌子内亲王。长保元年（999年）卒，享年50岁。是冷泉天皇的皇后，朱雀天皇的第一皇女。本书收录其和歌1首。

〔1714〕

上东门院出家后，将金饰沉香木念珠装入银箱，
并饰以梅枝，赠送我处，感泣咏歌

枇杷皇太后宫

不堪睹旧物
眼见华衣变僧服
晶泪滴滴似玉珠

［原文］

かはるらむ　ころもの色を　思ひやる　涙や裏の　玉にまがはむ

〔1715〕

返歌

上东门院

睹物泪涔涔
泪珠玉珠两相混
未脱世俗心

［原文］

まがふらむ　衣の玉に　みだれつつ　なほまだ覚めぬ　心ちこそすれ

〔1716〕

无题

和泉式部

潮落复潮起

遍寻海贝何所依
随波不由己

［原文］

潮の間に　よものうらうら　尋ぬれど　いまはわが身の　いふかひもなし

〔1717〕

观屏风所画海边熬盐图，咏歌

一条院皇后宫（藤原定子）[①]

渔人代代传
继而化作缕缕烟
人生如熬盐

［原文］

いにしへの　海人やけぶりと　なりぬらむ　人目も見えぬ　塩釜の浦

〔1718〕

闻少将高光去横川塔[②]出家，咏歌以赠

天历

万山隔帝京
山里横川水清清
地偏心也静

① 一条院皇后宫（藤原定子）：中关白道隆之女，是一条院的后宫妃子，与彰子并称。长保二年（1000 年）去世，终年 25 岁。本书收录其和歌 1 首。

② 横川塔：比叡山三塔之一。横川，假名“よかは”，是比叡山间的河川。

［原文］

都より　雲の八重立つ　奥山の　横川の水は　すみよかるらむ

〔1719〕

返歌

如觉

身居大山中
思情遥寄云八重[①]
时常怀帝宫

［原文］

ももしきの　うちのみつねに　こひしくて　雲の八重立つ山は住みうし

〔1720〕

出家蛰居小野[②]时，业平[③]朝臣冒大雪来访，咏歌“恍如在梦中”

惟乔亲王[④]

已是出家人
非梦非幻最是真
后悔早不遁空门

① 八重：假名“やへ”，言重层之多，多重、多层。
② 小野：地名，京都左京区，比叡山西麓。
③ 业平：在原业平。
④ 惟乔亲王：贞观十五年（873 年）驾崩，享年 26 岁。四品上野太守。文德天皇第一皇子。与在原业平交往深厚，相关故事见《伊势物语》《业平集》。本书收录其和歌 1 首。

［原文］

夢かとも　なにか思はむ　うき世をば　背かざりけむ　ほどぞ悔しき

〔1721〕

蛰居郊外山中，咏歌致久违之友人

女御徽子女王

身居高山间
日日闻飞雁
缘何不见音信传

［原文］

雲居とぶ　雁のねちかき　すまひにも　なほ玉章は　掛けずやありけむ

〔1722〕

亭子院退位之秋，咏歌

伊势

秋凉最袭人
白露日日新
可叹宫中换主君

［原文］

白露は　置きてかはれど　ももしきの　うつろふ秋は　ものぞかなしき

〔1723〕

离开殿上①，咏歌

藤原清正

天风拂过吹饭海②
海上飞鹤定转来
归京可期待

［原文］

天つ風　吹飯の浦に　ゐるたづの　などか雲居に　帰らざるべき

〔1724〕

二条院③迁来菩提树院④后，春来，思念往昔，大纳言经信来访之翌日，感慨咏歌赠女房

佚名

霞光朦胧君来访
不禁忆过往
如同昔日在高堂

［原文］

いにしへの　なれし雲居を　しのぶとや　かすみを分けて　君たづねけむ

---

① 殿上：宫殿，特指日本皇宫。作者于天历十年(956 年)离开京城，赴任纪伊守(地方官)。

② 吹饭海：原文“吹飯の浦”，是纪伊国(今和歌山县)的名胜地。吹饭：假名“ふけひ”与“ふけ”是双关语。

③ 二条院：此处指后一条天皇的皇女章子内亲王，后冷泉天皇的中宫(皇后)。

④ 菩提树院：二条院在后一条天皇的菩提寺(安葬先祖、代代做佛事供养的寺院)旁边建立的堂院。

〔1725〕

最胜四天王院隔扇上绘有大淀图

藤原定家朝臣

天上飘云霭
雁儿归又来
大淀海滨晾海菜

［原文］

大淀の　浦にかりほす　みるめだに　かすみに絶へて　帰る雁がね

〔1726〕

最庆法师[①]手抄《千载集》[②]献上，以纸包之，上书“研磨书之，经年而成，惜未收我之拙作”[③]，受之，咏歌以答

后白河院

海滨落千鸟
必定留痕迹
佳作问世诚可期

［原文］

浜千鳥　踏み置くあとの　つもりなば　かひある浦に　逢はざらめやは

---

① 最庆法师：生平不详。
② 《千载集》：敕撰和歌集之一，由藤原俊成在文治三年(1187 年)负责编纂完成。
③ 言《千载集》未收自己的和歌。当时歌人以自己的作品能收入敕撰和歌集为荣。

〔1727〕

上东门院居住高阳院时，行幸至此，
观庭院人造瀑布，咏歌

后朱雀院

瀑布流不断
人心当在此中看
今昔未曾变

［原文］

滝つ瀬に　人の心を　見ることは　昔にいまも　変らざりけり

〔1728〕

权中纳言通俊编撰《后拾遗集》[①]时，我请曰："先睹
为快，部分即可"，答曰"待与他人商量后，
奉上"，于是惠送稿本，阅后咏歌

周防内侍

稿本见歌心
音羽川水不断吟
泠泠传清音

［原文］

あさからぬ　心ぞ見ゆる　音羽川　せき入れし水の　流れならねど

① 《后拾遗集》：敕撰和歌集之一，藤原通俊受白河天皇敕命，于庆德三年（1086 年）编成。

〔1729〕

奉皇上[1]之命，抄写亡父忠岑所作和歌献上，
并附拙作一首

壬生忠见

含泪翻书山
秀歌首首在眼帘
如见亡父面

［原文］

言の葉の　中をなくなく　尋ぬれば　むかしの人に　逢ひ見つるかな

〔1730〕

游女[2]咏

藤原为忠[3]朝臣

一夜又独眠
来日不知谁来伴
唯有哀而怨

［原文］

ひとり寝の　こよひも明けぬ　たれとしも　頼まばこそは　来ぬも恨みめ

---

① 皇上：指村上天皇。

② 游女：被招来助兴取乐的艺妓。

③ 藤原为忠：保延二年(1136年)卒。曾任从四位下木工权头丹后守。是皇后宫少进知信之子，大原三寂(寂念、寂然、寂超)之父。有家集《藤原为忠朝臣集》。本书收录其和歌1首。

〔1731〕

大江举周[①]被恩准登殿[②]，于庭院深草中拜舞[③]，见之感慨咏歌

赤染卫门

踏开庭上草
谢大恩手舞足蹈
泣泪洒衣袍

[原文]

草わけて　立ちゐる袖の　うれしさに　絶へず涙の　露ぞこぼるる

〔1732〕

秋来患病，将痊愈时，咏歌致谢前来探望者

伊势大辅

忍草倍坚忍
难忘秋夕来探问
情谊记在心

[原文]

うれしさは　忘れやはする　しのぶぐさ　しのぶる物を　秋の夕暮

---

① 大江举周：作者与大江匡衡之子。

② 登殿：又叫“升殿”，被准许登上清凉殿，成为“殿上人”（公卿大臣）。

③ 拜舞：一种感谢仪式。

〔1733〕

返歌

大纳言经信

若不来秋风
哪得轩端白露凝
更无歌传情

［原文］

秋風の　音せざりせば　白露の　軒のしのぶに　かからましやは

〔1734〕

在某女家中，与朝光大将[①]不期而遇，彻夜长谈，翌日归而咏歌

右大将济时[②]

今朝忍草沾白露
此前有谁洒露珠
隐情已露出[③]

［原文］

しのぶぐさ　いかなる露か　置きつらむ　今朝は根もみなあらはれにけり

---

① 朝光大将：藤原朝光。

② 右大将济时：藤原济时。长德元年（995 年）卒，享年 55 岁。曾任正二位大纳言、左大将、皇后宫大夫、按察使，追赠右大臣。是小一条左大臣师尹之子。本书收录其和歌 1 首。

③ 此歌中的“忍草”，喻指某女；“白露”“露珠”喻指男女恋情关系。此歌集承认了自己与某女的关系，也表明自己与某女长谈后，得知了她与另外男子有隐情。

〔1735〕

返歌

左大将朝光

不访草中屋
哪知屋内有通处
忍草沾露珠

［原文］

浅茅生を　尋ねざりせば　しのぶぐさ　思ひ置きけむ　露を見ましや

〔1736〕

病患者歌

佚名

自身如朝露
明知不久归于无
思之慊慊如

［原文］

長らへむ　としも思はぬ　露の身の　さすがに消えむ　ことをこそ思へ

〔1737〕

返歌

小马命妇①

君言如露消
我是树下一小草
露珠怀中抱

［原文］

露の身の　消えばわれこそ　先立ため　後れむ物か　森の下草

〔1738〕

无题

和泉式部

世人皆见我命终
可叹命终谁悲痛
谁人忆旧容

［原文］

命さへ　あらば見つべき　身のはてを　しのばむ人の　なきぞ悲しき

① 小马命妇：生卒年不详，平安中期之人。曾是侍奉圆融院的后堀河中宫媓子（关白兼通之女）的女官。前摄津守藤原栋世之女，母亲是清少纳言。有家集《小马命妇集》。本书收录其和歌 1 首。

〔1739〕

病中，有高僧友人前来探望，咏歌

大僧正行尊

无常人间处
多少友伴今作古
我亦踏归路

［原文］

定めなき　むかしがたりを　数ふれば　わが身も数に　入りぬべきかな

〔1740〕

五十首歌合奉咏

前大僧正慈圆

晴空霜无痕
白发衰朽一老人
何处可栖身

［原文］

世の中の　晴れゆく空に　ふる霜の　うき身ばかりぞ　置き所なき

〔1741〕

病中，咏歌于无动寺①

一生在(守)古寺

① 无动寺：位于京都比叡山，作者所居住的僧房。

不知何日终老时
能否尽心志

［原文］

頼み来し　わが古寺の　こけの下に　いつしか朽ちむ　名こそ惜しけれ

〔1742〕

无题

大僧正行尊

君已不在此世间
我命却苟延
徒然加罪愆

［原文］

くり返し　わが身のとがを　求むれば　君もなき世に　めぐるなりけり

〔1743〕

清原元辅

明知世间苦
出家与否总踌躇
缘何甘做一凡夫

［原文］

憂しといひて　世をひたふるに　背かねば　物思ひ知らぬ身とやなりなむ

〔1744〕

佚名

纵然已出家
依旧居住天底下
雨珠泪珠随处洒

［原文］

背けども　天の下をし　離れねば　いづくにも降る　涙なりけり

〔1745〕

延喜御时，女藏人[①]内匠参加白马节会[②]，自牛车前帘露出红衣[③]，遭检非违使[④]上前盘查制止。咏歌记之

女藏人内匠[⑤]

衣服并非红
太阳光照显彤彤
盘查莫敢从[⑥]

［原文］

おほぞらに　照る日の色を　いさめても　天の下に　はたれか住むべき

① 女藏人：宫中处理杂役的女官。
② 白马节会：宫中的节日之一。每年正月七日，将白马牵至广庭，供人参观以驱邪祈平安。
③ 红衣：红色是当时皇族衣带用色，一般的臣下禁用。
④ 检非违使：宫中维持治安秩序的官人。
⑤ 女藏人内匠：生卒年不详，醍醐天皇时期人。本书收录其和歌 1 首。
⑥ 原作在此首和歌下有附注，云："如此辩白后，不再追究。"

〔1746〕

患病住太秦[①]，颇感无助，咏歌

周防内侍

如此病死在寺院
化作黄昏一缕烟
谁人心相牵

［原文］

かくしつつ　夕べの雲と　なりもせば　哀かけても　たれかしのばむ

〔1747〕

无题

前大僧正慈圆

口说入空门
却是恋恋不绝尘
我乃一俗人

［原文］

思はねど　世を背かむと　いふ人の　同じ数にや　われもなるらむ

〔1748〕

西行法师

我非俗人有俗心

---

① 太秦：地名，今京都右京区太秦广隆寺。

常为风花所吸引
复又归檀林

［原文］

数ならぬ　身をも心の　持ちがほに　うかれては又　帰り来にけり

〔1749〕

俗心若不舍
大限将至若奈何
寄情在风月

［原文］

愚かなる　心の引くに　まかせても　さてさはいかに　つひの思ひは

〔1750〕

昨日是活人
今日见鬼神
岁月如何送我身

［原文］

年月を　いかでわが身に　送くりけむ　昨日の人も　今日はなき世に

〔1751〕

人生赴苦旅
尘世恶业积几许
终会堕地狱

［原文］

受けがたき　人の姿に　浮かび出でて　こりずやたれも　ま

た沈むべき

〔1752〕

守觉法亲王主持五十首歌和奉咏

寂莲法师

纵然出家断俗缘
仍未绝人寰
身离俗世心未安

［原文］

背きても　なほ憂きものは　世なりけり　身をはなれたる心ならねば

〔1753〕

述怀

不知人生忧
何以断离愁
厌世却在世间留

［原文］

身の憂さを　思ひ知らずは　いかがせむ　いとひながらもなほ過すかな

〔1754〕

前大僧正慈圆

何事惹烦恼
友人相问难相告

泪水湿衣袍

［原文］

なにごとを　思ふ人ぞと　人問はば　答へぬさきに　袖ぞ濡るべき

〔1755〕

时光已虚度
人生艰难多愁苦
如今垂垂近夕暮

［原文］

いたづらに　過ぎにしことや　嘆げかれむ　うけがたき身の夕暮の空

〔1756〕

礼佛未懈怠
罪过却在佛道外
惴惴难释怀[1]

［原文］

うち絶えて　世に経る身には　あらねども　あらぬすぢにも罪ぞかなしき

〔1757〕

咏于和歌所，述怀

弃世心不违
可叹山庵已荒颓

---

① 作者身为高僧，但也曾参与朝政，自觉有“罪过”，也曾蒙受过冤罪，故有此叹。

有庵也难回①

［原文］

山里に　ちぎりし庵　荒れぬらむ　待たれむとだに　思はざりしを

〔1758〕

右卫门督通具

衣袖沾泣泪
对人却称是露水
唯对月儿敞心扉

［原文］

袖におく　露をば露と　しのべども　なれゆく月や　いろを知るらむ

〔1759〕

藤原定家朝臣

此世享太平
若非躬逢此世盛
何须祈长命②

［原文］

君が代に　逢はずはなにを　玉の緒の　長くとまでは　惜しまれじ身を

---

① 作者出家后，却又为寺院社会乃至俗世所用，难脱俗世，故有“山庵难回”之叹。
② 此为作者对后鸟羽天皇的颂歌，言其躬逢盛事有所作为。

〔1760〕

藤原家隆朝臣

金秋夜未央
夜长天亦长
臣祈君上寿无疆

［原文］

おほかたの　秋の寝覚めの　ながき夜も　君をぞいのる　身を思ふとて

〔1761〕

和歌浦[①]上潮水起
潮起潮落不由己
歌人何所依

［原文］

和歌の浦や　沖つ潮合に　浮かび出づる　あはれわが身のよるべ知らせよ

〔1762〕

秋山风和月
诱我与世洒泪别
出家意已决

［原文］

その山と　ちぎらぬ月も　秋風も　すすむる袖に　露こぼれつつ

① 和歌浦：此处喻指和歌及歌人，并表现了歌人的不安感。

〔1763〕

藤原雅经朝臣

适逢君之代
从此好运祈常在①
蒙恩尤感怀

［原文］

君が代に　逢へるばかりの　道はあれど　身をば頼まず　ゆく末の空

〔1764〕

皇太后宫大夫俊成女

秋季最可期
却易悲伤常涕泣
明月照泪衣

［原文］

惜しむとも　涙に月も　心から　なれぬる袖に　秋をうらみて

〔1765〕

一千五百番歌合奉咏

摄政太政大臣（藤原良经）

此世常沉浮
来世轮回在何处

---

① 作者因和歌、蹋球（蹴鞠）等家传技艺而受到恩宠，此后表达了对未来的期待与不安。

如何问清楚!

［原文］

浮きしづみ　来ん世はさても　いかにぞと　心に問ひて　答へかねぬる

〔1766〕

无题

心安何处不自知
厌世却又恋此世
何可逢其时

［原文］

われながら　心のはてを　知らぬかな　捨てられぬ世の　また厭はしき

〔1767〕

多思多烦恼
浑浑噩噩来一遭
莫如糊涂好

［原文］

おし返し　ものを思ふは　くるしきに　知らずがほにて　世をや過まし

〔1768〕

五十首歌合奉咏，述怀

守觉法亲王

人生有定数

生来为尝人间苦
不必行长路

［原文］

ながらへて　世にすむかひは　なけれども　憂きにかへたる命なりけり

〔1769〕

权中纳言兼宗

知苦又受苦
依依不舍人间住
未得佛门人

［原文］

世をす捨つる　心はなをぞ　なかりける　憂きを憂しとは思ひしれども

〔1770〕

述怀

左近中将公衡

无心遁空门
此身虽苦不舍身
甘做一俗人

［原文］

捨てやらぬ　わが身ぞつらき　さりともと　思ふ心に　道をまかせて

〔1771〕

无题

佚名

含辛度此生

儿时幻梦今未醒

且往何方行

［原文］

憂きながら　あればある世に　ふるさとの　夢をうつつに　さましかねても

〔1772〕

源师光

人生多烦忧

却又贪恋世间游

如何得赎救

［原文］

憂きながら　なほ惜しまるる　いのちかな　後の世とても　頼みなければ

〔1773〕

贺茂季保①

看破人世间

① 贺茂季保：生卒年不详，大约生活在后鸟羽院时期。是神主重保之子，与重政是兄弟关系。本书收录其和歌 1 首。

得过且过心难安
前路仍惘然

［原文］

さりともと　頼む心の　ゆくすゑも　思へば知らぬ　世にまかすらむ

〔1774〕

荒木田长延①

世间享清闲
安度人生一年年
难抑心中叹

［原文］

つくづくと　思へばやすき　世の中を　心となげく　わが身なりけり

〔1775〕

入道前关白家百首歌合奉咏

刑部卿赖辅

小船河上行
度日如同拉纤绳
步步艰难难为生

［原文］

川舟の　のぼりわづらふ　つなでなわ　くるしくてのみ　世

① 荒木田长延：生卒年不详，后鸟羽院时期人。正五位下，伊势内宫之神官。本书收录其和歌 1 首。

をわたるかな

〔1776〕

无题

大僧都觉弁[1]

时光如河水
滔滔流去不可追
思之满袖泪

［原文］

老いらくの　月日はいとど　早瀬川　かへらぬ波に　濡るる袖かな

〔1777〕

自作百首歌，请源家长披览，特作此首，录以备忘

藤原行能[2]

写下歌一首
不使心曲付东流
身死歌不朽[3]

［原文］

書き流す　ことの葉をだに　沈むなよ　身こそかくても　山

---

① 大僧都觉弁：俗姓藤原，别名觉长。正治元年（1199 年）圆寂，享年 68 岁。藤原俊成之子。本书收录其和歌 1 首。

② 藤原行能：生卒年不详，建久二年（1250 年）前健在。曾任从三位右京大夫。是春宫亮伊经之子。跟随父亲学习世尊寺派书法，书法声誉颇高，负责抄写《新敕撰集》的奏览本。本书收录其和歌 1 首。

③ 此歌委婉表达了作者的心愿，希望通过源家长及和歌所，将自己的百首歌中的作品收录敕撰和歌集。

川の水

〔1778〕

百不如意，蛰居神社不与人交，见葵[①]，咏歌

鸭长明

葵苗何娇嫩
无奈此处不留人
见之泪水奔[②]

［原文］

見ればまづ　いとど涙ぞ　もろかづら　いかに契りて　かけ離れけむ

〔1779〕

无题

源季景[③]

总是忆往昔
往事如烟不须提
念念难忘记

［原文］

同じくは　あれないにしへ　思ひ出での　なければとても　しのばずもなし

---

① 葵：假名“あおい”，葵科植物的总称。

② 据记载，当时作者希求担任贺茂神社祢宜（神职的职位）未果，即将离开，见神社内小青葵苗破土而出，感慨咏歌。

③ 源季景：生卒年不详。六位右卫门尉，后鸟羽院的北面武士。下野守季国之子。本书收录其和歌1首。

〔1780〕

西行法师

安身在何处
索性草庵亦不住
漂泊在归途

［原文］

いづくにも　住まれずはただ　住までああらむ　柴の庵の　しばしなる世に

〔1781〕

月儿西倾引我心
净土寄心魂
无奈暗夜陷我身

［原文］

月のゆく　山に心を　送りいれて　やみなるあとの　身をいかにせむ

〔1782〕

五十首歌合奉咏

前大僧正慈圆

无人来抚慰
抬头忽见月色美
熠熠生光辉

［原文］

思ふこと　など問ふ人の　なかるらむ　仰げば空に　月ぞさやけき

〔1783〕

世间度光阴
望月常常到清晨
何生厌世心?

［原文］

いかにして　いままで世には　ありあけの　つきせぬものを　いとふ心は

〔1784〕

西行法师自山里归京曰："今日乃我当初出家之日！"咏歌答之

日月落又出
永照漫漫修行路
重逢在此处

［原文］

憂き世いでし　月日の影の　めぐりきて　変らぬ道を　また照らすらむ

〔1785〕

前僧都全真[①]在西国时，咏歌赠之

承仁法亲王[②]

知君隐居在西国

---

① 前僧都全真：高僧，生平未详。

② 承仁法亲王：建久八年(1197年)薨，享年29岁。无品，第16世梶井门主，第63代天台座主。后白河天皇的第八皇子，母亲是丹波局。二条天皇、高仓天皇、守觉法亲王等人之弟。本书收录其和歌1首。

真情咏此歌
托付西行月

［原文］

人知れず　そなたをしのぶ　心をば　かたぶく月に　たぐへてぞやる

〔1786〕

前大僧正慈圆赠歌，言书不尽言，咏歌返答

前右大将赖朝

歌以表心田
尺牍可以畅欲言
盼君寄书翰

［原文］

みちのくの　いはでしのぶは　えぞしらぬ　書きつくしてよ　壺の石ぶみ

〔1787〕

世间无常

大江嘉言

生者总是哭故人
肉身何时入土坟
教人叹我身

［原文］

今日までは　人を嘆きて　暮れにけり　いつ身のうへに　ならむとすらむ

〔1788〕

无题

清慎公

道草凝露珠
我身如草露
不知何者先归无

［原文］

みちしばの　露にあらそふ　わが身かな　いづれかまづは消えむとすらむ

〔1789〕

皇嘉门院

小草墙上生
如我生来时不逢
籍籍无名声

［原文］

なにとかや　壁に生ふなる　草の名よ　それにもたぐふ　わが身なりけり

〔1790〕

权中纳言资实

往日如幻梦
醒来却在尘世中
不知何所从

［原文］

来し方を　さながら夢に　なしつれば　覚むるうつつの　なきぞかなしき

〔1791〕

见松木烧，咏歌

性空上人①

千年一老松
一朝付诸火焰中
可叹我身如此同

［原文］

千歳経る　松だにくつる　世の中に　けふとも知らで　立てるわれかな

〔1792〕

无题

源俊赖朝臣

人生如澪标②
年年江中泡
四顾无路水浩淼

［原文］

数ならで　世に住みの江の　みをつくし　いつを待つとも　なき身なりけり

---

① 性空上人：俗姓橘。宽弘四年（1007年）圆寂，享年98岁。播磨国书写山圆教寺开山之祖，善根朝臣之子。本书收录其和歌1首。

② 澪标：假名“みおつくし”，港口、河道中为表示航道而立的桩子，航标。

〔1793〕

皇太后宫大夫俊成

人生虽烦忧
幸得性命久
住吉明神①多保佑②

［原文］

憂きながら　ひさしくぞ世を　過ぎにける　あはれやかけし　住吉の松

〔1794〕

春日社歌合，咏松风

藤原家隆朝臣

春日山间有埋木③
经年不得出
松风请为呼

［原文］

春日山　谷のうもれ木　くちぬとも　君に告げこせ　みねの松風

〔1795〕

宜秋门院丹后

每听松风吹

---

① 住吉明神：住吉神社的神，也是和歌的守护神。

② 作此歌时，作者77岁，在政界、歌坛已有很大势力与影响，此歌是对住吉明神的感恩之歌。

③ 作者似以“埋木”自喻，表达了不甘埋没的心情。

不禁呜咽动心扉
泪水湿衣袂

［原文］

なにとなく　聞けば涙ぞ　こぼれぬる　苔のたもとに　かよふ松風

〔1796〕

以草字[①]书写长歌[②]，后附此歌

女御徽子女王

亲友皆事佛
唯我留神社
老身何处能安歇

［原文］

みな人の　背きはてぬる　世の中に　布留のやしろの　身をいかにせむ

〔1797〕

作为临时祭[③]舞者，歌舞以奉，众人在晋升四位[④]官阶后，咏歌

实方朝臣

歌舞献祭礼

---

① 草字：原文“葦手”（あしで），把假名和汉字写成绘画的效果。
② 长歌：和歌体式之一种，将五七音反复三次以上，最后七字音结尾。一般在长歌后附一首短歌，作为“返歌”。
③ 临时祭：旧历三月中旬的午日举行的石清水男山八幡宫的临时祭礼。
④ 四位：古代宫廷官阶的等级，正四位、从四位的合称。

山井为镜照蓝衣
初春怀往昔

［原文］

衣での　山井の水に　影見えし　なほそのかみの　春ぞこひしき

〔1798〕

返歌

藤原道信朝臣

共舞在昔日
若非同穿蓝色衣
如何相追忆

［原文］

いにしへの　山井の衣　なかりせば　忘らるる身と　なりやしなまし

〔1799〕

后冷泉院御时，曾于大尝会以头饰赠实基朝臣，
回想往事，咏歌以赠

加贺左卫门

恭请君站立
身穿小忌衣
当年英姿堪可忆

［原文］

たちながら　きてだに見せよ　小忌衣　あかぬむかしの　忘がたみに

〔1800〕

以“秋夜听螽斯”为题，命众臣咏歌，翌晨披阅之

天历

众歌咏螽斯
堪比亲耳听吱吱
秋日拂晓时

［原文］

秋の夜の　あかつきがたの　きりぎりす　ひとづてならで聞かましものを

〔1801〕

秋雨

中务卿具平亲王

眼望秋雨天
终日绵绵打轩端
思绪乱纷然

［原文］

ながめつつ　わが思ふことは　日暮しに　軒のしづくの　絶ゆる世もなし

〔1802〕

小野小町

晚秋吹阵风
落叶悄然堆成冢
悲泪染叶红

［原文］

こがらしの　風にもみぢて　人しれず　憂きことの葉の　つもるころかな

〔1803〕

述怀百首歌之一，红叶咏

皇太后宫大夫俊成

狂风掠山峰
风中绿叶日见红
望之泪奔涌

［原文］

あらし吹く　峰のもみぢの　日に添へて　もろくなりゆく　わが涙かな

〔1804〕

无题

崇德院

蒙眬睡意轻
风吹荻叶短梦惊
长梦一生难觉醒

［原文］

うたた寝は　おぎ吹く風に　おどろけど　ながき夢路ぞ　覚むる時なき

〔1805〕

官内卿

黄昏微风来
竹叶轻轻摆
不唯秋天有物哀

［原文］

竹の葉に　風吹き弱る　ゆふぐれの　もののあはれは　秋としもなし

〔1806〕

和泉式部

每逢天向晚
仰望空中云惨淡
伤心不忍观

［原文］

夕暮は　雲のけしきを　見るからに　ながめじと思ふ　心こそつけ

〔1807〕

又近夜朦胧
如此日日轮回中
惊心听晚钟

［原文］

暮れぬめり　いくかをかくて　過ぎぬらむ　入相の鍾の　つくづくとして

〔1808〕

西行法师

又是近黄昏
日日期待听钟音
不知明日尚可闻

［原文］

待たれつる　入相の鍾の　音すなり　あすもやあらば　聞かむとすらむ

〔1809〕

拂晓咏

皇太后宫大夫俊成

又是一清晨
黄杨枕畔听钟音
哀音惊心魂

［原文］

あかつきと　つげの枕を　そばだてて　聞くもかなしき　鐘の音かな

〔1810〕

百首歌之一

式子内亲王

清晨闻鸡鸣
一觉短梦醒
可叹长梦伴平生

［原文］

あかつきの　ゆふつけ鳥ぞ　あはれなる　長きねぶりを　思ふ枕に

〔1811〕

欲出家为尼，为人劝阻，咏歌

和泉式部

何必从世俗
更须忍受人间苦
漫漫无出路

［原文］

かくばかり　憂きを忍びて　長らへば　これよりまさる　ものもこそ思へ

〔1812〕

无题

早恋双亲曾阻拦
如今无人可入眼
寂寂何孤单

［原文］

たらちねの　いさめし物を　つれづれと　ながむるをだに問ふ人もなし

〔1813〕

参拜熊野，欲往大峰[1]修行，咏歌赠别乳母，谢养育之恩

大僧正行尊

多年蒙疼爱
不意出家欲离开
无奈惹悲哀

［原文］

あはれとて　はぐくみ立てし　いにしへは　世を背けとも思はざりけむ

〔1814〕

奉咏百首歌[2]之一

土御门内大臣

代代手相牵
位山[3]高处步步攀
念子心不安[4]

［原文］

位山　跡をたづねて　のぼれども　子を思ふ道に　なほ迷ひぬる

---

① 大峰：地名，今奈良县吉野郡十津山以东高山群。

② 奉咏百首歌：建仁元年（1201 年）献给后鸟羽院的“一千五百首歌合”中百首歌。

③ 位山：假名“くらひやま”，山名，位于今岐阜县大野郡。此处“位山”之“位”，比喻官位。

④ 作者继承父祖职位任大臣，又替自己儿子的未来前程担心。言外之意，希望皇上对自己的后代予以关照。

〔1815〕

百首歌[①]奉咏，怀旧

皇太后宫大夫俊成

逝去多少年
历历如在我眼前
思亲心难安[②]

［原文］

昔だに　昔と思ひし　たらちねの　なほ恋しきぞ　はかなかりける

〔1816〕

述怀百首之一

源俊赖朝臣

劳蛛缀丝网
碌碌无为徒奔忙
思之如同在梦乡

［原文］

ささがにの　いとかかりける　身のほどを　思へば夢の　心地こそすれ

---

① 百首歌：文治六年（1190年）"五社百首"。此歌是向日吉神社奉纳的作品之一。
② 作者在10岁时丧父，26岁时丧母。此歌作于77岁时。

〔1817〕

黄昏时分，见蜘蛛结网，哀感顿生

僧正遍昭

蜘蛛在缀网
人在建寝房
何时网破屋空荡

［原文］

ささがにの　空に巣かくも　同じこと　全たき宿にも　幾代かは経む

〔1818〕

无题

西宫前左大臣

枝头露珠凝
朝阳一出无踪影
春日最无情

［原文］

ひかり待つ　枝にかかれる　露の命　消えはてねとや　春のつれなき

〔1819〕

清晨，风灾过后，幼子安否，无人问

赤染卫门

狂风肆虐处
宫城野上小萩树

无人问安与祈福[1]

［原文］

あらく吹く　風はいかにと　宮城野の　小萩がうへを　人の問へかし

〔1820〕

得知和泉式部与道贞[2]冷淡，不久与敦道亲王相好，咏歌劝导之

变心勿太快
旧情未必全抛开
风向或转来[3]

［原文］

うつろはで　しばし信太の　森を見よ　かへりもぞする　葛の裏風

〔1821〕

返歌

和泉式部

纵使秋风寒
我亦不忘旧时恋
心怨色不显

---

① 此歌以“小萩树”喻指家中幼子，并以幼子转指自身，委婉抱怨丈夫在风灾过后迟迟不来问安。

② 道贞：橘道贞。时任和泉守。和泉式部的第一任丈夫。

③ 此歌的意思是劝导和泉式部不要完全不顾旧情，对方或许会回心转意、重归于好。

［原文］

秋風は　すごく吹けども　葛の葉の　うらみがほには　見えじとぞ思ふ

〔1822〕

病重，自感大限将至时，奏请定家朝臣转任中将[①]，
并咏歌赠民部卿范光

皇太后宫大夫俊成

自觉临大限
唯余我儿待升迁
念念心难安

［原文］

をざさ原　風待つ露の　消えやらず　このひとふしを　思ひ置くかな

〔1823〕

无题

前大僧正慈圆

今欲出家去
不由回顾旧时光
恋恋怀过往

［原文］

世の中を　いまはの心　つくからに　過ぎにしかたぞ　いとど恋ひしき

---

① 藤原定家是作者之子，当时奏请后鸟羽天皇恩准其由少将升任中将。

〔1824〕

欲上出家路
怀忆往事一出出
岁月细细数

［原文］

世をいとふ　心のく　深くなるままに　過ぐる月日を　うち数へつつ

〔1825〕

可断俗世心
欲作出家人
不知如何安此身

［原文］

ひとかたに　思ひ取りにし　心には　なほ背かるる　身をいかにせむ

〔1826〕

何以厌此世
若是有人问我时
欲答恨无词

［原文］

なにゆへに　この世を深く　いとふぞと　人の問へかし　やすく答へむ

〔1827〕

佛国在何处?
若是来世无净土
莫如此世住

［原文］

思ふべき　わが後の世は　あるかなきか　なければこそは　この世には住め

〔1828〕

西行法师

于此世狗苟蝇营
莫如出家山中行
博得好声名

［原文］

世をいとふ　名をだにもさは　とどめおきて　数ならぬ身の　思ひ出でにせむ

〔1829〕

若非为佛僧
或在俗世度终生
不知山寺行

［原文］

身の憂さを　思ひ知らでや　やみなまし　背くならひの　なき世なりせば

〔1830〕

若是愁苦多
出家为僧或可躲
僧家烦恼若奈何?

［原文］

いかがすべき　世にあらばやは　世をも捨てて　あな憂の世

やと　さらに思はむ

〔1831〕

愿作出家人
了断世间执着心
仍将俗世恨?

［原文］

なにごとに　とまる心の　ありければ　さらにしもまた　世のいとはしき

〔1832〕

入道前关白太政大臣(藤原兼实)

俗世实难离
纵是无事可珍惜
念念复依依

［原文］

昔より　離れがたきは　憂き世かな　かたみにしのぶ　仲ならねども

〔1833〕

有愁苦事，避居大峰、同行人有劝归京，咏歌答之

大僧正行尊

亲朋若有问
勿言我是世间人
死活无常是我身

［原文］

思ひいでて　もしも尋ぬる　人もあらば　ありとないひそ定めなき世に

〔1834〕

无题

我辈本无名
俗世爱恨如泡影
无事一身轻

［原文］

数ならぬ　身をなにゆへに　うらみけん　とてもかくても過しける世を

〔1835〕

百首歌之一

前大僧正慈圆

林密山又深
何时结庵容此身
庵中待来人

［原文］

いつかわれ　深山の里の　さびしきに　あるじとなりて　人に訪はれむ

〔1836〕

无题

源俊赖朝臣

山田有晚稻
只恨生死在山坳
默默受割刀

［原文］

憂き身には　山田のおしね　おしこめて　世をひたすらに恨みわびぬる

〔1837〕

多年有志于修行，只因缠身未果，如今父母故去，安心出家可矣。于隔扇书写和歌一首，以抒心志

山田法师[①]

出身为卑贱
每日砍柴备三餐
难逃此俗缘

［原文］

しづの男の　朝な朝なに　こりつむる　しばしのほども　ありがたの世や

① 山田法师：生卒年不详。天台宗的僧人。有家集《山田集》。本书收录其和歌1首。

〔1838〕

无题

寂莲法师

身世本低贱
从此出家断俗缘
爱恨皆无牵

［原文］

数ならぬ　身はなきものに　なしはてつ　たがためにかは世をもうらみむ

〔1839〕

法桥行遍

漠然对未来
岁月倥偬无所待
思之颇伤怀

［原文］

頼みありて　今ゆく末を　待つ人や　過ぐる月日を　嘆かざるらむ

〔1840〕

守觉法亲王主持五十首歌合奉咏

源师光

长命且苟延
老丑不堪何以堪
自顾自感叹

［原文］

ながらへて　生けるをいかに　もどかまし　憂き身のほどをよそに思はば

〔1841〕

无题

八条院高仓

每见日出心忧烦
夜来月升看西天
何时结佛缘

［原文］

憂き世をば　出づる日ごとに　いとへども　いつかは月の入るかたを見む

〔1842〕

西行法师

寄情做歌人
吟咏性情有诗心
风雅到如今

［原文］

情ありし　昔のみなほ　しのばれて　ながらへまうき　世にもふるかな

〔1843〕

藤原清辅朝臣

寿长苦乐转
今日乐道昔日酸
今日苦痛来日谈

［原文］

長らへば　またこのごろや　しのばれむ　憂しと見し世ぞ　いまは恋しき

〔1844〕

寂莲法师劝众人各吟歌百首，余未及响应。参拜熊野神社，途中休憩做一梦，梦见别当湛快[①]对俊成[②]言曰："何事今不如昔，唯有歌道，逢末世而不变也！请应众人之请，吟咏百首。"猛然醒来，咏百首，书而成卷，并于卷末附此首歌

西行法师

末世万事乱
唯有歌道未曾变
梦中意相连

［原文］

末の世も　このなさけのみ　変らずと　見し夢なくは　よそに聞かまし

① 别当湛快："别当"是神社的长官名称，湛快是熊野神社第十八代别当。
② 俊成：藤原俊成。

〔1845〕

编选《千载集》时，读古人之歌，有感

皇太后宫大夫俊成

选歌思往昔
后人见此《千载集》
当知谁编辑?

［原文］

ゆく末は　われをもしのぶ　人やあらん　むかしを思ふ　心ならひに

〔1846〕

崇德院百首歌合奉咏，以“无常”为题

皇太后宫大夫俊成

世间乱纷纷
一代更替一代人
虚空飘白云

［原文］

世の中を　思ひつらねて　ながむれば　むなしき空に　消ゆる白雲

〔1847〕

百首歌之一

式子内亲王

日没夜幕罩
流转无常人间道

风卷叶露消

［原文］

暮るる間も　待つべき世かは　あだし野の　末葉の露に　嵐立つなり

〔1848〕

在摄津，观水畔芦荡

花山院

津国水畔矮芦丛
长高实不能
人寿亦难增

［原文］

津の国の　ながらふべくも　あらぬかな　みじかき蘆の　世にこそありけれ

〔1849〕

无题

中务卿具平亲王

风吹何太急
荻叶露珠落土地
匆促化为泥

［原文］

風早み　荻の葉ごとに　置く露の　おくれさきだつ　ほどのはかなさ

〔1850〕

蝉丸[①]

秋风一阵阵
茅草露珠消殆尽
浑似世间人

［原文］

秋風に　なびく浅茅の　するごとに　置く白露の　あはれ世の中

〔1851〕

人生不长久
宫殿茅屋高低就
居者难长留

［原文］

世の中は　とてもかくても　おなじこと　宮も藁屋も　果てしなければ

① 蝉丸：生卒年不详，约为平安初期之人。据说曾侍奉醍醐天皇的第八位皇子，又据说是醍醐天皇的四皇子。眼瞎之后善作和歌，在逢坂山结庵。据传也是琵琶名家。本书收录其和歌 2 首，分别是第 1850、1851 首。

第十九卷　神祇歌[①]

〔1852〕

今日是子日
野外小松移植来
来日成大材

［原文］

しるらめや　けふの子の日の　姫小松　生ひむすゐまで　栄ゆべしとは[②]

〔1853〕

折枝人无情
折下梅枝掷我庭
不忘主人灵

［原文］

なさけなく　折る人つらし　わがやどの　あるじ忘れぬ　梅の立ち枝を[③]

〔1854〕

补陀落[④]南[⑤]建佛堂[⑥]
北家[⑦]一族倍兴旺
神恩浩荡荡

［原文］

補陀落の　南の岸に　堂たてて　いまぞさかえん　北の藤波[⑧]

〔1855〕

夜来天气寒
瑟瑟衣裳单
树木稀疏白霜沾

［原文］

夜や寒き　衣やうすき　かたそぎの　ゆきあひのまより　霜やをくらむ⑨

〔1856〕

不知多少年
住江之松青依然
繁茂未曾变

［原文］

いかばかり　年はへねども　住みの江の　松ぞふたたび　生

---

① “神祇”是天神与地神的总称。“神祇歌”主要是颂神、祈神、祭神之歌，也包括神祇自咏之歌（即所谓“神咏”），以及神社、神事（与神社祭神有关的事物）的吟咏描写，表现了古代日本人对神祇与祖先的敬重与信仰。有些和歌未标明作者。

② 据闻，此歌乃日吉神社社司（神社之神官）自神社附近山上移来小松之夜，做梦时所吟之歌。——原注
此卷共64首歌，多在原歌后面附有注释。现作为脚注处理，并在句末注明“原注”字样。

③ 据闻，此歌是建久二年春，有人去筑紫，折下安乐寺梅枝，梦咏此歌。——原注
筑紫是今福冈县的古称，筑紫的太宰府神社是菅原道真安葬处。此歌基于民间流传的“飞梅”传说故事，歌中的“主人”指的是菅原道真。传说菅原道真含冤被贬离开京都时，对着平素喜爱的梅树咏歌，梅树因恋慕主人而飞到太宰府结缘墓旁扎根，称为“飞梅”。另据《平家物语》，折梅者后来遭神罚而死。

④ 补陀落：梵语音译，释译“光明山”。传说是印度南海中观音所居八角形山，在此比喻日本的兴福寺。

⑤ 南：指南岸，与后句的“北家”相对称。

⑥ 建佛堂：指藤原氏的族寺兴福寺。

⑦ 北家：藤原北家，藤原氏的一支。

⑧ 据闻，此歌是在兴福寺南圆堂初建之时，春日神社之榎本明神所咏歌。——原注

⑨ 此歌乃住吉明神所咏之歌。——原注（此歌写神社之荒废荒凉之情景）

ひ変りぬる[①]

〔1857〕

我乃守护神
君不知我是何人
自古为君守家门

［原文］

むつましと　君は白波　みづかきの　ひさしき代より　いはひそめてき[②]

〔1858〕

暗暗在期待
每日盼望君能来
直至神老衰

［原文］

人知れず　いまやいまやと　ちはやぶる　神さぶるまで　君をこそ待て[③]

〔1859〕

道阻且遥远
彼此勿忘心相念
为君送祝愿

---

① 有人参拜住吉神社时咏歌一首，歌曰："松柏若为人，会有人问其年龄，欲知何年生"，此歌为答歌。——原注

② 据《伊势物语》记载："行幸住吉时，神灵显现时所咏之歌。"——原注

③ 待贤门院堀河，自大和参拜熊野神社途中，梦中有言须参拜春日神社，欲参拜，却未能成行。回大和途中，神托梦，并咏此歌。——原注

［原文］

道遠し　ほどもはるかに　へだゝれり　思ひをこせよ　われも忘れじ[①]

〔1860〕

早年得志皆遂愿
如今升迁有迟缓
何必总埋怨

［原文］

思ふこと　身にあまるまで　鳴る滝の　しばし淀むを　なに恨むらむ[②]

〔1861〕

许愿若不灵
我必再次云中腾
升天发雷鸣[③]

［原文］

われ頼む　人いたづらに　なしはてば　また雲分けて　のぼるばかりぞ[④]

〔1862〕

镜中映照神

---

① 此歌是居住陆奥之人许愿三年间参拜熊野神社，然因种种困难，哀叹不知下回能否成行，睡于神前时，梦见神咏此歌。

② 此歌作者哀叹自身时运不济，去往东国时，在熊野神前过夜，梦见神咏此歌。——原注

③ 贺茂神社的神叫做“别雷命”，有雷神的性质。此歌是贺茂神社的神咏（神所咏之歌），是神对信仰者发出的有信必灵誓愿。

④ 此歌乃贺茂神社的神咏。——原注

洗手钵中见神心
时时保佑人

［原文］

鏡にも　影みたらしの　水の面に　うつるばかりの　心とを知れ①

〔1863〕

我于世间常观人
观得颗颗纯洁心
人心犹可钦②

［原文］

ありきつつ　来つつ見れども　いさぎよき　人の心を　われ忘れめや③

〔1864〕

西海浪滔天
敢在海岸建神殿
如何得宁安

［原文］

西の海　立つ白浪の　上にして　なに過ぐすらむ　仮のこの世を④

---

① 传说，此歌是贺茂参拜者梦中所闻神咏。
② 此歌是石清水八幡神（位于今京都府八幡市男山）的神咏，赞美人心纯洁。
③ 传说此歌为石清水八幡神所咏。——原注
④ 据传，此歌是称德天皇时，派遣和气清麻吕参拜宇佐宫，得此神托之歌。——原注

〔1865〕

延喜六年，《日本纪》[①]讲读后宴会，以神名咏歌，咏日本磐余彦天皇[②]

大江千古[③]

海神玉衣姬[④]
凌波斩浪来此地
玉颜映潮汐

［原文］

白波に　玉依姫の　来しことは　渚やつゐに　とまりなりけむ

〔1866〕

猿田彦[⑤]咏

纪淑望[⑥]

天上八重云
难挡天神来降临
我来拨浓云

---

① 《日本纪》：亦称《日本书纪》。日本最早的用汉文写成的史书，所谓“六国史”(六部国史)的第一部，公元720年成书，以编年体形式记载了日本历代天皇的历史。

② 日本磐余彦天皇：神武天皇。

③ 大江千古：延喜二年(902年)卒。曾任从四位上式部权大辅、伊予权守。千古是一位儒者。是参议从三位音人之子，千里之弟。本书收录其和歌1首。

④ 玉衣姬：假名“たまよりひめ”，女神名，传说她是海神之女，生了神武天皇。

⑤ 猿田彦：神明。天孙琼琼杵尊降临时，在前头引路的神。此歌以猿田彦的口气吟咏。

⑥ 纪淑望：延喜十九年(919年)卒。曾任从四位上民部大辅，信浓权介。是中纳言长谷雄的长子，纪贯之的养子。精通于汉学，被认为是《古今集》真名序的作者。本书收录其和歌1首。

［原文］

ひさかたの　天の八重雲　ふり分けて　くだりし君を　われぞむかへし

〔1867〕

玉依姫[1]

三统理平[2]

天外飞岩舟
飞至秋津洲[3]
大和国上始建都

［原文］

飛びかける　天の岩舟　たづねてぞ　秋津島には　宮はじめける

〔1868〕

贺茂神社午日咏歌

此处大和洲
西风烈烈浪奔流
岸边何处泊船舟[4]

［原文］

大和かも　海にあらしの　西吹かば　いづれの浦に　御舟つ

---

① 此歌吟咏的是“神日本磐余彦天皇”（神武天皇）始建首都的传说，因此有研究者认为此处的标题“玉衣姫”是“神日本磐余彦天皇”之误。

② 三统理平：延长四年（926年）卒，享年74岁。任四位文章博士，式部大辅。参与了《三代实录》《延喜式》的编纂。本书收录其和歌2首，为第1867、1868首。

③ 秋津洲：指秋津岛，假名“あきつしま”，大和国（今奈良）的别称。

④ 此歌表现的是贺茂神初来日本时的感受和心情，模仿“神乐歌”的歌谣风格。

ながむ

〔1869〕

神乐[1]咏

纪贯之

神木覆白霜
叶色不变味更香
神社人熙攘

［原文］

置く霜に　いろも変らぬ　榊葉の　香をやは人の　とめて来つらむ

〔1870〕

临时祭[2]咏歌

神官蓝衣衫
系上棉带[3]进神前
敢将赤心献[4]

［原文］

宮人の　すれる衣に　ゆふだすき　かけて心を　たれに寄すらむ

---

① 神乐：为祭神而演奏的舞乐。自平安时代流行于宫中。据《贯之集》记载，此歌是见神乐屏风画而吟咏。

② 临时祭：贺茂神社临时祭，于旧历十一月举行。此歌是为屏风画而吟咏。

③ 棉带：原文“ゆふだすき”，棉布衣带，在神社祭祀时的装饰。

④ 此歌描述的是屏风画所描绘的贺茂临时祭以及神官们祈愿祝福的场面。

〔1871〕

任大将时，身为敕使参拜大神宫，并咏歌

摄政太政大臣（藤原良经）

御裳濯川[①]畔
祖神曾经许祖先
一一皆如愿

［原文］

神風や　御裳濯川の　そのかみに　ちぎりしことの　すゑを たがふな

〔1872〕

同时[②]参拜外宫，咏歌

藤原定家朝臣

前世有因缘
今日参拜神宫川[③]
神发[④]长长福绵绵

［原文］

契りありて　けふ宮川の　ゆふかづら　ながき世までも　か けて頼まむ

---

① 御裳濯川：假名“みもすそがわ”，五十铃川的别称，发源于今三重县伊势市神路山，流经伊势神宫。

② 同时：指与上一首歌（摄政太政大臣藤原良经）同时吟咏。

③ 宫川：流经伊势神宫的御裳濯川。

④ 神发：原文“木棉鬘”（ゆふかづら），用棉花制作的神像头发。

〔1873〕

公继卿作为敕使参拜大神宫归京后，
斋宫某女房[1]送来和歌一首

佚名

念君心殷勤
苦苦等待不见人
缘何不来问[2]

［原文］

うれしさも　あはれもいかに　答へまし　ふるさと人に　問はれましかば

〔1874〕

返歌

春宫大夫公继

习习有神风
五十铃川永奔腾
应时便重逢

［原文］

神風や　五十鈴川波　数知らず　すむべき御代に　また帰へりこむ

---

① 斋宫某女房：在斋宫（后鸟羽院皇女肃子内亲王）服务的女官。
② 此歌表现某女官对公继参拜神宫归京而不来慰问的怨怼之情。

〔1875〕

大神宫歌

太上天皇（后鸟羽院）

凝望神路山①
山巅云朵渐消散
日暮月色现

［原文］

ながめばや　神路の山に　雲消えて　ゆふべの空を　出でむ月影

〔1876〕

神风吹习习
神前躬身奉帛币
拳拳表心迹

［原文］

神風や　とよみてぐらに　なびくしで　かけて仰ぐと　いふもかしこし

〔1877〕

无题

西行法师

神宫供大神
殿柱牢牢插岩根

---

① 神路山：假名“かみじのやま”，伊势神宫内宫南面的山，一名天照山（あまてるやま）。

万里无阴云

［原文］

宫ばしら　下つ岩根に　敷き立てて　露もくもらぬ　日の御影かな

〔1878〕

月出神路山
明光朗照人世间
天下享平安

［原文］

神路山　月さやかなる　誓ひありて　天の下をば　照らすなりけり

〔1879〕

参拜伊势月读宫①，赏月咏歌月

灵鹫山②高峰
明月转来月读宫
宫内木葱茏

［原文］

さやかなる　わしの高根の　雲居より　影やはらぐる　月よみの森

---

① 月读宫：丰受大神宫的别称，祭奉天照大神之弟月读尊。
② 灵鹫山：位于印度摩揭陀国，释迦牟尼说法之地。

〔1880〕

神祇歌

前大僧正慈圆

佛光如月明
余晖照神灵
五十铃川夜秋兴

［原文］

やはらぐる　光にあまる　影なれや　五十鈴川原の　秋の夜の月

〔1881〕

作公卿敕使，行归途中，于一志驿站咏歌

中院入道右大臣

但愿去复返
御裳濯川再度观
浅滩白浪翻

［原文］

たちかへり　またも見まくの　ほしきかな　御赏濯川の　せぜの白波

〔1882〕

入道前关白家百首歌合奉咏

皇太后宫大夫俊成

五十铃川畔
神风吹来千万年

习习拂宫殿

［原文］

神風や　五十鈴川の　宮ばしら　幾千代すめと　立ちはじめけむ

〔1883〕

俊恵法师

内宫外宫间
采摘玉串[1]奉神前
祈神保平安

［原文］

神風や　たまぐしの葉を　とりかざし　内外の宮に　君をこそ祈れ

〔1884〕

五十首歌合奉咏

越前

伊势山田原
日日祈神保平安
神人心相牵

［原文］

神風や　山田の原の　さかき葉に　心のしめを　かけぬ日ぞなき

---

① 玉串：假名“たまぐし”，献给神的神树枝叶。

〔1885〕

社头[①]纳凉咏

大中臣明亲[②]

岩根耸青松
五十铃川秋意送
沙沙来凉风

［原文］

五十鈴川　空やまだきに　秋の声　したつ岩根の　松の夕風

〔1886〕

香椎宫[③]杉树咏

佚名

绫杉[④]生此地
香椎神宫巍峨起
杉木化神体

［原文］

ちはやぶる　香椎の宫の　绫杉あやすぎは　神のみそぎに立てるなりけり

---

① 社头：神社旁边。

② 明亲：生卒年不详，为土御门天皇时代人。正五位下左近将监。本书收录其和歌1首，即第1885首。

③ 香椎宫：假名“かしひのみや”，神社名，位于今福冈县东区香椎，为祭祀仲哀天皇和神功皇后而建。

④ 绫杉：杉树的一种，以此木材做成神体（神像）、建立神宫。

〔1887〕

在八幡宫任权官[1]多年，心中不平，奏神乐之夜参拜神宫，咏歌挂于神树枝

法印成清[2]

咏歌挂神树
心中不满向神诉
哪怕无用处

［原文］

さかき葉に　そのいふかひは　なけれども　神に心を　かけぬまぞなき

〔1888〕

参拜贺茂

周防内侍

形影憔悴映于川[3]
可叹神灵看不见
如何得心安

［原文］

年を経て　憂き影をのみ　みたらしの　変る世もなき　身をいかにせむ

① 权官：定员之外的临时官职。据考作者担任的是“权别当”一职。
② 法印成清：也被称为权大僧都静清（成圣）。正治元年（1199 年）圆寂，享年 71 岁。第 30 代石清水别当（僧官），第 12 代检校。法印光清之子。本书收录其和歌 1 首。
③ 川：御手洗川，供参拜者洗手漱口的小溪。

〔1889〕

文治六年，女御入宫屏风，画有临时祭①，见而咏歌

皇太后宫大夫俊成

皎皎明月寒
映照手洗川
蓝袖舒展舞蹁跹

［原文］

月冴ゆる　御手洗川に　影見えて　氷にすれる　山藍の袖

〔1890〕

社头咏雪

按察使公通

神前挂币帛
清风送来音娑娑
庭前覆白雪

［原文］

ゆふしでの　風に乱るる　音さえて　庭しろたへに　雪ぞつもれる

〔1891〕

十首歌合②奉咏，神祇歌

前大僧正慈圆

赤心奉君上

---

① 临时祭：指冬月（旧历十一月）贺茂神社举办的临时祭。
② 十首歌合：正治二年（公元1200年），后鸟羽院主持的“仙洞十人歌合”。

色如神社朱红墙
祝君万年长

［原文］

君を祈る　心の色を　人問はば　ただすの宮の　あけの玉垣

〔1892〕

参拜贺茂神社目睹神迹，见社司[①]各自以葵叶做头饰，咏歌

贺茂重保

倘无神灵来
不见头上葵叶戴
人有何期待？

［原文］

跡垂れし　神にあふひの　なかりせば　なにに頼みを　かけて過ぎまし

〔1893〕

诸社司参拜贵船神社[②]，祈雨时，咏歌

贺茂幸平[③]

神灵在河川
祈求雨水进河堰
灌溉大御田[④]

---

① 社司：神社的官员，神官。

② 贵船神社：位于今京都市左京区鞍马贵船町。

③ 贺茂幸平：生卒年不详，后鸟羽天皇时代人。曾任正四位下贺茂社的神主。是神主家平之子。本书收录其和歌 1 首。

④ 大御田：神社另有的田地，也叫“神田”，此指和茂神社的大御田。

［原文］

大御田の　うるおふばかり　せきかけて　井堰に落せ　川上の神

〔1894〕

鸭社歌合[①]，众人咏歌，咏月

鸭长明

石川濑见之小川[②]
神与明月同时现
清流水潺潺

［原文］

石川の　瀬見の小川の　清ければ　月も流れを　たづねてぞすむ

〔1895〕

任弁官[③]时，于春日祭，咏歌赠周防内侍

中纳言资仲[④]

春日山风卷
棉布衣带[⑤]飘飘然
盛世千万年

---

① 鸭社歌合：据鸭长明《无名抄》记载，此为源光行主持的一次歌合。

② 石川濑见之小川：假名“いしかわやせみのおがわ”，贺茂川的异称。

③ 弁官：太政官的官员，掌管八省庶务及文书资料。

④ 中纳言资仲：藤原资仲。卒于宽治元年（1087 年），享年 67 岁。正二位权中纳言太宰权师。是大纳言资平的次子，佐显仲之父。本书收录其和歌 1 首。

⑤ 棉布衣带：原文“ゆふだすき”，用于神事祭祀时的装饰。

［原文］

万代を　いのりぞかくる　ゆふだすき　かすがの山の　峰の嵐に

〔1896〕

文治六年，女御入宫屏风所画春日祭图画，咏歌

入道前关白太政大臣（藤原兼实）

佐保川风吟
河水波粼粼
今日虔心参拜神

［原文］

けふ祭る　神の心や　なびくらむ　しでに浪立つ　佐保の川風

〔1897〕

自家百首歌合[①]，咏神祇

安顺家运兴
若非三笠山神灵[②]
如何得立命

［原文］

天の下　三笠山の山の　かげならで　たのむかたなき　身とは知らずや

---

① 自家百首歌合：治承二年（公元 1178 年），作者主办“右大臣家百首”。
② 三笠山上的春日神社，祭祀的是作者及藤原家族的氏神春日明神。

〔1898〕

皇太后宫大夫俊成

春日野上草木盛
溪流草下掩
但愿祖神心无偏[1]

［原文］

春日野の　をどろの道の　埋れ水　末だに神の　しるしあらはせ

〔1899〕

参加大原野祭，咏歌赠周防内侍

藤原伊家[2]

神灵加护中
小盐山上秋风送
年年来将叶吹红

［原文］

千代までも　心して吹け　もみぢ葉を　神もを小塩の　山おろしの風

〔1900〕

观最胜四天王院隔扇小盐山图，咏歌

前大僧正慈圆

小盐山上有神在

---

① 此歌以草下溪流自喻，委婉表达了对境遇的不满，并希望能得到祖神的公平照拂。

② 藤原伊家：卒于应德元年（1084 年），享年 37 岁。正五位下藏人，右中弁，周防守。是正四位上公基之子。本书收录其和歌 1 首。

青松翠绿千万代
年年色不改

［原文］

小塩山　神のしるしを　松の葉に　ちぎりし色は　かへるものかは

〔1901〕

日吉神社奉纳歌，二宫[①]咏

本地佛垂迹
佛光普照大山里
朗朗无阴翳

［原文］

やはらぐる　影ぞふもとに　くもりなき　もとの光は　峰に澄めども

〔1902〕

述怀歌

七社[②]拜诸神
神之灵验我笃信
不坠六道[③]陷此身

---

① 二宫：日吉神社七社之一。

② 七社：指日吉山王七社，包括大宫神社、二宫神社、圣真子神社、八王子神社、客人神社、十禅师神社、三宫神社。

③ 六道：佛教用语，指地狱、饿鬼、畜生、修罗、人间、天上六道，是六个未得解脱的“迷界”。

［原文］

わが頼む　七の社の　ゆふだすき　かけても六の　道に帰すな

〔1903〕

日吉神社显灵光
人间黯然心悲伤
日日在彷徨

［原文］

おしなべて　日吉の影は　くもらぬに　涙あやしき　昨日今日かな

〔1904〕

习习凉风吹
日吉神社木棉飞
人心得抚慰

［原文］

もろ人の　願いを御津の　はま風に　心すゞしき　しでの音かな

〔1905〕

咏歌奉献北野神社①

醒来泪涔涔
梦中怀道真②

---

① 北野神社：位于京都市上京区。祭神是因冤屈而死的菅原道真。

② 道真：菅原道真。

惆怅难遣叹我身

［原文］

覚めぬれば　思ひあはせて　音をぞ泣く　心づくしの　いにしへの夢

〔1906〕

参拜熊野神社时，见道旁花开，咏歌

白河院

眼见花开放

神灵如在花中央

天地照神光

［原文］

咲きにほふ　花のけしきを　見るからに　神の心ぞ　空に知らるる

〔1907〕

参拜熊野神社，咏歌

太上天皇(后鸟羽院)

足踏青石苔

熊野山上脚步迈

放眼看将来

［原文］

岩にむす　苔ふみならす　御熊野の　山のかひある　ゆくすゑもがな

〔1908〕

参拜新宫[①]时，于熊野川咏歌

熊野川上水滔滔
神社参拜路途遥
努力划船棹

［原文］

熊野川　くだす早瀬の　みなれ棹　さすが見なれぬ　浪のかよひ路

〔1909〕

白河院参诣熊野时，众人随从左右，于盐屋王子[②]，咏歌

德大寺左大臣[③]

盐屋青烟生
袅袅驭海风
似我祈愿神感应

［原文］

立ちのぼる　塩屋のけぶり　うら風に　なびくを神の　心ともかな

---

① 新宫：熊野的新宫，熊野三社之一。

② 盐屋王子：盐屋，地名，也是海边烧盐之所。王子，从京都到熊野神社途中的诸多末社（附属于本社的小神社）的名称。

③ 德大寺左大臣：藤原实能。保元二年（1157 年）卒，享年 62 岁。曾任从一位左大臣。是大纳言公实之四子，后德大寺左大臣实定之祖父。本书收录其和歌 1 首。

〔1910〕

神社参拜时，于岩代王子写下众人姓名，
稍息，在拜殿[1]长押[2]处写歌一首

佚名

岩代神知否
此世如梦却无道
出路何处找

［原文］

岩代の　神は知るらむ　しるべせよ　頼む憂き世の　夢のゆくすゑ

〔1911〕

熊野本宫遭火灾，年内迁宫仪式，并咏歌

太上天皇(后鸟羽院)

心中有神在
迁宫再来拜
愿神不弃指未来

［原文］

契りあれば　うれしきかかる　おりに逢ひぬ　忘るな神もゆくすゑの空

---

① 拜殿：神社的大殿前面的建筑物。
② 长押：日式建筑中的柱与柱之间的横木。

〔1912〕

任加贺守①时，忆起参拜白山②之情景，
于日吉神宫咏歌赠客人

左京大夫显辅

当年白山拜
如今头发如雪白
见之能不生悲哀

［原文］

年経とも　越しの白山　忘れずは　かしらの雪を　あはれとも見よ

〔1913〕

一品聪子内亲王③，参拜住吉神社，左右众人咏歌

藤原道经

住吉松风啸
白色币帛随风飘
摇曳如波涛

［原文］

住吉の　浜松が枝に　風ふけば　波のしらゆふ　かけぬまぞなき

---

① 加贺守：加贺地方长官。作者于天永二年（1111 年）十月赴任。
② 白山：位于今石川县与岐阜县边境，有白山神社。
③ 一品聪子内亲王：后三条天皇的第一皇女。

〔1914〕

见某处屏风画，门前骑马人前来拜神

能宣朝臣

拂去榊叶霜
神前祈福两情长
不离不相忘

[原文]

さかき葉の　霜うちはらひ　かれずのみ　住めとぞ祈る　神の御前に

〔1915〕

延喜御时，见有屏风绘有夏神乐①情景，咏歌

纪贯之

川社②河上白波泛
看似白衣晾成片
永远晒不干

[原文]

川社　しのにおりはへ　ほす衣　いかにほせばか　七日かひざらむ

---

① 夏神乐：6月30日举行的一种神事活动，在河边搭棚，供神馔，奏乐，叫做“夏越祓”或“六月祓”。

② 川社：假名“かはやしろ”，河畔搭建的临时神社。

第二十卷　释教歌[①]

〔1916〕

标茅[②]原野草干透
人生在世多忧愁
菩萨可保佑

［原文］

なほ頼め　標茅が原の　させも草　我が世の中に　あらむかぎりは

〔1917〕

人生如朝颜[③]
命如露珠瞬时干
何必总悲叹

［原文］

なにか思ふ　なにとか嘆く　世の中は　ただ朝顔の　花の上の露[④]

〔1918〕

智缘上人[⑤]欲上伯耆大山，出发前拂晓，梦中听此歌

月儿来回转
我住深山几多年
何必出此山[⑥]

［原文］

山深かく　年ふるわれも　あるものを　いづちか月の　出で

て行くらむ

〔1919〕

难波御津寺，听芦荡风声

行基菩萨[7]

风吹芦苇荡
难波水消长
时光流淌人无常

［原文］

蘆そよぐ　潮瀬の浪の　いつまでか　憂き世の中に　浮かびわたらむ

〔1920〕

比叡山中堂[8]建立时，咏歌

传教大师[9]

阿耨多罗

---

① 本卷是有关佛教题材的和歌集，与上卷的有关神道题材的“神祇歌”同属一类。自《后拾遗集》开始设立此此种部类。
② 标茅：假名“しめぢ”，地名，在今枥木市川原田町。
③ 朝颜：假名“あさがお”，牵牛花。
④ 以上两首歌，传说是清水观音所咏。——原注
⑤ 智缘上人：僧人，生平不详。
⑥ 据收录此歌的《袋草子》（藤原清辅所编歌学书）载，此歌是地藏菩萨所咏，有挽留智缘上人之意。
⑦ 行基菩萨：俗姓高志。天平胜宝元年（749 年）圆寂，享年 80 岁。大僧正，大菩萨。作为法相宗僧人，受到圣武天皇敬重。建立东大寺、国分寺，巡历诸国。据说在开垦、交通等方面有建树。本书收录其和歌 1 首。
⑧ 比叡山中堂：指比叡山延历寺（今大津市坂本町）本堂，建立于延历七年（788 年）。
⑨ 传教大师：俗姓三津，僧名最澄，传教大师是御赐号。弘仁十三年（822 年）圆寂，享年 56 岁。近江国滋贺人，创建了比叡山延历寺，后奉桓武天皇之命入唐，归国后成为天台宗鼻祖，是与弘法大师空海比肩的名僧。本书收录其和歌 1 首。

三藐三菩提①
我佛保佑佛堂立

［原文］

阿耨多羅　三藐三菩提の　ほとけたち　我が立つ杣に　冥加有らせ給へ

〔1921〕

入唐②时，咏歌

智证大师③

求法行程远
诸神诸佛在心间
祈求保平安

［原文］

法の舟　さしてゆく身ぞ　もろもろの　神も仏も　われを見そなへ

〔1922〕

见菩提寺讲堂木柱有蛀虫痕迹，感而咏歌

讲堂有向导
世人快来听布教
走向极乐道

---

① 阿耨多罗三藐三菩提：梵语音译，日语读作“あのくたら　さんみやくさぼだい”，意为佛陀最上智慧。

② 入唐：作者在仁寿元三年(853 年)去往中国唐朝留学。

③ 智证大师：俗姓和气，法号圆珍。宽平三年(891 年)圆寂，享年 78 岁。是第 5 代天台座主，空海之外甥，寺门派之祖。本书收录其和歌 1 首。

［原文］

しるべある　時にだにゆけ　極楽の　みちにまどへる　世の中の人

〔1923〕

避居御岳[①]之笙岩屋[②]

日藏上人[③]

避居在岩屋
雨中寂寞经诵读
泪眼总模糊

［原文］

寂寞の　こけの岩户の　しづけさに　涙の雨の　ふらぬ日ぞなき

〔1924〕

不知临终时能否持正念，思而咏歌

法圆上人[④]

口中把佛念
往生之时心莫乱
心中持正见

---

① 御岳：亦称金峰山，位于今奈良县吉野郡。

② 笙岩屋：山中修验者的岩洞。

③ 日藏上人：生卒年不详，醍醐天皇时期人。大和金峰山的僧人。本书收录其和歌1首。

④ 法圆上人：宽弘七年(1010年)圆寂，享年51岁。曾任阿阇梨，法琳寺第十五世别当。15岁时出家进入法琳寺，成为誉好的弟子开始修行。本书收录其和歌1首。

［原文］

南無阿弥陀　ほとけの御手に　かくる系の　をはり乱れぬ　心ともがな

〔1925〕

无题

僧都源信[①]

若是得往生
无论相识或陌生
定将把我迎

［原文］

われだにも　まづ極楽に　まれなば　知るも知らぬも　みなむかへてむ

〔1926〕

观天王寺[②]亀井，咏歌

上东门院

亀井水纯净
俯身双手捧
心地无尘如明镜

［原文］

にごりなき　亀井の水を　むすびあげて　心のちりを　すす

---

① 僧都源信：俗姓卜部。宽仁元年(1017年)圆寂，享年76岁。僧都。正亲之子。成为良源的弟子后，住横川惠心院，因此被称为惠心僧都。著有《往生要集》。本书收录其和歌2首，分别是第1925、1971首。

② 天王寺：传说为圣德太子所建寺院，位于今大阪市天王寺区天王寺町。

ぎつるかな

〔1927〕

众人吟诵《法华经》廿八品歌时，诵提婆品①有感而歌

法成寺入道前摄政太政大臣（藤原道长）

海底深又深
出海成佛犹如神
从此不是女儿身

［原文］

わたつ海の　底より来つる　ほどもなく　この身ながらに身をぞきはむる

〔1928〕

咏劝持品②

大纳言齐信③

传法于世人
性命不惜可献身
一切皆可忍

［原文］

数ならぬ　命はなにか　惜しからむ　法説くほどを　しのぶ

---

① 提婆品：《法华经》二十八品中的第十二品。讲述的是从海底来的八岁龙女，受文殊的教化而成佛，女身也变成男身。

② 劝持品：《法华经》二十八品中的第十三品。其中有“我不爱身命，但惜无上道”，为传佛法不惜性命。

③ 大纳言齐信：藤原齐信。长元八年（1035 年）卒，享年 69 岁。曾任正二位大纳言，民部卿。是法性寺太政大臣为光（恒德公）之子，道信之兄，其母为左少将敦敏之女。与公任等人并称“四纳言”。本书收录其和歌 1 首，为第 1928 首。

ばかりぞ

〔1929〕

五月，在云林院[①]听说法，有感咏歌

肥后

紫野[②]飘紫云
云林院里望云林
楝树飘花馨

［原文］

むらさきの　雲の林を　見わたせば　のりにあふちの　花咲きにけり

〔1930〕

读涅槃经时，梦见有人咏歌："忽觉吹春风，水池落花坚冰融、仰首望夜空"，梦中咏歌以答

谷川水流清
明月普照度众生
佛光映月明

［原文］

谷川の　ながれし清く　澄みぬれば　くまなき月の　影も浮かびぬ

---

① 云林院：天台宗寺庙，位于今京都市北区紫野。
② 紫野：假名"むらさきの"，在京都市北区。

〔1931〕

述怀歌

前大僧正慈圓

彷徨无计间
暗夜行路有灯盏
是乃我所愿

［原文］

ねがはくは　しばし闇路に　やすらひて　かかげやせまし　法のともしび

〔1932〕

为听佛法讲
起床顶夜霜
夜闻佛法朝可亡

［原文］

説く御法　きくの白露　夜はおきて　つとめて消えむ　ことをしぞ思ふ

〔1933〕

心中念佛国
步履艰难总蹉跎
时光不待我

［原文］

極楽へ　まだ我が心　ゆきつかず　羊のあゆみ　しばしとどまれ

〔1934〕

观心如月轮，若在轻雾中

权僧正公胤①

我心犹蒙尘
轻雾朦胧在清晨
微明如月轮

［原文］

わがこころ　なほ晴れやらぬ　秋霧に　ほのかに見ゆる　在明の月

〔1935〕

自家百首歌时，咏“十界”②与“缘觉”③

摄政太政大臣(藤原良经)

独居深山里
眼观山风无常迹
何计南北与东西

［原文］

奥山に　ひとり浮き世は　さとりにき　つねなきいろを　風にながめて

---

① 权僧正公胤：俗姓源。建保四年(1216年)圆寂，享年72岁。圆城寺长史，三井寺僧正。右少将宪俊之子，阿阇梨行显的弟子。本书收录其和歌1首。

② 十界：佛教语，指地狱、饿鬼、畜生、修罗、人间、天上六个迷界，和声闻、缘觉、菩萨、佛四个悟界。

③ 缘觉：佛教语，指佛教的十二因缘之教，不靠师传而自觉。

〔1936〕

读《心经》[1]

小侍从

心为色所染
色之影像是虚幻
闻法开心颜

［原文］

色にのみ　そめし心の　くやしきは　むなしと説ける　法のうれしさ

〔1937〕

摄政太政大臣家百首歌合，咏“十乐”之“圣众来迎乐”[2]

寂莲法师

天上飘紫云
悠悠传琴音
浮世山上松风吟

［原文］

むらさきの　雲路にさそふ　琴の音に　うき世をはらふ　嶺の松風

〔1938〕

莲花初开乐

春晓莲花多

---

① 《心经》：《般若波罗蜜多心经》的略称。
② 十乐：《往生要集》中描述的极乐净土的十种快乐，各有其名。

浮世之外极乐国
旭日照花朵

［原文］

これやこの　憂き世のほかの　春ならむ　花のとぼその　あけぼのの空

〔1939〕

欢快无尽乐

无论春夏与秋冬
露珠沾花不消融
哀悯何由生

［原文］

春秋も　かぎらぬ花に　おく露は　おくれさきだつ　うらみやはある

〔1940〕

引接结缘[①]乐

浮世净土来复往
苦海撒下救生网
功德诚无量

［原文］

立ち帰り　くるしき海に　おく網も　深きえにこそ　心引くらめ

---

① 引接结缘：来往于极乐净土与尘世之间的行者，引领众生去极乐佛国。

〔1941〕

吟《法华经》廿八品之方便品“唯有一乘法”，感而咏歌

前大僧正慈圆

试问天上风：
何处佛经更高明
能胜《法华经》？①

［原文］

いづくにも　我が法ならぬ　法やあると　空ふく風に　問へど答へぬ

〔1942〕

《化城喻品》②之《化作大城郭》咏

修行步步高
厌离苦世须尽早
远处方是大城堡

［原文］

思ふなよ　憂き世の中を　出ではてて　やどる奥にも　宿はありけり

〔1943〕

读《分别功德品》③之“或住不退地④”感而咏之

不上灵鹫山

---

① 《法华经》是天台宗的根本大法，此歌表达对《法华经》的热爱和推重。
② 《化城喻品》：《法华经》的第七品。
③ 《分别功德品》：《法华经》第十七品。
④ 或住不退地：或会住于“不退地”。“不退地”即不后退之地，义无反顾之意。

今日不来闻佛言
如何发愿往西天

［原文］

わしの山　けふ聞く法の　道ならで　かへらぬやどに　行人ぞなき

〔1944〕

《普门品》[1]之“心念不空过”

心念一切皆是空
又见眼前藤花红
紫云御长风

［原文］

おしなべて　むなしき空と　思ひしに　藤咲きぬれば　紫の雲

〔1945〕

水流常不满

崇德院

海湾潮水退又涨
浮世如同在水上
起伏总无常

［原文］

おしなべて　憂き身はさこそ　鳴海潟　満ちひる潮の　変わるのみかは

---

① 《普门品》：《法华经》第二十五品。

〔1946〕

日出先照高山[1]

高山照日光
萌萌草木旺
幽谷依然覆冷霜

［原文］

朝日さす　峰のつづきは　芽ぐめども　まだ霜深かし　谷のかげ草

〔1947〕

居家咏百首歌，以“五智”之“妙观察智”[2]为题咏歌

入道前关白太政大臣（藤原兼实）

心地须明澄
如同莲池水清清
方能悟佛性

［原文］

底清よく　心の水を　澄まさずは　いかが悟りの　蓮をも見む

〔1948〕

劝持品

正三位经家

人生有几何

① 日出先照高山：似援用《法华经》“日出先照高山，次照幽谷”之句。
② 五智：佛教真言宗所说佛所具有的五种智，其中之一是“妙观察智”。

莫如一切献予佛
舍身也值得

［原文］

さらずとて　幾世もあらじ　いざやさは　法にかへつる　命と思はむ

〔1949〕

《法师品》①之“加刀杖瓦石，念佛故应忍”咏

寂莲法师

夜雨打窗不听闻
遗世草庵在山林
念佛故应忍

［原文］

深き夜の　窓打つ雨に　音せぬは　憂き世を軒の　しのぶなりけり

〔1950〕

《五百弟子品》②之“内秘菩萨行”

前大僧正慈圆

原野鹿儿鸣③
闻佛说法如灌顶
心月永清净

---

① 《法师品》：《法华经》二十八品中的第十品，“加刀杖瓦石，念佛故应忍”出此。
② 《五百弟子品》：《五百弟子授记品》之略，《法华经》二十八品中的第八品。
③ 原野鹿儿鸣：指当年佛在鹿野苑说法布道事。

［原文］

いにしへの　鹿鳴く野辺の　いほりにも　心の月は　くもらざりけむ

〔1951〕

劝众人吟咏“佛法歌百首”时，自咏

“二乘但空，智如萤火①”

寂然法师

暗夜万物静

道途一人行

萤火点点为照明

［原文］

道のべの　ほたるばかりを　しるべにて　ひとりぞ出づる　夕闇の空

〔1952〕

菩萨清凉月，游于毕竟空②

云散天地清

明月朗朗照众生

暗夜也澄明

［原文］

雲はれて　むなしき空に　すみながら　憂き世の中を　めぐる月かな

---

① 二乘但空，智如萤火：语出智𫖮《摩诃止观》。

② 菩萨清凉月，游于毕竟空：语出《法华经》。

〔1953〕

栴檀香风，悦可众心[①]

今日开法会
飘来橘花味
想起昔日香风吹

［原文］

吹く風に　はなたちばなや　にほふらむ　昔おぼゆる　けふの庭かな

〔1954〕

作是教已，复至他国[②]

夜露润众树
朝来消失踪影无
暗暗相救度

［原文］

闇深かき　木のもとごとに　契りおきて　朝立つ霧の　あとの露けさ

---

① 栴檀香风，悦可众心：语出《法华经·序品第一》，说的是释迦牟尼在灵鹫山说法时，有栴檀的香风吹来，悦可众心，意即“可悦众心”。

② 作是教已，复至他国：语出《法华经·如来寿量品》，讲的是一位良医，在外出时儿子们误食毒药，有的儿子吃了他的良药而康复，而有个儿子中毒太深失去心智，不肯服良药。父亲为了让儿子恢复心智而故意离家，并派人去自己家谎称自己已死，儿子在悲伤中心智恢复，按父亲嘱咐服下良药，从而终得痊愈。在此，以父亲之心比喻佛心，以良药比喻佛法。

〔1955〕

此日已过，命即衰减[①]

黄昏传钟声
闻之不由心一惊
又减一日命

［原文］

けふ過ぎぬ　命もしかと　おどろかす　入相の鐘の　声ぞかなしき

〔1956〕

悲鸣呦咽，痛恋本群[②]

素觉法师

一鹿得跑掉
可叹众鹿不知逃
猎场命难保

［原文］

草深かき　狩り場の小野を　立ち出でて　友まどはせる　鹿ぞ鳴くなる

---

① 此日已过，命将衰减：语出《法门百首》之《六时无常偈》。

② 悲鸣呦咽，痛恋本群：语出《摩诃止观》，说的是逃离狩猎场的鹿，痛惜那些未脱危难的鹿群。

〔1957〕

弃恩入无为[1]

寂然法师

父母莫要怕
三世流转仍一家
届时养恩可报答

［原文］

背かずは　いづれの世にか　めぐりあひて　思ひけりとも人に知られむ

〔1958〕

合会有别离[2]

源季广[3]

相见又相分
如同山峰过白云
浮世难安稳

［原文］

あひ見ても　峰に別るる　白雲の　かかるこの世の　いとはしきかな

---

① 弃恩入无为：语出《悲华经》，亦即不顾父母养育之恩而出家(入无为)。

② 合会有别离：语出《涅槃经》，亦即有相会即有离别。

③ 源季广：生卒年不详，约生活于高仓天皇时代。正五位下下野守。木工头季兼之子。本书收录其和歌 1 首。

〔1959〕

闻名欲往生[①]

寂然法师

松枝闻风响
人闻佛音心神往
跃跃向西方

［原文］

音に聞く　君がりいつか　いきの松　まつらむものを　心づくしに

〔1960〕

心怀恋慕，渴仰于佛[②]

望月出山端
心中有佛常慕恋
但愿梦中见

［原文］

別れにし　その面影の　恋しきに　夢にも見えよ　山の端の月

〔1961〕

十戒歌·不杀生戒

切勿要杀生

---

① 闻名欲往生：语出《大无量寿经》卷下往觐偈，亦即听到佛的声音，即有往生之念。

② 心怀恋慕，渴仰于佛：语出《法华经·如来寿量品》。

莫沉深海罪孽重
佛戒记心中

［原文］

わたつ海の　深きにしづむ　いさりせで　保つかひ有る　法を求めよ

〔1962〕

不偷盗戒

取之须有道
哪怕岩隙一棵草
莫要随意薅

［原文］

浮き草の　ひと葉なりとも　磯隠くれ　思ひなかけそ　沖つ白波

〔1963〕

不邪淫戒

身边有荆妻
切莫错穿小夜衣[1]
莫被情色迷

［原文］

さらぬだに　重きが上に　小夜衣　わがつまならぬ　つまな重ねそ

---

① 小夜衣：假名“さよごろも”，被褥，床上用品。

〔1964〕

不酤酒戒

花前月下多风流
尽兴还需交觥筹
劝君勿醉酒

［原文］

花のもと　露のなさけは　ほどもあらじ　酔ひなすすめそ　春の山風

〔1965〕

入道前关白家，咏“十如是歌[①]”，如是报

二条院赞岐

若无报应观
不知今生前世缘
如何无恨怨

［原文］

憂きもなほ　昔のゆゑと　思はずは　いかにこの世を　恨みはてまし

① 十如是歌：从《法华经》中概括出十个“如是”。

〔1966〕

待贤门院中纳言①劝众人以《廿八品》②咏歌，我咏《序品》之“广度诸众生，其数无有量”

皇太后宫大夫俊成

救度众生身
渡桥有限人无尽
可叹菩萨心

［原文］

わたすべき　数もかぎらぬ　橋柱　いかに立てける　誓ひなるらむ

〔1967〕

奉美福门院③之命，为“极乐六时④赞”绘画作歌，大众⑤闻法，弥欢喜瞻仰

正值夕阳红
满天红彤彤
如接弥勒极乐宫

［原文］

いまぞこれ　入日をみても　思ひこし　弥陀の御国の　ゆふぐれの空

① 待贤门院中纳言：侍奉待贤门院（鸟羽天皇的皇后）的女官。
② 《廿八品》：指《法华经》二十八品。
③ 美福门院：后鸟羽院的皇后。
④ 六时：指晨朝、日中、日没、除夜、半夜、后夜。
⑤ 大众：众多僧徒。

〔1968〕

拂晓，涛声拍打黄金岸[1]

其时近黎明
浪涛拍打海岸声
浑似闻古钟

［原文］

いにしへの　尾上の鐘に　似たるかな　岸打つ浪の　あかつきの声

〔1969〕

百首歌之一，每朝入定咏

式子内亲王

静静待天明
切盼烦恼得脱净
沉沉迷梦醒

［原文］

しづかなる　暁ごとに　見わたせば　まだふかき夜の　夢ぞかなしき

---

① 此歌接续上一首歌，吟咏的是“六时”中“后夜”的情景。

〔1970〕

《发心和歌集》[1]之歌，普门品之种种诸恶趣[2]

选子内亲王[3]

以我罪孽身
不知何处进佛门
何处得逢观世音

［原文］

逢ふことを　いづくにてとか　契るべき　憂き身のゆかん方を知らねば

〔1971〕

五百弟子品咏

僧都源信

衣裳戴碧玉
观玉反观自己身
方知心蒙尘

［原文］

玉かけし　衣のうらを　返してぞ　おろかなりける　心をば知る

---

① 《发心和歌集》：选子内亲王的以佛教为题材的歌集。

② 种种诸恶趣：《法华经》中用语，恶趣，指恶业的结果。

③ 选子内亲王：长元八年(1035 年)殁，享年 73 岁。村上天皇的第十皇女，母亲是藤原师辅之女。有家集《大斋院前御集》《发心和歌集》。本书收录其和歌 1 首。

〔1972〕

《维摩经》十喻中，此身如梦喻

赤染卫门

梦境是人境
何处才是梦
何处迷梦何处醒

［原文］

夢や夢　うつつや夢と　分かぬかな　いかなる世にか　覚めむとすらむ

〔1973〕

二月十五日黄昏、咏歌致伊势大辅

相模

眼望黄昏里
屡屡烟霞飘向西
今日释尊涅槃日

［原文］

常よりも　けふの煙の　たよりにや　西をはるかに　思ひやるらむ

〔1974〕

返歌

伊势大辅

抬头望西山
释尊入灭在今天

思之泪满眼

［原文］

けふはいとど　涙にくれぬ　西の山　思ひ入日の　影をながめて

〔1975〕

欲访西行法师而未能，忽闻月夜路过门前，咏歌

待贤门院堀河

君是指路灯

未得相见心悻悻

望月向西行

［原文］

西へ行く　しるべと思ふ　月影の　空頼めこそ　かひなかりけれ

〔1976〕

返歌

西行法师

路过贵府前

月影冷冷门扉关

匆匆只向前

［原文］

立ち入らで　雲間をわけし　月影は　待たぬけしきや　空に見えけむ

〔1977〕

逝者结缘经[1]供养，即往安乐世界，咏歌之

瞻西上人

明月照大路
今夜送君往净土
心中有浮屠

［原文］

昔見し　月のひかりを　しるべにて　今夜やきみが　西へ行くらむ

〔1978〕

观心咏

西行法师

朗朗万里晴
西山明月倾
行进佛国天地净

［原文］

闇晴はれて　心の空に　すむ月は　にしの山辺や　近かく成るらむ

① 结缘经：将逝者抄写的《法华经》经文供在佛前，祈愿成佛。

译者后记

在上海译文出版社《古今和歌集》的“译者后记”中，我曾说过接下来要继续翻译《新古今和歌集》。《古今和歌集》在经过一年多的编辑加工之后，于2018年7月正式出版发行，也就是从这年7月起，我动手翻译《新古今和歌集》，并且给自己规定了任务进度：平均每天译出五首。如果哪天未完成，次日也必须补上。为确保完成额定任务，就需要在每天上午、下午、晚上这三个时段中，用一个时段(通常是上午)来做翻译，其他三分之二的时间用来研读与写作，这个习惯我坚持了多年。我并不能保证每天都研读写作，但几乎每天都要做翻译。今后若干年间，大概也将是如此。

每天拿出三小时左右伏案做翻译，能坚持下来其实并不容易。作为教师，我几乎每个学期都要承担基础课的授课任务，每周至少有一天去学校上课，课后按多年惯例与我的学生们一起喝茶聊天或用餐。除了在本校授课外，在两个学期里，我应邀去了二十多所大学做了学术讲座，在东西南北辗转颠簸期间，每天的翻译进度总体上没受影响。从2018年7月到2019年8月，我用了一年多时间，译出了《新古今和歌集》二十卷近两千首和歌，如期完成计划。

这是《新古今和歌集》自公元1205年在日本成书八百多年后的第一个中文译本。一部古典名著终于有了中文译本，或许并不值得多少人来理会，然而于我而言，却觉得做了一件大事。不妨把话说得大一点：这么重要的文学经典，竟一直没有中文译本，于中日文化的深度交流，于中国的日本文学研究，乃至于我国作为一个翻译大国的翻译事业，似乎都说不过去。现在终于翻译出来了，心中释然，算是有了一个交代。

西行法师有歌云：“寄情做歌人，吟咏性情有诗心，风雅到如今。”（本书第1842首）又说：“每咏成一首歌，就仿佛造了一尊佛像；每推敲一句，就如同诵出一句秘密真言。”（《明惠上人传记》）。创作如是，翻译亦然。本书四百多天的翻译过程，顺畅而令人愉快。从翻译艺术与技术的角度说，是因为我的和歌汉译的译案，其可行性在翻译实践过程中不断得到验证。这个译案可归纳为三点：一是使用五七调三句译文，来对应和歌的“五七五七七”的五句三十一音，以此确保歌体的形似、不对称之美，以及语言信息的不增不减；二是以古雅的汉语（而不是现代俗语），来对应和歌的日语雅词，以此确保两者语体的相仿；三是以译文的句末押韵，来对应和歌句末的“调”，以此确保韵与调的相称。此外，在译文之后列出原文，算是和歌汉译版式上的一种创意，可供懂日语的读者，特别是日本语言文学专业及翻译专业的师生们，将原文与译文加以对读玩味。

我认为，这个和歌译案是迄今为止所能使用的最好的译案。对它的确当性，我曾在《古今和歌集》的译本序《〈古今和歌集〉的歌体、歌意与“翻译度”》中，做了理论上的详细阐明。（该译本序作为单篇论文另发表于《日语学习与研究》2017年第6期，读者可以参阅。）不过，即便是最好的译案，也很难将特定语言的特定修辞技巧加以转化，和歌翻译也是如此。特别是和歌中最常见的一语双关的“挂词”，用来补足音节、调整句调而无多少实际意义的“枕词”，还有固定的词语搭配“缘语”之类，在译文中都很难显示出来。但是，这不是某种译案的局限，而是诗歌翻译无法超越的宿命。

另外，也许有读者会问：这样的三句五七调的译案，岂不是与俳句的格律很相似吗？是的，表面上看，这个译案与俳句“五七五”三句的格律相似，然而它与俳句的根本不同，在于“语体”。俳句一定要用俗语，即便用汉语写的“汉俳”也必须使用俗语，而和歌必须用雅语，这是两者在语体上的根本区别；从美学趣味上看，俳句之美是市井町人社会的“谐趣”（おかし）和禅宗趣味的“寂”（さび），与和歌的“物哀”“幽玄”的古典、古雅之美也是截然不同的。因此，我上述的和歌译案，与俳句的格律貌似而实不同。至于俳句应该如何汉译，多年来一直没有确定的译案。之前我也在不同的译文中使用了不同的译案。近日四川的日本文学教授马永平先生正在翻译松尾芭蕉的俳句，把译稿发给我征求意见。他是使用“五七五”的原格律来翻的，力求形式上与原作吻合，只是在我看来，译词过于古雅，难免混同于和歌，因此建议他“尽可能少用雅词，多用俗字”。后来马先生照此修改，看上去俳味大增。可见俳句汉译保持“五七五”的原格律是可取的，但前提是要使用口语、俗语、大白话，也就是俳句理论家所谓的“俳言”，而且可以多用“的”“了”“啊”之类的虚字，这样“俳味”即滑稽、谐趣就出来了。在用俗语与虚字方面，周作人在百年前翻译的小林一茶的俳句颇有可借鉴之处，他所开创的不定型的口语散文体译案，至今仍然可用。但是随着时代的推移与翻译艺术的进步，译案需要探索与革新，而且和歌译案与俳句译案，最好要放在一起加以考虑。经过一段时间的思考探索，我认为，雅语体的五七调三句，可作为和歌的译案；而俗语体的“五七五”，可作为俳句译案。虽然看上去两者的音节数相似乃至相同，但是雅语的特点是字少义丰，俗语口语的特点是虚字虚词多、双音词多，音节也就多了，而所包含的信息量却远少于雅语。如此，两者美学风貌的不同，仍是一望可知。

上述的和歌译案、俳句译案，是在长期翻译实践与理论思考中慢慢形成的。在翻译《古今和歌集》之前，在我所著《中国题材日本文学史》中，在所译《日本古代诗学汇译》（上下卷）、《日本古典文论选译》（全四册）以及《审美日本译丛》（全四种）中，都涉及不少和歌、俳句的汉译，但可惜当时未能确定上述译案，译法也多样不一，现在看来已不如意，但作为我的翻译历练过程的产物，都已经成为历史，不能更改，也不必更改了。

经过《古今集》《新古今集》翻译实践的检验，我对自己的和歌译案的自信不断增强，以至决心使用这一译案重新翻译《万叶集》。《万叶集》已经有了至少三种全译本，加上选译本，恐怕得有五六种了，但我仍然觉得，有必要以我的译案将日本三大古典和歌集全部翻译出来。对此，上海译文出版社领导和责编姚东敏女士也表示支持与期待。只是，在研究与写作压力已经够大的情况下，《万叶集》四千五百多首，译事势必旷日持久，需要有足够的体力、耐力和坐功。何时动手、何时译完，余不敢言矣！现在所期待的，就是这部《新古今和歌集》如期出版面世。

王向远

2019 年 8 月 20 日

新古今和歌集
藤原定家　など

图书在版编目(CIP)数据

新古今和歌集 /（日）藤原定家等编著；王向远译
．—上海：上海译文出版社，2020.8
ISBN 978-7-5327-8535-3

Ⅰ.①新… Ⅱ.①藤… ②王… Ⅲ.①和歌—诗集—日本—古代 Ⅳ.①I313.22

中国版本图书馆 CIP 数据核字(2020)第 106066 号

新古今和歌集
〔日〕藤原定家 等　编著　王向远　译
责任编辑/姚东敏　装帧设计/张志全工作室

上海译文出版社有限公司出版、发行
网址：www.yiwen.com.cn
200001　上海福建中路 193 号
浙江新华数码印务有限公司印刷

开本 890×1240　1/32　印张 28　插页 9　字数 218,000
2021 年 6 月第 1 版　2021 年 6 月第 1 次印刷
印数：0,001—6,000 册

ISBN 978-7-5327-8535-3/I·5254
定价：108.00 元